富寿荪 选注
刘拜山
富寿荪 评解

千首唐人绝句

上

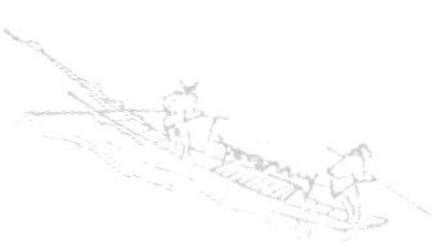

国家普及类古籍整理图书专项资助项目

《千首唐人绝句》1985年初版封面

王蘧常题签　　钱锺书题签

# 弁　言

　　绝句产生于南北朝,而完全成熟并臻于醇美之境则在唐代。绝句是唐代新体诗歌,形式简短,音节和谐,韵味隽永,便于歌唱吟诵,其传播之广,感人之深,远非其他各体诗歌所能企及。唐代绝句名家辈出,绝句创作繁荣,留下大量脍炙人口的名篇,其艺术成就,亦非以后任何一个朝代所能企及。唐人绝句是我国古典诗歌中的瑰宝,千余年来一直为广大读者传诵不绝。

　　编选唐人绝句,在宋代即已开始。今天能看到的,有南宋赵蕃、韩淲合选的《唐绝句选》(宋末谢枋得为之评解,世称《唐人绝句注解》),明代敖英的《唐诗绝句类选》,清代王士禛的《唐人万首绝句选》和姚鼐的《唐人绝句诗钞》,近代邵裴子的《唐绝句选》等等。这些选本,从不同的角度采录唐人绝句中的佳作,体现了某种艺术观点和主张,无疑对后人都是有其启发意义的。但由于编选者的主观爱好和时代局限,它们都存在着某些缺点或不足之处。

　　本书是大型唐人绝句选本,要求广泛选录各个时期各派各家的代表性作品,体现各种风格特色和重要作家的艺术成就,并力求题材丰富多彩,尽可能地反映唐人绝句的全貌。为此,在编选时曾反覆研读全部唐人绝句,并参考各种古今选本,斟酌损益,至于再三,最后选定五言绝句三百二十二首,六言绝句十四首,七言绝句七百三十六首,共计一千零七十二首。唐人绝句的精华,可说大致已备于此了。

　　下面略述本书有关校勘、注释和集评、评解等方面的情况。

　　在校勘方面,作品原文依据《全唐诗》,并以《万首唐人绝句》和各家唐人专集、各种唐诗选本参校异同,择善而从;足资参考的异文,则择要注出。

　　在注释方面,力求简明确切地注明本事、典故、成语和比较艰深的词汇,习见的典故注释从略,引文过长的则予节录、改写而注明出处。在注释的同时，扼要说明典故、成语的意义和作用之所在，并对某些比较费解的诗句作必要的疏解，有时也引证前人或后人意境相似的诗句，以资比较，藉使加深理解。

在集评和评解方面，鉴于有悠久历史的诗评是值得重视的文学批评传统，对阐幽发微、拓展思路和培养欣赏能力等方面具有一定的作用，特从数百种诗话、笔记和各种唐诗评注本中辑录出大量评语，经过抉择，去芜存精，辟为"集评"一栏，附于每首的注释之后，作为注释的重要补充。其列于"集评"之后的"评解"，则为试用这一传统形式所写的新评，以进一步阐明诗意，充实旧评。

此外，本书还分类选辑前人对唐人绝句概论性的评述，名为"唐人绝句辑评"，作为附录，使读者和研究者能集中地掌握这部分资料，而免搜检之劳。这些评述，对研究唐人绝句，是极有用处的。

本书的编写，分为前后两个阶段。前阶段刱始于一九五九年，是我和刘拜山同志合作进行的。其中评解由拜山同志执笔，选注、辑评及撰写作者小传等工作由我担任，到一九六三年完成。此稿曾于一九八〇年由香港中华书局出版，书名为《唐人绝句评注》（共选诗六百十六首），但未在大陆上发行。后一阶段的编写，从一九八一年初开始，由我单独负责，对选篇、注释作了大量的增订，并广辑旧评，补写新评，成为现在这个新的本子。

本书蒙叶葱奇、陈九思、马茂元诸先生和上海古籍出版社编辑同志精心审阅，提出很多宝贵意见，受益良深，谨致谢忱。但由于学殖浅薄，错误仍恐难免，殷切期望读者和专家指正。

本书蒙王蘧常、钱锺书先生题签，谨此致谢。

非常遗憾，拜山同志不幸于一九六五年谢世，未能看到本书的出版。回忆二十余年前，为编写此书，和拜山同志往复商讨并承其指导的情景，至今犹历历在目，不禁感慨系之。

富寿荪<br>一九八三年六月于上海

# 目　录

弁　言 ········································· 1

**虞世南** 一首 ····················· 1
　　蝉 ······································· 1

**王　绩** 二首 ····················· 2
　　过酒家（五首选一） ········ 2
　　秋夜喜遇王处士 ············· 3

**上官仪** 一首 ····················· 3
　　入朝洛堤步月 ················ 4

**卢照邻** 一首 ····················· 5
　　曲池荷 ···························· 5

**骆宾王** 二首 ····················· 6
　　于易水送人 ···················· 6
　　在军登城楼 ···················· 7

**李　峤** 二首 ····················· 7
　　中秋月（二首） ············· 8

**杜审言** 二首 ····················· 9
　　渡湘江 ···························· 9

　　赠苏绾书记 ···················· 10

**王　勃** 三首 ····················· 11
　　江亭夜月送别（二首选一） ···· 11
　　山中 ······························· 12
　　蜀中九日 ························ 12

**韦承庆** 一首 ····················· 13
　　南中咏雁 ························ 13

**郭　震** 一首 ····················· 14
　　米囊花 ···························· 14

**宋之问** 一首 ····················· 15
　　渡汉江 ···························· 15

**东方虬** 四首 ····················· 16
　　春雪 ······························· 16
　　昭君怨（三首） ············· 17

**王　适** 一首 ····················· 19
　　江滨梅 ···························· 19

贺知章 三首 …………… 19
　咏柳 ………………… 20
　回乡偶书（二首）…… 20

陈子昂 一首 …………… 21
　赠乔侍御 …………… 22

崔液 三首 ……………… 22
　上元夜（六首选三）… 22

卢僎 二首 ……………… 24
　途中口号 …………… 24
　南楼望 ……………… 25

张纮 一首 ……………… 26
　闺怨 ………………… 26

张敬忠 一首 …………… 26
　边词 ………………… 26

张说 二首 ……………… 27
　蜀道后期 …………… 27
　送梁六 ……………… 28

苏颋 一首 ……………… 29
　汾上惊秋 …………… 29

张九龄 二首 …………… 30
　自君之出矣 ………… 31
　照镜见白发 ………… 32

张旭 三首 ……………… 32
　桃花溪 ……………… 32
　山中留客 …………… 33
　春草 ………………… 34

王翰 一首 ……………… 34
　凉州词（二首选一）… 35

王之涣 三首 …………… 36
　送别 ………………… 36
　登鹳雀楼 …………… 37
　凉州词（二首选一）… 38

崔国辅 十三首 ………… 40
　怨词（二首）………… 40
　襄阳曲（二首选一）… 42
　魏宫词 ……………… 42
　长信草 ……………… 44
　长乐少年行 ………… 44
　湖南曲 ……………… 45
　中流曲 ……………… 46
　王孙游 ……………… 46
　采莲曲 ……………… 47
　小长干曲 …………… 48
　渭水西别李仑 ……… 48
　古意 ………………… 49

孟浩然 五首 …………… 49
　春晓 ………………… 50

送朱大入秦 …………………… 50
　　宿建德江 ……………………… 51
　　送杜十四之江南 ……………… 52
　　渡浙江问舟中人 ……………… 53

**李适之** 一首 …………………………… 53
　　罢相作 ………………………… 54

**王昌龄** 二十五首 ……………………… 54
　　答武陵田太守 ………………… 55
　　从军行（七首选四）…………… 55
　　出塞（二首选一）……………… 59
　　采莲曲（二首）………………… 60
　　春宫曲 ………………………… 61
　　西宫春怨 ……………………… 62
　　西宫秋怨 ……………………… 63
　　长信秋词（五首选二）………… 64
　　青楼曲（二首）………………… 66
　　青楼怨 ………………………… 68
　　浣纱女 ………………………… 69
　　闺怨 …………………………… 70
　　芙蓉楼送辛渐（二首）………… 71
　　重别李评事 …………………… 72
　　听流人水调子 ………………… 73
　　送魏二 ………………………… 74
　　卢溪别人 ……………………… 74
　　送柴侍御 ……………………… 75

**祖咏** 一首 ……………………………… 76
　　终南望余雪 …………………… 76

**王维** 四十三首 ………………………… 77
　　息夫人 ………………………… 77
　　班婕妤（三首选一）…………… 78
　　杂诗（三首）…………………… 79
　　相思 …………………………… 81
**辋川集**（二十首选十二）……………… 82
　　孟城坳 ………………………… 82
　　华子冈 ………………………… 83
　　文杏馆 ………………………… 84
　　鹿柴 …………………………… 84
　　木兰柴 ………………………… 85
　　南垞 …………………………… 86
　　欹湖 …………………………… 87
　　栾家濑 ………………………… 87
　　白石滩 ………………………… 88
　　北垞 …………………………… 88
　　竹里馆 ………………………… 89
　　辛夷坞 ………………………… 90
**皇甫岳云谿杂题**（五首选三）
　　……………………………………… 91
　　鸟鸣涧 ………………………… 91
　　鸬鹚堰 ………………………… 92
　　萍池 …………………………… 92
　　山中寄诸弟 …………………… 93
　　山中送别 ……………………… 94

| | | | |
|---|---|---|---|
| 临高台送黎拾遗 | 94 | 越女词（五首） | 114 |
| 崔兴宗写真咏 | 95 | 劳劳亭 | 116 |
| 书事 | 95 | 夜下征虏亭 | 117 |
| 哭孟浩然 | 96 | 秋浦歌（十七首选五） | 117 |
| 山中（二首选一） | 97 | 独坐敬亭山 | 120 |
| 田园乐（七首选四） | 97 | 送陆判官往琵琶峡 | 121 |
| 少年行（四首） | 99 | 自遣 | 122 |
| 九月九日忆山东兄弟 | 102 | 重忆 | 122 |
| 寒食汜上作 | 103 | 哭宣城善酿纪叟 | 123 |
| 送沈子福归江东 | 104 | 陪侍郎叔游洞庭醉后 | |
| 凉州赛神 | 104 | （三首选一） | 124 |
| 送韦评事 | 105 | 峨眉山月歌 | 125 |
| 送元二使安西 | 106 | 秋下荆门 | 126 |
| 菩提寺禁，裴迪来相看，说 | | 山中问答 | 127 |
| 逆贼在凝碧池上作音乐， | | 黄鹤楼送孟浩然之广陵 | 128 |
| 供奉人等举声便一时泪下。 | | 春夜洛城闻笛 | 130 |
| 私成口号，诵示裴迪 | 107 | 客中作 | 131 |
| | | 结袜子 | 131 |
| **王 缙** 一首 | 108 | 苏台览古 | 132 |
| 别辋川别业 | 108 | 越中览古 | 133 |
| | | 长门怨（二首） | 134 |
| **李 白** 六十三首 | 109 | 清平调词（三首） | 136 |
| 王昭君 | 109 | 少年行 | 139 |
| 怨情 | 110 | 陌上赠美人 | 140 |
| 玉阶怨 | 111 | 送贺宾客归越 | 140 |
| 渌水曲 | 112 | 东鲁门泛舟（二首选一） | 141 |
| 静夜思 | 113 | 望天门山 | 142 |
| 巴女词 | 114 | 横江词（六首选四） | 143 |

闻王昌龄左迁龙标遥有
　　此寄………………… 145
赠汪伦…………………… 146
宣城见杜鹃花…………… 147
望庐山瀑布……………… 148
望庐山五老峰…………… 149
哭晁卿衡………………… 150
永王东巡歌（十一首选二）… 150
早发白帝城……………… 152
与史郎中钦听黄鹤楼上
　　吹笛………………… 153
巴陵赠贾舍人…………… 154
陪族叔刑部侍郎晔及
　　中书贾舍人至游洞庭（五首）
　　……………………… 155

高　适 五首 ………… 158
咏史……………………… 158
营州歌…………………… 159
别董大（二首选一）…… 160
塞上听吹笛……………… 160
除夜作…………………… 161

崔　颢 三首 ………… 162
长干曲（四首选三）…… 162

储光羲 四首 ………… 164
洛阳道五首献吕四郎中（选二）
　　……………………… 165

江南曲（四首选一）…… 165
明妃词（四首选一）…… 166

常　建 四首 ………… 167
送宇文六………………… 167
落第长安………………… 168
三日寻李九庄…………… 168
塞下曲（四首选一）…… 169

薛维翰 一首 ………… 170
春女怨…………………… 170

沈如筠 一首 ………… 171
闺怨（二首选一）……… 171

丁仙芝 三首 ………… 171
江南曲（五首选三）…… 172

金昌绪 一首 ………… 173
春怨……………………… 173

刘方平 七首 ………… 174
采莲曲…………………… 174
京兆眉…………………… 175
春雪……………………… 176
送别……………………… 176
夜月……………………… 177
春怨……………………… 178
代春怨…………………… 178

**杜 甫** 四十七首 …… 179
　绝句（二首）…… 180
　武侯庙 …… 181
　八阵图 …… 182
　复愁（十二首选五）…… 184
　赠李白 …… 186
　绝句漫兴（九首选四）…… 187
　春水生二绝（选一）…… 189
　江畔独步寻花七绝句（选二）
　…… 190
　少年行 …… 191
　赠花卿 …… 192
　三绝句 …… 193
　戏为六绝句 …… 195
　绝句（四首选一）…… 199
　三绝句 …… 200
　漫成一绝 …… 202
　夔州歌十绝句（选五）…… 203
　存殁口号（二首选一）…… 206
　解闷（十二首选六）…… 206
　书堂饮既夜复邀李尚书
　　下马月下赋绝句 …… 210
　江南逢李龟年 …… 211

**景 云** 一首 …… 212
　画松 …… 213

**岑 参** 十六首 …… 214
　题三会寺苍颉造字台 …… 214
　西过渭州见渭水思秦川 …… 214
　行军九日思长安故园 …… 215
　逢入京使 …… 216
　碛中作 …… 217
　过碛 …… 217
　武威送刘判官赴碛西
　　行军 …… 218
　春梦 …… 219
　赴北庭度陇思家 …… 219
　献封大夫破播仙凯歌
　　（六首选二）…… 220
　送崔子还京 …… 222
　玉关寄长安李主簿 …… 222
　赵将军歌 …… 223
　虢州后亭送李判官使赴
　　晋绛得秋字 …… 223
　山房春事（二首选一）…… 224

**刘 晏** 一首 …… 225
　咏王大娘戴竿 …… 225

**李 华** 一首 …… 225
　春行寄兴 …… 226

**裴 迪** 七首 …… 226
　华子冈 …… 227
　鹿柴 …… 227
　木兰柴 …… 227
　茱萸沜 …… 228

宫槐陌 …………………… 228
白石滩 …………………… 229
崔九欲往南山马上口号
　与别 …………………… 230

**贾 至** 四首 …………… 230
初至巴陵与李十二白裴九
同泛洞庭湖（三首选一）
　………………………… 231
春思（二首选一）……… 232
送李侍御赴常州 ………… 232
西亭春望 ………………… 233

**李嘉祐** 一首 …………… 234
夜宴南陵留别 …………… 234

**张 谓** 二首 …………… 234
送卢举使河源 …………… 235
早梅 ……………………… 235

**元 结** 二首 …………… 236
欸乃曲（五首选二）…… 236

**刘长卿** 十七首 ………… 237
逢雪宿芙蓉山主人 ……… 237
瓜州道中送李端公南渡
　后归扬州道中寄 ……… 238
送张十八归桐庐 ………… 238
听弹琴 …………………… 239

送上人 …………………… 239
送灵澈上人 ……………… 240
茱萸湾 …………………… 241
春草宫怀古 ……………… 241
江中对月 ………………… 242
寻张逸人山居 …………… 243
发越州赴润州留别
　鲍侍郎 ………………… 243
送陆沨还吴中 …………… 244
昭阳曲 …………………… 244
重送裴郎中贬吉州 ……… 245
酬李穆见寄 ……………… 246
新息道中作 ……………… 246
送李判官之润州行营 …… 247

**包 佶** 一首 …………… 248
再过金陵 ………………… 248

**钱 起** 八首 …………… 248
逢侠者 …………………… 249
宿洞口驿 ………………… 249
**蓝田溪杂咏**（二十二首选三）…… 250
戏鸥 ……………………… 250
远山钟 …………………… 250
衔鱼翠鸟 ………………… 251
归雁 ……………………… 251
暮春归故山草堂 ………… 252
春郊 ……………………… 253

**张　继** 二首 …… 254
　　枫桥夜泊 …… 254
　　阊门即事 …… 255

**皇甫冉** 五首 …… 256
　　送王司直 …… 256
　　同诸公有怀绝句 …… 257
　　秋怨（二首选一）…… 258
　　送郑二之茅山 …… 258
　　问李二司直所居云山 …… 259

**严　维** 二首 …… 259
　　送人往金华 …… 259
　　丹阳送韦参军 …… 260

**严　武** 一首 …… 261
　　军城早秋 …… 261

**张　潮** 二首 …… 262
　　采莲词 …… 262
　　江南行 …… 263

**孟云卿** 一首 …… 264
　　寒食 …… 264

**顾　况** 十一首 …… 265
　　田家 …… 265
　　忆旧游 …… 265
　　过山农家 …… 266
　　归山作 …… 267
　　叶上题诗从苑中流出 …… 267
　　宫词（五首选一）…… 268
　　宿昭应 …… 269
　　小孤山 …… 270
　　听角思归 …… 270
　　临海所居（二首）…… 271

**韩　翃** 四首 …… 272
　　汉宫曲（二首选一）…… 272
　　寒食即事 …… 272
　　羽林少年行（二首选一）…… 274
　　宿石邑山中 …… 275

**郎士元** 二首 …… 275
　　柏林寺南望 …… 276
　　听邻家吹笙 …… 276

**耿　沣** 三首 …… 277
　　秋日 …… 277
　　代园中老人 …… 278
　　古意 …… 278

**戴叔伦** 四首 …… 279
　　过三闾庙 …… 279
　　关山月（二首选一）…… 280
　　夜发袁江寄李颍川刘侍御
　　　…… 281
　　湘南即事 …… 282

李 端 四首 …… 282
  拜新月 …… 283
  听筝 …… 284
  闺情 …… 284
  听夜雨寄卢纶 …… 285

李 冶 二首 …… 286
  结素鱼贻友人 …… 286
  明月夜留别 …… 286

皎 然 一首 …… 287
  待山月 …… 287

柳 淡 三首 …… 287
  江行 …… 288
  河阳桥送别 …… 288
  征人怨 …… 289

司空曙 六首 …… 290
  金陵怀古 …… 290
  留卢秦卿 …… 290
  发渝州却寄韦判官 …… 292
  峡口送友人 …… 292
  江村即事 …… 293
  送郑佶还洛阳 …… 293

戎 昱 六首 …… 294
  移家别湖上亭 …… 294
  云安阻雨 …… 295
  韩舍人书窗残雪 …… 295
  采莲曲 …… 296
  塞上曲 …… 296
  塞下曲 …… 297

韦应物 十二首 …… 297
  宿永阳寄璨律师 …… 298
  怀琅琊山深标二释 …… 298
  闻雁 …… 299
  登楼 …… 300
  秋夜寄丘二十二员外 …… 300
  三台词（二首选一） …… 301
  休暇日访王侍御不遇 …… 301
  滁州西涧 …… 302
  登楼寄王卿 …… 303
  寄诸弟 …… 304
  寒食寄京师诸弟 …… 305
  故人重九日求橘 …… 306

畅 当 二首 …… 306
  蒲中道中（二首选一） …… 306
  登鹳雀楼 …… 307

卫 象 一首 …… 308
  古词 …… 308

朱 放 一首 …… 309
  乱后经淮阴岸 …… 309

于鹄 二首 ……………… 309
　江南曲 ……………… 310
　巴女谣 ……………… 310

灵澈 一首 ……………… 311
　天姥岑望天台山 ……… 311

冷朝阳 一首 …………… 312
　送红线 ……………… 312

卢纶 九首 ……………… 313
　塞下曲（六首选四）… 313
　赠李果毅 …………… 316
　过玉真公主影殿 …… 316
　山店 ………………… 317
　曲江春望（三首选二）… 318

李益 二十三首 ………… 318
　江南曲 ……………… 319
　幽州赋诗见意时佐刘幕 … 320
　山鹧鸪词 …………… 321
　上洛桥 ……………… 321
　水宿闻雁 …………… 322
　写情 ………………… 322
　宫怨 ………………… 323
　塞下曲（四首选一）… 324
　度破讷沙（二首选一）… 324
　夜上受降城闻笛 …… 325
　夜上西城听凉州曲
　　（二首）…………… 326
　征人歌 ……………… 327
　从军北征 …………… 328
　听晓角 ……………… 328
　塞下曲 ……………… 329
　边思 ………………… 330
　汴河曲 ……………… 331
　隋宫燕 ……………… 331
　行舟 ………………… 332
　临滹沱见蕃使列名 … 333
　上汝州城楼 ………… 333
　春夜闻笛 …………… 334

窦常 一首 ……………… 335
　七夕 ………………… 335

王表 一首 ……………… 335
　成德乐 ……………… 335

窦牟 一首 ……………… 336
　奉诚园闻笛 ………… 336

刘商 三首 ……………… 337
　行营即事 …………… 337
　送王永（二首选一）… 338
　送别 ………………… 339

杨凝 一首 ……………… 339
　送客入蜀 …………… 339

**武元衡** 四首 …… 340
　春兴 …… 340
　渡淮 …… 341
　汴河闻笳 …… 342
　题嘉陵驿 …… 342

**权德舆** 四首 …… 343
　玉台体（十二首选四） …… 343

**羊士谔** 七首 …… 345
　郡中即事 …… 345
　登楼 …… 346
　泛舟入后溪（二首选一） …… 346
　夜听琵琶（三首） …… 347
　寻山家 …… 349

**孟　郊** 四首 …… 349
　古别离 …… 350
　归信吟 …… 351
　古怨 …… 351
　洛桥晚望 …… 352

**李　约** 一首 …… 352
　观祈雨 …… 353

**晁　采** 三首 …… 353
　子夜歌（十八首选三） …… 353

**陈　羽** 六首 …… 354
　梁城老人怨 …… 355

　送灵一上人 …… 355
　吴城览古 …… 356
　从军行 …… 357
　湘君祠 …… 357
　宿淮阴作 …… 358

**张　碧** 一首 …… 358
　农父 …… 359

**王　播** 二首 …… 359
　题木兰院（二首） …… 359

**窦　庠** 一首 …… 360
　陪留守韩仆射巡内至
　　上阳宫感兴（二首选一） …… 361

**王　涯** 二首 …… 362
　闺人赠远（五首选一） …… 362
　秋夜曲 …… 362

**杨巨源** 二首 …… 363
　城东早春 …… 363
　折杨柳 …… 364

**令狐楚** 六首 …… 365
　宫中乐（五首选一） …… 365
　远别离（二首选一） …… 365
　长相思（二首选一） …… 366
　从军行（五首选一） …… 366
　少年行（四首选二） …… 367

## 薛 涛 四首 ……………… 368
　罚赴边有怀上韦令公
　　（二首选一）…………… 368
　送友人 …………………… 369
　题竹郎庙 ………………… 369
　筹边楼 …………………… 370

## 韩 愈 十八首 …………… 370
　湘中 ……………………… 371
　湘中酬张十一功曹 ……… 372
　题木居士（二首选一）… 372
　盆池（五首选三）………… 373
　春雪 ……………………… 375
　晚春 ……………………… 375
　楸树（二首选一）………… 376
　和李司勋过连昌宫 ……… 376
　桃林夜贺晋公 …………… 378
　次潼关先寄张十二阁老
　　使君 …………………… 378
　题楚昭王庙 ……………… 379
　题临泷寺 ………………… 380
　晚次宣溪辱韶州张端公
　　使君惠书叙别酬以绝句
　　（二首选一）…………… 381
　过始兴江口感怀 ………… 382
　同水部张员外曲江春游
　　寄白二十二舍人 ……… 383
　早春呈水部张十八员外

　　（二首选一）…………… 384

## 窦 巩 一首 ……………… 384
　宫人斜 …………………… 385

## 雍裕之 一首 ……………… 385
　农家望晴 ………………… 386

## 张仲素 五首 ……………… 386
　春闺思 …………………… 386
　秋闺思（二首）…………… 387
　塞下曲（五首选二）……… 389

## 张 籍 十二首 …………… 390
　泾州塞 …………………… 390
　送蜀客 …………………… 390
　蛮州 ……………………… 391
　蛮中 ……………………… 391
　与贾岛闲游 ……………… 392
　哭孟寂 …………………… 393
　法雄寺东楼 ……………… 394
　秋思 ……………………… 394
　凉州词（三首选二）……… 395
　赠王建 …………………… 397
　酬朱庆馀 ………………… 397

## 王 建 二十四首 ………… 398
　田家 ……………………… 398
　新嫁娘词（三首选一）…… 399

早发汾南……………… 399
江南三台词（四首选二）…… 400
华清宫……………… 401
宫人斜……………… 402
雨过山村…………… 402
夜看扬州市………… 403
楼前………………… 403
寄蜀中薛涛校书…… 404
赠李愬仆射（二首选一）… 405
江陵使至汝州……… 405
十五夜望月寄杜郎中…… 406
宫词（一百首选十）…… 407

**吕温** 五首 ………… 413
贞元十四年旱甚见权门
 移芍药花………… 413
题阳人城…………… 414
刘郎浦口号………… 414
临洮送袁七书记归朝…… 415
自江华之衡阳途中作… 416

**胡令能** 一首 ……… 416
咏绣幛……………… 417

**刘禹锡** 五十五首 … 419
视刀环歌…………… 419
淮阴行（五首）…… 420
秋风引……………… 422
罢和州游建康……… 423

经檀道济故垒……… 423
别苏州（二首选一）…… 424
望洞庭……………… 425
秋词（二首选一）…… 425
元和十年自朗州召至京师
 戏赠看花诸君子… 426
伤愚溪（三首）…… 427
堤上行（三首选二）…… 428
踏歌词（四首）…… 430
竹枝词（九首）…… 431
竹枝词（二首选一）…… 436
浪淘沙（九首选七）…… 437
金陵五题（五首选三）… 440
石头城……………… 440
乌衣巷……………… 441
台城………………… 443
洛中逢韩七中丞之吴兴
 口号（五首选一）… 443
再游玄都观………… 444
与歌者米嘉荣……… 445
听旧宫中乐人穆氏唱歌…… 445
与歌者何戡………… 446
杨柳枝词（九首选五）… 447
杨柳枝……………… 450
和乐天春词………… 451
和令狐相公别牡丹… 451

**崔护** 一首 ………… 452
题都城南庄………… 452

刘皂 一首 ………… 453
 长门怨（三首选一） … 454

白居易 三十四首 ………… 454
 夜雨 …………………… 454
 夜雪 …………………… 455
 问刘十九 ……………… 455
 庾楼新岁 ……………… 456
 闺怨词（三首选一） … 457
 勤政楼西老柳 ………… 457
 王昭君（二首选一） … 458
 邯郸冬至夜思家 ……… 459
 同李十一醉忆元九 …… 460
 惜牡丹花（二首选一） … 461
 过天门街 ……………… 461
 村夜 …………………… 462
 蓝桥驿见元九诗 ……… 462
 舟中读元九诗 ………… 463
 浦中夜泊 ……………… 464
 望江州 ………………… 464
 赠江客 ………………… 465
 建昌江 ………………… 465
 竹枝词（四首选二） … 466
 后宫词（二首选一） … 467
 采莲曲 ………………… 468
 思妇眉 ………………… 468
 寒闺怨 ………………… 469
 闺妇 …………………… 469
 暮江吟 ………………… 470
 华州西 ………………… 471
 魏王堤 ………………… 471
 杨柳枝词（八首选三） … 472
 永丰坊园中垂柳 ……… 473
 浪淘沙词（六首选二） … 474

李绅 三首 ……………… 475
 悯农（二首） ………… 475
 却望无锡芙蓉湖（五首选一）
   ………………………… 476

柳宗元 九首 …………… 477
 江雪 …………………… 477
 长沙驿前南楼感旧 …… 478
 零陵早春 ……………… 478
 入黄溪闻猿 …………… 479
 夏昼偶作 ……………… 480
 柳州二月榕叶落尽偶题 … 480
 与浩初上人同看山寄
  京华亲故 …………… 481
 柳州寄京中亲故 ……… 482
 酬曹侍御过象县见寄 … 482

元稹 十三首 …………… 483
 行宫 …………………… 484
 离思（五首选一） …… 485
 梁州梦 ………………… 485
 六年春遣怀（八首选二） … 486

梦成之 ····· 487
西归（十二首选二）····· 487
闻乐天授江州司马····· 489
酬乐天舟泊夜读微之诗 ····· 489
智度师（二首选一）····· 490
酬李甫见赠（十首选一）····· 490
重赠 ····· 492

贾 岛 五首 ····· 492
剑客 ····· 493
寻隐者不遇 ····· 493
渡桑干 ····· 494
题兴化园亭 ····· 496
三月晦日赠刘评事 ····· 496

裴 潾 一首 ····· 497
白牡丹 ····· 497

殷尧藩 二首 ····· 498
偶题 ····· 498
关中伤乱后 ····· 499

章孝标 一首 ····· 499
八月 ····· 499

徐 凝 四首 ····· 500
庐山瀑布 ····· 500
汉宫曲 ····· 501
忆扬州 ····· 502

过马当 ····· 502

李德裕 三首 ····· 503
长安秋夜 ····· 503
盘陀岭驿楼 ····· 504
登崖州城作 ····· 504

杨 敬之 一首 ····· 505
赠项斯 ····· 505

李 贺 十六首 ····· 506
马诗（二十三首选十）····· 506
南园（十三首选三）····· 512
昌谷北园新笋（四首选一） ····· 514
酬答（二首）····· 515

卢 仝 二首 ····· 516
村醉 ····· 516
逢病军人 ····· 516

刘 叉 二首 ····· 517
姚秀才爱予小剑因赠 ····· 517
偶书 ····· 518

裴夷直 二首 ····· 518
席上夜别张主簿 ····· 519
夜意 ····· 519

### 施肩吾 五首 ······ 520
　幼女词 ······ 520
　望夫词 ······ 520
　江南怨 ······ 521
　夜笛词 ······ 521
　江南织绫词 ······ 522

### 李 涉 七首 ······ 523
　邠州词献高尚书（三首选一）
　　　　　　　 ······ 523
　竹枝词（四首选二）······ 523
　过襄阳上于司空頔 ······ 524
　润州听暮角 ······ 525
　再宿武关 ······ 526
　井栏砂宿遇夜客 ······ 527

### 刘采春 三首 ······ 527
　啰唝曲（六首选三）······ 527

### 张 祜 九首 ······ 529
　墙头花（二首选一）······ 530
　宫词（二首选一）······ 530
　赠内人 ······ 531
　集灵台（二首选一）······ 531
　雨淋铃 ······ 532
　听筝 ······ 533
　楚州韦中丞箜篌 ······ 534
　题金陵渡 ······ 534

　悲纳铁 ······ 535

### 李敬方 一首 ······ 536
　汴河直进船 ······ 536

### 韩 琮 一首 ······ 536
　暮春浐水送别 ······ 537

### 朱庆馀 三首 ······ 538
　送陈标 ······ 538
　宫词 ······ 538
　闺意献张水部 ······ 539

### 杜 牧 四十三首 ······ 540
　题敬爱寺楼 ······ 540
　长安秋望 ······ 541
　题水西寺 ······ 541
　江楼 ······ 542
　有寄 ······ 543
　过勤政楼 ······ 543
　赠别（二首）······ 544
　寄扬州韩绰判官 ······ 545
　秋夕 ······ 546
　金谷园 ······ 547
　题元处士高亭 ······ 548
　汉江 ······ 549
　齐安郡中偶题（二首选一）
　　　　　　　 ······ 549
　齐安郡后池绝句 ······ 550

题齐安城楼……550
兰溪……551
题木兰庙……552
赤壁……552
秋浦途中……554
南陵道中……555
题村舍……556
赠渔父……556
江南春绝句……557
泊秦淮……558
遣怀……559
念昔游（三首选一）……560
题禅院……561
郑瓘协律……562
初冬夜饮……562
山行……563
冬日题智门寺……564
早春题真上人院……565
怀吴中冯秀才……565
读韩杜集……566
途中一绝……567
宫词（二首选一）……567
过华清宫绝句（三首选二）
……568
华清宫……570
登乐游原……571
将赴吴兴登乐游原一绝……572

沈下贤……572

**许浑** 六首……573
寒下曲……573
谢亭送别……574
客有卜居不遂薄游汧陇
　因题……575
途经秦始皇墓……576
学仙（二首选一）……577
紫藤……578

**雍陶** 六首……579
题君山……579
西归出斜谷……580
送蜀客……580
和孙明府怀旧山……581
城西访友人别墅……581
天津桥望春……582

**方干** 三首……583
题君山……583
题画建溪图……583
思江南……584

**杨汉公** 一首……585
明月楼……585

**薛莹** 一首……585
锦……585

**李商隐** 五十四首 ………… 586
　饯席重送从叔余之梓州 …… 586
　悼伤后赴东蜀辟至散关
　　遇雪 ………………… 587
　乐游原 …………………… 588
　滞雨 ……………………… 589
　忆梅 ……………………… 590
　天涯 ……………………… 590
　听鼓 ……………………… 591
　细雨 ……………………… 592
　宿骆氏亭寄怀崔雍崔衮 … 592
　夕阳楼 …………………… 593
　寄令狐郎中 ……………… 594
　汉宫词 …………………… 595
　瑶池 ……………………… 597
　汉宫 ……………………… 598
　灞岸 ……………………… 599
　赋得鸡 …………………… 599
　夜雨寄北 ………………… 600
　杜司勋 …………………… 602
　李卫公 …………………… 603
　旧将军 …………………… 604
　梦泽 ……………………… 605
　代赠（二首） …………… 605
　读任彦昇碑 ……………… 607
　复京 ……………………… 608
　浑河中 …………………… 609
　咸阳 ……………………… 609

　离亭赋得折杨柳（二首）…… 610
　有感 ……………………… 611
　过郑广文旧居 …………… 612
　贾生 ……………………… 613
　屏风 ……………………… 615
　七夕 ……………………… 615
　夜半 ……………………… 616
　望喜驿别嘉陵江水二绝 … 617
　嫦娥 ……………………… 618
　霜月 ……………………… 619
　柳 ………………………… 620
　三月十日流杯亭 ………… 621
　日日 ……………………… 621
　端居 ……………………… 622
　龙池 ……………………… 623
　吴宫 ……………………… 624
　柳 ………………………… 624
　宫妓 ……………………… 625
　宫辞 ……………………… 627
　隋宫 ……………………… 628
　咏史 ……………………… 628
　南朝 ……………………… 629
　齐宫词 …………………… 630
　北齐（二首） …………… 631

**温庭筠** 十一首 ………… 634
　碧涧驿晓思 ……………… 634
　咸阳值雨 ………………… 634

| | |
|---|---|
| 瑶瑟怨 …………………………… 635 | 鱼玄机 二首 …………………… 650 |
| 过分水岭 ………………………… 636 | 　江行（二首选一） …………… 650 |
| 蔡中郎坟 ………………………… 637 | 　江陵愁望寄子安 ……………… 651 |
| 南歌子词（二首） ……………… 638 | 于　邺 一首 …………………… 651 |
| 杨柳枝（八首选四） …………… 639 | 　高楼 …………………………… 652 |
| 李群玉 五首 …………………… 641 | 皇甫松 四首 …………………… 652 |
| 　静夜相思 ……………………… 641 | 　采莲子（二首） ……………… 652 |
| 　放鱼 …………………………… 641 | 　浪淘沙（二首） ……………… 654 |
| 　黄陵庙 ………………………… 642 | 司马扎 一首 …………………… 655 |
| 　寄友（二首选一） …………… 642 | 　宫怨 …………………………… 655 |
| 　汉阳太白楼 …………………… 643 | 陈　陶 三首 …………………… 655 |
| 赵　嘏 四首 …………………… 644 | 　水调词（十首选一） ………… 656 |
| 　寒塘 …………………………… 644 | 　陇西行（四首选二） ………… 656 |
| 　经汾阳旧宅 …………………… 644 | 刘　驾 一首 …………………… 658 |
| 　西江晚泊 ……………………… 645 | 　晓登成都迎春阁 ……………… 658 |
| 　江楼感旧 ……………………… 646 | 曹　邺 五首 …………………… 659 |
| 潘　图 一首 …………………… 646 | 　筑城（三首） ………………… 659 |
| 　末秋到家 ……………………… 647 | 　官仓鼠 ………………………… 660 |
| 项　斯 一首 …………………… 647 | 　老圃堂 ………………………… 661 |
| 　江村夜泊 ……………………… 647 | 薛　能 一首 …………………… 661 |
| 沈　询 一首 …………………… 648 | 　折杨柳（十首选一） ………… 661 |
| 　更着宴词 ……………………… 648 | 来　鹄 四首 …………………… 662 |
| 崔　橹 二首 …………………… 649 | 　蚕妇 …………………………… 662 |
| 　华清宫（四首选二） ………… 649 | |

题庐山双剑峰 …………… 663
　　云 ………………………… 663
　　鹭鸶 ……………………… 664

**韩　氏** 一首 …………………… 664
　　题红叶 …………………… 664

**李山甫** 一首 …………………… 665
　　赠宿将 …………………… 665

**高　骈** 三首 …………………… 666
　　叹征人 …………………… 666
　　赠歌者（二首选一） …… 667
　　山亭夏日 ………………… 667

**曹　唐** 八首 …………………… 668
　　小游仙诗（九十八首选八） … 668

**郑　畋** 一首 …………………… 671
　　马嵬坡 …………………… 671

**曹　松** 二首 …………………… 672
　　己亥岁（二首选一） …… 672
　　商山 ……………………… 673

**贯　休** 三首 …………………… 673
　　月夕 ……………………… 674
　　马上作 …………………… 674
　　招友人宿 ………………… 675

**处　默** 一首 …………………… 675
　　织妇 ……………………… 675

**罗　隐** 七首 …………………… 676
　　雪 ………………………… 676
　　炀帝陵 …………………… 676
　　柳 ………………………… 677
　　偶题 ……………………… 678
　　蜂 ………………………… 678
　　中秋夜不见月 …………… 679
　　感弄猴人赐朱绂 ………… 680

**罗　邺** 六首 …………………… 680
　　雁（二首选一） ………… 680
　　芳草 ……………………… 681
　　放鹧鸪 …………………… 681
　　秋怨 ……………………… 682
　　江帆 ……………………… 683
　　公子行 …………………… 683

**皮日休** 二首 …………………… 684
　　汴河怀古（二首选一） … 684
　　金钱花 …………………… 684

**陆龟蒙** 十一首 ………………… 685
　　雁 ………………………… 685
　　自遣诗（三十首选三） … 686
　　和袭美泰伯庙 …………… 687
　　和袭美春夕酒醒 ………… 688

白莲…… 688
和袭美钓侣（二首选一）…… 689
吴宫怀古…… 690
新沙…… 691
怀宛陵旧游…… 691

**狄归昌** 一首 …… 692
　题马嵬驿…… 692

**李拯** 一首 …… 693
　退朝望终南山…… 693

**韦庄** 十首 …… 694
　古别离…… 694
　金陵图…… 694
　台城…… 695
　梦入关…… 696
　稻田…… 696
　丙辰年鄜州遇寒食城外
　　醉吟（五首选二）…… 697
　悯耕者…… 698
　虎迹…… 698
　焦崖阁…… 699

**司空图** 九首 …… 699
　独望…… 699
　漫题（三首选一）…… 700
　即事（九首选一）…… 701
　华清宫…… 701

乐府…… 702
河湟有感…… 703
华下（二首选一）…… 703
赠日东鉴禅师…… 704
题裴晋公华岳庙题名…… 705

**聂夷中** 二首 …… 705
　公子家…… 705
　田家…… 706

**张乔** 三首 …… 706
　宴边将…… 707
　河湟旧卒…… 707
　寄维扬故人…… 708

**武瓘** 一首 …… 708
　感事…… 708

**高蟾** 三首 …… 709
　宋汴道中…… 709
　金陵晚望…… 709
　下第后上永崇高侍郎…… 710

**郑谷** 五首 …… 711
　感兴…… 711
　席上贻歌者…… 712
　雪中偶题…… 712
　淮上与友人别…… 713
　十月菊…… 714

崔　涂 一首 …………… 715
　　读庾信集 …………… 715

黄　巢 一首 …………… 716
　　题菊花 ……………… 716

唐彦谦 二首 …………… 717
　　小院 ………………… 717
　　文惠宫人 …………… 717

章　碣 一首 …………… 718
　　焚书坑 ……………… 718

韩　偓 十四首 ………… 719
　　效崔国辅体（四首选三） 719
　　偶见 ………………… 721
　　寒食夜 ……………… 721
　　深院 ………………… 722
　　已凉 ………………… 723
　　新上头 ……………… 724
　　夏日 ………………… 725
　　寄邻庄道侣 ………… 725
　　哭花 ………………… 725
　　夏夜 ………………… 726
　　观斗鸡偶作 ………… 727
　　自沙县抵龙溪值泉州军过后
　　　村落皆空因有一绝 …… 727

杜荀鹤 四首 …………… 728
　　再经胡城县 ………… 728
　　蚕妇 ………………… 729
　　伤硖石县病叟 ……… 729
　　旅怀 ………………… 730

吴　融 四首 …………… 730
　　华清宫（二首选一） … 731
　　卖花翁 ……………… 731
　　楚事 ………………… 732
　　杨花 ………………… 732

崔道融 七首 …………… 733
　　月夕 ………………… 733
　　西施滩 ……………… 734
　　寄人（二首选一） …… 734
　　春晚 ………………… 735
　　长门怨 ……………… 735
　　读杜紫微集 ………… 736
　　鸡 …………………… 737

张　蠙 一首 …………… 737
　　吊万人冢 …………… 737

子　兰 二首 …………… 738
　　襄阳曲 ……………… 738
　　长安早秋 …………… 738

王　涣 二首 …………… 739
　　惆怅诗（十二首选二） … 739

王 驾 二首 …………… 740
　　社日 ………… 741
　　晴景 ………… 741

陈玉兰 一首 ………… 742
　　寄夫 ………… 742

钱 珝 十三首 ………… 743
　　江行无题（一百首选十二）
　　　………………… 743
　　未展芭蕉 ……… 748

卢汝弼 四首 ………… 749
　　和李秀才边庭四时怨
　　（四首）………… 749

郑 邀 二首 ………… 751
　　富贵曲 ………… 751
　　伤农 …………… 752

孙光宪 二首 ………… 752
　　竹枝词（二首选一）… 753
　　杨柳枝词（四首选一）… 753

张 泌 一首 ………… 754
　　寄人（二首选一）… 754

荆 叔 一首 ………… 755
　　题慈恩塔 ……… 755

葛鸦儿 一首 ………… 756
　　怀良人 ………… 756

朱 绛 一首 ………… 757
　　春女怨 ………… 757

张 起 一首 ………… 757
　　春情 …………… 757

张文姬 二首 ………… 758
　　溪口云 ………… 758
　　沙上鹭 ………… 759

无名氏 十一首 ……… 759
　　水调歌（二首）… 759
　　凉州歌 ………… 760
　　水鼓子 ………… 761
　　突厥三台 ……… 762
　　哥舒歌 ………… 762
　　杂诗（四首）…… 763
　　题玉泉溪 ……… 765

唐人绝句辑评 ……………………………………………… 767
唐人绝句辑评书目 ………………………………………… 837

**虞世南**　字伯施,余姚(今浙江余姚)人,生于陈永定二年(五五八),卒于唐贞观十二年(六三八)。仕隋官秘书郎。入唐为秦王府记室参军,历弘文馆学士、秘书监。擅书法,工文词。五言边塞从军之作,琢句精警,渐启唐风。有《虞世南集》,《全唐诗》编存其诗一卷。

## 蝉

垂緌饮清露①,流响出疏桐②。

居高声自远,非是藉秋风。

① 垂緌句:緌,古时系冠之缨,此指蝉首须触。《礼记·檀弓》:"范(蜂)则冠而蝉有緌。"饮清露,喻其洁。
② 流响句:流响,谓其声远闻。出疏桐,喻其高。

【集评】

钟惺《唐诗归》:"与骆丞'清畏人知'(见骆宾王《在狱咏蝉序》)语,各善言蝉之德。"

沈德潜《唐诗别裁》:"命意自高。咏蝉者每咏其声,此独尊其品格。"

李锳《诗法易简录》:"咏物诗固须确切此物,尤贵遗貌得神,然必有命意寄托之处,方得诗人风旨。此诗三四品地甚高,隐然自写怀抱。"

刘永济《唐人绝句精华》:"三四句借蝉抒怀,言果能立身高洁者,不待凭藉,自能名声远闻也。"

【评解】

骆宾王"露重飞难进,风多响易沉",抒含冤莫白之悲;贾岛"折翼犹能薄,酸吟尚极清",有兀傲不平之致;李商隐"五更疏欲断,一树碧无情",寓孤寂落泊之感;此则自写品格,顾盼高远。同一咏蝉而兴寄各殊,处境不同也。(刘拜山,下简作"刘")

**王绩** 字无功,绛州龙门(今山西河津)人,生于隋开皇十年(五九〇),卒于唐贞观十八年(六四四)。隋末官秘书省正字,出为六合县丞。唐初曾为太乐丞,旋弃官还乡,躬耕东皋,自号东皋子。性嗜酒,深慕阮籍、陶潜,著《五斗先生传》及《醉乡记》以托意。诗质朴自然,无唐初藻绘之习。有《东皋子集》,《全唐诗》编存其诗一卷。

## 过酒家① 五首选一

此日长昏饮,非关养性灵②。

眼看人尽醉,何忍独为醒③!

① 一作《题酒家壁》。《旧唐书·王绩传》:"或经过酒肆,动经数日,往往题壁作诗。"
② 性灵:犹言心性。
③ 眼看二句:《楚辞·渔父》:"屈原既放,游于江潭,行吟泽畔,颜色憔悴,形容枯槁。渔父见而问之曰:'子非三闾大夫欤?何故至于斯?'屈原曰:'举世皆浊我独清,举世皆醉我独醒,是以见放。'"此反用其意。王绩生当隋末衰乱之际,故云。

【集评】

胡应麟《诗薮》:"王无功'眼看人尽醉,何忍独为醒!'骆宾王'昔时人已没,今日水犹寒。'初唐绝句精巧,犹是六朝余习。"

【评解】

不忍独醒,正见求醉之深心,乃遁世语,亦伤时语。(刘)


# 秋夜喜遇王处士

北场芸藿①罢,东皋刈②黍归。

相逢秋月满,更值夜萤飞。

① 芸藿:剪除豆叶。
② 刈:割也。

【评解】

写田园生活及秋夜景色,极淳朴恬静之致。下二句景中有情,"喜遇"意跃然言外。(富寿荪,下简作"富")


**上官仪** 字游韶,陕州陕(今河南陕)人,约生于隋大业四年(六〇八),卒于唐麟德元年(六六四)。贞观初进士,授弘文馆学士,迁秘书郎。高宗即位,为秘书少监,进西台侍郎。麟德元年,坐与废太子梁王忠通谋,下狱死。其诗工丽婉媚,时人效之,称"上官体"。《全唐诗》编存其诗一卷。

## 入朝洛堤步月①

脉脉广川流②,驱马历长洲③。

鹊飞山月曙,蝉噪野风秋。

① 唐刘𫗦《隋唐佳话》:"高宗承贞观之后,天下无事。上官侍郎仪独持国政,尝凌晨入朝,巡洛水堤,步月徐辔,咏诗云云,音韵清亮,群公望之,犹神仙焉。"洛堤,洛水之堤。洛水源出陕西华山南麓,流经洛阳,至巩县入黄河。
② 脉脉句:脉脉,水流绵长貌。广川,指洛水。
③ 长洲:指洛堤。

【集评】

胡震亨《唐音癸签》:"贞观、永徽吟贤,褚亮、杨师道、李义府、许敬宗、上官仪,其最也。吉光片羽,仅传人口。仪'鹊飞山月曙,蝉噪野风秋',音响清越,韵度飘扬,齐、梁诸子,咸当敛衽矣。"又云:"上官仪'鹊飞山月曙,蝉噪野风秋',率尔出风致语,佳耳。张说(《和尹懋秋夜游灉湖》)'雁飞江月冷,猿啸野风秋',似有意学之,那得佳?欧公力拟温飞卿警联不及,亦同此。"

宋顾乐《唐人万首绝句》评:"景语神采,在王、裴上。写景沉着,格调亦雍容满足。"

俞陛云《诗境浅说续编》:"此早朝途中所作,'鹊飞'、'蝉噪'二句,写洛堤晓行,风景如画,诗句复清远而有神韵。昔张文潜举昌黎、柳州五言佳句,以韩之'清雨卷归旗'一联、柳之'门掩候虫秋'一联为压卷,上官之作,可方美韩、柳矣。"

## 卢照邻

字昇之,自号幽忧子,范阳(今北京市大兴一带)人,初唐四杰之一,约生于贞观四年(六三〇),约卒于永昌元年(六八九)。曾任邓王府典签,调新都尉,染风疾去官。居太白山,服丹中毒,手足痉挛,病废。后居阳翟具茨山下,疏颍水绕舍,与外隔绝。自伤遭遇,作《五悲文》以托意。终不堪疾病之苦,投颍水卒。工七言歌行,《长安古意》一篇,尤为世传诵。有《卢昇之集》,《全唐诗》编存其诗二卷。

### 曲池①荷

浮香②绕曲岸,圆影覆华池③。

常恐秋风早,飘零君不知。

① 曲池:回折之水池。
② 浮香:指荷花。
③ 圆影句:圆影,指荷叶。华池,池之美称。

【集评】

唐汝询《唐诗解》:"以荷之芳洁比己之才美,又恐早落而不为人知。"

沈德潜《唐诗别裁》:"言外有抱才不遇,早年零落之感。"

宋顾乐《唐人万首绝句选》评:"鹈鴂先鸣,骚人同悲。"

刘永济《唐人绝句精华》:"照邻才学足用而病废,此诗亦《离骚》'恐美人之迟暮'之意。"

【评解】

自怀美质,感年华易逝,遇合难期,而借荷为喻,弥觉空灵委婉。(富)

## 骆宾王

婺州义乌(今浙江义乌)人,初唐四杰之一,约生于贞观十四年(六四〇),卒于光宅元年(六八四)。初为道王府属,历武功、长安主簿,迁侍御史。武后时,谪临海丞,怏怏不得志,旋弃去。徐敬业起兵扬州讨武后,宾王为记室,预其谋。所作《讨武曌檄》,天下传诵。敬业败,被杀。工七言歌行与五律,五绝亦饶声气。有《骆丞集》,《全唐诗》编存其诗三卷。

### 于易水①送人

此地别燕丹,壮士发冲冠②。

昔时人已没,今日水犹寒③。

① 易水:在今河北西部,源出易县。战国时,燕太子丹遣荆轲刺秦王,饯别于水次。
② 此地二句:《史记·刺客列传》:"(荆轲)遂发,太子及宾客知其事者,皆白衣冠以送之。至易水之上,既祖,取道,高渐离击筑,荆轲和而歌,为变徵之声,士皆垂泪涕泣。又前而为歌曰:'风萧萧兮易水寒,壮士一去兮不复还!'复为羽声忼慨,士皆瞋目,发尽上指冠。于是荆轲就车而去。"
③ 水犹寒:用荆轲歌意。

【集评】

吴逸一《唐诗正声》评:"只就地摹写,不添一意,而气概横绝。"

毛先舒《诗辩坻》:"临海《易水送别》,借轲、丹事,用一'别'字映出题面,余作凭吊,而神理已足。二十字中游刃如此,何等高笔!"

宋顾乐《唐人万首绝句选》评:"'此地'二字有无限凭吊意,因地生意,并不说到自身,如此已足。"

俞陛云《诗境浅说续编》:"此诗一气挥洒,怀古苍凉,劲气直达,高格也。"

【评解】

"昔时"二句,即陶潜《咏荆轲》"其人虽已没,千载有余情"意,用"水犹寒"三字一点染,当时英风侠气,便凛然在目。(刘)

# 在军登城楼①

城上风威冷,江中水气寒②。

戎衣何日定③,歌舞入长安④。

① 徐敬业于光宅元年(六八四)九月在扬州起兵,至十一月失败。此作于扬州。
② 城上二句:写初冬景色及军中一派肃杀之气。
③ 戎衣句:《尚书·武成》:"一戎衣,天下大定。"
④ 歌舞句:《三国志·蜀书·庞统传》:"武王伐纣,前歌后舞。"北齐祖珽《从北征》:"方系单于颈,歌舞入长安。"

【集评】

黄叔灿《唐诗笺注》:"只着'歌舞'句,而在军之苦俱从反面托出矣。五字是何等气魄!"

【评解】

诗意慷慨激越,自期必胜,不辞今日在军之苦,正为他时"歌舞入长安"耳。(刘)

# 李峤

字巨山,赵州赞皇(今河北赞皇)人,生于贞观十八年(六四四),卒于开元元年(七一三)。弱冠登进士第,官监察御史。神龙中,以特进同中书门下三品,封赵国公。开元初,累贬卢州别驾,卒。峤与王勃、杨炯接踵,复与崔融、苏味道齐名,故学者多取法焉。七古《汾阴行》,颇为当时传诵。有《李峤集》,《全唐诗》编存其诗五卷。

## 中秋月[①] 二首

盈缺青冥外,东风万古吹。

何人种丹桂[②],不长出轮枝[③]？

① 一作张乔诗。
② 丹桂:《淮南子》:"月中有桂树。"
③ 出轮枝:谓枝干长出月轮之外。

【评解】

设想奇妙,乃屈原《天问》之遗。(刘)

圆魄[①]上寒空,皆言四海同[②]。

安知千里外,不有雨兼风？

① 圆魄:犹云圆月或满月。魄,西汉扬雄《法言·五百》:"月未望则载魄于西,既望则终魄于东。"李轨注:"魄,光也。"
② 皆言句:古时谓中秋日阴晴万里皆同。宋苏轼《中秋月寄子由》:"尝闻此宵月,万里同阴晴。"

【评解】

吴中棹歌云:"月子弯弯照九州,几家欢乐几家愁？"妙在说尽。此诗设为疑词,听人自解,兴寄弥深。(刘)

# 杜审言

字必简,祖籍襄阳,徙居巩县(今河南巩县),杜甫之祖,约生于贞观十九年(六四五),约卒于景龙二年(七〇八)。咸亨进士。武后时,官膳部员外郎。神龙初,坐交通张易之兄弟,流峰州。后为修文馆直学士。少与李峤、崔融、苏味道为"文章四友"。诗与沈佺期、宋之问齐名。五律、五排高华雄整,格律谨严,对杜甫颇有影响。有《杜审言集》,《全唐诗》编存其诗一卷。

## 渡湘江①

迟日园林悲昔游②,今春花鸟作边愁③。

独怜京国人南窜,不似湘江水北流④。

① 此作于流放峰州(故址在今越南北部)途中。湘江,即湘水,源出广西兴安县南海阳山,东流入湖南境,合潇、漓、蒸诸水,北流至长沙入洞庭。
② 迟日句:谓回忆昔时在京师春日园林之游而兴悲。迟日,春日。《诗·豳风·七月》:"春日迟迟。"
③ 今春句:写贬途感触。花鸟本娱人之物,因在贬途,对之反生边愁。
④ 独怜二句:谓北人南窜,赦归无期,转羡湘江之北流也。京国,指长安。按唐戴叔伦《湘南即事》"沅湘尽日东流去,不为愁人住少时",造意略似,可参看。

【集评】

胡应麟《诗薮》:"初唐七言初变梁、陈,音律未谐,韵度尚乏。惟杜审言《渡湘江》、《赠苏绾》二首,结皆作对,而工致天然,风味可掬。"

黄叔灿《唐诗笺注》:"通首意有两层,上二句悲异时,下二句悲异地。'作边愁'字妙。"

【评解】

以昔日园林之游反起下文,愈感今日京国南窜之可悲,愈觉湘江北流之可羡。

"今春花鸟作边愁"句,精妙深婉,殆即为杜甫《春望》"感时花溅泪,恨别鸟惊心"所本。(富)

## 赠苏绾书记①

知君书记本翩翩②,为许③从戎赴朔边?

红粉楼中应计日,燕支山下莫经年④。

① 书记:唐时元帅府及节度使皆置掌书记,简称书记。
② 书记本翩翩:三国魏曹丕《与吴质书》:"元瑜(阮瑀字元瑜,曾为曹操管记室)书记翩翩,致足乐也。"翩翩,轻快自得之状,形容文采风流。
③ 为许:为何。
④ 红粉二句:谓闺中计日望归,切莫久留塞外。燕支山,即焉支山,在今甘肃山丹县东,山产红兰,可为胭脂。相传其地多生美女,故"匈奴失焉支山,歌曰:'失我焉支山,使我妇女无颜色。'"见《史记索隐》。此借以点染,语意双关。

【集评】

宋顾乐《唐人万首绝句选》评:"'红粉'、'燕支',巧有映带,犹是六朝余习,而在初唐,洵为名绝句。"

【评解】

"红粉"二句,盼其不久滞边疆,早归京师,借闺人生发,传情语外,特饶韵致。(刘)

**王勃** 字子安,绛州龙门(今山西河津)人,初唐四杰之一,生于永徽元年(六五〇),卒于上元二年(六七五)。麟德初,登进士第,授朝散郎,为沛王府修撰。既罢,客游蜀中。后为虢州参军,坐事当诛,遇赦免职。上元元年,父福畤由雍州司功参军迁交趾令,次年勃渡海省亲,溺水,惊悸而卒。七言歌行与五律,词采绚丽,音节铿锵,绝句亦独饶胜境。明胡应麟《诗薮》谓:"唐初五言绝,子安诸作已入妙境。"清王士禛《唐人万首绝句选凡例》称其五绝"于唐初独为擅场"。管世铭《读雪山房唐诗钞凡例》谓:"王勃绝句,若无可喜,而优柔不迫,有一唱三叹之音。"有《王子安集》,《全唐诗》编存其诗二卷。

## 江亭夜月送别 二首选一

乱烟笼碧砌①,飞月向南端。

寂寞离亭掩②,江山此夜寒③。

① 碧砌:青石台阶。
② 离亭掩:指分别。离亭,古代驿站。《白帖》:"十里一长亭,五里一短亭。"
③ 江山句:写客去之感。

【集评】

唐汝询《唐诗解》:"烟升月转,见话别之久;亭掩夜寒,觉悄然无人。"

黄叔灿《唐诗笺注》:"'寂寞'句根首句,'江山'句顶次句。'寒'字妙,一片离情,俱从此字托出。"

【评解】

只以"离亭掩"三字点题,别意均融入夜色中,结句"寒"字更传出客去凄凉情怀,极曲折委婉之妙。(富)

## 山中①

长江悲已滞②,万里念将归③。

况属高风晚,山山黄叶飞。

① 此咸亨中客游巴蜀时作。
② 长江句:谓已留滞蜀中甚久。长江,泛指巴蜀地区。
③ 将归:欲归未归。《楚辞·九辩》:"登山临水兮送将归。"

【集评】

黄叔灿《唐诗笺注》:"上二句悲路远,下二句伤时晚,分两层写,更觉萦纡。"
宋顾乐《唐人万首绝句选》评:"寄兴高远,情景俱足。"

【评解】

久客念归,况逢暮秋!后半以景色烘染羁思,运笔极空灵有致。(刘)

## 蜀中九日

九月九日望乡台①,他席他乡送客杯。

人情已厌②南中苦,鸿雁那从北地来?

① 望乡台:故址在今四川成都市北,隋蜀王秀所建。
② 厌:饱尝之意。

【集评】

唐汝询《唐诗解》:"唐人绝句类于无情处生情,此联(指下二句)是其鼻祖。"

沈德潜《唐诗别裁》:"似对不对,初唐标格,不得认作律诗之半。"

管世铭《读雪山房唐诗钞凡例》:"初唐七绝,味在酸咸之外:'人情已厌南中苦,鸿雁那从北地来','独怜京国人南窜,不似湘江水北流','即今河畔冰开日,正是长安花落时',读之初似常语,久而自知其妙。"

【评解】

重阳佳节,客中送客,已难为怀,而鸿雁北来,更触乡思,一结以责问之词出之,尤觉凄断。(富)

**韦承庆**　字延休,郑州阳武(今河南阳武)人,约生于永徽二年(六五一),卒于神龙二年(七〇六)。武后时,官凤阁侍郎同平章事。神龙初,坐附张易之,流岭表。《全唐诗》录存其诗七首。

## 南中咏雁①

万里人南去,三春雁北飞。

不知何岁月,得与尔同归?

① 此作于流放岭南途中。一作《南行别弟》。

【集评】

唐汝询《唐诗解》:"此思归不得,故羡雁之北飞。'尔'者,指雁而言。《品汇》(指

《唐诗品汇》)作《别弟》诗,便如嚼蜡。"

沈德潜《唐诗别裁》:"落句以自然为宗,如此种最难。"

李锳《诗法易简录》:"言外有归期无日之感。不烦斤削,自是天籁。"

俞陛云《诗境浅说续编》:"此作不事研炼,清空如话,弥见天真。"

【评解】

逐客南去,归鸿北飞,与杜审言"独怜京国人南窜,不似湘江水北流",皆从"南"、"北"二字生发,不着气力,自然动人。(刘)


**郭震** 字元振,魏州贵乡(今河北大名)人,生于显庆元年(六五六),卒于先天二年(七一三)。年十八举进士,为通泉尉,以任侠著称。武后时,为凉州都督,有战功。中宗时为相,封代国公。先天中,玄宗讲武骊山,震以军容不整,流新州,旋起为饶州司马,道病卒。诗格雄放,其七古《古剑歌》为武后所称。《全唐诗》编存其诗一卷。


## 米囊花①

开花空道胜于草,结实何曾济得民②?

却笑野田禾与黍,不闻弦管过青春③。

① 米囊花:又名御米花,即罂粟花,花大而艳美。
② 结实句:罂粟实中有子如粟粒,但不能食,故云。
③ 却笑二句:谓禾黍虽可活人,而终老田野,反不若罂粟花可登富贵人家堂室。托讽甚明。

【集评】

刘永济《唐人绝句精华》:"借米囊花名实不符,讥讽居显位者无益于民,反笑无位之志士寂寂一生。"

## 宋之问

一名少连,字延清,虢州弘农(在今河南灵宝西南)人,约生于显庆元年(六五六),卒于先天元年(七一二)。上元进士。武后时,官尚方监丞。神龙初,坐附张易之,贬泷州参军,旋逃归。后起为考功员外郎,修文馆学士。睿宗时,流钦州,寻赐死。五律格律严整,词采绮丽,与沈佺期齐名。有《宋之问集》,《全唐诗》编存其诗三卷。

## 渡汉江①

岭外②音书断,经冬复历春。

近乡情更怯,不敢问来人③。

① 此自泷州(今广州罗定)贬所逃归洛阳途中所作。汉江,指汉水中游之襄河。一作晚唐李频诗,而李未至岭南,且家在睦州,非是。
② 岭外:五岭之外,今广东一带。
③ 来人:指自洛阳南来之人。

【集评】

沈德潜《唐诗别裁》:"即老杜'反畏消息来,寸心亦何有'意。"
李锳《诗法易简录》:"'不敢问来人',以反笔写出苦况。"
宋顾乐《唐人万首绝句选》评:"贬客归家心事,写得逼真的绝。"
施补华《岘佣说诗》:"五绝中能言情,与嘉州'马上相逢无纸笔'同妙。"

【评解】

　　杜甫《述怀》："自寄一封书,今已十月后。反畏消息来,寸心亦何有。"言战乱之后,寄书家中不达,但恐传闻恶耗,故反畏消息之来。此诗言迁客远贬,音书久断,不知家中存亡,故近乡而情愈怯也。两诗皆写特定情况下心理状态,真情实感,有血有泪,不特以刻画见长也。(富)

# 东方虬

武后时为左史。陈子昂尝称其诗。《全唐诗》录存其五绝四首。

## 春雪

春雪满空来,触处①似花开。

不知园里树,若个②是真梅?

　　① 触处:犹云到处、随处。
　　② 若个:哪个。

【集评】

　　黄周星《唐诗快》："只似口头语耳,然拈来自妙。"

【评解】

　　南朝陈苏子卿《梅花落》："中庭一树梅,寒多叶未开。只言花是雪,不悟有香来。"宋王安石《梅花》："墙角数枝梅,凌寒独自开。遥知不是雪,为有暗香来。"与此诗异曲同工。而三者相较,此则清空活泼,尤饶情趣。(富)

# 昭君怨① 三首

汉道方全盛②，朝廷足③武臣。

何须薄命妾，辛苦事和亲！

① 昭君怨：乐府《琴曲歌辞》；一作《王昭君》，乐府《相和歌辞》，皆咏王昭君故事。《西京杂记》载：昭君为汉元帝宫人，自恃美貌，不赂画工，画工乃恶图之，遂不得见。及嫁匈奴呼韩邪单于，临行召见，貌为后宫第一。帝悔之，乃穷案其事，画工毛延寿等皆被诛。
② 汉道句：谓汉朝国势正值强盛之时。
③ 足：多也。

【集评】
　　黄叔灿《唐诗笺注》："大议论出以微婉之辞，更妙在怨意已足。"

【评解】
　　戎昱《咏史》："汉家青史上，计拙是和亲。社稷依明主，安危托妇人。岂能将玉貌，便拟静胡尘。地下千年骨，谁为辅佐臣？"与此诗讽刺相似。然戎昱以议论为诗，此则以微婉顿挫出之，得风人之旨。（富）


掩泪辞丹凤①，衔悲向白龙②。

单于浪惊喜，无复旧时容③。

① 丹凤：指宫阙。《三辅黄图》谓汉长安建章宫有凤凰阙。韦应物《酒肆行》："回瞻丹凤阙。"
② 白龙：白龙堆，即今新疆南部库穆塔格沙漠。其地沙冈起伏，形如卧龙，故名。此借指匈奴之地。

③ 单于二句：谓昭君去国远嫁，悲恨若此，岂复有旧时容貌，单于枉自惊喜。单于，匈奴君长之称。浪，空也，枉也。

【集评】

黄叔灿《唐诗笺注》："郭元振《王昭君》'容颜日憔悴，有甚画图时。'白乐天《王昭君》'愁苦辛勤憔悴尽，如今却似画图时。'俱从此翻出，总不若此之微而婉也。"

宋顾乐《唐人万首绝句选》评："伤心语出以风趣，妙绝。"

俞陛云《诗境浅说续编》："起笔以流水句法作对语，'丹凤'、'白龙'，属对殊工。后二句言风沙绝域，已失旧容，而单于见之，犹为惊喜，则昭君之绝艳可知矣。"

【评解】

王安石《明妃曲》："明妃初出汉宫时，泪湿春风鬓脚垂。低徊顾影无颜色，尚得君王不自持。"与此诗刻画相似，皆极意形容，正可合看。（富）


胡地无花草，春来不似春。

自然衣带缓，非是为腰身①。

① 自然二句：谓在胡地举目无欢，自然消瘦，非希冀宠幸而节食为细腰也。缓，宽松。为腰身，《管子·七臣七主》："楚王好小腰，而美人省食。"《后汉书·马廖传》："传曰：'吴王好剑客，百姓多创瘢；楚王好细腰，宫中多饿死。'"

【评解】

此以胡地愁人景色，烘染昭君离恨，写来委婉悱恻，曲尽情事。（富）

# 王适

幽州(治所在今北京城西南)人。武后时,官雍州司功参军。《全唐诗》录存其诗五首。

## 江滨梅

忽见寒梅树,开花汉水滨。

不知春色早,疑是弄珠人①。

① 弄珠人:《列仙传》:"郑交甫尝游汉江,见二女,佩两明珠,大如鸡卵,交甫见而悦之,不知其神人也。"张衡《南都赋》:"游女弄珠于汉皋之曲。"

【集评】

杨慎《升庵诗话》:"'忽见寒梅树'云云,此王适诗也。《唐音》选之,一首足传矣。"

胡应麟《诗薮》:"古今梅诗,五言惟何逊,七言惟老杜,绝句惟王适,外此无足论者。"

黄生《唐诗摘钞》:"用汉皋神女事,故以痴语见趣。"

宋宗元《网师园唐诗笺》:"三四粘合江梅,不得以句近晚唐少之。"

【评解】

因寒梅开于汉水之滨,而比之弄珠仙女,本地风光,绾合无痕。(富)

# 贺知章

字季真,晚号四明狂客,越州永兴(今浙江萧山)人,生于显庆四年(六五九),卒于天宝三载(七四四)。武后证圣间进士,授四门博士。开元中,累迁至秘书监。天宝初,上疏请度为道士,求还乡里。玄宗制诗赠行,诏赐镜湖一曲。性旷达,好饮酒,与张旭、李白友善。绝句清浅自然,世所传诵。有《贺秘监集》,《全唐诗》编存其诗一卷。

## 咏柳

碧玉①妆成一树高,万条垂下绿丝绦②。

不知细叶谁裁出,二月春风似剪刀③。

① 碧玉:拟柳叶。
② 绿丝绦:拟柳条。
③ 不知二句:宋梅尧臣《东城送运判马察院》:"春风骋巧如剪刀,先裁杨柳后杏桃。"清金农《柳》:"千丝万缕生便好,剪刀谁说胜春风。"皆从此脱化。

【集评】

黄周星《唐诗快》:"尖巧语,却非由雕琢而得。"

【评解】

"不知"二句,语意新奇,生机盎然,咏春柳入妙。(刘)

## 回乡偶书 二首

少小离家老大回,乡音无改鬓毛衰。

儿童相见不相识,笑问客从何处来?

【集评】

唐汝询《唐诗解》:"模写久客之感,最为真切。"

宋宗元《网师园唐诗笺》:"情景宛然,纯乎天籁。"

【评解】

写眼前事,一往任笔,轻松活泼,情趣盎然,而无穷感慨,即寓其中,此境在唐人七绝中殊不多见。(富)

离别家乡岁月多,近来人事半销磨。

惟有门前镜湖①水,春风不改旧时波。

① 镜湖:在今浙江绍兴市南。

【评解】

人事销磨,风景依旧,写久客还乡之感,惘然不尽。(富)

## 陈子昂

字伯玉,梓州射洪(今四川射洪)人,生于显庆六年(六六一),卒于长安二年(七〇二)。文明元年(六八四)进士。武后时,官麟台正字,迁右拾遗。曾从武攸宜征契丹。圣历初,辞官还乡。后为县令段简诬害系狱,忧愤而卒。子昂首倡汉、魏风骨,力矫齐、梁绮靡,开一代风尚。五古、五律高峻雄浑,寄兴遥深。有《陈拾遗集》,《全唐诗》编存其诗二卷。

## 赠乔侍御①

汉庭荣巧宦，云阁薄边功②。

可怜骢马使③，白首为谁雄④！

① 乔侍御：即诗人乔知之，时任侍御史。
② 汉庭二句：借汉事讥当时朝廷喜巧宦而薄边功。子昂尝与知之北征，其《西还至散关答乔补阙知之》："昔君事胡马，余得奉戎旃。携手向沙塞，关河缅幽燕。功业云台薄，平生玉佩捐。"云云，可与此参看。巧宦，谓仕宦之善于营谋者。《史记·汲黯传》："黯姑姊子司马安，亦少与黯为太子洗马。安文深，善巧宦，官四至九卿。"云阁，即云台，汉明帝绘图纪念功臣处。边功，谓立功于边疆者。
③ 骢马使：东汉桓典为侍御史，刚正不阿，权贵畏惮，常乘骢马，京师为之语曰："行行且止，避骢马御史。"见《后汉书·桓典传》。时知之任侍御史，故以桓典比之。
④ 为谁雄：谓空有雄才，不为世用。

【集评】

唐汝询《唐诗解》："此见时不可为，故白首沦落，非拙于用世也。"

## 崔液

字润甫，定州安喜（今河北定州）人，崔湜之弟。登进士第。中宗时，官殿中侍御史。《全唐诗》录存其诗十二首。

## 上元夜① 六首选三

玉漏银壶②且莫催，铁关金锁彻明开③。

谁家见月能闲坐，何处闻灯不看来？

① 上元夜：正月十五夜为上元夜，亦称元宵。唐刘肃《大唐新语》："神龙之际，京城正月望日，盛饰灯影之会。金吾弛禁，特许夜行。贵游戚属及下隶工贾，无不夜游。车马骈阗，人不得顾。王、主之家，马上作乐，以相夸竞。文士皆赋诗一章，以纪其事。作者数百人，唯中书侍郎苏味道、吏部员外郎郭利贞（按苏、郭皆五律）、殿中侍御史崔液三人为绝唱。"
② 玉漏银壶：古代以漏刻之法时，其法以铜壶盛水，壶底穿一小孔，壶中立箭，上刻度数，壶中之水以漏渐减，箭上度数亦以次显露，即可按度计时，击鼓报更，击钟报点（每夜分为五更，每更分为五点）。玉漏，指漏箭。银壶，指漏壶，即盛水之铜壶。
③ 铁关句：铁关，指城门。彻明，犹言到晓。

【评解】

首章写佳节动人，倾城欲出景象，着意在"谁家"、"何处"四字。（刘）

金勒银鞍控紫骝①，玉轮珠幰驾青牛②。

骎骎③始散东城曲，倏忽④还来南陌头。

① 紫骝：紫骝马。
② 玉轮句：幰，车幔。驾青牛，魏、晋多乘牛车，唐时犹存旧习。卢照邻《长安古意》："青牛白马七香车。"
③ 骎骎：腾踏矫捷貌。
④ 倏忽：迅速貌。

【评解】

次章写车马喧阗，游人杂遝景象，着意在"始散"、"还来"四字。（刘）

星移汉转月将微①，露洒烟飘灯渐稀。

犹惜路旁歌舞处,踌躇相顾不能归。

① 星移句:谓夜色已深。汉,银汉,即银河。

【评解】

末章写彻夜欢娱,意犹未尽,着意在"不能归"三字。初唐七绝雍容阔大,尚不刻意求工,而味自醇郁。(刘)

**卢僎** 临漳(今河南临漳)人。自闻喜尉入为学士,终于吏部员外郎。《全唐诗》录存其诗十四首。

## 途中口号①

抱玉三朝楚,怀书十上秦②。

年年洛阳陌,花鸟弄归人③。

① 此作于下第途中。口号,即口占之义。
② 抱玉二句:谓屡试不第。抱玉句,楚人和氏得玉璞于楚山中,献厉王,玉工曰石,王刖其左足。武王即位,复献之,玉工又曰石,王刖其右足。文王即位,和抱璞哭于楚山之下,王使人问其故,命玉工理其璞而得宝,命曰和氏之璧。详见《韩非子·和氏篇》。怀书句,《战国策·秦策》:"苏秦说秦王,书十上而说不行。"
③ 年年二句:谓年年至洛阳应试落选,归途遭花鸟嘲弄。按晚唐李山甫《下第出春明门》:"曾和秋雨驱愁入,却向春风领恨回。深谢灞陵堤畔柳,与人头上拂尘埃。"与此诗异曲同工,可参看。

【集评】

宋顾乐《唐人万首绝句选》评:"语意工绝,'弄'字是句眼,括得上二句稳足。"

【评解】

"年年"二句,不曰为人嘲弄,而咎花鸟,语意蕴藉。(刘)


# 南楼①望

去国三巴②远,登楼万里春。

伤心江上客③,不是故乡人。

① 南楼:故址在今湖北武昌。
② 三巴:在今四川东部。东汉末年,益州牧刘璋置巴郡、巴东、巴西三郡,时称三巴。
③ 江上客:作者自谓。

【集评】

吴逸一《唐诗正声》评:"纯雅真切,是初唐第一义。"

俞陛云《诗境浅说续编》:"人当客途,已切相思,及登楼四望,云山新异,更惊身在他乡,故作者为之咏叹。"

【评解】

"伤心"二句,亦犹王粲《登楼赋》"虽信美而非吾土兮"意,而语特婉曲。(富)

**张纮**　武后久视时进士,曾官监察御史,后自左拾遗贬许州司户。《全唐诗》录存其诗三首。

## 闺怨

去年离别雁初归,今夜裁缝萤已飞①。

征客②近来音信断,不知何处寄寒衣。

① 去年二句:谓已别离经年。
② 征客:指出征之丈夫,亦犹征人。

【评解】

"征客"二句,与张仲素《秋闺思》"欲寄征衣问消息,居延城外又移军",造意略似,而"音信断"更有无限忧疑之意,尤耐寻味。(刘)

**张敬忠**　曾官监察御史。神龙三年(七〇七),张仁愿为朔方总管,奏判军事。开元中,为平卢节度使。《全唐诗》录存其诗二首。

## 边词

五原春色旧来迟①,二月垂杨未挂丝。

即今河畔冰开日,正是长安花落时。

① 五原句:五原,秦九原郡,汉武帝置五原郡,有五原县,在今内蒙古境内,南临黄河。旧来,向来。

【集评】

锺惺《唐诗归》:"只叙景物,许多感情。"

俞陛云《诗境浅说续编》:"凡作边词,每言塞外春迟,而各人诗笔不同。王之涣诗'羌笛何须怨杨柳,春风不度玉门关',推为绝唱,然张诗自有初唐质朴之气。"

【评解】

以长安花事反衬塞外苦寒,归思自见。(刘)

张说 字道济,洛阳人,生于乾封二年(六六七),卒于开元十八年(七三〇)。武后策贤良方正,说所对第一,授左补阙。睿宗时,官中书侍郎。开元初,进中书令,封燕国公。曾坐事贬岳州刺史,复拜兵部尚书,终于尚书左丞相。说为文精丽,朝廷大述作,多出其手,与许国公苏颋号"燕许大手笔"。诗高华精整,尤擅五古、五律;贬岳州后,诗转凄婉,时谓得江山之助。有《张燕公集》,《全唐诗》编存其诗五卷。

# 蜀道后期①

客心争日月②,来往预③期程。

秋风不相待,先至洛阳城。

① 此使蜀时作。后期,至期不归。
② 日月:指时间。
③ 预:算定。

【集评】

吴逸一《唐诗正声》评:"诗意巧妙,非百炼不能,又似不用意而得者。"

黄生《唐诗摘钞》:"'后期'者,不果前所期也。此何干秋风,而怨其不能相待。'诗有别趣,而不关理',即此之谓。"

沈德潜《唐诗别裁》:"以秋风先到,形出己之后期,巧心潜发。"

宋顾乐《唐人万首绝句选》评:"'后'字从对面托出,一句不正说,妙绝。责秋风微妙,此谓言外意。"

【评解】

此诗以"争"字为一篇眼目,客心与日月相争,秋风复与客心相争,而归心之切,后期之恨,均于此字见之。(刘)


# 送梁六①

巴陵②一望洞庭秋,日见孤峰③水上浮。

闻道神仙④不可接,心随湖水共悠悠。

① 一作《送梁六自洞庭山作》。梁六,梁知微,曾为潭州(今湖南长沙市)刺史。梁自潭州入朝,途经岳州(张说有《岳州别梁六入朝》诗),时张说贬官为岳州刺史,作此送别。
② 巴陵:即岳州,唐时为巴陵郡,郡治在今湖南岳阳市。
③ 孤峰:指君山,在岳阳西南洞庭湖中,相传舜妃湘君游此,故名。
④ 神仙:指湘君。相传舜南巡,死于苍梧之野。其妃娥皇、女英追踪至洞庭,

闻舜死,南望痛哭,自投湘水而死,遂为湘水之神,称湘君。《水经注·湘水》:"言大舜之陟方也,二妃从征,溺于湘江,神游洞庭之渊,出入潇湘之浦。"

【集评】

沈德潜《唐诗别裁》:"远神远韵,送意自在其中。比洞庭为神仙窟宅,然身不至,惟送人之心与湖水俱远耳。"

俞陛云《诗境浅说续编》:"此诗言烟波浩渺中,神仙既不可接,客帆亦天际迢遥;末句之悠悠凝望,即送别之心也。"

刘永济《唐人绝句精华》:"首二句实写洞庭湖山,中夹第三句,遂使实境化成缥缈之景,引起第四句别情,便觉悠然无尽。"

【评解】

此因送梁六入朝而自伤迁谪,故托兴湘君以寄意耳。(刘)

苏颋　字廷硕,京兆武功(今陕西武功)人,生于咸亨元年(六七〇),卒于开元十五年(七二七)。武后时进士,官监察御史。景云中,迁紫微侍郎,封许国公。开元中为相,与宋璟共理政事。后罢为益州长史。颋以文章著称,与张说齐名。有《苏许公集》,《全唐诗》编存其诗二卷。

## 汾上①惊秋

北风吹白云②,万里渡河汾③。

心绪逢摇落④,秋声不可闻。

① 汾上：汾水之滨。汾水又名汾河，源出山西宁武西南管涔山，西南流经河津入黄河。
② 北风句：汉武帝泛舟汾河，作《秋风辞》，起句云"秋风起兮白云飞"，"白云"字本此。
③ 河汾：指汾水流经山西西南部入黄河之一段。
④ 摇落：战国楚宋玉《九辩》："悲哉秋之为气也，萧瑟兮草木摇落而变衰。"此借指心绪之凄怆。

【集评】

沈德潜《唐诗别裁》："一气流注中仍复含蓄，五言佳境。"

黄叔灿《唐诗笺注》："是秋声摇落，偏言心绪摇落，相为感触写照，秋声愈有情矣。"

李锳《诗法易简录》："首句写景，便已含起可惊之意，次句加以'万里'，又早为'惊'字通气，'心绪'句正写所以'惊秋'之故。前三句无一字说到'惊'，却无一字不为'惊'字追神取魄，所以末句只点出'秋'字，而意已无不曲包。弦外之音，实有音在；味外之味，实有味在。所谓含蓄者，固贵其不露，尤贵其能包括也。"

宋顾乐《唐人万首绝句选》评："大家气格，五字中最难得此。与王勃《山中》作运意略同，而此作觉更深成。"

吴昌祺《删订唐诗解》："急起急收，而含蕴不尽，五绝之最胜者。"

【评解】

"心绪"二句，写客中惊秋，与刘禹锡《秋风引》"朝来入庭树，孤客最先闻"，异曲同工。（刘）

# 张九龄

字子寿，韶州曲江（今广东曲江）人，生于咸亨四年（六七三），卒于开元二十八年（七四〇）。景龙初，登进士第，为左拾遗。开元中，累官至中书侍郎同平章事，迁中书令。后为李林甫嫉害，贬荆州长史。五古、五律词采华赡，情致深婉；晚年遭谗受贬，风格转趋疏澹。有《曲江集》,《全唐诗》编存其诗三卷。

# 自君之出矣①

自君之出矣,不复理残机②。

思君如满月,夜夜减清辉。

① 自君之出矣:汉末徐幹有《室思》诗五章,其三曰:"自君之出矣,明镜暗不治。思君如流水,无有穷已时。"后遂沿为乐府诗题。
② 残机:指留有未完成织物之织机。

【集评】

锺惺《唐诗归》:"从'满'字生出'减'字,妙想。"

唐汝询《唐诗解》:"不理残机,见心绪之已乱;思如满月,见容华之日涠。"

贺贻孙《诗筏》:"'满'字、'减'字,纤而无痕,殊近乐府,此题第一首诗也。"

李锳《诗法易简录》:"若直言消减容光,便平直少味,借满月以写之,新颖绝伦。其思路之巧,全在一'满'字。"

宋顾乐《唐人万首绝句选》评:"语工意刻,此题得此作,真足超前绝后。"

俞陛云《诗境浅说续编》:"较《古诗十九首》'衣带日以缓'、'思君令人老'等句,语婉而意尤悲。"

高步瀛《唐宋诗举要》:"子寿此篇,与'海上生明月'托旨相同。"

【评解】

此诗殆是九龄贬荆州长史后作,以风人之旨,寄迁谪之思。高评谓与《望月怀远》之作托旨相同,甚是。(刘)

## 照镜见白发①

宿昔②青云志,蹉跎③白发年。

谁知明镜里,形影自相怜。

① 此诗录自《万首唐人绝句》,《全唐诗》未收。
② 宿昔:往时。
③ 蹉跎:失意之意。

【集评】

唐汝询《唐诗解》:"此曲江罢相之后,慨功业不遂而作也。"

沈德潜《唐诗别裁》:"曲江抱伯仲伊、吕之志,而令其蹉跎以老,唐室所以衰也。"

【评解】

蹉跎白发,对镜自怜,写遭谗去位,勋业未遂之情,极感慨苍凉之致。(富)

张旭　字伯高,苏州吴(今江苏苏州)人。曾官常熟尉,又任金吾长史,世称张长史。性嗜酒,善草书。时以李白歌诗、张旭草书及裴旻剑舞为三绝。绝句清迥超妙。《全唐诗》录存其诗六首。

## 桃花溪①

隐隐飞桥隔野烟,石矶西畔问渔船:

桃花尽日随流水，洞在清溪何处边②？

① 桃花溪：《清一统志》："常德府桃源县（今湖南桃源）有桃花洞，洞北有桃花溪。"
② 桃花二句：晋陶潜《桃花源记》："晋太元中，武陵（郡名，桃源县属武陵郡）人捕鱼为业，缘溪行，忘路之远近。忽逢桃花林，夹岸数百步，中无杂树，芳草鲜美，落英缤纷。渔人甚异之。复前行，欲穷其林。林尽水源，便得一山。山有小口，仿佛若有光。便舍船从口入。"

【集评】

黄生《唐诗摘钞》："长史不以诗名，三绝（指此与下二首）恬雅秀润，盛唐高手无以过也。"

孙洙《唐诗三百首》："四句抵得一篇《桃花源记》。"

【评解】

"桃花"二句，与王维《桃源行》"春来遍是桃花水，不辨仙源何处寻"，皆就《桃花源记》渲染，而轻灵隽永，妙有余味。（富）


## 山中留客

山光物态弄春晖，莫为轻阴便拟归。

纵使晴明无雨色，入云深处亦沾衣①。

① 纵使二句：谓纵使晴明不雨，云气亦常沾衣，不必因轻阴而便欲归也。南北朝庾信《和宇文内史春日游山》："山深云湿衣。"

【集评】

宋顾乐《唐人万首绝句选》评："清词妙意，令人低徊不止。"

俞陛云《诗境浅说续编》:"凡游名山,每遇云起,咫尺外不辨途径,襟袖尽湿,知此诗写山景甚确。"

刘永济《唐人绝句精华》:"此诗末句最能写出深山云雾溟蒙景色。"

【评解】

首句"弄"字精妙传神,极状山中景物之可爱,以反起下文。"纵使"二句,与王维《山中》"山路元无雨,空翠湿人衣",写景相似,而出以摇曳之笔,便饶情致。(富)

## 春草①

春草青青万里余,边城落日见离居②。

情知③海上三年别,不寄云间一纸书④。

① 此诗张旭有手迹,世称《春草帖》。诗题乃辑者所加。
② 边城句:谓当边城落日之际,更见离群索居者孤寂之情。
③ 情知:犹云诚知、明知。
④ 云间一纸书:用雁足传书事。

【集评】

黄生《唐诗摘钞》:"声调柔婉,几近王龙标。"

**王翰** 字子羽,并州晋阳(今山西太原)人。景云元年(七一〇)进士。性豪迈不羁,喜纵酒游猎。张说镇并州,颇礼遇之;及执政,征为秘书省正字,迁驾部员外郎。说罢相,翰出为汝州长史,徙仙州别驾,复贬道州司马。诗格雄放,七绝《凉州词》,尤负盛名。《全唐诗》录存其诗一卷。

# 凉州词① 二首选一

葡萄美酒夜光杯②,欲饮琵琶马上催③。

醉卧沙场君莫笑,古来征战几人回?

① 凉州词:乐府《近代曲辞》。《乐府诗集》:"《乐苑》曰:'《凉州》,宫调曲。开元中,西凉府都督郭知运进。'"凉州,今甘肃武威。
② 葡萄句:西域产葡萄,可酿美酒。唐太宗破高昌,收马乳葡萄实于苑中种之,并得其酒法,后遂传于中国。夜光杯,《十洲记》:"周穆王时,西胡献夜光常满杯,杯是白玉之精,光明照夜。"此借以形容酒杯之晶莹。
③ 欲饮句:谓欲饮之际,闻马上弹奏琵琶劝酒。琵琶,《释名·释琵琶》:"琵琶本出胡中,马上所鼓也。"《乐府杂录·琵琶》:"始自乌孙公主造,马上弹之。"催,唐诗宋词中有用作劝酒之意者,如李白《襄阳歌》:"车旁侧挂一壶酒,龙管凤笙行相催。"韩翃《赠张千牛》:"急管昼催平乐酒。"刘禹锡《洛中送韩七中丞之吴兴口号》:"今朝无意诉(诉,辞也)离杯,何况清纮急管催。"李商隐《杏花》:"终须催竹叶。"晏殊《清平乐》:"劝君绿酒金杯,莫嫌丝管声催。"黄庭坚《南乡子》:"催酒莫迟留,酒味今秋似去秋。"

【集评】

王世贞《艺苑卮言》:"'可怜无定河边骨,犹是春闺梦里人',用意工妙至此,可谓绝唱矣。惜为前二句所累,筋骨毕露,令人厌憎。'葡萄美酒'一绝,便是无瑕之璧,盛唐地位,不凡乃尔。"

沈德潜《唐诗别裁》:"故作豪饮之辞,然悲感已极。"

李锳《诗法易简录》:"意甚沉痛,而措语含蓄,斯为绝句正宗。"

宋顾乐《唐人万首绝句选》评:"气格俱胜,盛唐绝作。"

施补华《岘佣说诗》:"作悲伤语读便浅,作谐谑语读便妙,在学人领悟。"

俞陛云《诗境浅说续编》:"诗言玉杯盛琥珀之光,檀柱拨伊凉之调,拚取今宵沉醉,君莫笑其放浪形骸,战场高卧,但观能玉关生入者,古来有几人耶!于百死中姑纵片时之乐,语尤沉痛。"

【评解】

前半写美酒琼杯,琵琶侑觞,着意渲染军中宴饮,以反跌下文。后半作折笔,悲慨而以豪旷语出之,弥觉沉郁苍凉,风致迥异。(富)

**王之涣** 字季凌,晋阳(今山西太原市)人,生于垂拱四年(六八八),卒于天宝元年(七四二)。初补冀州衡水主簿,后为文安郡文安县尉。慷慨有大略,好击剑纵酒,以豪侠著称。开元中,与高适、王昌龄、崔国辅等唱和,名动一时。唐靳能所撰墓志,称其"尝或歌从军,吟出塞,皦兮极关山明月之思,萧兮得易水寒风之声。传乎乐章,布在人口"。《全唐诗》录存其诗六首。

## 送别

杨柳东门树①,青青夹御河②。

近来攀折苦,应为别离多③。

① 东门树:一作"东风树"。按东门即长安青门,唐时出京东行者,多于此送别。李泌有"青青东门柳"句。白居易《青门柳》:"青青一树伤心色,曾入几人离恨中。为近都门多送别,长条折减春风。"均足证明当作"东门树"。
② 御河:指京城护城河。
③ 近来二句:古时有折柳赠行习俗,故云。

【集评】

唐汝询《唐诗解》:"离别之多,柳尚不胜攀折,岂人情所能堪。"

宋顾乐《唐人万首绝句选》评:"因自己送别,想到人世多别,托笔深情无限。"

管世铭《读雪山房唐诗钞凡例》:"王之涣'黄河远上'之外,五言如《送别》及《鹳雀楼》二篇,亦当入旗亭之画。"

王文濡《唐诗评注读本》:"此与(李白《劳劳亭》)'春风知别苦,不遣柳条青',词相反而意同。"

【评解】

不作惜别之词,却怜杨柳之苦,措语特为含蓄。(刘)


## 登鹳雀楼①

白日依山尽,黄河入海流。

欲穷千里目,更上一层楼。

① 唐芮挺章《国秀集》、明赵宧光《万首唐人绝句》及锺惺《唐诗归》作朱斌诗,宋李昉《文苑英华》、计有功《唐诗纪事》、洪迈《万首唐人绝句》及明高棅《唐诗品汇》作王之涣诗,《全唐诗》互见朱斌、王之涣诗。宋范成大《吴郡志》引唐人所著《翰林盛事》:"朱佐日,吴郡人,两登制科,三为御史。天后(指武则天)尝吟诗曰'白日依山尽'云云,问是谁作? 李峤对曰:'御史朱佐日诗也。'"朱佐日或即朱斌。鹳雀楼,宋沈括《梦溪笔谈》:"河中府(今山西永济)鹳雀楼三层,前瞻中条(中条山),下瞰大河(黄河)。唐人留诗者甚多,惟李益、王之涣、畅诸三诗能状其景。"

【集评】

胡应麟《诗薮》:"对结者须意尽,如王之涣'欲穷千里目,更上一层楼',高达夫

'故乡今夜思千里,霜鬓明朝又一年',添着一语不得乃可。"

唐汝询《唐诗解》:"日没河流之景,未足称奇,穷目之观,更在高处。"

黄生《唐诗摘钞》:"空阔中无所不有,故雄浑而不疏寂。"

沈德潜《唐诗别裁》:"四句皆对,读去不嫌其排,骨高故也。"

黄叔灿《唐诗笺注》:"通首写其地势之高,分作两层,虚实互见。沈存中(沈括)曰:'鹳雀楼前瞻中条山,下瞰大河。'上十字大境界已尽,下十字妙以虚笔托之。"

李锳《诗法易简录》:"此诗首二句先切定鹳雀楼境界,后二句再写登楼,格力便高。后二句不言楼之如何高,而楼之高已极尽形容,且于写景之外,更有未写之景在,此种格力,尤臻绝顶。"

许印芳《诗法萃编》:"五绝全对者,王之涣《登鹳雀楼》、司空曙《送卢秦卿》、柳宗元《江雪》、张祜《宫词》,数诗皆语平意侧,一气贯注。凡作排偶文字,解用此笔,自无板滞杂凑之病。"

俞陛云《诗境浅说续编》:"前二句写山河胜概,雄伟阔远,兼而有之;后二句复余劲穿甲。二十字中,有尺幅千里之势。同时畅当亦有《登鹳雀楼》五言诗云:'迥临飞鸟上,高出世尘间。天势围平野,河流入断山。'二诗功力悉敌。但王诗赋实境在前二句,虚写在后二句,畅诗先虚写而后实赋,诗格异而诗意则同。以赋景论,畅之'平野'、'断山'二句,较王诗为工细。论虚写,则同咏楼之高迥,而王诗'更上一层',尤有余味。"

【评解】

前半写登临所见,气象宏阔,有咫尺万里之势。后半拓开一层作结,以传登高望远之神,既切鹳雀楼处势,又见作者胸襟。四句皆对,而一气流走,悠然不尽,实缘命意高也。(刘)

## 凉州词[①] 二首选一

黄沙直上[②]白云间,一片孤城万仞山。

羌笛何须怨杨柳,春风不度玉门关③。

① 此诗《乐府诗集》题作《出塞》。凉州词,见王翰《凉州词》注。高适有《和王七玉门关听吹笛》绝句,王七,即王之涣,则此诗当作于玉门关。
② 黄沙直上:《全唐诗》一作"黄河远上",而《文苑英华》《乐府诗集》《唐诗纪事》《万首唐人绝句》均作"黄沙直上"。按岑参《玉门关盖将军歌》:"玉门关城迥且孤,黄沙万里白草枯。"与此诗首二句写玉门关荒凉景象正相合,当作"黄沙直上"。
③ 羌笛二句:杨柳,即《折杨柳》之简称,汉《横吹曲》名,多述离愁别绪。此从曲中"杨柳"联想塞外春光,故云。按李白《塞下曲》:"五月天山雪,无花只有寒。笛中闻折柳,春色未曾看。"与此同意。玉门关,故址在今甘肃敦煌西北。

【集评】

杨慎《升庵诗话》:"此诗言恩泽不及于边塞,所谓君门远于万里也。"

吴逸一《唐诗正声》评:"神气内敛,骨力全融,意沉而调响。满目征人苦情,妙在含蓄不露。"

吴乔《围炉诗话》:"《唐诗纪事》王之涣《凉州词》是'黄沙直上白云间',坊本作'黄河远上白云间'。黄河去凉州千里,何得为景?且河岂可言直上白云耶?此类殊不少,何从取证而尽改之!"

黄生《唐诗摘钞》:"王龙标'更吹羌笛关山月,无那金闺万里愁',李君虞'不知何处吹芦管,一夜征人尽望乡',与此并同一意,然不及此作,以其含蓄深永,只用'何须'二字略略见意故耳。"

薛雪《一瓢诗话》:"'羌笛何须怨杨柳,春风不度玉门关',其苦思妙响,尤得风人之旨。"

李锳《诗法易简录》:"神韵格力,俱臻绝顶。不言君恩之不及,而托言春风之不度,立言尤为得体。"

管世铭《读雪山房唐诗钞凡例》:"摩诘、少伯、太白三家,鼎足而立,美不胜收。王之涣独以'黄河远上'一篇当之,彼不厌其多,此不愧其少,可谓拔戟自成一队。"

俞陛云《诗境浅说续编》:"此诗前二句之壮采,后二句之深情,宜其传遍旗亭,推为绝唱也。"

叶景葵《卷盦书跋》:"诗句有一字沿讹为后人所忽略者,如《凉州词》'黄河远上白云间',古今传诵之句也,前见北平图书馆新得铜活字本《万首唐人绝句》,'黄河'作'黄沙',恍然有悟。向诵此诗,即疑'黄河'两字与下三句皆不贯串,此诗之佳处不知何在!若作'黄沙',则第二句'万仞山'便有意义,而第二联亦字字皆有着落,第一联写出凉州荒寒萧索之象,实为第三句'怨'字埋根,于是此诗全体灵活矣。"

刘永济《唐人绝句精华》:"此诗各本皆作'黄河远上',惟计有功《唐诗纪事》作'黄沙直上'。按玉门关在敦煌,离黄河流域甚远,作'河'非也。且首句写关外之景,但见无际黄沙直与白云相连,已令人生荒远之感。再加第二句写其空旷寥廓,愈觉难堪。乃于此等境界之中忽闻羌笛吹《折杨柳》曲,不能不有'春风不度玉门关'之怨词。"

【评解】

前半以黄沙孤城直写边塞荒凉,后半以春风杨柳暗逗征人归思。第三句故作宕开之笔,为末句造势,极尽吞吐之妙。(刘)

**崔国辅** 吴郡(今江苏苏州)人。开元十四年(七二六)进士。曾官许昌令,累迁集贤院直学士、礼部员外郎。天宝间,贬晋陵司马。五绝清丽深婉,含蓄不尽。殷璠于《河岳英灵集》中称其诗"婉娈清楚,深宜讽味,乐府数章,古人不及也"。《全唐诗》编存其诗一卷。

## 怨词① 二首

妾有罗衣裳,秦王②在时作。

为舞春风多,秋来不堪着。

① 怨词:乐府《相和歌辞·楚调曲》。
② 秦王:梁吴均有《秦王卷衣》诗,写秦王卷衣赠所欢。此借指。

【集评】

钟惺《唐诗归》:"'春风'、'秋来',有意感染。"

唐汝询《唐诗解》:"此为旧宫人之词,疑崔有所寄托也。"

李锳《诗法易简录》:"不言其人之失宠,而但言罗衣之不堪着,且推其不堪着之故于'为舞春风多',转若承恩颇久,合当弃置者。诗可以怨,此种足以当之。"

宋顾乐《唐人万首绝句选》评:"此为旧宫人之辞,以'春'、'秋'替'今'、'昔'字,自负自怜,却有意,极深妙。"

刘永济《唐人绝句精华》:"此宫怨词,但以旧日舞衣不堪再着为言,而怨情自见。'春'、'秋'二字表今昔盛衰。'春风多'三字中包含旧情无限。"

【评解】

亦秋扇见捐之意,以罗衣为言,却新。(刘)


楼前桃李疏,池上芙蓉①落。

织锦②犹未成,蛩③声入罗幕。

① 芙蓉:荷花。
② 织锦:谓织锦以寄相思。《晋书·列女传》:"窦滔妻苏氏,始平人也,名蕙,字若兰。善属文。滔,苻坚时为秦州刺史,被徙流沙,苏氏思之,织锦为回文旋图诗以赠滔。宛转循环以读之,词甚凄惋。"
③ 蛩:蟋蟀。

【集评】

黄叔灿《唐诗笺注》:"春去秋来,相思莫寄,锦机蛮语,弥复回肠。"

【评解】

春去秋来,织锦未成,蛩声入幕,益触离情。写年华之感,相思之殷,因景寓情,意在言外。(富)


## 襄阳曲① 二首选一

少年襄阳地,来往襄阳城。

城中轻薄子②,知妾解秦筝。

① 襄阳曲:乐府《清商曲辞》。
② 轻薄子:冶游少年。

【集评】

钟惺《唐诗归》:"末句喜之若嗔也,妙!"
黄叔灿《唐诗笺注》:"不知是自颂自悔,只言其少负盛名,如此妙!"

【评解】

结二语极言少时声誉之盛,而老大不偶之感,隐然弦外。(刘)


## 魏宫词

朝日照①红妆,拟上铜雀台②。

画眉犹未了，魏帝③使人催。

① 照：《全唐诗》一作"点"，《河岳英灵集》、《才调集》、《唐文粹》、《唐诗纪事》同。按点谓妆点，故下有"画眉犹未了"句。
② 铜雀台：故址在今河南临漳县西南邺城内，曹操所建。《邺都故事》："魏武遗命诸子曰：'吾死之后，吾妾与伎人皆着铜雀台，台上施六尺床，下繐帐，朝晡上酒脯粻糒之属，每月朝十五，辄向帐前作伎。'"
③ 魏帝：指魏文帝曹丕。《世说新语·贤媛》载：魏武帝崩，文帝悉取武帝宫人自侍。及帝病困，卞太后出看疾，见值侍并是武帝昔所爱幸者，因不复前，而叹曰："狗鼠不食汝余，死故应尔！"至死亦竟不视。按清贺裳《铜雀台妓》："闲抚金炉嗟薄命，八年两度见分香。"亦刺曹丕，可参看。

【集评】

吴乔《围炉诗话》："唐人诗中用意有在一二字中，不说破不觉，说破则其意焕然。如崔国辅《魏宫词》云云，称'帝'者，曹丕也。下一'帝'字，其母'狗彘不食其余'之语自见，严于斧钺矣。"

宋顾乐《唐人万首绝句选》评："诗中'魏帝'指文帝言，如此看，方见妆者妆，催者催，言外悠然不尽。诗意极微婉，若解作魏武，意索然矣。"

俞陛云《诗境浅说续编》："魏主之色荒及宫妃之得宠，皆于后二句见之。魏宫琐事，作者何由知之，当是借喻唐宫也。"

高步瀛《唐宋诗举要》："此诗刘海峰以为刺曹丕，然丕已腐骨，又安足刺？其殆意感武才人（武则天初为太宗才人）之事，不能明言，而姑托于丕乎？"

【评解】

此诗刻画曹丕之荒淫，以"拟上铜雀台"、"魏帝使人催"见意，可谓讽刺入骨。而通首措词隐约含蓄，极烘托之妙。（富）

## 长信草①

长信宫中草，年年愁处生。

故侵珠履迹，不使玉阶行②。

① 长信草：一作《长信宫》，又作《婕妤怨》。汉班婕妤失宠退居长信宫，作《自悼赋》，有"中庭萋兮绿草生"之句，南朝梁刘孝绰（一作庾肩吾）取其语作《咏长信宫中草》，此又拟刘作。
② 故侵二句：刘孝绰《咏长信宫中草》："全由履迹少，并欲上阶生。"此反用其意，谓春草故没君王履迹，使不能寻旧日行踪。

【集评】

钟惺《唐诗归》："婉转清楚，深宜讽味。"

黄叔灿《唐诗笺注》："曰'年年'，曰'故侵'，曰'不使'，意促而词婉。"

【评解】

径留履迹，可见昔时"行幸"之频；草没旧踪，乃由今日恩情之疏。归怨于草，意更婉曲。（刘）


## 长乐少年行①

遗却珊瑚鞭，白马骄不行②。

章台③折杨柳，春日路旁情。

① 长乐少年行：乐府《杂曲歌辞》。长乐，汉宫殿名，在长安。此诗意在讽刺贵族少年之骄奢淫佚。
② 遗却二句：与宋周邦彦《夜飞鹊》词"花骢会意，纵扬鞭亦自行迟"，刻画相似，皆传神之笔。
③ 章台：即章台街，在长安城中。

【集评】

锺惺《唐诗归》："次句绰有古意。"

黄叔灿《唐诗笺注》："遗鞭折柳，少年自衒自媒如画。"

宋顾乐《唐人万首绝句选》评："末句妙，是少年本色。"

俞陛云《诗境浅说续编》："借折柳以喻访艳，写少年荡子随处流连之状。崔善赋小诗，虽非高格，而皆有手挥目送之致。"

【评解】

章台路上，遗鞭折柳，无非为闲情所牵，写白马之骄惰，正所以刺主人之浮浪也。（刘）


## 湖南曲[①]

湖南送君去，湖北送君归。

湖里鸳鸯鸟，双双他自飞。

① 湖南曲：一作《古意》。

【集评】

黄生《唐诗摘钞》："送君从湖南去，送君罢，则已独自从湖北归。句法便如此，大是古朴。人不能双,故妒物之成双者。妒意在'他'字见出。"

　　黄叔灿《唐诗笺注》:"'他'字妙,羡与妒俱有。"

【评解】

　　以湖中鸳鸯双飞,反形己之独归,措意婉曲。通首浑成自然,妙不着迹。(富)

## 中流曲①

归来日尚早,更欲向芳洲。

渡口水流急,回船不自由。

① 中流曲:乐府《新乐府辞》。

【集评】

　　顾璘《批点唐诗正音》:"此篇宛转有古意。"
　　贺裳《载酒园诗话》:"酷肖小女子不胜篙棹之态。"

## 王孙游①

自与王孙别,频看黄鸟飞②。

应由春草误,着处不成归③。

① 王孙游：乐府《杂曲歌辞》。
② 频看句：意谓已历数年。黄鸟，即黄鹂。
③ 应由二句：《楚辞·招隐士》："王孙游兮不归，春草生兮萋萋。"此变用其意，谓应是留恋天涯芳草，故尔忘归。着处，犹言到处。

【评解】

后半归咎春草，与《长信草》"故侵珠履迹，不使玉阶行"，用意同一深曲。（刘）

# 采莲曲①

玉溆花争发，金塘水乱流②。

相逢畏相失，并着木兰舟③。

① 采莲曲：乐府旧题，《江南弄》七曲之一。
② 玉溆二句：玉溆、金塘乃浦、塘之美称。溆，浦也。
③ 木兰舟：《述异记》："木兰洲在浔阳江中，多木兰树。七里洲中，有鲁班刻木兰为舟，舟至今在洲中。诗家云木兰舟出于此。"

【集评】

贺裳《载酒园诗话》："描写邻女相见，一段温存旖旎，尤咄咄逼人。"

俞陛云《诗境浅说续编》："前二句极妍炼。后二句莲浦相逢，仙侣并舟，低徊不去，有目逆而送之意。作者含意未申，语殊蕴藉。"

【评解】

邂逅情深，写来如画。（刘）

## 小长干曲①

月暗送潮风，相寻路不通。

菱歌唱不彻②，知在此塘③中。

① 小长干曲：《长干曲》之别调。详见崔颢《长干曲》注。
② 菱歌句：菱歌，《尔雅翼》："吴楚之风俗，当菱熟时，士女子相与采之，故有采菱之歌以相和。"不彻，不止。
③ 此塘：指横塘，见崔颢《长干曲》注。

【集评】
黄叔灿《唐诗笺注》："所谓两处总牵情也。"

【评解】
形迹虽阻而声气犹通，与上首"相逢畏相失，并着木兰舟"，同一深情。（刘）

## 渭水①西别李仑

陇右长亭堠②，山深古塞秋。

不知呜咽水③，何事向西流。

① 渭水：即渭河，源出甘肃渭源县鸟鼠山，东流至潼关县入黄河。
② 陇右句：《一统志》："陇亭在陇山官道旁，唐时有此亭。"陇右，泛指陇山以西地区。陇山在今陕西陇县西北。
③ 呜咽水：指陇水。《元和郡县志》谓"陇山有水，东西分流"。《陇头歌辞》：

"陇头流水,鸣声幽咽。遥望秦川,心肝断绝。"

【集评】

唐汝询《唐诗解》:"人思东归,水乃西去,所以恨之也。"

## 古意①

净扫黄金阶,飞霜皎如雪。

下帘弹箜篌②,不忍见秋月。

① 一作薛奇童诗,题为《吴声子夜歌》。
② 箜篌:古乐器。

【集评】

黄叔灿《唐诗笺注》:"净扫金阶,初非待月,霜飞夜永,陡觉寒侵,弹箜篌以自遣,感明月而添愁,'不忍见'三字,意全托出矣。"

【评解】

此与李白《玉阶怨》间架略同,皆于末句见意。(刘)

**孟浩然** 襄州襄阳(今湖北襄樊)人,生于永昌元年(六八九),卒于开元二十八年(七四〇)。早岁隐居鹿门山。年四十游长安,应进士试不第而归。开元二十五年(七三七),张九龄镇荆州,署为从事。旋患疽卒。与王维、祖咏、王昌龄、李白等友善。诗与王维齐名,世称王孟。五古、五律削尽凡近,神韵超然。五绝清迥含蓄,耐人咀嚼。有《孟浩然集》,《全唐诗》编存其诗二卷。

## 春晓

春眠不觉晓,处处闻啼鸟。

夜来风雨声,花落知多少①!

① 知多少:犹云不知多少,极言其多。

【集评】

唐汝询《唐诗解》:"昔人谓诗如参禅,如此等语,非妙悟者不能道。"

黄叔灿《唐诗笺注》:"诗到自然,无迹可寻。'花落'句含几许惜春意。"

李锳《诗法易简录》:"亦具一气流转之妙。"

刘永济《唐人绝句精华》:"此古今传诵之作,佳处在人人所常有,惟浩然能道出之。闻风雨而惜落花,不但可见诗人清致,且有屈子'哀众芳之零落'之感也。"

【评解】

前半写春绪方浓,后半写春光将尽,意伤春逝,非惜落花,而措语婉曲,含蕴无尽。(刘)

## 送朱大入秦①

游人五陵②去,宝剑直千金③。

分手脱相赠,平生一片心④。

① 此送朱大游长安之作。秦,指长安。按唐陶翰《送朱大出关》:"楚客西上书,十年不得意","长揖五侯门,拂衣谢中贵","拔剑因高歌,萧萧北风至"。则朱大乃磊落慷慨之士,可参看。
② 五陵:长安附近有汉长陵(高帝墓)、安陵(惠帝墓)、阳陵(景帝墓)、茂陵(武帝墓)、平陵(昭帝墓),合称五陵,为游侠少年驰逐之地。
③ 宝剑句:三国魏曹植《名都篇》:"宝剑直千金。"此用其语。直,与值同。
④ 分手二句:谓宝剑乃平生壮心之所寄,故赠剑不啻赠以肝胆相照之心也。脱,解也。按唐王士源《孟浩然集序》称其"救患释纷,以立义表",《新唐书》本传称其"少好节义,喜振人患难",则浩然亦任侠之士,读此诗可以想见。

【集评】

黄叔灿《唐诗笺注》:"不过任侠意,写得有神。"

宋顾乐《唐人万首绝句选》评:"从'入秦'生出首句,字字有关会,一语不泛说。落句五字,斩绝中有深味。"

【评解】

襄阳集中难得有此激宕慷慨之作,殆如渊明之《咏荆轲》,皆豪情偶露也。(刘)


# 宿建德江①

移舟泊烟渚②,日暮客愁新。

野旷天低树,江清月近人。

① 建德江:即新安江,为钱塘江之上游,因在建德县境,故名。
② 烟渚:烟雾笼罩之小洲。

【集评】

　　罗大经《鹤林玉露》:"孟浩然诗曰'江清月近人',杜陵云'江月去人只数尺',浩然之句浑涵,子美之句精工。"

　　唐汝询《唐诗解》:"客愁因景而生,故下联不复言情,而旅思自见。"

　　张谦宜《茧斋诗谈》:"'低'字、'近'字,宋人所谓诗眼,却无造作痕,此唐诗之妙也。"

　　黄叔灿《唐诗笺注》:"'野旷'一联,人但赏其写景之妙,不知其即景而言旅情,有诗外味。"

　　刘永济《唐人绝句精华》:"诗家有情在景中之说,此诗是也。"

【评解】

　　野旷则极目远天,似低于树;江清则月影映水,傍船近人。二句极其煅炼,而江边独泊与旅程孤寂之情,乃愈真切可味。(刘)

# 送杜十四之江南①

荆②吴相接水为乡,君去春江正淼茫③。

日暮征帆何处泊,天涯一望断人肠。

　　① 一作《送杜晃进士之东吴》。杜十四,即杜晃。
　　② 荆:今湖北一带。
　　③ 淼茫:即渺茫,谓江流辽阔。晋郭璞《江赋》:"状滔天以淼茫。"

【集评】

　　黄叔灿《唐诗笺注》:"真挚中却极悱恻。"

　　宋顾乐《唐人万首绝句选》评:"渺然思远,不胜临歧之感。"

【评解】

只就"春江淼茫"摹写,弥见水阔天遥,别情无尽。(富)

## 渡浙江①问舟中人

潮落江平未有风,扁舟共济与君同②。

时时引领③望天末,何处青山是越中④?

① 浙江:即钱塘江。
② 扁舟句:谓与君同舟共济。
③ 引领:延颈望远。
④ 越中:今浙江绍兴市一带。

【评解】

越中乃天下名胜之地,为当时诗人所向往。此诗写初游将到未到时心情,颇为真切传神。(富)

**李适之** 一名昌,太宗子恒山王承乾之孙。开元中,历任通州刺史、河南尹、刑部尚书。天宝元年(七四二),代牛仙客为左相,遭李林甫陷害罢免。后贬宜春太守,仰药而死。《全唐诗》录存其诗二首。

## 罢相作①

避贤初罢相②,乐圣且衔杯③。

为问门前客,今朝几个来④?

① 唐孟棨《本事诗》:"宰相李适之,疏直坦夷,时誉甚美。李林甫恶之,排诬罢免。朝客来,虽知无罪,谒问甚稀。适之意愤,且为诗曰:'避贤初罢相'云云。李林甫愈怒,终遂不免。"
② 避贤句:《史记·万石君传》载:元封四年,石庆惭不任职,乃上书曰:"愿归丞相侯印,乞骸骨归,避贤者路。"此用其事,乃反语致慨。
③ 乐圣句:乐圣,谓爱酒。《三国志·魏书·徐邈传》:"平日醉客谓酒清者为圣人,浊者为贤人。"衔杯,指饮酒。《旧唐书·李适之传》称其:"雅好宾客,饮酒一斗不乱。"杜甫《饮中八仙歌》:"左相日兴费万钱,饮如长鲸吸百川,衔杯乐圣称避贤。"即咏适之,"衔杯"句即用本诗首二句语。
④ 为问二句:《史记·汲郑列传》:"始翟公为廷尉,宾客阗门。及废,门外可设雀罗。"此暗用其意。

【集评】

毛先舒《诗辩坻》:"李适之《罢相作》,敖子发以为不如钱起《暮春归故山草堂》(详钱起诗敖英评)。不知李诗朴直,钱诗便巧,李出钱上自远,子发未审格耳。"

黄叔灿《唐诗笺注》:"写世态炎凉,意致深婉。"

## 王昌龄

字少伯,京兆(今陕西西安)人,生于圣历元年(六九八),约卒于天宝十四载(七五五)。开元十五年(七二七)进士,补校书郎,调汜水尉,迁江宁丞,复贬龙标尉,世称王江宁或王龙标。后弃官隐居江夏,安史乱起,为刺史闾丘晓所杀。诗与高适、王之涣齐名,尤工绝句。明王世贞《艺苑卮言》谓:"七言绝句,少伯与太白争胜毫厘,俱是神品。"胡应麟《诗薮》谓:"江宁《长信词》、《西宫曲》、《青楼曲》、《闺怨》、《从军行》等,皆优柔婉丽,意味无穷,风骨内含,精芒外隐,如清庙朱弦,一唱三叹。"有《王昌龄诗集》,《全唐诗》编存其诗四卷。

## 答武陵①田太守

仗剑行千里,微躯感一言②。

曾为大梁③客,不负信陵④恩。

① 武陵:今湖南常德市。
② 微躯句:谓感一言而欲为捐躯,即"士为知己者死"意。
③ 大梁:战国时魏国国都,在今河南开封市西。
④ 信陵:即信陵君,魏国公子,名无忌。《史记·魏公子列传》:"公子为人仁而下士,士无贤不肖皆谦而礼交之,不敢以其富贵骄士。士以此方数千里争往归之,致食客三千人。"此以田太守比信陵君。

【集评】

贺裳《载酒园诗话》:"与张说(《南中别王陵成崇》)'握手与君别,歧路赠一言。曹卿礼公子,楚媪馈王孙。倏尔生六翮,翻飞戾九门。常怀客鸟意,会答主人恩'同法,束八句之意为两句,尤觉高浑。"

【评解】

昌龄客武陵时为田太守所厚,故有此感恩之语,而词意自慷慨可喜。(富)

## 从军行① 七首选四

烽火②城西百尺楼,黄昏独上海③风秋。

更吹羌笛关山月，无那金闺万里愁④！

① 从军行：乐府《相和歌辞·平调曲》，多述军旅征战之事。
② 烽火：古时边疆有警则举火相告。《后汉书·光武帝纪》注："边方告警，作高土台，台上作桔皋，桔皋头上有笼，中置薪草，有寇即举火燃之以相告，曰烽。"
③ 海：古代称塞外湖泊亦曰海，如蒲昌海、蒲类海等。
④ 更吹二句：谓更闻羌笛吹《关山月》之曲，触动万里思家之情。关山月，乐府《鼓角横吹曲》，多述征戍之苦，离别之情。无那，犹无奈。金闺，闺房之美称。

【集评】

黄叔灿《唐诗笺注》："曰'更吹'，曰'无那'，形出黄昏独上之情，极缠绵悱恻。"

李锳《诗法易简录》："不言己之思家，而但言无以慰闺中之思己，正深于思家者。"

潘德舆《养一斋诗话》："诗之妙，全以先天神运，不在后天迹象。如王龙标'烽火城西百尺楼'云云，此诗前二句便是笛声之神，不至'更吹羌笛'句矣。卢纶'林暗草惊风'，起句便全是黑夜射虎之神，不至'将军夜引弓'句矣。"

俞陛云《诗境浅说续编》："诗之佳处，在末句'无那'二字，用提笔以结全篇。"

刘永济《唐人绝句精华》："第一首言边烽不息，黄昏登楼，满耳秋风，已十足悲凉，此时更闻羌笛吹出《关山月》曲，安得不生金闺万里之愁！"

【评解】

以雄阔苍莽之笔，写思乡望远之情，末句轻点即止，不作凄苦竭绝之音，自是盛唐气息。（刘）

琵琶起舞换新声，总是关山离别情①。

缭乱②边愁听不尽，高高秋月照长城。

① 琵琶二句：谓琵琶不断换奏新曲，然所奏皆哀怨之曲，离别之情。
② 缭乱：纷乱。

【集评】

黄生《唐诗摘钞》："前首以'海风'为景，以'羌笛'为事，景在事前；此首以'琵琶'为事，以'秋月'为景，景在事后，当观其变调。"

黄叔灿《唐诗笺注》："'缭乱边愁'而结之以'听不尽'三字，下无语可续，言情已到尽头处矣。'高高秋月照长城'，妙在即景以托之，思入微茫，似脱实粘，诗之最上乘也。"

宋顾乐《唐人万首绝句选》评："此首第二句已斩绝矣，第三句转得不迫，落句更有含蓄，愈叹其妙。"

刘永济《唐人绝句精华》："第二首琵琶之新声，亦撩人之怨曲，满腹离绪之人，何堪听此，故有第三句。末句忽接写月，正以见边愁不尽者，对此'高高秋月'，但'照长城'，愈觉难堪也。句似不接，而意实相连，此之谓暗接。"

【评解】

结句即景寓情，苍凉无尽，征戍无已，边愁难遣之意，皆包蕴其中。（刘）

青海长云暗雪山①，孤城遥望玉门关②。

黄沙百战穿金甲，不破楼兰③终不还。

① 青海句：写当前极目所见之景。青海，湖名，在今青海西宁西。雪山，即祁连山，在今甘肃、青海两省之间，河西走廊之南。按青海与玉门关、楼兰均远不相接，乃诗人极意形容之词，不必拘泥。
② 孤城句：写远望乡国之情。孤城，即玉门关。唐王之涣《凉州词》"一片孤城万仞山"，亦以孤城指玉门关。
③ 楼兰：汉时西域古国名，故址在今新疆若羌东北。汉武帝遣使通大宛，楼兰阻道，攻击汉使。汉昭帝元凤四年（前七七），霍光遣傅介子至楼兰，用计斩其王。此借用其事，以汉事喻唐。

【集评】

沈德潜《唐诗别裁》:"作豪语看亦可,然作归期无日看,倍有意味。"

黄叔灿《唐诗笺注》:"玉关在望,生入无由,青海雪山,黄沙百战,悲从军之多苦,冀克敌以何年。'不破楼兰终不还',愤激之词也。"

俞陛云《诗境浅说续编》:"首二句乃逆挽法,从青海回望孤城,见去国之远也。后二句谓确斗无前,黄沙百战,金甲都穿,见胜概英风。"

刘永济《唐人绝句精华》:"第三首又换一意,写思归之情而曰'不破楼兰终不还',用一'终'字而使人读之凄然。盖'终不还'者,终不得还也,连上句金甲着穿观之,久戍之苦益明,如以为思破敌立功而归,则非诗人之本意矣。"

【评解】

楼兰不破,终无归日;回望玉关,百战何辞!语意亦极豪宕,未可以怨愤视之。(刘)

大漠风尘日色昏,红旗半卷出辕门①。

前军夜战洮河北,已报生擒吐谷浑②。

① 大漠二句:写大军出击。辕门,营门。古代行军扎营时,以车环卫,出入处以两车之辕相向竖起,对立如门,故称辕门。
② 前军二句:谓前锋夜战破敌。洮河,在今甘肃西南部。吐谷浑,本辽东鲜卑族,魏晋之际,其酋吐谷浑率部西徙阴山,后子孙建国于洮水西南,因以为国名。此借指其国王。贞观九年(六三六),李靖率各军击吐谷浑,连战破之,国王伏允自杀,国人乃立其子顺为可汗,称臣内附。见《旧唐书·吐谷浑传》。此诗或即写此战事。

【集评】

刘永济《唐人绝句精华》:"第四首但写边军战胜之事。"

宋顾乐《唐人万首绝句选》:评《从军》诸作,皆盛唐高调,极爽朗,却无一直致语"。

【评解】

前军大捷,名王就缚,凯旋可期,诗亦声情激昂,极沉雄英爽之致。(刘)

## 出塞① 二首选一

秦时明月汉时关,万里长征人未还②。

但使龙城飞将③在,不教胡马度阴山④。

① 出塞:乐府《横吹曲》旧题,唐时为《新乐府辞》。
② 秦时二句:秦筑长城以备匈奴,汉时匈奴入侵与汉军出击尤为频繁,故特举秦月汉关,互文见意,以言关塞依然,边患未息。
③ 龙城飞将:合用卫青、李广事,借指威震敌境之名将。龙城,汉时匈奴大会祭天之处。《汉书·卫青霍去病传》:元光六年,青击匈奴至龙城,斩首虏数百。飞将,《史记·李将军列传》:"广居右北平,匈奴闻之,号曰'汉之飞将军',避之数岁。"
④ 阴山:在今内蒙古中部,为当时塞外屏障。

【集评】

黄生《唐诗摘钞》:"中晚(唐)绝句涉议论便不佳,此诗亦涉议论而未尝不佳。此何以故,风度胜故,情味胜故。"

沈德潜《说诗晬语》:"'秦时明月'一章,前人推奖之而未言其妙。盖言师劳力竭而功不成,由将非其人之故,得飞将军备边,边烽自熄。即高常侍《燕歌行》归重'至今人说李将军'也。"

施补华《岘佣说诗》:"'秦时明月'一首,'黄河远上'一首,'天山雪后'一首,皆边塞名作,意态雄健,音节高亮,情思悱恻,令人百读不厌也。"

【评解】

秦月汉关四字,已逗出古塞荒凉之状,次句紧接点题,征戍之苦,边患之殷,跃然俱见;后半以缅怀良将作结,意尤深婉。(刘)

## 采莲曲① 二首

荷叶罗裙一色裁,芙蓉向脸两边开②。
乱入③池中看不见,闻歌始觉有人来。

① 采莲曲:见崔国辅《采莲曲》注。
② 荷叶二句:从梁元帝(萧绎)《采莲曲》"莲花乱脸色,荷叶杂衣香"化出,谓荷叶与罗裙一色,莲花共人面难分。
③ 乱入:羼入。

【集评】

顾璘《批点唐诗正音》:"此篇纤媚如晚唐,但不俗,故别。"

锺惺《唐诗归》:"从'乱'字、'看'字、'觉'字,耳目心三处参错说出情来,若直作衣服容貌相夸示,则失之远矣。"

王夫之《姜斋诗话》:"艳情有述欢好者,有述怨情者,《三百篇》亦所不废,顾皆流览而达其定情,非沉迷不反,以身为妖冶之媒也。嗣是作者,如'荷叶罗裙一色裁','昨夜风开露井桃',皆艳极而有所止。"

黄叔灿《唐诗笺注》:"'向脸'二字却妙,似花亦有情。"

吴姬越艳楚王妃①,争弄莲舟水湿衣。

来时浦口花迎入,采罢江头月送归②。

① 古时吴越楚三国盛尚采莲之戏,故云。
② 来时二句:宋晏几道《鹧鸪天》词:"来时浦口云随棹,采罢江边月满楼。"即从此化出。浦口,港口。

【评解】
　　刻画采莲女郎,前章人花莫辨,后章花迎月送,情景交融,回映生姿。笔致清隽,丽而不佻。(富)


## 春宫曲①

昨夜风开露井桃②,未央③前殿月轮高。
平阳歌舞④新承宠,帘外春寒赐锦袍。

① 春宫曲,一作《殿前曲》。此与下《长信秋词》、《西宫春怨》、《西宫秋怨》等诗,皆写帝王之爱宠无常,及被遗弃者之哀怨孤寂。
② 露井桃:井边桃树。《宋书·乐志·鸡鸣古词》:"桃生露井上。"露井,井之无井亭覆盖者。
③ 未央:即未央宫,汉宫殿名。
④ 平阳歌舞:《汉书·外戚传》:"孝武卫皇后字子夫,生微也,为平阳主(公主)讴者(歌女)。武帝祓霸上,还过平阳主,既饮,讴者进,帝独悦子夫,主因奏子夫送入宫。"此借指新承宠者。

【集评】
　　黄生《唐诗摘钞》:"'昨夜'二字,直贯到底。着'昨夜'二字,便知出望幸者之口,语脉深婉,不露怨意。"
　　沈德潜《说诗晬语》:"王龙标绝句,深情幽怨,音旨微茫。'昨夜风开露井桃'一章,只说他人之承宠,而己之失宠,悠然可思,此求响于弦指外也。"

宋顾乐《唐人万首绝句选》评:"只直写去,而叹羡怨妒,一齐俱见于此。"

王尧衢《古唐诗合解》:"不寒而赐,赐非所赐,失宠者思得宠之荣,而愈加愁恨。"

【评解】

首句写"春"兼喻承宠,次句点"宫"兼状欢乐,皆兴而兼比。三句拈出"新"字,反衬旧人。末句力写"宠"字,即暗中托出怨情。(刘)


## 西宫春怨①

西宫夜静百花香,欲卷珠帘春恨长。

斜抱云和深见月,朦胧树色隐昭阳②。

① 西宫春怨:此用班婕妤故事,抒写失宠嫔妃之哀怨。班婕妤于汉成帝即位时选入后宫,曾得宠,封婕妤。后成帝纳赵飞燕姊妹,遂见疏,乃求供养太后,退居长信宫。
② 斜抱二句:因隔帘遥望,故曰朦胧。云和,瑟名。昭阳,汉宫殿名,赵飞燕女弟昭仪所居。

【集评】

陈继儒《唐诗三集合编》:"诗意凡七转换,专做'怨'字,而'怨'字不露,盛唐含蓄之妙如此。"

敖英《唐诗绝句类选》:"胡元瑞(应麟)谓(绝句)李(白)写景入神,王言情造极。予谓宫怨之作,主于抒情,要在情景融合。二人各兼其妙,第太白意尽语中,王意含蓄耳。"

吴逸一《唐诗正声》评:"'斜抱'字多情态,'深'字吊下句'朦胧'有力,愈见恍惚,愈添情想。"

黄生《唐诗摘钞》："'欲卷',不欲卷也。曰'深',曰'隐',曰'朦胧',皆从帘内见月之语,是终于不欲卷也。'斜抱云和'四字似冗,然是诗中装衬之法。三四解明次句,言本欲卷帘望月,恐照见昭阳,转增春恨耳。语脉深曲,自是盛唐家数。"

王士禛《池北偶谈》："李太白《清平调》、《行乐词》,皆用'飞燕'、'昭阳'事。然予睹王少伯宫词,如'斜抱云和深见月,朦胧树色隐昭阳','玉颜不及寒鸦色,犹带昭阳日影来',皆为太真而作,皆用'昭阳'事。盖当时唐人之言多如此,不独太白。"

李锳《诗法易简录》："夜静不寐,但望昭阳树色,不言怨而怨自深。此诗品格最高,神韵绝世。"

俞陛云《诗境浅说续编》："静夜花香,明月东生,正待卷上珠帘,鼓云和一曲,乃于月影中凝望昭阳,远在朦胧树色间。昭阳为宸游所在,仅于烟霭中遥瞻宫殿,则身之隔绝可知,冷抱云和,更谁顾曲耶!"

【评解】

珠帘不卷,不忍见他人"承恩"处也。然犹于帘内隐约窥望者,不能真个忘情也。写来缠绵悱恻,所谓"怨而不怨"之作。(刘)


## 西宫秋怨

芙蓉①不及美人妆,水殿风来珠翠香。

却恨含情掩秋扇②,空悬明月待君王③。

① 芙蓉:荷花。
② 却恨句:却恨含情,一作"谁分含啼"。秋扇,即团扇,见下《长信秋词》注。
③ 空悬句:用汉司马相如《长门赋》:"悬明月以自照兮,徂清夜于洞房"句意。

【集评】

杨慎《升庵诗话》:"司马相如《长门赋》:'悬明月以自照兮,徂清夜于洞房。'此用其语,如李光弼将子仪之师,精神十倍矣。"

吴逸一《唐诗正声》评:"'水殿'映带'芙蓉','香'字亦从'芙蓉'生意。"

宋顾乐《唐人万首绝句选》评:"二诗极婉极丽,极沉极响,言情写景,入微造极。'奉帚平明',差觉格竣耳,二诗较胜之。"

俞陛云《诗境浅说续编》:"首句言其色之艳也,次句言其服之华也,三句见独处之经时,四句言今正月华如水,大好秋光,君王未必果来,犹劳凝望。春花秋月,皆入怨词。"

【评解】

此写宫嫔希冀宠幸终至失望之心情,前半以芙蓉烘托其美艳,正为后半写其哀怨张本,可见布局运思之妙。(富)

# 长信秋词[①]　五首选二

金井[②]梧桐秋叶黄,珠帘不卷夜来霜。

熏笼玉枕无颜色[③],卧听南宫清漏长[④]。

① 长信秋词:《乐府诗集》题作《长信怨》,属《相和歌辞·楚调曲》,咏班婕妤故事,唐人宫怨诗多借此以立言。
② 金井:以飞金彩木为栏之井。
③ 熏笼句:熏笼玉枕乃以侍君王者,恩情既疏,则二物亦无颜色矣。熏笼,以铜为之,内燃香料,用以熏染衣衾。
④ 卧听句:言其不寐。南宫,指未央宫。

【评解】

不曰失宠者无颜色,而曰熏笼玉枕,较下首玉颜不及寒鸦,语尤委婉。(刘)

奉帚平明秋殿开①,且将团扇暂徘徊②。

玉颜不及寒鸦色,犹带昭阳③日影来。

① 奉帚句:汉班婕妤失宠退居长信宫,作《自悼赋》,有"供洒扫于帷幄兮"句。南朝梁柳恽《独不见》:"奉帚长信宫,谁知独不见。"吴均《行路难》:"班姬失宠颜不开,奉帚供养长信台。"此用其意。奉帚,即指供洒扫而言。秋殿,一作"金殿"。
② 且将句:班婕妤曾作《团扇歌》(一作《怨歌行》):"新裂齐纨素,皎洁如霜雪。裁成合欢扇,团团如明月。出入君怀袖,动摇微风发。常恐秋节至,凉飙夺炎热。弃捐箧笥中,恩情中道绝。"以秋扇见捐为喻。将,持也。暂徘徊,犹云一徘徊。
③ 昭阳:见上《西宫春怨》注。

【集评】

钟惺《唐诗归》:"'团扇'用'且将'字、'暂'字,皆从'秋'字生来。三四与'帘外春寒'、'朦胧树色'同一法,皆不说向自家身上。然'帘外春寒'气象宽缓,此与'朦胧树色'情事幽细,'寒鸦'、'日影'尤觉悲怨之甚。"

黄生《唐诗摘钞》:"'玉颜'与'寒鸦'比拟不伦,总之触绪生悲,寄情无奈。"

何焯《三体唐诗》评:"'平明'二字中便含'日影','秋'字起'团扇','寒鸦'关合'平明','寒'字仍有'秋'意,诗律之细如此!"

沈德潜《唐诗别裁》:"昭阳宫,赵昭仪所居,宫在东方,寒鸦带东方日影而来,见己之不如鸦也。优柔婉丽,含蕴无穷,使人一唱而三叹。"

李锳《诗法易简录》:"不得承恩意,直说便无味,借'寒鸦'、'日影'为喻,命意既新,措词更曲。"

潘德舆《养一斋诗话》:"龙标'玉颜不及寒鸦色,犹带昭阳日影来',与晚唐人(孟迟《长信宫》)'自恨身轻不如燕,春来犹绕御帘飞',似一副言语,然厚薄远近,大有殊观。"

施补华《岘佣说诗》:"'玉颜不及寒鸦色,犹带昭阳日影来',羡寒鸦羡得妙;'沅湘日夜东流去,不为愁人住少时',怨沅湘怨得妙,可悟含蓄之法。"

朱庭珍《筱园诗话》:"('玉颜'二句)用意全在言外,而措词微婉,浑然不露,又出以摇曳之笔,神味不随词意俱尽,所以入妙,非但以风调见长也。"

俞陛云《诗境浅说续编》:"'熏笼玉枕无颜色,卧听南宫清漏长','火照西宫知夜饮,分明复道奉恩时',皆意嫌说尽,不若此首之凄婉也。设想愈痴,其心愈悲矣。"

刘永济《唐人绝句精华》:"'玉颜'二句,言不及寒鸦,犹能飞入昭阳,带将日影,以见恩情中绝之人,即寒鸦亦不如也。"

宋顾乐《唐人万首绝句选》评:"首章只写秋意,不堪卒读。次章语语无聊,托兴深远,真风人也。"

【评解】

以委婉含蓄之笔,传哀怨悱恻之思,龙标擅场也。胡应麟《诗薮》称其七绝宫怨诸作"言情造极",可谓确评。(富)


## 青楼曲[①] 二首

白马金鞍从武皇[②],旌旗十万宿长杨[③]。

楼头小妇[④]鸣筝坐,遥见飞尘入建章[⑤]。

① 青楼曲:乐府《新乐府辞》。青楼,贵显之家妇女所居之处。南朝梁庾肩吾《春日观早朝诗》:"绣衣少年朝欲归,美人犹在青楼梦。"
② 白马句:白马金鞍,指羽林郎,皇帝侍卫之士。武皇,汉武帝刘彻,唐人诗中多借指玄宗。

③ 长杨:汉行宫名,武帝游猎之处,故址在今陕西周至县东南。
④ 小妇:少妇。
⑤ 遥见句:写从猎方回,又随侍入宫。飞尘,车马之尘。建章,汉宫殿名,在长安未央殿西,武帝时建。

【集评】

杨慎《升庵诗话》:"含讽感时,意在言表。"

王夫之《姜斋诗话》:"想知少妇遥望之情以自矜得意,此善于取影者也。"

黄叔灿《唐诗笺注》:"白马金鞍,少年得意,鸣筝独坐,闺阁钟情,却联以'遥见'二字,正如迦叶拈花,世尊微笑,说破便不是。"

王闿运《湘绮楼说唐诗》:"'白马金鞍从武皇'云云,此即事写情景,与太白'白马骄行'篇同。彼云'美人一笑褰珠箔,遥指红楼是妾家',则不及鸣筝者之娇贵也。故诗须有品,艳体尤宜名贵。"

俞陛云《诗境浅说续编》:"楼中小妇之感想,马上郎君之贵宠,皆于言外见之。"

【评解】

白马金鞍,侍从出入,夫婿贵近可知;然从猎方归,又随入值,楼头少妇,徒望飞尘,亦将何以为情?写来似喜似怨,可谓善摹难写之情矣。(刘)


驰道杨花满御沟①,红妆漫绾②上青楼。

金章紫绶千余骑,夫婿朝回初拜侯③。

① 驰道句:写暮春景色。驰道,《史记·秦始皇本纪》:"治驰道。"应劭注:"驰道,天子道也。"此指专供皇帝车马行驰之大道。御沟,皇城外之护城河,亦称禁沟。
② 漫绾:草草梳头之意。绾,盘结。
③ 金章二句:化用古乐府《陌上桑》"东方千余骑,夫婿居上头"语意。金章,即金印。绶,系印纽之丝带。《史记·蔡泽列传》:"怀黄金之印,结紫绶于要(腰)。"

【集评】

黄叔灿《唐诗笺注》:"'金章紫绶'二句,言随从之侈,恩幸之新也。只用赋体,而味自远。"

俞陛云《诗境浅说续编》:"此诗与《闺怨》同出一手,《闺怨》诗言妆罢登楼,见陌头柳色,悔觅封侯;此诗言妆罢登楼,见杨花驰道中,朝回夫婿,竟拜通侯。二诗适成翻案,以诗境论,《闺怨》诗情思尤佳。"

顾璘《批点唐诗正音》:"此二篇音律雄浑,句法清新,可次《闺怨》。"

宋顾乐《唐人万首绝句选》评:"'白马'一篇,向来解者多谬,至谓极言娼乐之盛者,一发可笑。此皆青楼中人夸张其夫婿之辞,与第二章合看,便得其解。今夫婿白马金鞍以从武皇,而与旌旗十万宿长杨,此时楼上高坐,遥见飞尘直入建章宫去,而夫婿驰蹬其间,何等气概!及至朝回,而金章紫绶,已拜侯矣。与罗敷盛夸其夫婿意同。"

潘德舆《养一斋诗话》:"此诗两首,极写富贵景色,绝无贬词,而彼时淫奢之失,武事之轻,田猎之荒,爵赏之滥,无不一一从言外会得,真绝调也。"

【评解】

此承前章咏玄宗近侍之贵宠,从楼头少妇眼中写出,弥觉深婉韵致。(富)


## 青楼怨

香帏风动花入楼①,高调鸣筝缓②夜愁。

肠断关山不解说③,依依残月下帘钩。

① 香帏句:写暮春景色,谓风吹帏开,落花飞入。
② 缓:宽解。

③ 肠断句:谓鸣筝不能传出思念征人之情。

【集评】

顾璘《批点唐诗正音》:"此是拗体,音律凄婉清畅。"

宋顾乐《唐人万首绝句选》评:"此首落句与'高高秋月照长城'一法,但彼通首用峻调,此通首用缓调,一肖军壮之情,一肖闺房之态。"

【评解】

春暮怀人,断肠不寐,却怨鸣筝不解事。语曲情深,是龙标本色。(刘)


## 浣纱女

钱塘江畔是谁家①,江上女儿全胜花。

吴王在时不得出,今日公然来浣纱②。

① 钱塘句:钱塘江,在今浙江杭州市东南。是谁家,犹云是甚么人家。
② 吴王二句:相传西施曾浣纱于若耶溪,后为越王勾践所得,献于吴王夫差,大受宠爱。此借以形容浣纱女子之美貌。

【集评】

锺惺《唐诗归》:"味'公然'二字,似恨似幸。"

贺裳《载酒园诗话》:"此直以西施誉江上女儿,借吴王作波势耳。汉文帝语李广曰:'令子当高帝时,万户侯岂足道哉!'同一语意,用之诗,尤法奇而思折。"

吴乔《围炉诗话》:"此种诗思,宋人已绝。"

【评解】

下二句以西施相比,惜其不遇吴王,乃加一倍写法。此诗笔致深曲,设想奇特,

而口语白描,不事藻饰,乃龙标七绝中之别调。(富)

## 闺怨

闺中少妇不知愁①,春日凝妆②上翠楼。

忽见陌头杨柳色,悔教夫婿觅封侯③。

① 不知愁:一作"不曾愁"。
② 凝妆:即严妆,谓着意妆饰。
③ 觅封侯:指从军。

【集评】

顾璘《批点唐诗正音》:"宫情闺怨作者多矣,未有如此篇与《青楼曲》二首,雍容浑含,明白简易,真有雅音,绝句中之极品也。"

陈继儒《唐诗三集合编》:"以'不知愁'故能'凝妆',因见柳色而念及夫婿,真得《卷耳》、《草虫》遗意。"

唐汝询《唐诗解》:"唐人闺怨,大抵皆征妇之辞也。一见柳色而生悔心,功名之望遥,离索之情亟也。"

吴乔《围炉诗话》:"《风》与《骚》,则全唐之所自出,不可胜举。'忽见陌头杨柳色,悔教夫婿觅封侯',兴也。'夕阳无限好,只是近黄昏',比也。'海日生残夜,江春入旧年',赋也。"

黄生《唐诗摘钞》:"以'不知愁'翻出下二句,语意一新,情思婉折。闺情之作,当推此首第一。"

宋宗元《网师园唐诗笺》:"'不知'、'忽见'四字,为通首关键。"

俞陛云《诗境浅说续编》:"此诗不作直写,而于第三句以'忽见'二字陡转一笔,全首生动有致。"

【评解】
"凝妆"上承"不知愁",下起忽然之悔,使转折处含蓄有力。(刘)


## 芙蓉楼送辛渐① 二首

寒雨连江夜入吴,平明送客楚山孤②。

洛阳亲友如相问,一片冰心在玉壶③。

① 此作于贬江宁丞时。芙蓉楼,故址在今江苏镇江。《元和郡县志》:"江南道润州:晋王恭为刺史,改创西南楼名万岁楼,西北楼为芙蓉楼。"
② 楚山孤:楚山孤峙。写送客之感。楚山,因古时吴楚两国地域相接,故云。下章之"楚云"亦同。
③ 一片句:谓己心光明皎洁,如玉壶之贮冰也。南朝宋鲍照《白头吟》:"清如玉壶冰。"

【集评】
俞陛云《诗境浅说续编》:"借送友以自写胸臆,其词自潇洒可爱。"

【评解】
此昌龄谪江宁丞时送辛渐入洛而作,"冰心"、"玉壶"之句,乃自明高洁以慰亲友,而托之比喻,弥觉空灵蕴藉。(富)


丹阳城南秋海阴①,丹阳城北楚云深。

高楼送客不能醉，寂寂寒江明月心。

① 丹阳句：丹阳，郡名，今江苏镇江。《一统志》："镇江府，隋开皇十五年置润州，唐天宝元年改丹阳郡。"秋海阴，海气沉沉。

【集评】

李锳《诗法易简录》："此首律中带古，音节甚别亦甚雅，世人徒诵前首，而此首竟多未知者，何耶？"

宋顾乐《万首唐人绝句选》评："唐人多送别妙作，少伯诸送别诗，俱情极深，味极永，调极高，悠然不尽，使人无限留连。"

【评解】

此章专写饯别情景，末句以"寒江明月"作比，离情别绪，悠然言外。（刘）

## 重别李评事

莫道秋江离别难，舟船明日是长安①。

吴姬缓舞留君醉，随意青枫白露寒②。

① 舟船句：谓明日解舟，即是长安路上矣。
② 随意句：谓且自看舞饮酒以尽欢，莫管青枫白露，夜深寒冷。

【集评】

王世贞《艺苑卮言》："王少伯'吴姬缓舞留君醉，随意青枫白露寒'，'缓'字与'随意'字照应，是句眼，甚佳。"

黄生《载酒园诗话评》："莫管夜深，且须尽醉，正流连不忍分手之意。开口却云

'莫道秋江离别难',自己先进一步说,唐贤诗肠之曲如此。"

宋顾乐《万首唐人绝句选》评:"叹分手之易远,且追欢于斯须,极和缓有情。"

【评解】

别在明朝,留在今宵;而今宵之缓舞延欢,正为明朝之远别。如此措意,特见缠绵深至。(刘)

## 听流人水调子①

孤舟微月对枫林,分付鸣筝与客心②。

岭色千重万重雨,断弦收与泪痕深③。

① 此与以下各首作于贬龙标尉时。流人,有罪而流徙者。水调子,即《水调》,相传为隋炀帝所作,声调最为悲切。
② 分付句:言欲托鸣筝以遣客愁,倒装句也。分付,有交付、叮嘱之义。
③ 岭色二句:谓曲调凄紧,弦为之断,而山雨重重,似亦收来襟上,并作泪痕。

【集评】

黄生《唐诗摘钞》:"只说闻筝下泪,意便浅。说泪如雨,语亦平常。看他句法字法运用之妙,便使人涵泳不尽。"

宋顾乐《万首唐人绝句选》评:"深沉悲痛,觉《琵琶行》为烦。此等真当字字呕心。"

俞陛云《诗境浅说续编》:"后二句谓断肠人之深悲,不啻将千万重之雨,一一收与泪痕。后主词云:'问君能有几多愁,恰似一江春水向东流。'江水量愁,泪痕收雨,皆以透纸之力写之。"

【评解】

孤舟夜泊,正欲听筝消愁,不期断弦收雨,化作泪痕,使唱者、听者同深沦落天涯之感。(刘)


## 送魏二

醉别江楼橘柚香,江风引雨入舟凉。

忆君遥在潇湘①月,愁听清猿梦里长。

① 潇湘:潇水、湘水于湖南零陵合流,称潇湘。

【集评】

宋顾乐《万首唐人绝句选》评:"为他想出凄其,情更深远。"

俞陛云《诗境浅说续编》:"王诗尚有《卢溪别人》云云。二诗虽送友所往之地楚蜀不同,而以江上夜月愁听猿声写别后之情,其意景皆同。以诗格论,则《送魏二》诗末句用摇曳之笔,余韵较长;《卢溪》诗末句用转折之笔,诗境较曲也。"

【评解】

因送别而预想其客中孤况,益见别情深挚。(刘)


## 卢溪①别人

武陵溪口驻扁舟,溪水随君向北流②。

行到荆门上三峡，莫将孤月对猿愁③。

① 卢溪：今湖南卢溪县。
② 武陵二句：谓友人于卢溪别后，至武陵溪口登舟北上。武陵溪口，指沅水经武陵（今湖南常德市）入洞庭湖处。
③ 行到二句：想像友人由荆门入三峡情景，三峡多猿，故预嘱其切莫于月下听猿啼而触动离情。荆门，山名，在今湖北宜都县西北长江南岸。三峡，指瞿塘峡、巫峡、西陵峡。

【集评】

黄生《唐诗摘钞》："'溪水随君向北流'，寓己相送之情与溪水共长也。三四即（上首）'忆君'二句意反言之。"

宋顾乐《万首唐人绝句选》评："无聊慰嘱语，真欲令人堕泪。"

【评解】

此诗历述友人别后所经旅程，"行到"二句，更见深情。通首以想像之词，寄缠绵之思，章法奇绝，用意婉曲，为唐人七绝送行诗中别开生面之作。（富）

## 送柴侍御

流水通波接武冈①，送君不觉有离伤。
青山一道同云雨，明月何曾是两乡？

① 武冈：今湖南武冈县。

【集评】

锺惺《唐诗归》："与（王维《送杨长史赴果州》）'别后同明月'一意，而翻脱新妙。"

【评解】

即王勃"海内存知己,天涯若比邻。无为在歧路,儿女共沾巾"之意,而"青山"、"明月"二句,情味尤为绵邈。(刘)

祖咏  洛阳人,生于圣历二年(六九九),约卒于天宝五载(七四六)。开元十二年(七二四)进士。仕宦失意,以渔樵自终。与王维友善,唱酬甚密。五七言律风格清峻,工于写景。有《祖咏集》,《全唐诗》编存其诗一卷。

## 终南望余雪①

终南阴岭②秀,积雪浮云端。

林表③明霁色,城中增暮寒。

① 此祖咏应试时作。《唐诗纪事》:"有司试《终南山望余雪》,咏赋四句,即纳于有司,或诘之,曰:'意尽。'"终南,即终南山,在长安城南。
② 阴岭:长安城中望终南山只见其北面,故称阴岭。
③ 林表:树林上空。

【集评】

锺惺《唐诗归》:"说得缥缈森秀。"

唐汝询《唐诗解》:"岭阴故雪积不消,已霁则暮寒弥甚。"

吴乔《围炉诗话》:"唐人作诗最重意,不顾功令。省试诗多是六联,祖咏《终南余雪》云云,二联便呈主司,云'意尽'。唐人自重如此。"

王士禛《渔洋诗话》:"古今雪诗,惟羊孚一赞,及陶渊明'倾耳无希声,在目浩已洁',及祖咏'终南阴岭秀'一篇,右丞'洒空深巷静,积素广庭宽',韦左司'门对寒流雪满山'句,最佳。"

俞陛云《诗境浅说续编》:"咏高山积雪,若从正面着笔,不过言山之高,雪之色,及空翠与皓素相映发耳。此诗从侧面着想,言遥望雪后南山,如开霁色,而长安万户,便觉生寒,则终南之高寒可想。用流水对句,弥见诗心灵活。且以霁色为喻,确是积雪,而非飞雪,取譬殊工。"

【评解】

以"阴岭"起"积雪",以"霁色"起"暮寒",以"云端"、"林表"写远望之境,以"明"字、"增"字传余雪之神,末句用笔空灵,通体皆活。(刘)

**王维** 字摩诘,祖籍太原祁(今山西祁县)人,其父迁居于蒲(今山西永济),遂为河东人,卒于上元二年(七六一)。开元九年(七二一)进士。初为太乐丞,坐事谪济州司仓参军。张九龄为相,擢为右拾遗,后转监察御史,累官至给事中。安禄山陷长安,被执,受伪职。乱平论罪,以凝碧池诗减等,责授太子中允。后为尚书右丞,世称王右丞。晚年隐居辋川,信奉禅理。维通音乐,精绘事,诗与孟浩然齐名。早岁边塞诸作,沉雄慷慨,意气飞动。尤善写山水田园,或壮丽雄阔,或清幽恬澹,所谓"诗中有画"。五绝绘景传神,超妙自然;七绝语浅情挚,音节优美,均传诵于时。有《王右丞集》,《全唐诗》编存其诗四卷。

## 息夫人①

莫以今时宠,能忘旧日恩②。

看花满眼泪,不共楚王言。

① 息夫人：名息妫，春秋时息侯夫人。楚文王闻其美，兴兵灭息。息妫至楚，终日不语。楚王问之，对曰："吾一妇人而事二夫，纵不能死，其又奚言。"见《左传》庄公十四年。此借息夫人事讥宁王（玄宗之兄）强占饼师之妇。孟棨《本事诗》："宁王宪贵盛，宠妓数十人，皆绝艺上色。宅左有卖饼者妻，纤白明媚，王一见瞩目，厚遗其夫取之，宠惜逾等。环岁问之曰：'汝复忆饼师否？'默然不答。王召饼师使见之，其妻注视，双泪垂颊，若不胜情。时王座客十余人，皆当时文士，无不凄异。王命赋诗。王维诗先成云云。"

② 旧日恩：指息侯旧爱。

【集评】

贺裳《载酒园诗话》："摩诘'莫以今时宠'云云，正以咏饼师妇佳耳，若直咏息夫人，有何意味！"

吴乔《围炉诗话》："唐人诗意不必在题中，如右丞《息夫人》云云，使无稗说载其为宁王夺饼师妻作，后人何从知之。"

张谦宜《茧斋诗谈》："体贴出怨妇本情，又不露出宁王之本情，真得《三百篇》法。止二十字，却有味外味，诗之最高者。"

李锳《诗法易简录》："只就不言一事点缀之，不加评论，诗品自高。"

【评解】

此咏息夫人以刺宁王，义正词严，切合情事，深得托古讽今之妙。（富）


## 班婕妤① 三首选一

宫殿生秋草②，君王恩幸疏。

那堪闻凤吹③，门外度金舆④。

① 班婕妤：乐府《相和歌辞·楚调曲》，一名《婕妤怨》。《乐府解题》："《婕妤

怨》者,为汉成帝班婕妤所作也。婕妤美而能文,初为帝所宠爱,后幸赵飞燕姊弟,冠于后宫,婕妤自知见薄,乃退居东宫,作赋及《纨扇诗》以自伤悼。后人伤之,而为《婕妤怨》也。"
② 宫殿句:用汉班婕妤《自悼赋》"宫殿尘兮玉阶苔,中庭萋兮绿草生"句意。
③ 凤吹:指笙箫等细乐。
④ 金舆:皇帝车乘。

【集评】

黄叔灿《唐诗笺注》:"意分两层,曲折沉挚。"

宋顾乐《唐人万首绝句选》评:"门内秋草日生,门外金舆自度,如此看便妙。"

【评解】

借班婕妤写失宠嫔妃之孤寂哀怨,封建帝王之喜新厌故,"那堪"二句,尤为凄婉。(富)


# 杂诗① 三首

家住孟津河②,门对孟津口。

常有江南船,寄书家中否?

① 三诗写男女别后相思之情。
② 孟津河:指孟津地区之黄河。孟津,黄河渡口名,在今河南孟县南。

【集评】

黄叔灿《唐诗笺注》:"此系忆远之诗。言家在津口,江南船来,寄书甚便。语质直而意极缠绵。"

【评解】

此闺人念远之辞,不作怨语,而遥情深恨,跃然言外。(刘)

君自故乡来,应知故乡事。

来日绮窗①前,寒梅着花未?

① 绮窗:雕镂花纹之窗子。

【集评】

赵殿成《王右丞集笺注》:"陶渊明诗云:'尔从山中来,早晚发天目。我居南窗下,今生几丛菊?'王介甫诗云:'道人北山来,问松我东冈。举手指屋脊,云今如许长。'与右丞此章同一杼轴,皆情到之辞,不假修饰而自工者也。然渊明、介甫二作,下文缀语稍多,趣意便觉不远。右丞只为短句,一吟一咏,更有悠扬不尽之致,欲于此下复赘一语不得。"

黄叔灿《唐诗笺注》:"与前首俱口头语,写来真挚缠绵,不可思议。着'绮窗前'三字,含情无限。"

宋顾乐《唐人万首绝句选》评:"问得淡绝妙绝。如《东山》诗'有敦瓜苦'章,从微物关情,写出归时之喜。此亦以微物悬念,传出件件关心,思家之切。此等用意,今人那得知!"

王文濡《唐诗评注读本》:"通首都是讯问口吻,而游子思乡之念,昭然若揭。"

俞陛云《诗境浅说续编》:"清空一气,所谓妙手偶得也。"

【评解】

此游子怀内之辞,"来日"二句,不说思念家人,但问寒梅消息,最深婉有致。(刘)

已见寒梅发，复闻啼鸟声。

心心视春草，畏向玉阶生①。

① 心心二句：谓花已发，鸟已啼，行且草生玉阶，不堪触目而增离绪矣。心心，一作"愁心"。

【集评】

钟惺《唐诗归》："翻用《楚辞》'王孙游兮不归，春草生兮萋萋'，脱胎换骨，更为深婉。"

黄叔灿《唐诗笺注》："'心心'字妙，若作'愁心'，浅矣。"

宋顾乐《唐人万首绝句选》评："何感春乃尔！"

刘辰翁《王孟诗评》："三首皆淡中含情。"

【评解】

此闺中答言，"心心"二句，不怨良人久别，唯恐草生玉阶，与"寒梅"之问，针锋相对，同其蕴藉。（刘）

## 相思

红豆①生南国，春来发几枝。

愿君多采撷②，此物最相思。

① 红豆：产于岭南，草本而木质，结实如豌豆，微扁，色鲜红，可作饰物，一名相思子。
② 采撷：摘取。

【集评】

管世铭《读雪山房唐诗钞凡例》:"王维'红豆生南国',王之涣'杨柳东门树',李白'天下伤心处',皆直举胸臆,不假雕镂;祖帐离筵,听之惘惘,二十字移情固至此哉!"

王文濡《唐诗评注读本》:"睹物思人,恒情所有,况红豆本名相思,'愿君多采撷'者,即谆嘱无忘故人之意。"

俞陛云《诗境浅说续编》:"红豆号相思子,故愿君采撷,以增其别后感情,犹郭元振诗以同心花见殷勤之意。"

刘永济《唐人绝句精华》:"此以珍惜相思之情,托之名相思子之红豆也。"

【评解】

藉红豆表己之相思,愿人之毋忘,风神摇曳,韵致缠绵。托物抒情,言近意远,是右丞五绝独造之境。(刘)


## 辋川集[①] 二十首选十二

余别业在辋川山谷,其游止有孟城坳、华子冈、文杏馆、斤竹岭、鹿柴、木兰柴、茱萸沜、宫槐陌、临湖亭、南垞、欹湖、柳浪、栾家濑、金屑泉、白石滩、北垞、竹里馆、辛夷坞、漆园、椒园等。与裴迪闲暇,各赋绝句云尔。


### 孟城坳

新家孟城口[②],古木余衰柳[③]。

来者复为谁?空悲昔人有[④]。

① 辋川集：王维自编诗集，共收与裴迪吟咏辋川景物之作各二十首。王维别墅在陕西蓝田县辋川谷口，景色幽奇。序中所云孟城坳、华子冈等地，均在别墅附近。
② 孟城口：即孟城坳。
③ 古木句：谓犹有前人所植之老柳。
④ 来者二句：谓他日继我而居此者不知复为谁，则我又何须为昔人兴悲？辋川别业本为宋之问别墅，昔人即指宋。

【集评】

胡震亨《唐音癸签》："非为昔人悲，悲后人谁居此耳。总达者之言。"

吴逸一《唐诗正声》评："寄慨来者，感兴自深。"

李锳《诗法易简录》："四句中无限曲折，含蓄不尽。"

宋顾乐《唐人万首绝句选》评："淡荡人作淡荡语，所以入妙。格调峻整，下二句一倒转，便不成语矣。所以诗贵调度得法。"

俞陛云《诗境浅说续编》："孟城新宅，仅余古柳，今虽暂为己有，而人事变迁，片壤终归来者。后之视今，犹今之视昔，摩诘诚能作达矣。"

【评解】

"新"字、"古"字是全篇之脊，故下半转接不嫌突兀。（刘）

# 华子冈

飞鸟去不穷，连山复秋色。

上下华子冈，惆怅情何极①！

① 上下二句：王维《山中与裴秀才迪书》："夜登华子冈，辋水沦涟，与月上下，寒山远火，明灭林外，深巷寒犬，吠声如豹，村墟夜舂，复与疏钟相间。此时

独坐,僮仆静默。多思曩昔,携手赋诗,步仄径、临清流也。"

【评解】

"上下"字与"惆怅"字相应,如见其人徘徊于秋山暮色中也。(刘)

## 文杏馆

文杏裁为梁①,香茅结为宇②。

不知栋里云,去作人间雨。

① 文杏句:汉司马相如《长门赋》:"饰文杏以为梁。"文杏,杏树之一种,极名贵。《西京杂记》:"初修上林苑,群臣远方各献名果异树,杏二:文杏、蓬莱杏。"
② 香茅句:香茅,一种有香味之茅草。《本草纲目》:"香茅亦名菁茅或琼茅,生湖南或江淮之间。"宇,屋檐。

【集评】

李锳《诗法易简录》:"玩诗意,馆应在山之最高处。首二句写题面,三四句写出其地之高。山上之云自栋间出而降雨,而人犹不知,则所居在山之绝顶可知。"

【评解】

下二句刻画文杏馆处境之高,迥出常情之外,动人遐想。(富)

## 鹿柴

空山不见人,但闻人语响①。

返景②入深林，复照青苔上。

① 空山二句：写空谷传声。
② 返景：夕阳返照。

【集评】

唐汝询《唐诗解》："摩诘出入渊明，独辋川诸作最近。探索其趣，不拟其词，如'结庐在人境，而无车马喧'，喧中之幽也；'空山不见人，但闻人语响'，幽中之喧也。如此变化，方入三昧法门。"

沈德潜《唐诗别裁》："佳处不在语言，与陶公'采菊东篱下，悠然见南山'同。"

黄叔灿《唐诗笺注》："'不见人'、'闻人语'，以林深也。林深少日，易长青苔，而反景照入，空山闃寂，真麋鹿场也。诗细甚。"

李锳《诗法易简录》："人语响是有声也，返景照是有色也。写空山不从无声无色处写，偏从有声有色处写，而愈见其空。严沧浪所谓'玲珑剔透'者，应推此种。沈归愚谓其'佳处不可语言'，然诗之神韵意象，虽超于字句之外，实不能不寓于字句之间，善学者须就其所已言者而玩索其不言之蕴，以得于字句之外可也。"

宋顾乐《唐人万首绝句选》评："写出幽深。"

俞陛云《诗境浅说续编》："深林中苔翠阴阴，日光所不及，惟夕阳自林间斜射而入，照此苔痕，深碧浅红，相映成采。此景无人道及，惟妙心得之，诗笔复能写出。"

【评解】

摩诘夙擅丹青，深解画理，故一时幽景，为其妙笔绘出。清迥幽渺，开前人未有之境界。（富）

# 木兰柴

秋山敛余照，飞鸟逐前侣。

彩翠时分明,夕岚无处所①。

① 彩翠二句:写秋山残照将敛时刹那之景:山色时时变幻,夕岚随即消失。彩翠,指远山在落日反照下所现紫翠之色。岚,山气蒸润也。

【集评】

刘辰翁《王孟诗评》:"犹是《鹿柴》之余。"

锺惺《唐诗归》:"此首殊胜诸咏,物论恐不然。"

宋顾乐《唐人万首绝句选》评:"令人心目俱远。"

【评解】

写霎时所见,备极变幻,所谓"状难写之景如在目前"。(刘)


## 南垞

轻舟南垞去,北垞淼难即①。

隔浦望人家,遥遥不相识。

① 北垞句:淼,水大貌。即,近也。

【集评】

宋顾乐《唐人万首绝句选》评:"写得渺漫如在目前。"

俞陛云《诗境浅说续编》:"舟行南垞,见北垞之三五人家,掩映于波光林霭间,一水盈盈,可望而不可即。写水窗闲眺情景,如身在轻桡容与中。"

## 欹湖

吹箫凌极浦①,日暮送夫君②。

湖上一回首,青山卷白云。

① 吹箫句:谓箫声远扬,直达遥浦。
② 夫君:指友人。

【集评】

唐汝询《唐诗解》:"摩诘辋川诗并偶然托兴,初不着题模拟。此盖送客欹湖而吹箫以别,回首山云,有怅望意。"

## 栾家濑

飒飒秋雨中,浅浅石溜泻①。

跳波自相溅,白鹭惊复下。

① 浅浅句:浅浅,浅水疾流貌。石溜,石上急流。

【集评】

俞陛云《诗境浅说续编》:"秋雨与石溜相杂而下,惊起濑边栖鹭,回翔少顷,旋复下集。惟临水静观者,能写出水禽之性也。"

【评解】

纯乎动态而其境愈幽。(刘)


## 白石滩

清浅白石滩,绿蒲向堪把①。

家住水东西②,浣纱明月下。

① 向堪把:将可用手把握。
② 家住句:谓所居东西并有流水。

【评解】

写白石滩浣纱女子,点缀以绿蒲明月,素雅绝尘。(富)


## 北垞

北垞湖水北,杂树映朱栏。

逶迤①南川水,明灭②青林端。

① 逶迤:绵延委曲。
② 明灭:时现时隐。

【评解】

前半近景,后半远景,掩映生姿,可以入画。(刘)

# 竹里馆

独坐幽篁①里,弹琴复长啸。

深林人不知,明月来相照。

① 幽篁:深暗之竹林。

【集评】

锺惺《唐诗归》:"一时清兴,适与景会。"

蒋一葵《唐诗选汇解》:"人不知而月相照,正应首句'独坐'二字。"

黄叔灿《唐诗笺注》:"辋川诸诗,皆妙绝天成,不涉色相。止录二首(指《鹿柴》及此诗),尤为色籁俱清,读之肺腑若洗。"

宋顾乐《唐人万首绝句选》评:"毋乃有傲意。"

俞陛云《诗境浅说续编》:"《辋川集》中,如《孟城坳》、《栾家濑》诸作,皆闲静而有深湛之思。此诗言月下鸣琴,风篁成韵,虽一片静景,而以浑成出之。坊本《唐诗三百首》特录此诗者,殆其质直易晓,便于初学也。"

刘永济《唐人绝句精华》:"以上四诗(指上《鹿柴》、《栾家濑》、《竹里馆》及以下《鸟鸣涧》),皆一时清景与诗人兴致相会合,故虽写景色,而诗人幽静恬淡之胸怀,亦缘而见。此文家所谓融景入情之作。"

【评解】

首句静境,次句动境,三四承之,而愈见动中之静。(刘)

## 辛夷坞

木末芙蓉花①,山中发红萼。

涧户寂无人,纷纷开且落。

① 木末句:木末,树梢。芙蓉花,即辛夷花,因状似莲花,亦称芙蓉花。

【集评】

李锳《诗法易简录》:"幽淡已极,却饶远韵。"

宋顾乐《唐人万首绝句选》评:"刻意取远味。"

俞陛云《诗境浅说续编》:"东坡《罗汉赞》:'空山无人,水流花开。'世称妙悟,亦即此诗之意境。"

顾璘《批点唐诗正音》:"王公辋川诸诗,近事浅语,发于天然,郊、岛辈十驾何用!"

王鏊《震泽长语》:"摩诘以淳古淡泊之音,写山林闲适之趣,如辋川诸诗,真一片水墨不着色画。"

胡应麟《诗薮》:"右丞辋川诸作,却是自出机轴,名言两忘,色相俱泯。"

纪昀《批苏诗》:"五绝分章模山范水,如画家有尺幅小景,其格创自辋川。尔后辗转相摹,渐成窠臼,流连光景,作似尽不尽之词,似解不解之语,千人可共一诗,一诗可题千处。桃花作饭,转归尘劫,此非创始者过,而依草附木者过也。"

施补华《岘佣说诗》:"辋川诸五绝,清幽绝俗,其间'空山不见人'、'独坐幽篁里'、'木末芙蓉花'、'人闲桂花落'(此是《鸟鸣涧》诗,见下首)四首尤妙,学者可以细参。"

## 皇甫岳云谿杂题[1] 五首选三

### 鸟鸣涧

人闲桂花[2]落，夜静春山空。

月出惊山鸟，时鸣春涧中。

[1] 此咏皇甫岳云谿别墅景色。皇甫岳，《新唐书·宰相世系表》中有此人，乃皇甫恂之子。
[2] 桂花：《酉阳杂俎续集》：“卫公（李德裕）言：'桂花三月开，黄而不白。'”《唐音癸签》载：桂有三种：菌桂、牡桂及单名桂。有三月、四月生花，全类茱萸者。

【集评】

胡应麟《诗薮》：“太白五言绝，自是天仙口语。右丞却入禅宗，如'人闲桂花落'云云，'木末芙蓉花'云云，读之身世两忘，万念皆寂，不谓声律之中，有此妙诠。”

李锳《诗法易简录》：“鸟鸣，动机也；涧，狭境也。而先着'夜静春山空'五字于其前，然后点出鸟鸣涧来，便觉有一种空旷寂静景象，因鸟鸣而愈显者。流露于笔墨之外，一片化机，非复人力可到。”

宋顾乐《唐人万首绝句选》评：“下二句只是写足'空'字意。”

俞陛云《诗境浅说续编》：“山空月明，宿鸟误为曙光，时有鸣声出烟树间。山居静夜，偶一闻之右丞能在静中领会。”

【评解】

旨在写静境；却纯用动景处理，最得画家烘托之妙，乃从宋（刘宋）王籍《入若耶溪》"鸟鸣山更幽"悟入。（刘）

## 鸬鹚堰

乍向红莲没,复出青蒲扬①。

独立何褵褷②,衔鱼古查③上。

① 扬:飞也。
② 褵褷:羽毛濡湿粘合之状。
③ 查:与"楂"同,水中浮木。

【集评】

俞陛云《诗境浅说续编》:"甫入芙蕖影里,旋出蒲藻丛中,既入水得鱼,乃在楂头小立。鸬鹚之飞翔食息,于四句中尽之,善于体物矣。"

【评解】

非临水静观,手摹心追,不能写得如此神态毕露。(富)


## 萍池

春池深且广,会①待轻舟回。

靡靡②绿萍合,垂杨扫复开。

① 会:将也。
② 靡靡:渐渐之意。

【集评】

宋顾乐《唐人万首绝句选》评:"即景点染,恐人即目失之。"

俞陛云《诗境浅说续编》:"水面绿萍,平铺密合,偶为风中杨柳低拂扫开,开而复合。此恒有之景,惟右丞能道出。"

【评解】

写绿萍之屡开屡合,不特为春池点景,尤能为待舟者传悠然静伫之神,可谓诗中有画,画中有人。(刘)


# 山中①寄诸弟

山中多法侣②,禅诵③自为群。

城郭遥相望,惟应见白云。

① 山中:指辋川山谷。
② 法侣:学佛法之俦侣。
③ 禅诵:坐禅、诵经。

【集评】

张谦宜《茧斋诗谈》:"身在山中,却从山外人眼中想出,妙悟绝伦。"

【评解】

"城郭"二句,与王维《寄崇梵僧》"峡里谁知有人事,郡中遥望空云山",岑参《太白胡僧歌》"山中有僧人不知,城里看山空黛色",皆善状山中之幽深。(富)

## 山中送别

山中相送罢,日暮掩柴扉。

春草明年绿,王孙归不归[①]?

[①] 春草二句:用《楚辞·招隐士》"王孙游兮不归,春草生兮萋萋"句意。

【集评】

唐汝询《唐诗解》:"扉掩于暮,居人之离思方深;草绿有时,行子之归期难必。"

宋顾乐《唐人万首绝句选》评:"翻弄骚语,刻意扣题。"

俞陛云《诗境浅说续编》:"所送别者,当是驰骛功名之士,而非栖迟泉石之人,结句言'归不归'者,故作疑问之词也。"

【评解】

以送罢始,以盼归终,抒写别后相思之意,弥见当前惜别之情。(刘)


## 临高台[①]送黎拾遗[②]

相送临高台,川原杳无极。

日暮飞鸟还,行人去不息。

[①] 临高台:乐府古题之一。
[②] 黎拾遗:黎昕。王维有《黎拾遗昕裴秀才迪见过秋夜对雨之作》。

【集评】

蒋一葵《唐诗选汇解》:"景中寓情不尽,'飞鸟还'有一段想望在内。"

沈德潜《唐诗别裁》:"写离情而不露情态,最高。"

施补华《岘佣说诗》:"所谓语短意长而声不促也,可以为法。"

刘永济《唐人绝句精华》:"二十字中不明言别情,而鸟还人去,自然缱绻。"

【评解】

此诗以倦鸟飞还,反衬行人远去,而川原无极之状,亦已宛然在目。(刘)


## 崔兴宗写真咏①

画君年少时②,如今君已老。

今时新识人,知君旧时好。

① 崔兴宗:王维表弟。写真:画像。
② 画君句:谓绘像时君正年少。

【评解】

通首皆以今昔为言,而一句一转,愈转愈深,便味之不尽。(刘)


## 书事①

轻阴阁小雨②,深院昼慵开。

坐看③苍苔色，欲上人衣来。

① 书事：写目前所见事物。
② 轻阴句：状天空雨后景色。阁，与"搁"通。
③ 坐看：犹云正看。按宋王安石《春晴》："新春十日雨，雨晴门始开。静看苍苔纹，莫上人衣来。"乃从此诗变化而出。

【集评】

惠洪《天厨禁脔》："《书事》：'轻阴阁小雨，深院昼慵开。坐看苍苔色，欲上人衣来。'《若耶溪归兴》：'若耶溪上踏莓苔，兴罢张帆载酒回。汀草岸花浑不见，青山无数逐人来。'前诗王维作，后诗舒王（王安石）作，皆含不尽之意，子由（苏辙）谓之不带声色。"

【评解】

状小雨初霁景象及苍苔之青翠可爱，极为传神。通首有"万物静观皆自得"之趣。（富）


## 哭孟浩然①

故人不可见，汉水日东流②。

借问襄阳老③，江山空蔡洲④！

① 原注："时为殿中侍御史，知南选，至襄阳作。"
② 故人二句：孟浩然襄阳人，汉水东流经襄阳，故云。
③ 襄阳老：指襄阳耆旧。晋习凿齿著有《襄阳耆旧传》，故云。
④ 蔡洲：在襄阳东北汉水中，为襄阳名胜之地，东汉蔡瑁曾居其上，故名。

【评解】

汉水东流,故人不见,江山寂寞,风流顿歇,殊见悼惜之深。(富)

## 山中 二首选一

荆溪白石出①,天寒红叶稀。

山路元无雨,空翠湿人衣。

① 荆溪句:谓荆溪水浅石出。荆溪,《长安志》:"荆谷水一名荆溪,来自蓝田县,至康村入万年县界,西流二十里出谷,至平川合库谷、采谷、石门水为荆谷水,一名产水。"

【集评】

苏轼《东坡题跋·书摩诘蓝田烟雨图》引此诗曰:"味摩诘之诗,诗中有画;观摩诘之画,画中有诗。"

【评解】

"山路"二句,与张旭《山中留客》"纵使晴明无雨色,入云深处亦沾衣"相似,皆善状深山幽景。张诗摇曳生姿,唱叹有情;此诗空灵超妙,神韵绝胜。(富)

## 田园乐① 七首选四

采菱渡头风急,策杖村西日斜。

杏树坛边渔父<sup>②</sup>，桃花源里人家<sup>③</sup>。

① 一作《辋川六言》，写辋川风景人物及主人闲情逸致。
② 杏树句：喻居民不俗。《庄子·渔父篇》："孔子游乎缁帷之林，休坐乎杏坛之上。弟子读书，孔子弦歌鼓琴。奏曲未半，有渔父者，下船而来，须眉交白，被发揄袂，行原以上，距陆而止，左手据膝，右手持颐以听。"杏树坛，即杏坛，孔子讲学之处。
③ 桃花句：喻庄园幽静。晋陶渊明《桃花源记》谓其中"土地平旷，屋舍俨然，有良田美池桑竹之属；阡陌交通，鸡犬相闻"。

【集评】

黄叔灿《唐诗笺注》："如此幽闲野趣，想见辋川图画中人。"


萋萋芳草春绿<sup>①</sup>，落落<sup>②</sup>长松夏寒。

牛羊自归村巷，童稚不识衣冠<sup>③</sup>。

① 芳草春绿：一作"春草秋绿"。
② 落落：高耸貌。
③ 衣冠：指官吏。

【集评】

张谦宜《茧斋诗谈》："比范石湖（指其《四时田园杂兴》）高数倍，宋人极力爽快处，正是低格。"

李锳《诗法易简录》："三四写出田园真朴景象。"


山下孤烟远村，天边独树高原。

一瓢颜回陋巷<sup>①</sup>，五柳先生对门<sup>②</sup>。

① 一瓢句：以颜回借指安贫乐道之士。《论语·雍也篇》："一箪食，一瓢饮，人不堪其忧，回也不改其乐。贤哉回也！"
② 五柳句：以陶渊明借指隐居之高士。陶渊明《五柳先生传》："先生不知何许人也，亦不详其姓氏，宅边有五柳树，因以为号焉。"

【集评】

董其昌《画禅室随笔》："'山下孤烟远村，天边独树高原'，非右丞工于画道，不能得此语。"


桃红复含宿雨，柳绿更带朝烟。

花落家僮未扫，鸟啼山客①犹眠。

① 山客：王维自谓。

【集评】

黄昇《玉林诗话》："六言绝句，如王摩诘'桃红复含宿雨'，及王荆公'杨柳鸣蜩绿暗'，二诗最为警绝，后难继者。"

潘德舆《养一斋诗话》："或问六言诗法，予曰王右丞'花落家僮未扫，鸟啼山客犹眠'，康伯可'啼鸟一声春晚，落花满地人归'，此六言之式也。必如此自在谐协方妙。若稍有安排，只是减字七言绝耳，不如无作也。"


# 少年行① 四首

新丰美酒斗十千②，咸阳③游侠多少年。

相逢意气为君饮,系马高楼垂柳边。

① 少年行:乐府《杂曲歌辞》,多述少年任侠、轻生重义、慷慨以立功名事。
② 新丰句:新丰,故址在今陕西临潼东,产美酒,世称新丰酒。三国魏曹植《名都篇》:"归来宴平乐,美酒斗十千。"
③ 咸阳:秦时国都,故址在今陕西咸阳东。此指长安。

【集评】

锺惺《唐诗归》:"'意气'二字,虚用得妙。"

黄叔灿《唐诗笺注》:"少年游侠,意气相倾,绝无鄙琐局踏之态,情景如画。"

【评解】

以邂逅相逢,即系马痛饮,烘染出游侠意气。末句看似不着力,实乃传神空际之笔。(刘)


出身仕汉羽林郎①,初随骠骑战渔阳②。

孰知不向边庭苦③,纵死犹闻侠骨香④。

① 羽林郎:汉时禁卫军军官。《后汉书·百官志》:"羽林郎比三百石,掌宿卫侍从。"按此与下句皆借汉事喻唐。
② 初随句:骠骑,西汉霍去病曾任骠骑将军,反击匈奴侵扰,卓著战功。渔阳,今河北蓟县。
③ 孰知句:孰知,深知。边庭苦,一作"边庭死",意较显豁。
④ 纵死句:晋张华《博陵王宫侠曲》:"死闻侠骨香。"唐李白《侠客行》:"纵死侠骨香。"

【集评】

唐汝询《唐诗解》:"此羽林少年羡布衣任侠而为愤激之词:安知不向边庭之苦者,乃能垂身后名。此盖指郭解之流,虽或捐躯而侠烈之声不减。"

赵殿成《王右丞集笺注》:"诗意谓死于边庭者,反不如侠少之死而得名,盖伤之也。"

【评解】
下二句写少年之重游侠,乃承上首而来,故结句全用张华语。(富)

一身能擘两雕弧①,虏骑千重只似无。
偏坐金鞍调白羽②,纷纷射杀五单于③。

① 一身句:谓能左右开弓,多力善射。擘,以手张弓。雕弧,即雕弓。
② 偏坐句:极写鞍马工夫纯熟。调,使弓之强弱与射之远近相适应。白羽,即白羽箭。
③ 五单于:汉宣帝时,匈奴内乱,分裂为呼韩邪、屠耆、呼揭、车犁、乌籍等五单于。见《汉书·匈奴传》。此借指敌酋。

【评解】
此承上首"初随骠骑战渔阳"而来,极写少年艺高胆大,英勇杀敌,乃为下首功高不赏张本。(富)

汉家君臣欢宴终,高议云台论战功①。
天子临轩赐侯印,将军佩出明光宫②。

① 高议句:南朝江淹《上建平王书》:"高议云台之上。"云台,在东汉洛阳宫中,明帝时绘开国功臣邓禹等二十八将之像于台上。
② 天子二句:意谓论功封侯者乃是将军,而非血战之士。犹李白《塞下曲》:"功成画麟阁,独有霍嫖姚"意。天子临轩,喻礼仪隆重。《后汉书·崔寔传》载:崔烈拜司徒日,"天子临轩,百僚毕会"。明光宫,汉武帝宫名。

【集评】

刘永济《唐人绝句精华》:"王维此题共四首,大抵美游侠能立边功,又悯其赏功不及,观第二首'孰知'二句与第四首末句,此意显然。"

【评解】

君臣欢宴,论功行赏,将军佩印出宫,纯从少年冷眼旁观中托出,其义愤不聊之情,全在言外,寓意深婉至极。(富)

# 九月九日忆山东①兄弟

独在异乡为异客,每逢佳节倍思亲。

遥知兄弟登高处,遍插茱萸②少一人。

① 山东:王维祖籍太原祁人,父处廉时迁居蒲州,因在华山之东,故称山东。
② 茱萸:植物名,古时重阳日登高插之。

【集评】

唐汝询《唐诗解》:"词义之美,虽《陟岵》(《诗·魏风》篇名)不能加。"

吴逸一《唐诗正声》评:"口角边说话,故能真得妙绝,若落冥搜,便不能如此自然。"

张谦宜《茧斋诗谈》:"不说我想他,却说他想我,加一倍凄凉。"

沈德潜《唐诗别裁》:"即《陟岵》诗意,谁谓唐人不近《三百篇》耶?"

宋宗元《网师园唐诗笺》:"至情流露,岂是寻常流连光景者。"

李锳《诗法易简录》:"不言如何忆兄弟,而但言兄弟之忆己,沈归愚谓'即《陟岵》诗意',可见祖述《三百篇》,不在摹其词。"

俞陛云《诗境浅说续编》:"杜少陵诗'忆弟看云白日眠',白乐天诗'一夜乡心五处同',皆寄怀群季之作。此诗尤万口流传,诗到真切动人处,一字不可移易也。"

【评解】

写兄弟登高相忆,情景历历如绘,而此情景又出自我之独居凝想,则我思兄弟之深,不必再着一言,已加倍写出,此透过一层写法也。(刘)

## 寒食汜上作①

广武城②边逢暮春,汶阳归客③泪沾巾。

落花寂寂啼山鸟,杨柳青青渡水人。

① 开元九年(七二一),王维为伶人舞黄狮子事连累,谪官济州(故址在今山东长清南)司库参军。此诗似作于自济州西归途中。寒食,即寒食节,在冬至后一百零五日,即清明前一日(一说去冬至一百零六日,合清明前二日)。相传春秋时晋文公为悼念介子推而设。寒食节禁火三日,食冷菜饭,故称寒食。汜上,汜水之滨。汜水在今河南成皋西北境,北流入黄河。
② 广武城:故址在今河南成皋东北。
③ 汶阳归客:王维自谓。汶阳,故址在今山东宁阳北。

【集评】

谢榛《四溟诗话》:"绝句如王摩诘'广武城边逢暮春'云云,与'渭城朝雨'一篇,韦应物'雨中禁火空斋冷'云云,皆风人之绝响也。"

黄叔灿《唐诗笺注》:"此春暮归途感时之作:落花寂寂,杨柳青青,伤春事之已阑,而归人之尚滞,末二句神致黯然。"

宋顾乐《唐人万首绝句选》评:"上二句写完意思,下只闲闲缀景,意在言外。"

【评解】

　　三句承首句,四句承次句,于写景中寓归思。(刘)


## 送沈子福归江东

　　杨柳渡头行客稀,罟师荡桨向临圻①。

　　惟有相思似春色,江南江北送君归②。

① 杨柳二句:写别后渡头岑寂之景,谓行客渐稀,渔人欲归。罟师,渔人。临圻,近水曲岸。南朝宋谢灵运《富春渚》:"临圻阻参差。"圻,与"碕"通。明嘉靖本洪迈《万首唐人绝句》作"临沂",乃晋侨置县,在今江苏江宁东北,与题中"归江东"合。按王维集诸刻本及其他唐诗总集、选集均作"临圻"。
② 惟有二句:与李白《闻王昌龄左迁龙标遥有此寄》"我寄愁心与明月,随君直到夜郎西",同一用意。

【集评】

　　钟惺《唐诗归》:"相送之情,随春色所至,何其浓至! 末两语情中生景,幻甚。"
　　沈德潜《唐诗别裁》:"春光无所不到,送人之心犹春光也。"

【评解】

　　行客、罟师本属局外,却被牵入局中;借彼之漠不关心,形己之深情独往。烘染无痕,妙不着力。(刘)


## 凉州赛神①

　　凉州城外少行人,百尺烽头望虏尘②。

健儿③击鼓吹羌笛,共赛城东越骑神④。

① 原注:"时为节度判官,在凉州作。"凉州,今甘肃武威。赛神,祭神。
② 百尺句:百尺烽,指烽火台。唐李益《暮过回乐烽》:"烽火高飞百尺台。"虏尘,指胡人动态。
③ 健儿:指军中壮士。
④ 越骑神:当是凉州地区所祀主骑射之神。《资治通鉴·唐纪》:"其能骑射者为越骑。"胡三省注:"越骑者,言其劲勇能超越也。"

## 送韦评事

欲逐将军取右贤①,沙场走马向居延②。

遥知汉使萧关外,愁见孤城落日边③。

① 欲逐句:《汉书·卫将军骠骑列传》:汉武帝元朔五年(前一三二),车骑将军卫青将三万骑击匈奴。"匈奴右贤王当卫青等兵,以为汉兵不能至此,饮醉。汉兵夜至,围右贤王,右贤王惊,夜逃,独与其爱妾一人壮骑数百驰,溃围北去。"此用其事。逐,追随。右贤,即右贤王,匈奴贵族王号。
② 居延:汉县名,故址在今甘肃省境。
③ 遥知二句:谓遥知韦评事在萧关对孤城落日,不免触动离情。萧关,故址在今甘肃平凉境。

【集评】

宋顾乐《唐人万首绝句选》评:"两种情思,结在一堆。"

【评解】

写出韦评事立功与怀乡之情,关切之意,言外自见。"孤城落日边"与"长河落日圆"(王维《使至塞上》),同写边塞落日,自有萧条、雄浑之别。(富)

## 送元二使安西①

渭城朝雨裛轻尘②，客舍青青柳色新③。

劝君更尽一杯酒，西出阳关④无故人。

① 此诗唐时谱入乐府，为送别之曲，至"阳关"句反覆歌之，谓之《阳关三叠》，又称《渭城曲》。安西，指安西都护府，在今新疆库车县境。
② 渭城句：渭城，在今陕西西安市西北。裛轻尘，谓朝雨沾濡道路之尘。裛，濡湿。
③ 客舍句：客舍，指驿馆。柳色新，一作"杨柳春"。
④ 阳关：故址在今甘肃敦煌西南，为唐时往西域要道，因在玉门关之南，故称阳关。

【集评】

李东阳《麓堂诗话》："作诗不可以意徇辞，而须以辞达意。辞能达意，可歌可咏，则可以传。王摩诘'阳关无故人'之句，盛唐以前所未道。此辞一出，一时传诵不足，至为三叠歌之。后之咏别者，千言万语，殆不能出其意之外。必如是方可谓之达耳。"

胡应麟《诗薮》："(郑谷《淮上与友人别》)'数声风笛离亭晚，君向潇湘我向秦'，(许浑《谢亭送别》)'日暮酒醒人已远，满天风雨下西楼'，岂不一唱三叹，而气韵衰飒殊甚。'渭城朝雨'，自是口语，而千载如新。此论盛唐、晚唐三昧。"

吴逸一《唐诗正声》评："语由信笔，千古擅长，既谢光芒，兼空追琢，太白、少伯，何遽胜之！"

何焯《三体唐诗》评："首句藏行尘，次句藏折柳，两面皆画出，妙不露骨。后半从休文(沈约《别范安成》)'莫言一杯酒，明日难重持'变来。"

黄生《唐诗摘钞》："先点别景，次写别情，唐人绝句多如此。毕竟以此首为第一，惟其气度从容，风味隽永，诸作无出其右故也。"

沈德潜《唐诗别裁》："阳关在中国(指中原地区)外,安西更在阳关外。言阳关已无故人,况安西乎？此意须微参。"

宋顾乐《唐人万首绝句选》评："送别诗要情味俱深,意境两尽,如此篇真绝作也。"

赵翼《瓯北诗话》："人人意中所有,却未有人道过,一经说出,便人人如其意之所欲出,而易于流播,遂足传当时而名后世。如李太白'今人不见古时月,今月曾经照古人',王摩诘'劝君更尽一杯酒,西出阳关无故人',至今犹脍炙人口,皆是先得人心之所同然也。"

【评解】

上二句明写景色,暗寓送别。下二句更劝一杯,离情迸发,弥见意真语挚。(刘)

## 菩提寺禁,裴迪来相看,说逆贼在凝碧池上作音乐,供奉人等举声便一时泪下。私成口号,诵示裴迪①

万户伤心生野烟②,百官何日再朝天③？

秋槐④叶落空宫里,凝碧池头奏管弦。

① 郑处海《明皇杂录》载：天宝末,群贼陷两京,大掠文武朝臣及黄门、宫嫔、乐工、骑士,每获数百人,以兵仗严卫,送于洛阳。禄山尤致意乐工,于旬日获梨园弟子数百人,群贼因相与大会于凝碧池。乐既作,梨园旧人不觉歔欷,相对泣下。有乐工雷海青者,投乐器于地,西向恸哭。逆党乃缚雷海青于戏马殿,支解以示众。王维时为逆贼拘于菩提寺,闻之,赋诗云云。菩提寺,赵殿成《王右丞集笺注》："《长安志》：'平康坊南门之东,有普提寺。'"按《旧唐书·王维传》云："禄山素怜之,遣人迎置洛阳,拘于普施寺。"凝碧池,《王右丞集笺注》："《唐禁苑图》：'凝碧池,在西内苑,重玄门之北,飞龙院之南。'"按《资治通鉴·唐纪》注："《唐六典》：'洛阳禁苑中有芳树、金谷二亭,

凝碧之池。"供奉，官名，唐时以文学或艺技侍奉内廷者。此指乐工。口号，随口吟成。
② 野烟：战火之意。
③ 百官句：时玄宗奔蜀，故云。
④ 秋槐：唐时宫中多植槐树。陈鸿《长恨歌传》："宫槐秋落。"

【集评】

王鏊《震泽长语》："'凝碧池头奏管弦'，不言亡国，而亡国之意溢于言外。"

**王缙** 字夏卿，蒲州(今山西永济)人，生于久视元年(七〇〇)，卒于建中二年(七八一)，王维之弟。初官侍御史、武部员外。安史乱起，与李光弼同守太原有功，加宪部侍郎。广德二年，拜黄门侍郎同平章事；寻持节行营，历诸镇。大历中召还，拜门下侍郎，复知政事。以附元载，连贬刺史。后为太子宾客，分司东都。《全唐诗》录存其诗八首。

## 别辋川别业①

山月晓仍在，林风凉不绝。
殷勤如有情，惆怅令人别。

① 辋川别业：见王维《孟城坳》注。

【集评】

胡应麟《诗薮》："顾华玉(顾璘)云：'五言绝以调古为上乘，以情真为得体。''打起黄莺儿'云云，调之古者；'山月晓仍在'云云，此所谓情真者。"

宋顾乐《唐人万首绝句选》评："语语含蓄，清远亦不让乃兄。"

俞陛云《诗境浅说续编》:"山月林风,焉知惜别,而殷勤向客者,正见己之心爱辋川,随处皆堪留恋,觉无情之物都若有情矣。"

【评解】

山月林风,在在可恋,即景抒低徊不忍遽去之情,语淡而意挚。(富)

李白　字太白,自号青莲居士,其先陇西成纪(今甘肃天水)人,隋末因罪徙西域,白幼年随父迁居绵州彰明青莲乡(今四川绵阳附近),生于大足元年(七〇一),卒于宝应元年(七六二)。天宝初,以贺知章及道士吴筠之荐,被召至长安,供奉翰林。旋遭谗放归。安史乱后,曾佐永王璘幕。璘败,长流夜郎。中途遇赦。晚年往来金陵、宣城间,客死当涂。性倜傥,喜击剑行侠,好纵横术,常以张良、谢安自况。诗与杜甫齐名,风格俊逸豪宕,富有浪漫色彩。尤擅乐府歌行,纵横开阖,不可端倪。绝句超妙隽逸,神韵天然。明李攀龙《唐诗选》谓:"太白五七言绝句,实唐三百年一人。"胡应麟《诗薮》谓:"太白诸绝句信口而成,所谓无意于工而无不工者。余尝谓古诗、乐府后,惟太白诸绝近之。"清沈德潜《唐诗别裁》曰:"五言绝右丞、供奉(白曾供奉翰林,故云),七言绝龙标、供奉,绝妙古今,别有天地。"又曰:"七言绝句,以语近情遥,含吐不露为贵,只眼前景,口头语,而有弦外音,使人神远。太白有焉。"有《李太白集》,《全唐诗》编存其诗二十五卷。

# 王昭君①

昭君拂玉鞍,上马啼红颊。

今日汉宫人,明朝胡地妾。

① 王昭君:见东方虬《昭君怨》注。

【集评】

黄周星《唐诗快》:"古今吊明妃者多矣,此十字(指下二句)可当千百言。"

赵翼《瓯北诗话》:"古来咏明妃者,惟唐人'今日汉宫人,明朝胡地妾'二句,不着议论,而意味无穷,最为绝唱。"

黄叔灿《唐诗笺注》:"只状其诀别之情,不言怨而怨已极。昭君诗此为冠,所谓独争上截。他手形容刻画,即东方虬'单于浪惊喜,无复旧时容',犹落第二义。"

《唐宋诗醇》:"题多名篇,此只以十字尽之,较(梁范静妇沈氏《昭君叹》)'今朝犹汉地,明旦入胡关'之句,词意倍为激烈。"


## 怨情

美人卷珠帘,深坐颦蛾眉①。

但见泪痕湿,不知心恨谁?

① 颦蛾眉:皱眉。按唐薛维翰《闺怨》:"美人怨何深,含情倚金阁。不笑复不语,珠泪纷纷落。"意境略似,可参看。

【集评】

胡震亨《李诗通》:"'心中念故人,泪堕不知止',此陈思王《怨诗》语也。明说出个'故人'来,觉古人犹有未工。"

【评解】

故说不知,引人冥想。笔端狡狯,思致婉曲。(刘)

## 玉阶怨①

玉阶生白露,夜久侵罗袜。

却下水晶帘,玲珑望秋月②。

① 玉阶怨:乐府《相和歌辞·楚调曲》。汉班婕妤失宠退居长信宫,作《自悼赋》,有"华殿尘兮玉阶苔"之句,南朝齐谢朓取作《玉阶怨》。此拟谢作。
② 却下二句:谓夜深不寐,犹下帘望月,极写怨情。水晶帘,用水晶珠串成之珠帘。玲珑,空明澄澈貌。

【集评】

萧士赟《分类补注李太白诗集》:"无一字言怨,而隐然幽怨之意见于言外,晦庵(朱熹)所谓圣于诗者欤?"

黄叔灿《唐诗笺注》:"始在阶前,继居帘内,当夜永而不眠,藉望月而自遣,曰'却下',曰'玲珑',意致凄恻。与崔国辅'净扫黄金阶'诗意同,一曰'不忍见秋月',一曰'玲珑望秋月',各极其妙。彼含'不忍'字,此含'望'字。"

《唐宋诗醇》:"妙写幽情,于无字处得之。'玉颜不及寒鸦色,犹带昭阳日影来',不免露却色相。"又引蒋杲曰:"玉阶露生,望之久也;水晶帘下,望之绝也。"

李锳《诗法易简录》:"无一字说到怨,而含蓄无尽,诗品最高。'玉阶生白露',则已望月至夜半,落笔便已透过数层。次句以'夜久'承明,露侵罗袜,始觉夜深露重耳。然望恩之思,何能遽止,虽入房下帘以避寒露,而隔帘望月,仍彻夜不能寐,此情复何以堪?又直透到'玉阶'后数层矣。二十字中,具有如许神通,而只淡淡写来,可谓有神无迹。"

吴文溥《南野堂笔记》:"'玲珑'二字最妙,真是隔帘见月也。"

俞陛云《诗境浅说续编》:"其写怨意,不在表面,而在空际。第二句云露侵袜湿,则空庭之久立可知。第三句云却下晶帘,则羊车之绝望可知。第四句云隔帘望月,则虚帷之孤影可知。不言怨而怨自深矣。"

刘永济《唐人绝句精华》："初则伫立玉阶,立久罗袜皆湿,乃退入帘内,下帘望月。未尝一字及怨情,而此人通宵无眠之状,写来凄冷逼人,非怨而何!"

【评解】

谢朓同题诗云:"夕殿下珠帘,流萤飞复息。长夜缝罗衣,思君此何极。"可谓工于言情矣。然明说"思君",尚觉意尽言内。此诗则情在景中,神传象外,真严羽所谓"不涉理路,不落言铨"者矣。(刘)


# 渌水曲①

渌水明秋日②,南湖采白蘋③。

荷花娇欲语,愁杀荡舟人④。

① 渌水曲:乐府《琴曲歌辞》。王琦《李太白文集》:"《渌水》本琴曲名,太白袭用其语,以写所见,其实即《采菱》、《采莲》之遗意也。"
② 渌水句:谓渌水明亮于秋日之下。渌水,清水。
③ 采白蘋:南朝梁柳恽《江南曲》:"汀洲采白蘋。"白蘋,水草名。
④ 荷花二句:即"花若解语,人还应妒"之意。荡舟人,即采蘋女子。

【集评】

马位《秋窗随笔》:"少陵(《清明》)'春去春来洞庭阔,白蘋愁杀白头翁',太白'荷花娇欲语,愁杀荡舟人',风神摇漾,一语百情。李、杜洵敌手也。"

黄叔灿《唐诗笺注》:"'愁杀'两字,反覆读之,通首俱摄入矣。"

刘文蔚《唐诗合选详解》:"采蘋而忽见荷花之娇艳,因转而为愁,盖妒其艳也。"

【评解】

以荷花托出采蘋女子之美艳,意谓除娇欲语之荷花,无可与比者。措词空灵婉

曲,殊见匠心。(富)


## 静夜思

床前明月光,疑是地上霜。

举头望明月,低头思故乡。

【集评】

胡应麟《诗薮》:"太白五言,如《静夜思》、《玉阶怨》等,妙绝古今,然亦齐、梁体格。"

钟惺《唐诗归》:"忽然妙景,目中口中凑泊不得,所谓不用意得之者。"

吴逸一《唐诗正声》评:"百千旅情,妙复使人言说不得。天成偶语,讵由精炼得之?"

沈德潜《唐诗别裁》:"旅中情思,虽说明却不说尽。"

黄叔灿《唐诗笺注》:"即景即情,忽离忽合,极质直却自情至。"

俞樾《湖楼笔谈》:"李太白诗'床前明月光'云云,王昌龄诗'闺中少妇不知愁'云云,此两诗体格不伦而意实相准。夫闺中少妇本不知愁,方且凝妆而上翠楼,乃'忽见陌头杨柳色',则'悔教夫婿觅封侯'矣。此以见春色之感人者深也。'床前明月光',初以为地上之霜耳,乃举头而见明月,则低头而思故乡矣。此以见月色之感人者深也。盖欲言其感人之深而但言如何相感,则虽深仍浅矣。以无情言情则情出,从无意写意则意真。知此者可以言诗乎!"

俞陛云《诗境浅说续编》:"前二句,取喻殊新。后二句,在举头低头俄顷之间,顿生乡思。良以故乡之念,久蕴怀中,偶见床前明月,一触即发,正见其乡心之切。且举头低头,联属用之,更见俯仰有致。"

刘永济《唐人绝句精华》:"清李重华《贞一斋诗说》谓:'五言绝发源《子夜歌》,别无妙巧,取其天然二十字,如弹丸脱手为妙。'李白此诗绝去雕采,纯出天真,犹是《子夜》民歌本色,故虽非用乐府古题,而古意盎然。"

【评解】

瞥然见之,疑其是霜,遂有天寒客久之感;旋虽审其是月,而乡愁已动,仰望俯思,不能自已矣。捕捉诗心,传神刹那,故为高唱。(刘)

# 巴①女词

巴水急如箭②,巴船去若飞。

十月三千里,郎行几岁归?

① 巴:即巴郡,在今四川东部。
② 巴水句:王琦《李太白文集》:"唐之渝州、涪州、忠州、万州等处,皆古时巴郡地。其水流经三峡,下至夷陵,当盛涨时,箭飞之速,不是过矣。"

【评解】

质朴宛转,南朝小乐府之遗,而劲气直达,犹是太白本色。(富)

# 越女词 五首

长干吴儿女①,眉目艳星月②。

屐上足如霜,不着鸦头袜③。

① 长干句:长干,见崔颢《长干曲》注。吴儿女,吴地女儿。
② 眉目句:谓眉目皎丽,朗若星月。
③ 鸦头袜:一种拇趾与其他四趾分开之布袜。


吴儿多白皙①,好为荡舟剧②。

卖眼掷春心③,折花调④行客。

① 吴儿句:吴儿,即吴地女儿。白皙,白净。
② 剧:游戏。
③ 卖眼句:谓以眼色传情。
④ 调:调弄。


耶溪①采莲女,见客棹歌②回。

笑入荷花去,佯羞③不出来。

① 耶溪:即若耶溪,在今浙江绍兴市。
② 棹歌:摇船时所唱之歌。
③ 佯羞:假装害羞。


东阳①素足女,会稽②素舸郎。

相看月未堕,白地断肝肠③。

① 东阳：今浙江东阳。
② 会稽：今浙江绍兴。
③ 相看二句：按南朝宋谢灵运《东阳溪中赠答》："可怜谁家妇，缘流洗素足。明月在云间，迢迢不可得。""可怜谁家郎，缘流乘素舸。但问情若何，月就云中堕。"此诗即点化谢诗，上二句之"素足女"、"素舸郎"亦用谢诗中语。月未堕，反用谢诗"月就云中堕"语意。明胡震亨《唐音癸签》："月堕，狎语比语也。"白地，犹云平白地。

镜湖①水如月，耶溪②女如雪。

新妆荡新波，光景两奇绝③。

① 镜湖：在今浙江绍兴市南。
② 耶溪：即若耶溪。若耶溪流入镜湖，此虽分言之而实指一地。
③ 新妆二句：谓人影波光，互相辉映。新波，春水。

【评解】

此咏船娘，故极状其朴素、健康、天然之美，与无拘束情态，清新活泼，传神笔墨之外。（刘）

## 劳劳亭①

天下伤心处，劳劳送客亭。

春风知别苦，不遣柳条青②。

① 劳劳亭：故址在今南京市南，一名临沧观，古送别之地。
② 春风二句：古时有折柳送行习俗，作诗时柳条未青，因托意于春风耳。

【集评】

李锳《诗法易简录》:"若直写别离之苦,亦嫌平直,借春风以写之,转觉苦语入骨。其妙在'知'字、'不遣'字,奇警无伦。"

【评解】

王之涣《送别》"近来攀折苦,应为别离多",从柳立论,已是进一层写法;此反用其意,烘染"伤心"二字,又进一层。(刘)


## 夜下征虏亭①

船下广陵②去,月明征虏亭。

山花如绣颊③,江火④似流萤。

① 征虏亭:故址在今南京市,为东晋征虏将军谢石所建。
② 广陵:今江苏扬州。
③ 绣颊:唐时女子以丹脂点颊,色如锦绣,故称绣颊。
④ 江火:指江中船上灯火。


## 秋浦歌① 十七首选五

秋浦多白猿,超腾若飞雪。

牵引条上儿②,饮弄水中月。

① 秋浦歌：李白被谗出京后寓秋浦时所作。秋浦，属池州，在今安徽贵池县西。
② 条上儿：树枝上幼猿。

【评解】
　　写白猿超腾及牵儿饮水等景象，神态毕肖，生动如见。诗亦一气挥洒，极飞动跳脱之致。（富）


愁作秋浦客，强看秋浦花。

山川如剡县，风日似长沙①。

① 山川二句：谓秋浦山川如戴逵隐居之剡县，景物如贾谊贬谪之长沙。剡县，今浙江嵊州。长沙，今湖南长沙。

【集评】
　　唐汝询《唐诗解》："不言怀抱而言风日，正见诗人托兴深微处。"

【评解】
　　此抒感之作。谓不能如戴逵之终隐，却同贾谊之播迁，风物虽好，而情怀正有不堪说处。（刘）


秋浦千重岭，水车岭最奇①。

天倾欲堕石②，水拂寄生枝③。

① 水车岭：在今安徽贵池县西南，山势陡峻，旁临深渊。
② 天倾句：谓岭上巨石欹侧，似欲从天而堕。

③ 寄生枝：附有寄生植物之树枝。

【评解】

"天倾欲堕石"，与杜甫《阆山歌》"江动将崩未崩石"相似，皆刻意形容，奇警无匹。（富）

炉火照天地，红星乱紫烟①。

赧郎②明月夜，歌曲动寒川。

① 炉火二句：秋浦为唐时铜、银产地，此写夜间冶炼时情景。
② 赧郎：指矿工。赧，原作面部羞红解，此指炉火照映下之矿工面色。赧，一作郝，义同。元萧士赟《分类补注李太白集》："郝郎，吴音也，歌者助语之词。"元杨维桢《竹枝词》有"鹿头湖船唱郝郎"句，可与萧说参证。

【评解】

以雄阔之笔，写劳者之歌，其中有满腔同情在。（刘）

白发三千丈，缘愁似个长①。

不知明镜里，何处得秋霜②？

① 缘愁句：缘，因也。个，即今语这样。
② 秋霜：指白发。

【集评】

唐汝询《唐诗解》："托兴深微，当求之意象之外。"

王琦《李太白全集》："起句怪甚，得下文一解，字字皆成妙义，洵非老手不能，寻章摘句之士,安可以语此!"

黄叔灿《唐诗笺注》:"因照镜而见白发,忽然生感,倒装说入,便如此突兀,所谓逆则成丹也。唐人五绝用此法多,太白落笔便超。"

《唐宋诗醇》:"突然而起,四句三折,格力极健,要是倒装法也。"

郭兆麒《梅崖诗话》:"太白诗'白发三千丈','燕山雪花大如席'(《北风行》),语涉粗豪,然非尔便不佳。"

陆游《入蜀记》:"观太白此歌,高妙乃尔,则知《姑熟十咏》决为赝作也。杜牧池州诸诗,亦清婉可爱,若与太白诗并读,醇醨异味矣。"

【评解】

"白发"解"秋霜","缘愁"解"三千",所谓三折、倒装指此。若先言照镜而睹秋霜,次释白发因愁多所致,便直致矣。(刘)


# 独坐敬亭山①

众鸟高飞尽,孤云独去闲。

相看两不厌,只有敬亭山。

① 敬亭山:在今安徽宣城北。

【集评】

钟惺《唐诗归》:"胸中无事,眼中无人。"

沈德潜《唐诗别裁》:"传'独坐'之神。"

黄叔灿《唐诗笺注》:"'尽'字、'闲'字是'不厌'之魂,'相看'下着'两'字,与敬亭山对若宾主,共为领略,妙!"

李锳《诗法易简录》:"首二句已绘出'独坐'神理,三四句偏不从独处写,偏曰'相看两不厌',从不独处写出'独'字,倍觉警妙异常。"

《唐宋诗醇》:"宛然'独坐'神理。胡应麟谓'绝句贵含蓄,此诗太分晓',非善说诗者。"

宋顾乐《唐人万首绝句选》评:"命意之高不待言,气格亦内外具作,五绝中有数之作。"

吴昌祺《删订唐诗解》:"鸟飞云去,正言'独坐'也。"

俞陛云《诗境浅说续编》:"后二句以山为喻,言世既与我相遗,惟敬亭山色,我不厌看,山亦爱我。夫青山漠漠无情,焉知憎爱,而言不厌我者,乃太白愤世之深,愿遗世独立,索知音于无情之物也。"

刘永济《唐人绝句精华》:"首二句独坐所见,三四句独坐所感。曰'两不厌',便觉山亦有情,而太白之风神,有非尘俗所得知者,知者其山灵乎?"

【评解】

"相看"二句,与辛弃疾《贺新郎》词"我见青山多妩媚,料青山见我应如是",用意略似,皆有睥睨一世之概。(富)

# 送陆判官往琵琶峡①

水国②秋风夜,殊非远别时。

长安如梦里,何日是归期?

① 琵琶峡:在四川巫山,形如琵琶。
② 水国:指江南地区,因多河流,故称水国。

【集评】

　　杨慎《升庵诗话》:"太白(《独不见》)诗:'天山三丈雪,岂是远行时。'又云:'水国秋风夜,殊非远别时。''岂是'、'殊非',变幻二字,愈出愈奇。"

　　宋顾乐《唐人万首绝句选》评:"味首二句,似非长安送陆,陆已谪外为判官,此又送之往琵琶峡,因悲其去国日远也。"


## 自遣

对酒不觉暝,落花盈我衣。

醉起步溪月①,鸟还人亦稀。

① 步溪月:沿溪步月。

【集评】

　　吴逸一《唐诗正声》评:"语秀气清,趣深意远。"

　　黄叔灿《唐诗笺注》:"此等诗必有真胸境,而后能领此真景色,故其言皆成天趣。"

【评解】

　　此诗殊有寂寞无与俦之感,妙在自然流出,绝不着意。(富)


## 重忆①

欲向江东去,定将谁举杯②?

稽山无贺老,却棹酒船回③。

① 重忆:此诗之前有追悼贺知章之五律《对酒忆贺监二首》,故题作《重忆》。而今人詹锳《李白诗文系年》云:"裴敬《翰林学士李公墓碑》:予尝过当涂,访翰林旧宅。又于浮屠寺化城之僧,得翰林自写《访贺监不遇》诗云:'东山无贺老,却棹酒船回。'则'重忆一首'四字,盖后之编李白诗者所改。意者白之江东以前,尚未知贺之亡,乘兴往访,却见贺已物故,故曰《访贺监不遇》耳。是此诗之作,犹当在《对酒忆贺监》之前,并非'重忆'也。"
② 定将句:谓究竟与谁同饮。定将,张相《诗词曲语辞汇释》云:"定,疑问辞,犹云究竟也。"又云:"将,犹与也。"
③ 稽山二句:谓贺知章已亡,无人共饮,故棹酒船而回。稽山,即会稽山,在今浙江绍兴,乃知章晚年所居之地。

【集评】

宋顾乐《唐人万首绝句选》评:"真是目空一世,合之于题,一些不觉,神境也。"

【评解】

李白与贺知章皆嗜酒,杜甫尝于《饮中八仙歌》中咏之。此诗只从酒上生发,恰道着两人最亲切处,无一悲悼泛语而情愈真挚。(刘)


## 哭宣城善酿纪叟①

纪叟黄泉里,还应酿老春②。

夜台③无李白,沽酒与何人?

① 宣城:今安徽宣城。纪叟:宣城善酿酒者,白之故人。
② 老春:纪叟所酿酒名。唐时多以春名酒。《唐国史补》:"酒有郢之富水春,乌程之若下春,荥阳之上窟春,富平之石东春,剑南之烧春。"

③ 夜台：即墓穴。墓穴一闭，不见天日，故称夜台。此引申为冥间之意。

【评解】

此诗亦从酒上渲染，而生前交情，身后悼念，皆于言外见之。（富）

## 陪侍郎叔①游洞庭醉后 三首选一

划却君山好，平铺湘水流②。

巴陵无限酒③，醉杀洞庭秋。

① 侍郎叔：刑部侍郎李晔，李白族叔。时贬官途经岳州，与李白同游洞庭。
② 划却二句：谓削去君山，可使洞庭多受湘江之水。
③ 巴陵句：谓欲使湖水尽变为巴陵之酒。巴陵，即岳州。按太白《襄阳歌》"此江若变作春酒"，辛弃疾《粉蝶儿》词"把春波都酿作一江春酎"，皆是此意。

【集评】

罗大经《鹤林玉露》："李太白云：'划却君山好，平铺湘水流。'杜子美（《一百五日夜对月》）云：'斫却月中桂，清光应更多。'二公所以为诗人冠冕者，胸襟阔大故也。此皆自然流出，不假安排。"

黄生《唐诗摘钞》："放言无理，在诗家转有奇处。四句四见地名不觉。"

黄叔灿《唐诗笺注》："诗豪语辟，正与少陵'斫却月中桂，清光应更多'匹敌。'巴陵'二句，极言其快心。"

【评解】

划却君山，平铺湘水，以冲决藩篱之气，束入二十字小诗，良非余子所及。（刘）

## 峨眉山月歌①

峨眉山月半轮秋，影入平羌江②水流。

夜发清溪向三峡③，思君不见下渝州④。

① 此出蜀东游时所作。峨眉山，在今四川峨眉南。
② 平羌江：又称青衣江，在今四川中部，源出芦山县西北，流至乐山县会大渡河入岷江。此指平羌江流经乐山县之一段，与峨眉山相近。
③ 夜发句：清溪，即清溪驿，在今四川乐山县。三峡，古时称三峡者，其说不一，而以瞿塘峡、巫峡、西陵峡为最著。《乐山县志》谓此当指乐山县之黎头、背峨、平羌三峡，而清溪则在黎头峡之上游。据全诗地形，此说可参考。
④ 思君句：寓去国离乡之情。君，指山月。渝州，今重庆。按苏轼《送人守嘉州》："峨眉山月半轮秋，影入平羌江水流。谪仙此语谁解道，请君见月时登楼。"盛推此诗，可参看。

【集评】

王世贞《艺苑卮言》："此是太白佳境，二十八字中有'峨眉山'、'平羌江'、'清溪'、'三峡'、'渝州'，使后人为之，不胜痕迹矣，益见此老炉锤之妙。"

王世懋《艺圃撷余》："作诗到精神传处，随分自佳，下得不觉痕迹，纵使一句两入，两句重犯，亦自无伤。如太白《峨眉山月歌》，四句入地名者五，然古今目为绝唱，殊不厌重。"

唐汝询《唐诗解》："'君'者，指月而言，清溪、三峡之间，天狭如线，即半轮亦不复可睹矣。"

周珽《唐诗选脉会通》引金献之曰："王右丞早朝诗五用衣服字，李供奉《峨眉山月歌》五用地名字，古今脍炙。然右丞用之八句中，终觉重复；供奉只四句，而天巧浑成，毫无痕迹，故是千秋绝调。"

黄叔灿《唐诗笺注》："'君'，指月。月在峨眉，影入江流，因月色而发清溪，及向三峡，忽又不见月，而舟已直下渝州矣。诗自神韵清绝。"

李锳《诗法易简录》:"此就月写出蜀中山峡之险峻也。在峨眉山下,犹见半轮月色,照入江中。自清溪入三峡,山势愈高,江水愈狭,两岸皆峭壁层峦,插天万仞,仰眺碧落,仅余一线,并此半轮之月亦不可见,此所以不能不思也。'君'字,指月也。"

宋顾乐《唐人万首绝句选》评:"王元美曰:'此是太白佳境,益见此老炉锤之妙。'此诗定从随手写出,一经炉锤,定逊此神妙自然。"

赵翼《瓯北诗话》:"李太白'峨眉山月半轮秋'云云,四句中用五地名,毫不见堆垛之迹,此则浩气喷薄,如神龙行空,不可捉摸,非后人所能模仿也。"

【评解】

此诗一气流转,使笔如风,故虽入五地名,而浑然令人不觉。太白最爱蜀中月色,屡见歌咏。其《峨眉山月歌送蜀僧晏入中京》,乃绾合峨眉山月以送人;此则以峨眉山月抒去国之感。诸评释"君"指山月,最为得解。(富)

## 秋下荆门[①]

霜落荆门江树空,布帆无恙[②]挂秋风。

此行不为鲈鱼脍[③],自爱名山入剡中[④]。

① 秋下荆门:《敦煌残卷本唐诗选》作《初下荆门》。荆门,山名,在今湖北宜都西北,长江南岸。
② 布帆无恙:《世说新语》:"顾长康(恺之)佐殷荆州(浩)幕,请假还京。尔时例不给布帆,顾苦求之,乃得发。至破冢,遭风大败,作笺与殷曰:'地名破冢,真破冢而出。行人安稳,布帆无恙。'"时白从荆门乘舟东下,故用此典。
③ 鲈鱼脍:《世说新语》:"张季鹰(翰)辟齐王东曹掾,在洛见秋风起,因思吴莼菜羹、鲈鱼脍,曰:'人生贵适志耳,何能羁千里以要名爵?'遂命驾

便归。"

④ 剡中：在今浙江嵊州一带，多名山水，地有剡溪，为晋王徽之雪夜访戴逵处。

【集评】

沈德潜《唐诗别裁》："明明说天下将乱，孑身归隐，却又推开解说，此古人身分不可及处。"

李锳《诗法易简录》："首句写荆门，用'霜落'、'树空'等字，已为次句'秋风'通气。次句写舟下，趁便嵌入'挂秋风'字，暗引起第三句'鲈鱼脍'意来。第三句即以'此行'承住上二句，以'不为鲈鱼脍'五字翻用张翰事，以生出第四句来，托兴名山，用意微婉。"

宋顾乐《唐人万首绝句选》评："清景幽情，自然深出，若着一点俗思，作不得亦读不得。此等句点拨入神，笔端真有造化。"

【评解】

此亦出蜀东游时作，时值开元盛日，而诗中明言此行为游名山，非如张翰见机归隐，沈评刻意求深，非是。此诗驱使自如，不觉用典，最为高境。（刘）

# 山中问答①

问余何事栖碧山②，笑而不答心自闲。
桃花流水窅然去，别有天地非人间③。

① 山中问答：一作《山中答俗人》。乃隐居安陆（今湖北安陆）时作。
② 碧山：即白兆山。《一统志》："安陆县：白兆山在县西三十里，一名碧山，上有桃花岩，李白读书堂。"《湖北通志》引《湖广志》云："白兆山一名碧山，上有桃花岩，李白读书处。"按李白有《安陆白兆山桃花岩寄刘侍御绾》诗，亦

可证。

③ 桃花二句：暗用《桃花源记》。窅然，即杳然，深远貌。

## 【集评】

李东阳《麓堂诗话》："诗贵意，意贵远不贵近，贵淡不贵浓。浓而近者易识，远而淡者难知。李太白'桃花流水杳然去，别有天地非人间'，王摩诘'返景入深林，复照青苔上'，皆淡而愈浓，近而愈远。"

黄叔灿《唐诗笺注》："《山中答俗人》及《与幽人对酌》，皆是太白绝调。"

王闿运《湘绮楼说诗》："（李颀《寄韩鹏》）'为政心闲物自闲，朝看飞鸟暮飞还。寄书河上神明宰，羡尔城头姑射山。'此篇超妙，为绝句上乘，所谓羚羊挂角不着一字者也。欲知其超，但看太白诗'问余何事栖碧山'一首世所谓仙才者，与此相比，觉李（颀）诗有意作态，不免村气。李（颀）选字皆研丽，如'神明宰'等字，比之'桃花流水'等字，雅俗相远，而俗者反雅，雅者反俗，何耶？"

## 【评解】

下二句写山中幽景，实即是答，云"笑而不答"者，盖栖隐原非本怀，然难为俗人道也。（刘）

## 黄鹤楼送孟浩然之广陵①

故人西辞②黄鹤楼，烟花③三月下扬州。
孤帆远影碧空尽④，惟见长江天际流。

① 黄鹤楼：故址在今湖北武汉市蛇山之黄鹄矶头，下瞰长江，为登临胜地。广陵：今江苏扬州市，唐时为广陵郡。
② 西辞：黄鹤楼在扬州之西，故云。

③ 烟花：写日暖花繁景象。
④ 孤帆句：影，一作"映"。空，一作"山"。宋陆游《入蜀记》："太白登黄鹤楼送孟浩然诗：'孤帆远映碧山尽，唯见长江天际流。'盖帆樯映远山，尤可观，非江行久不能知也。"

【集评】

唐汝询《唐诗解》："帆影尽则目力已极，江水长则离思无涯，怅望之情，俱在言外。"

吴逸一《唐诗正声》评："燕公（张说）《送梁六》之作，直以落句见情，便不能与青莲此诗争雄。"

黄生《唐诗摘钞》："不见帆影，惟见长江，怅别之情，尽在言外。"

黄叔灿《唐诗笺注》："'下扬州'着以'烟花三月'，顿为送别添毫。'孤帆远影'句，以目送之，'尽'字妙。'惟见'句再托一笔。"

《唐宋诗醇》："语近情遥，有'手挥五弦，目送飞鸿'之妙。"

宋顾乐《唐人万首绝句选》评："不必作苦语，此等诗如朝阳鸣凤。"

孙洙《唐诗三百首》："（次句）千古丽句。"

俞陛云《诗境浅说续编》："襄阳此行，江程迢递，太白临江送别，怅望依依，帆影尽而离心不尽。十四字中，正复深情无限。"

刘永济《唐人绝句精华》："此诗写别情在三四句。故人之舟既远，则帆影亦在碧空中消失，此时送别之人所见者，'长江天际流'而已。行者已远而送者犹伫立，正以见其依恋之切，非交深之友，不能有此深情也。善写情者，不贵质言，但将别时景象有感于心者写出，即可使诵其诗者发生同感也。"

【评解】

"孤帆"二句，传伫立怅望之神，不言别情而别情弥挚。通首措语俊逸，缀景阔大，一片神行，含蕴无穷，宜其擅名千古。（富）

## 春夜洛城①闻笛

谁家玉笛暗飞声②,散入春风满洛城。

此夜曲中闻折柳③,何人不起故园情④。

① 洛城:今河南洛阳市。
② 暗飞声:因夜间遥闻,故云。
③ 折柳:即《折杨柳》之简称,笛曲名,多述离情。
④ 何人句:洛阳多宦游者,故云。

【集评】

敖英《唐诗绝句类选》:"唐人作闻笛诗每有韵致,如太白散逸潇洒者不复见。"

黄生《唐诗摘钞》:"前首(指《与史郎中钦听黄鹤楼上吹笛》)格老,此首调婉,并录之可以观其变矣。"

黄叔灿《唐诗笺注》:"'散入'二字妙,领得下二句起。通首总言笛声之动人,'何人不起故园情',含着自己在内。"

《唐宋诗醇》:"与杜甫《吹笛》七律同意,但彼结句与黄鹤楼绝句出以变化,不见用事之迹,此诗并不翻新,深情自见,亦异曲同工也。"

宋顾乐《唐人万首绝句选》评:"下句下字炉锤工妙,却如信笔直写。后来闻笛诗,谁复出此?真绝调也。"

俞陛云《诗境浅说续编》:"春宵人静,闻笛韵悠扬,已引人幽绪,及聆其曲调,不禁黯然动乡国之思。释贯休《闻笛》诗云:'霜月夜徘徊,楼中羌笛催。晓风吹不尽,江上落残梅。'同是风前闻笛,太白诗有磊落之气,贯休诗得蕴藉之神,大家名家之别,正在虚处会之。"

【评解】

此与《与史郎中钦听黄鹤楼上吹笛》用意相似,而章法各殊。此顺叙,故条畅,着

力在前二句;彼倒叙,故含蓄,着力在后二句。(刘)

## 客中作

兰陵美酒郁金香①,玉碗盛来琥珀②光。

但使主人能醉客,不知何处是他乡。

① 兰陵句:兰陵,今山东峄县,产美酒。郁金香,香草,可以调酒。
② 琥珀:树脂化石,色蜡黄或赤褐。此借以形容美酒之色泽。

【集评】

沈德潜《唐诗别裁》:"强作宽解之词。"

黄叔灿《唐诗笺注》:"借酒以遣客怀,本色语却极情至。"

李锳《诗法易简录》:"首二句极言酒之美,第三句以'能醉客'紧承'美酒',点醒'客中',末句作旷达语,而作客之苦,愈觉沉痛。"

【评解】

此李白放浪嗜酒之自白,不必别求深解。(刘)

## 结袜子①

燕南壮士吴门豪,筑中置铅鱼隐刀②。

感君恩重许君命,太山一掷轻鸿毛③。

① 结袜子:乐府《杂曲歌辞》。
② 燕南二句:用高渐离、专诸事。高渐离,战国燕人,荆轲之友。荆轲刺秦始皇不遂死,渐离变姓名,为人佣保。久之闻于始皇,乃矐其目,使击筑。稍近之,渐离置铅筑中,扑始皇,不中,被杀。专诸,春秋吴人。吴公子光欲杀吴王僚,伍员进诸于光,光厚待之。乃具酒请僚至,使诸置匕首炙鱼腹中以进,刺死僚,诸亦为僚左右所杀。均见《史记·刺客列传》。
③ 感恩二句:谓感恩之重,而以命相许也。汉司马迁《报任安书》:"人固有一死,死有重于泰山,或轻于鸿毛,用之所趋异也。"

【集评】

宋顾乐《唐人万首绝句选》评:"动荡自然。"

俞陛云《诗境浅说续编》:"太白此作,悲壮挺崛,犹有乐府遗风。后二句言生命重于泰山,不轻为人许,感君恩重,愿为知己用,遂一掷等于鸿毛。声情抗健,可作《游侠传》赞语。"

【评解】

太白夙慕游侠,故写来声情壮烈,英风侠气,跃然纸上。(富)


# 苏台①览古

旧苑荒台杨柳新,菱歌清唱不胜春。

只今惟有西江月,曾照吴王宫里人②。

① 苏台:即姑苏台,吴王夫差与西施行乐之处,故址在今江苏苏州市姑苏山。
② 只今二句:谓如今曾见吴宫美人者,唯有西江之明月。西江,指长江,长江自西来,故称西江。

【集评】

陈继儒《唐诗三集合编》:"末二句如天花从空中幻出。"

吴逸一《唐诗正声》评:"作法圆转,妙在'只今惟有'四字。"

黄叔灿《唐诗笺注》:"吊古情深,语极凄婉。"

李锳《诗法易简录》:"一二句但写今日苏台之风景,已含起吴宫美人不可复见意,却妙在三四句不从不得见处写,转借月之曾经照见写,而美人之不可复见,已不胜感慨矣。"

【评解】

末句吴王宫人与次句"菱歌清唱"暗相呼应,妙不着迹。太白每有此种微妙之境,论者不察,遂谓太白豪纵,不屑屑于此,岂其然乎?(刘)


# 越中①览古

越王句践破吴归,义士②还家尽锦衣。

宫女如花满春殿,只今惟有鹧鸪飞。

① 越中:指会稽,越国国都,今浙江绍兴市。
② 义士:将士。一作"战士"。

【集评】

敖英《唐诗绝句类选》:"《越中览古》诗,前三句赋昔日之豪华,末一句咏今日之凄凉。大抵唐人吊古之作,多以今昔盛衰构意,而纵横变化,存乎体裁。"

黄叔灿《唐诗笺注》:"《苏台览古》,以今日之杨柳菱歌,借映当年之歌声舞态,归之西江明月,曾照当年,是由今溯古也。此首从越王破吴说起,雄图伯业,奕奕声光,追出鹧鸪一句结局,是吊古伤今也。体局各异。古人炼局之法,于此可见。"

李锳《诗法易简录》:"前三句极写其盛,末一句始用转笔以写其衰,格法奇矫。"

《唐宋诗醇》:"前《苏台览古》,通首言其萧索,而末一句兜转其盛;此首从盛时说起,而末句转入荒凉,此立格之异也。"

宋顾乐《唐人万首绝句选》评:"极力振宕一句,感叹怀古,转有余味。"

管世铭《论文杂言》:"杜公'蓬莱宫阙对南山',六句开,两句合;太白'越王句践破吴归',三句开,一句合,皆律绝中创调。"

俞陛云《诗境浅说续编》:"咏句践平吴事,振笔疾书,其异于平铺直叙者,以真有古茂之致;且末以'惟有'二字力绾全篇,诗格尤高。"

刘永济《唐人绝句精华》:"两诗皆吊古之作。前首从今月说到古宫人,后首从古宫人说到今鹧鸪,皆以见今昔盛衰不同,令人览之而生感慨,而荣华无常之戒即寓其中。"

【评解】

七绝多以第三句转折,第四句缴结。此诗末句陡转上缴,语冷节促,盛衰之感倍烈。(刘)

# 长门怨[①] 二首

天回北斗挂西楼[②],金屋[③]无人萤火流。

月光欲到长门殿,别作深宫一段愁。

① 长门怨:乐府《相和歌辞·楚调曲》,一名《阿娇怨》。相传汉武帝陈皇后(名阿娇)失宠退居长门宫,命司马相如作《长门赋》写其愁思,后人因之作《长门怨》曲。
② 天回句:北斗星每夜由东转西,挂西楼,谓夜已深。

③ 金屋：武帝幼时，陈后母馆陶公主（武帝姑母）戏问欲得阿娇为妇否？对曰："若得阿娇，当以金屋贮之。"见《汉武故事》。

【集评】

胡应麟《诗薮》："太白《长门怨》'天回北斗挂西楼'云云，江宁（王昌龄）《西宫曲》'西宫夜静百花香'云云，李则意尽语中，王则意在言外。然二诗各有至者，不可执泥一端。"

唐汝询《唐诗解》："上联因时而叙景，下联即景而生愁。月本无心，哀怨之极，觉其有心耳。"

黄生《唐诗摘钞》："含意甚深，故曰'诗可以怨'，何必定云'枉把黄金买词赋，相如原是薄情人'（崔道融《长门怨》），始为此题本色语！"

黄叔灿《唐诗笺注》："'别作'、'一段'四字，令人咏味不尽。"

宋顾乐《唐人万首绝句选》评："只从'金屋'、'长门'着想，解此诗意已尽得矣。"


桂殿①长愁不记春，黄金四屋②起秋尘。

夜悬明镜青天上，独照长门宫里人③。

① 桂殿：宫殿之美称。
② 黄金四屋：指金屋。
③ 夜悬二句：用汉司马相如《长门赋》"悬明月以自照兮，徂清夜于洞房"句意。按白居易《燕子楼》"燕子楼中霜月夜，秋来只为一人长"，造意相似，可参看。

【集评】

唐汝询《唐诗解》："前篇因秋而起秋思，此篇则无时非秋矣。'独'字甚佳，见月之有意相苦。"

黄叔灿《唐诗笺注》："曰'不记春'，曰'起秋尘'，形容长愁无尽，不觉春去而秋至也。下二句就长夜之愁托出'独照'二字,说怨意妙。"

宋顾乐《唐人万首绝句选》评:"情思不如江宁,正以气格胜。通首不言怨,怨在言外。"

俞陛云《诗境浅说续编》:"首句桂殿秋与春对举者,言含愁独处,但见秋之萧瑟,不知有春之怡畅也。次句言四面黄金涂壁,华贵极矣,而流尘污满,则华贵于我何预,只益悲耳。后二句言月镜秋悬,照彻几家欢乐,一至寂寂长门,便成独照,不言怨而怨可知矣。"

刘永济《唐人绝句精华》:"首二句一'春'一'秋',二字表两种情绪。月悬天上,岂独为长门宫里人?而永夕不眠者,独得月照,则似此明月专为宫人而悬照也。"

【评解】

两诗皆以明月烘染愁思,前章着意于"别作"二字,此章着意于"独照"二字,就措语论,前者意婉,后者怨深。(刘)


## 清平调词① 三首

云想衣裳花想容②,春风拂槛露华浓③。

若非群玉山头见,会向瑶台月下逢④。

① 《清平调》为唐大曲中调名,李白按调制词,故称《清平调词》。李濬《松窗杂录》:"开元中,禁中初重木芍药,即今牡丹也。得四本红、紫、浅红、通白者。……会花方繁开,上乘月夜,召太真妃以步辇从。诏特选梨园弟子中尤者,得乐十六色。李龟年以歌擅一时之名,手捧檀板,押众乐前,欲歌之。上曰:'赏名花,对妃子,焉用旧乐词为!'遂命龟年持金花笺宣赐翰林学士李白进《清平调词》三章。白欣然承诏旨,犹苦宿醒未解,因援笔赋之。"
② 云想句:以云与花比杨妃衣裳容貌之美。
③ 春风句:写牡丹受春风露华之滋润而盛开,以喻杨妃得玄宗之宠幸而愈增

④ 若非二句:谓杨妃之美非人世所有。群玉山,西王母所居之地,见《穆天子传》。会,应也。瑶台,西王母宫殿。

【集评】

黄生《唐诗摘钞》:"三首皆咏妃子,而以花旁映之,其命意自有宾主。或谓初首咏人,次首咏花,三首合咏,非知诗者。二'想'字是咏妃后语。"

黄叔灿《唐诗笺注》:"此首咏太真,着二'想'字妙。次句人接不出,却映花说,是'想'字之魂。'春风拂槛'想其绰约,'露华浓'想其芳艳,脱胎烘染,化工笔也。"

李锳《诗法易简录》:"三首人皆知合花与人言之,而不知意实重在人,不在花也,故以'花想容'三字领起。'春风拂槛露华浓',乃花最鲜艳、最风韵之时,则其容之美为何如?说花处即是说人,故下二句极赞其人。"

一枝红艳露凝香①,云雨巫山枉断肠②。

借问汉宫谁得似,可怜飞燕倚新妆③。

① 一枝句:写牡丹之秾艳,以喻杨妃之美。
② 云雨句:楚王游于高唐,梦与巫山神女欢会。神女临行致辞:"妾在巫山之阳,高丘之岨。旦为行云,暮为行雨。朝朝暮暮,阳台之下。"见战国楚宋玉《高唐赋》。句谓楚王与神女欢会,究属虚渺,徒生惆怅。
③ 可怜句:可怜,可爱。飞燕,赵飞燕,汉成帝皇后,以美貌著称。

【集评】

黄生《唐诗摘钞》:"首句承'花想容'来,言妃之美,惟花可比,彼巫山神女,徒成梦幻,岂非'枉断肠'乎!必求其似,惟汉宫飞燕,倚其新妆,或庶几耳。"

黄叔灿《唐诗笺注》:"此首亦咏太真,却竟以花比起,接上首来。"

李锳《诗法易简录》:"仍承'花想容'言之,以'一枝'作指实之笔,紧承前首三四句作转,言如花之容,虽世非常有,而现有此人,实如一枝名花,俨然在前也。两首一气相生,次首即承前首作转。如此空灵飞动之笔,非谪仙孰能有之?"

名花倾国①两相欢,长得君王带笑看。
解释春风无限恨,沉香亭北倚阑干②。

① 倾国:汉李延年《佳人歌》:"一顾倾人城,再顾倾人国。"后世遂以倾城、倾国为美人之代称。
② 解释二句:谓玄宗赏名花,对妃子,纵有春愁,亦将消释。沉香亭,在兴庆宫龙池东,亭以沉香木建成。

【集评】

胡应麟《诗薮》:"'明月自来还自去,更无人倚玉阑干','解释东风无限恨,沉香亭北倚阑干',崔鲁、李白同咏玉环事,崔则意极精工,李则语由信笔,然不堪并论者,直是气象不同。"

陈继儒《唐诗三集合编》:"三诗俱戛金石,此篇尤胜,字字得沉香亭真境。"

黄生《唐诗摘钞》:"释恨即从'带笑'来。本无恨可释,而云然者,即《左传》(晋太子申生):'君非姬氏(指骊姬),居不安,食不饱'之意。"

沈德潜《唐诗别裁》:"三章合人与花言之,风流旖旎,绝世丰神。或谓首章咏妃子,次章咏花,三章合咏,殊近滞执。"又曰:"本言释天子之愁恨,托以'春风',措词微婉。"

黄叔灿《唐诗笺注》:"此首花与太真合写,'解释春风无限恨,沉香亭北倚栏干',合人与花在内,写照入神。三首章法如此。"

李锳《诗法易简录》:"此首乃实赋其事而结归明皇也。只'两相欢'三字,直写出美人绝代风神,并写得花亦栩栩欲活,所谓诗中有魂。第三句承次句,末句应首句,章法最佳。"

刘永济《唐人绝句精华》:"第一首前二句,名花、妃子双写,而以春风比恩幸。后两句又以玉山、瑶台之仙灵,双绾名花、妃子以见其娇贵。第二首前两句写名花,后两句写妃子：曰'枉断肠'，神女不如名花也；曰'可怜'，飞燕不如妃子也。第三首总结，点明名花、妃子皆能长邀帝宠者，以能'解释春风无限恨'也。三首皆能以绮丽高华之笔，为名花、妃子传神写照。"按"可怜飞燕倚新妆"，"可怜"为可爱之意，此句乃以飞燕比杨妃之美艳。

【评解】

　　三诗虽应制之作，而高华秾丽，风韵绝世，使事灵变，烘染入神，极布局运笔之妙。前人谓有所托讽，美中有刺，则未免失之穿凿矣。（富）


# 少年行①

五陵年少金市东②，银鞍白马度春风。

落花踏尽游何处，笑入胡姬③酒肆中。

① 少年行：乐府《杂曲歌辞》。
② 五陵句：五陵，见孟浩然《送朱大入秦》注。金市，向达《唐代长安与西域文明》谓即长安之西市。
③ 胡姬：指在长安以歌舞卖酒为生之西域女子。李白诗中道及胡姬者甚多，如《前有一樽酒行》"胡姬貌如花，当垆笑春风"、《白鼻騧》"细雨春风花落时，挥鞭直就胡姬饮"等，可参看。

【评解】

　　寥寥几笔，钩勒出少年浮浪形象，"笑入"二字，尤为传神。（富）

## 陌上赠美人①

骏马骄行踏落花②,垂鞭直拂五云车③。

美人一笑褰珠箔④,遥指红楼是妾家⑤。

① 一作《小放歌行》。
② 骏马句:李白自谓。
③ 五云车:五色云车,古仙人所乘,此乃美称。
④ 褰珠箔:掀开珠帘。
⑤ 遥指句:谓邀与同归。

【集评】

俞陛云《诗境浅说续编》:"当紫陌春浓之际,策骏马而过,适道左有五云车过,误拂鞭丝。乃车中美人,不生薄愠,翻致微辞,谓遥看红楼一角,即妾家居处。若谓门前垂柳,何妨暂系青骢。其慧眼识人耶?抑诗人托兴耶?以青莲之豪迈而作此侧艳之词,殆如昌黎之'金钗'、'银烛'(指其《酒中留上襄阳李相公》"银烛未销窗送曙,金钗半醉座添春"一联),未免有情也。"

【评解】

以骏逸之气,写艳冶之情,犹是太白豪宕本色。(刘)

## 送贺宾客归越①

镜湖流水漾清波②,狂客③归舟逸兴多。

山阴道士如相见，应写黄庭换白鹅④。

① 《旧唐书·玄宗纪》载：天宝二年(七四三)十二月，太子宾客贺知章请度为道士还乡。天宝三载正月，玄宗遣左右相以下送别于长乐坡，赋诗赠之。
② 镜湖句：《新唐书·贺知章传》载：知章还乡，玄宗诏赐镜湖剡川一曲。
③ 狂客：知章晚年自号"四明狂客"。
④ 山阴二句：《太平御览》引何法盛《晋中兴书》："山阴有道士养群鹅，羲之意甚悦，道士云：'为写《黄庭经》，当举群相赠。'乃为写讫，笼鹅而去。"按《旧唐书·贺知章传》："善草隶书，好事者供其笺翰，每纸不过数十字，共传宝之。"故借比之。山阴，今浙江绍兴。

【评解】

知章越人而工书，故借王羲之与山阴道士换鹅事以美之，兼致送归之意，用典极为精切，亦饶情趣。(富)

# 东鲁门①泛舟 二首选一

日落沙明天倒开②，波摇石动③水萦回。

轻舟泛月寻溪转，疑是山阴雪后来④。

① 东鲁门：衮州(在今山东)城东门。
② 天倒开：谓天空倒映于水中。
③ 石动：谓山石倒影于水波中滉动。
④ 轻舟二句：谓月下乘兴泛舟，有如王徽之的雪后夜访戴逵。《世说新语·任诞篇》："王子猷(徽之)居山阴，夜大雪，眠觉(睡醒)开室，命酌酒，四望皎然，因起彷徨，咏左思《招隐》诗，忽忆戴安道(逵)。时戴在剡，即便夜乘小船就之。"

【集评】

黄叔灿《唐诗笺注》:"'日落沙明'二句,写景奇绝。少陵造句常有此,而此二句毕竟是李非杜,有飞动凌云之致也。下二句日落泛月,寻溪而转,清境迥绝,故拟似王子猷之山阴雪后来也。诗真飘然不群。"

## 望天门山①

天门中断楚江开②,碧水东流至此回③。

两岸青山相对出,孤帆一片日边来。

① 天门山:在今安徽当涂县西南,东曰博望山,西曰梁山,夹长江对峙如门,故名。
② 天门句:谓长江流过两山中断之处而豁然开阔。楚江,指在楚境之长江。
③ 碧水句:因两山夹峙,故江流至此,便打回旋。

【集评】

《唐宋诗醇》:"此及'朝辞白帝'等作,俱极自然,洵属神品,足以擅场一代。"

宋顾乐《唐人万首绝句选》评:"此等诗真可谓'眼前有景道不得'也。"

俞陛云《诗境浅说续编》:"大江自岷山来,东趋荆楚,至天门稍折而北,山势中分,江流益纵,遥见一白帆痕,远在夕阳明处。此诗赋天门山,宛然楚江风景,《下江陵》(即《早发白帝城》)诗,宛然蜀江风景,能手固无浅语也。"

【评解】

此写天门上游东望之境。前半写近望,后半写远望。从两山夹峙中遥见日边孤帆,又是"开"字神理。(刘)

# 横江[1]词 六首选四

海潮南去过浔阳[2],牛渚由来险马当[3]。

横江欲渡风波恶,一水牵愁万里长。

① 横江:即横江浦,在今安徽和县东南。
② 海潮句:古时相传入江海潮可至浔阳,唐人诗中多有此说,如张继《奉寄皇甫补阙》:"潮至浔阳回去,相思无处通书。"皇甫冉《送王司直》:"人心胜潮水,相送过浔阳。"因横江浦在浔阳东北,故曰南去。浔阳,今江西九江市。
③ 牛渚句:牛渚,山名,在今安徽当涂县西北;马当,山名,在今江西彭泽县东北,皆江行险峻处。此谓牛渚在马当下流,故潮势较马当尤激。


横江西望阻西秦,汉水东连扬子津[1]。

白浪如山那可渡,狂风愁杀峭帆人[2]。

① 横江二句:西秦,陕西,此指长安。汉水,源出陕西宁羌县北嶓冢山,经湖北汉阳入长江。扬子津,在今江苏扬州市南,古时长江重要渡口之一。唐时由江东入长安,可取道长江,上溯汉水。此谓虽有汉水可溯,无奈为横江风浪所阻。
② 峭帆人:船夫。


横江馆[1]前津吏迎,向余东指海云生[2]:

郎今欲渡缘何事?如此风波不可行[3]!

① 横江馆:在横江浦对岸采石矶上,又称采石驿。

② 海云生:暴风将起之象。
③ 郎今二句:用梁简文帝(萧纲)《乌栖曲》"郎今欲渡畏风波"句意。郎,唐时有作尊称者,不限年龄。

【集评】

范梈《李翰林诗选》:"绝句一句一绝乃其大本,其次句少意多,极四韵而反覆议论。此篇气格合歌行之风,使人嗟叹而有无穷之思,乃唐人所长也。"

杨慎《升庵诗话》:"古乐府《乌栖曲》:'采菱渡头拟黄河,郎今欲渡畏风波。'太白以一句衍作二句,绝妙。"

黄叔灿《唐诗笺注》:"质直如话,此等诗最难。"

李锳《诗法易简录》:"全是本色。横江之险,只从津吏口中叙出,'缘何事'三字,更有无穷含蓄。绝句中佳境,亦化境也。"

《唐宋诗醇》:"梁简文《乌栖曲》云:'郎今欲渡畏风波。'白用其语,风致转胜。若其即景写心,则托兴远矣。"

宋顾乐《唐人万首绝句选》评:"托津吏劝阻,意更佳。"

俞陛云《诗境浅说续编》:"诗外微言,喻人情险巇,亦如涉江者犯风浪而进舟,太白之寄慨深矣。"


月晕①天风雾不开,海鲸东蹙百川回②。
惊波一起三山③动,公无渡河归去来④!

① 月晕:月之周围光气环绕,乃起风之象。
② 海鲸句:谓风浪险恶,有如巨鲸将入海百川之水驱迫倒流。木华《海赋》谓横海之鲸,"吸波则洪涟踧踖,吹涝则百川倒流"。
③ 三山:在今南京市西南,临江有三山相接,故名。
④ 公无句:古乐府《箜篌引》:"公无渡河,公竟渡河。堕河而死,将奈公何!"来,惊叹词。陶渊明有《归去来辞》。

【集评】

唐汝询《唐诗解》："此津吏盛陈风波之恶而直劝其归,亦赋而比也。"

【评解】

诸诗写横江阻风时心情,言外实寓政途险恶欲往无从之意,当作于备经波折之后。各诗结语均说风恶难渡,而首章总说,次章借船夫说,三章就津吏言,末章总结,遂不相复。(刘)


## 闻王昌龄左迁龙标遥有此寄①

杨花落尽子规啼,闻道龙标过五溪②。

我寄愁心与明月,随君直到夜郎③西。

① 左迁:古时尊右贱左,降职谓之左迁。时王昌龄贬龙标尉,故云。龙标:今湖南黔阳县。
② 五溪:指辰溪、酉溪、巫溪、武溪、沅溪,在今湖南西部。
③ 夜郎:汉时西南古国名,故址在今贵州桐梓县东。《新唐书·地理志》谓贞观八年(六三四)于龙标分置夜郎、郎溪、思微三县,则夜郎与龙标原为一地。诗中用夜郎,正取其可联想古夜郎国,以见其远邈。清刘继庄《广阳杂记》:"王昌龄为龙标尉,龙标即今沅州(治所在今湖南芷江县)也,又有古夜郎县,故有'夜郎西'之句。若以夜郎为汉夜郎王地者,则相去远甚,不可解矣。甚矣古人诗之不易读也。"可参看。

【集评】

胡应麟《诗薮》:"太白七言如'杨花落尽子规啼','朝辞白帝彩云间','谁家玉笛暗飞声','天门中断楚江开'等作,读之真有挥斥八极,凌厉九霄意。"

敖英《唐诗绝句类选》:"曹植《怨诗》:'愿作东北风,吹我入君怀。'又齐澣《长门怨》:'将心寄明月,流影入君怀。'而白兼裁其意,撰成奇语。"

毛先舒《诗辩坻》:"太白'杨花落尽'与微之'残灯无焰'体同题类,而风趣高卑,自觉天壤。"

黄生《唐诗摘钞》:"若单说愁,便直率少致,衬入景语,无其理而有其趣。"

沈德潜《唐诗别裁》:"即'将心寄明月,流影入君怀'意,出以摇曳之笔,语意一新。"

黄叔灿《唐诗笺注》:"'愁心'二句,何等缠绵悱恻!而'我寄愁心',犹觉比(谢庄《月赋》)'隔千里兮共明月',意更深挚。"

李锳《诗法易简录》:"三四句言此心之相关,直是神驰到彼耳,妙在借明月以写之。"

【评解】

首句寓飘泊之感,次句见贬地荒远,三四极写关怀之切。通首一气旋折,全以神行,而语挚情真,复饶远韵,故推绝唱。(富)

## 赠汪伦①

李白乘舟将欲行,忽闻岸上踏歌声②。

桃花潭③水深千尺,不及汪伦送我情。

① 汪伦:宋杨齐贤《李太白文集》注云:"白游泾县(今安徽泾县)桃花潭,村人汪伦常酝美酒以待白。伦之裔孙至今宝其诗。"按李白《过汪氏别业二首》,《宁国府志》载北宋胡瑗《石壁诗序》,称此诗题为《题泾川汪伦别业二章》。其一有云:"汪生面北阜,池馆清且幽。我来感意气,捶炰列珍羞。扫石待归月,开池涨寒流。酒酣益爽气,为乐不知秋。"其二有云:"畴昔未识君,知君好贤才。随山起馆宇,凿石营池台。""我行值木落,月苦清猿哀。永夜达五更,吴歈送琼杯。酒酣欲起舞,四座歌相催。日出远海明,轩车且徘徊。

更游龙潭去,枕石拂莓苔。"则汪伦乃豪富之士,非村人也。
② 忽闻句:谓汪伦相送。踏歌,唐时民间歌调,联手而歌,踏地为节拍,且踏且歌。
③ 桃花潭:《一统志》:"桃花潭在宁国府泾县西南百里,深不可测。"按李白《金陵酒肆留别》:"金陵弟子来相送,欲行不行各尽觞。请君试问东流水,别意与之谁短长!"与此诗相似,亦善状别情,可参看。

【集评】

唐汝询《唐诗解》:"太白于景切情真处信手拈出,所以调绝千古,后人效之,如(刘禹锡《鄂渚留别李二十一表臣大夫》)'欲问江深浅,应如远别情',语非不佳,终是杯棬杞柳。"

沈德潜《唐诗别裁》:"若说汪伦之情比于潭水千尺,便是凡语,妙境只在一转换间。"

黄叔灿《唐诗笺注》:"相别之地,相别之情,读之觉娓娓兼至,而语出天成,不假炉炼,非太白仙才不能。'将'字、'忽'字,有神有致。"

李锳《诗法易简录》:"言汪伦相送之情甚深耳,直说便无味,借桃花潭水以衬之,便有不尽曲折之意。"

宋宗元《网师园唐诗笺》:"深情赖有妙语达之。"

于源《镫窗琐话》:"赠人之诗,若直呼其姓名,似径直无味矣。不知唐人诗有因此而入妙者,如'桃花潭水深千尺,不及汪伦送我情','旧人唯有何戡在,更与殷勤唱渭城','平生不解藏人善,到处逢人说项斯',皆脍炙人口。"

【评解】

此诗跌宕飞动,极似歌行。以眼前景物、本地风光之潭水比友谊,亲切之极,是民歌常用手法。(刘)


## 宣城见杜鹃花①

蜀国曾闻子规鸟②,宣城还见杜鹃花。

一叫一回肠一断，三春三月忆三巴③。

① 宣城：今安徽宣城。杜鹃花：又名映山红，于杜鹃鸣时开花，故称杜鹃花。
② 子规鸟：一名杜鹃，相传古蜀帝杜宇之魂所化，蜀中最多，以暮春鸣，其声凄厉，能动旅客归思。
③ 三巴：东汉末，益州牧刘璋置巴郡、巴东、巴西三郡，时称三巴（均在今四川境内）。李白故乡绵州，唐时亦称巴西郡。

【集评】

《唐宋诗醇》："如谚如谣，却是绝句本色。"

【评解】

以一"闻"一"见"生出"忆"字，回互生情。下二句音节亢烈，弥见思乡之切。（刘）

## 望庐山瀑布

日照香炉生紫烟，遥看瀑布挂前川①。

飞流直下三千尺，疑是银河落九天②。

① 日照二句：《太平寰宇记》："香炉峰在庐山西北，其峰尖圆，烟云聚散，如博山香炉之状。"清王琦《李太白全集》引杨齐贤曰："《庐山记》：'山南山北瀑布无虑十余处，香炉峰与双剑峰在瀑布之旁。'"按孟浩然《彭蠡湖中望庐山》："香炉初上日，瀑布喷成虹。"李白《庐山谣寄卢侍御虚舟》："金阙前开二峰长，银河倒挂三石梁。香炉瀑布遥相望，回崖沓嶂凌苍苍。"可参看。
② 飞流二句：苏轼极赏之，有"帝遣银河一派垂，古来惟有谪仙词"之句。《太平御览》引周景式《庐山记》："白水在黄龙南数里，即瀑布水也，土人谓之白水湖。其水出山腹，挂流三四百丈，飞湍于林峰之表，望之若悬素。"按李白

《望庐山瀑布》五古有云:"西登香炉峰,南见瀑布水。挂流三百丈,喷壑数十里。欻如飞电来,隐若白虹起。初惊河汉落,半洒云天里。"可参看。

【集评】

刘永济《唐人绝句精华》:"李白集中所写山水,皆气象奇伟雄丽之景,足见其胸次宏阔,亦与山水同。较之王、裴辋川唱和诸作,别具一番境界。大小虽殊,而诗人观物之精细与胸怀之澄澈,能以一己之精神面貌融入景物之中,则无不同。"

【评解】

结句空中落笔,直撮瀑布之神,兼传"望"字之理,乃知夸张比拟之词,必似此神理俱全,方臻上乘。《艺苑雌黄》讥石敏若"燕南雪花大于掌,冰柱悬檐一千丈"为豪而畔理,信然。(刘)


## 望庐山五老峰[1]

庐山东南五老峰,青天削出金芙蓉[2]。

九江秀色可揽结[3],吾将此地巢云松[4]。

① 五老峰:《太平寰宇记》:"五老峰在庐山东,悬崖突出,如五人相逐罗列之状。"
② 青天句:谓青天中削出金色莲花。五老峰峭拔秀丽而土色金黄,故云。
③ 九江句:谓登临其上,九江一带景色可尽收眼底。揽结,采取。
④ 巢云松:谓巢居于白云苍松之间,即隐居意。

【集评】

《唐宋诗醇》:"纯用古调,次句亦秀削天成。"

## 哭晁卿衡①

日本晁卿辞帝都②,征帆一片绕蓬壶③。

明月不归沉碧海④,白云愁色满苍梧⑤。

① 晁卿衡:即晁衡,卿乃爱称。日本人,原名阿部仲麿,晁衡乃其汉名。开元五年(七一七),随日本第九次遣唐使来中国求学,学成留为客卿,历官左补阙、左散骑常侍、镇南都护。与王维、李白、储光羲均有交往。大历五年(七七○)卒于长安。天宝十二载(七五三),晁衡与遣唐使藤原清河等同船归国,海上遇风,漂至安南,不久仍返长安。因当时误传溺死,故李白赋诗悼念。
② 帝都:指长安。
③ 征帆句:指晁衡乘船归国。蓬壶,即蓬莱,古传海中仙山。
④ 明月句:谓晁衡溺死。明月,即明月珠,借指晁衡。《淮南子·氾论篇》:"明月之珠。"高诱注:"夜光之珠,有似月光,故曰明月。"李白《书情赠蔡舍人雄》:"倒海索明月,凌山采芳荪。"《答王十二寒夜独酌有怀》:"鱼目亦笑我,谓与明月同。"均以"明月"指珠。黄庭坚悼秦观之《千秋岁》词"波涛万顷珠沉海",亦以明珠沉海为喻,可参看。
⑤ 苍梧:即苍梧山。《水经注》谓东海郡朐山县(今江苏东海)东北海中有大洲,名郁州或郁山,相传此山自苍梧飞徙而来,故亦名苍梧山。

【评解】

从一片缥缈景色中托出哀悼之情,结句写云山同悲,尤为深挚。(富)


## 永王东巡歌① 十一首选二

三川北虏乱如麻②,四海南奔似永嘉③。

但用东山谢安石④,为君谈笑静胡沙⑤。

① 永王东巡歌:永王,玄宗第十六子李璘。天宝十五载(七五六)六月,安禄山叛军攻陷潼关,玄宗仓皇入蜀,至汉中,下诏以李璘为山南东道、岭南、黔中、江南西路四道节度采访使,兼江陵大都督。肃宗至德元载(七五六)十二月,李璘自江陵率舟师沿江东下,以勤王杀贼为号召。途经浔阳,李白适在庐山隐居,被征入幕。诗作于次年正月。
② 三川句:三川,秦郡名,辖地有河、洛、伊三川,故称,此指洛阳。北房,指安禄山叛军。
③ 四海句:晋怀帝永嘉五年(三一二),前赵主刘曜(匈奴族人)攻陷洛阳,大肆屠杀,中原人民相率南奔避乱,与安史初起时相似。李白《为宋中丞请都金陵表》亦谓:"天下衣冠士庶,避地东吴,永嘉南迁,未盛于此。"可参证。
④ 谢安石:东晋谢安,字安石,曾隐居会稽东山。晋孝武帝太元八年(三八三),前秦主苻坚大举南侵,谢安为大都督,命谢玄等率军拒敌,大破之于淝水之上。此以谢安自况。
⑤ 胡沙:犹胡尘。


试借君王玉马鞭①,指挥戎虏坐琼筵②。

南风③一扫胡尘静,西入长安到日边④。

① 玉马鞭:马鞭在军中常作指挥之具,此喻指挥权。
② 指挥句:谓指挥战事从容不迫,即所谓"谈笑静胡沙"也。
③ 南风:永王军在南方,故以南风为喻。又相传舜作五弦之琴以歌南风,曰"南风之薰兮,可以解吾民之愠兮"云云,亦借为颂词。
④ 日边:皇帝身边。

【集评】

《蔡宽夫诗话》:"太白岂从人为乱者哉!盖其学本出纵横,以气侠自任,当中原扰攘之时,欲藉之以立奇功,故《东巡歌》有'但用东山谢安石,为君谈笑静胡沙'之句。其卒章云'南风一扫胡尘静,西入长安到日边',亦可见其志矣。"

## 【评解】

《永王东巡歌》十一首,于叙事中寓行军方略,进取步骤(综观全诗自明),非徒作颂语者。《新唐书》本传谓白"喜纵横术",而其诗中又屡以吕望、张良、谢安自况,则其乐从永王,以静胡沙而建功业之志,皎然可见。(刘)


## 早发白帝城①

朝辞白帝彩云间②,千里江陵一日还③。

两岸猿声④啼不住,轻舟已过万重山。

① 乾元二年(七五九),李白为永王璘事流夜郎,行至白帝遇赦,此归途所作。白帝城,在今四川奉节县白帝山上。
② 彩云间:写白帝城之高耸。
③ 千里句:《水经注》:"有时朝发白帝,暮到江陵,其间千二百里,虽乘奔御风,不加疾也。"诗云千里,举成数而言。江陵,今湖北江陵县。
④ 猿声:《水经注》:"(三峡)每至晴初霜旦,林寒涧肃,常有高猿长啸,属引凄异,空谷传响,哀啭久绝。"按此诗写轻舟疾下之景,而遇赦喜悦之情,跃然言外。

## 【集评】

沈德潜《唐诗别裁》:"写出瞬息千里,若有神助。入'猿声'一句,文势不伤于直。画家布景设色,每于此处用意。"

李锳《诗法易简录》:"通首只写舟行之速,而峡江之险,已历历如绘,可想见其落笔之超。"

宋顾乐《唐人万首绝句选》评:"读者为之骇极,作者殊不经意,出之似不着一点气力,阮亭推为三唐压卷,信哉!"

桂馥《札朴》:"但言舟行绝快耳,初无深意,而妙在第三句能使通首精神飞越,若无此句,将不得为才人之作矣。"

施补华《岘佣说诗》:"太白七绝,天才超逸,而神韵随之。如'朝辞白帝彩云间,千里江陵一日还',如此迅捷,则轻舟之过万重山不待言矣。中间却用'两岸猿声啼不住'一句垫之,无此句则直而无味,有此句,走处仍留,急语仍缓,可悟用笔之妙。"

俞陛云《诗境浅说续编》:"四渎之水,惟长江最为迅急,以万山紧束,地势复高,江水若建瓴而下,舟行者帆橹不施,疾于飞鸟。自来诗家,无专咏之者,惟太白此作,足以状之。诵其诗,若身在三峡舟中,峰峦城郭,皆掠舰飞驰。诗笔亦一气奔放,如轻舟直下。"

刘永济《唐人绝句精华》:"此诗写江行迅速之状,如在目前,而'两岸猿声'一句,虽小小景物,插写其中,大足为末句生色。正如太史公于叙事紧迫中忽入一二闲笔,更令全篇生动有味。故施均父(补华)谓此诗'走处仍留,急语仍缓',乃用笔之妙。"

【评解】

起手即高据地步,故有顺流而下一泻千里之妙。"两岸猿声",正所以写万山夹峙江流湍急意,使轻舟疾下暗中渡过,若明写便成拙笔矣。(刘)


## 与史郎中钦①听黄鹤楼上吹笛

一为迁客去长沙②,西望长安不见家。

黄鹤楼中吹玉笛,江城五月落梅花③。

① 史郎中钦:李白集中另有《江夏使君叔席上赠史郎中》诗,当即其人。钦,一作"饮"。
② 一为句:暗用贾谊贬长沙事。迁客,李白自谓。
③ 江城句:江城,指江夏(今湖北武昌),因临长江,故称江城。落梅花,即《梅

花落》,笛曲名,多述离情。《梅花落》倒作落梅花,所以写高楼笛声因风散落之情境,乃活用传神之笔,实非趁韵。

【集评】

钟惺《唐诗归》:"无限羁情,笛里吹来,诗中写出。"

黄生《唐诗摘钞》:"前思家,后闻笛,前后两截,不相照顾,而因闻笛益动乡思,意自联络于言外。与《洛城》作同,此首点题在后,法较老。"

《唐宋诗醇》:"凄切之情,见于言外,有含蓄不尽之致。"

【评解】

以听笛抒迁谪之感,结句用意双关,飘零之思,迟暮之悲,皆于弦外见之。措语蕴藉,神韵悠然。(刘)

## 巴陵赠贾舍人①

贾生②西望忆京华,湘浦③南迁莫怨嗟。

圣主恩深汉文帝,怜君不遣到长沙④。

① 巴陵:天宝元年(七四二)改岳州为巴陵郡,治所在今湖南岳阳市。贾舍人:贾至,天宝末为中书舍人,乾元元年(七五八)出为汝州刺史,次年又贬岳州(乾元元年复改巴陵郡为岳州)司马。

② 贾生:即贾谊,洛阳人,汉文帝召为博士,官至大中大夫。因力主改革政制,为大臣周勃、灌婴等排斥,出为长沙王太傅。见《史记·贾谊传》。贾至与谊同姓,又同属南贬,故取以相比。

③ 湘浦:即湘水。

④ 圣主二句:圣主,指肃宗。因岳阳在长沙之北,离长安稍近,故谓较文帝待贾谊之恩为深。

【评解】

贾至为玄宗旧臣，遭肃宗猜忌而南贬，"圣主"二句乃反语致讥，非颂美之词也。（富）

## 陪族叔刑部侍郎晔①及中书贾舍人至游洞庭 五首

洞庭西望楚江分②，水尽南天不见云。

日落长沙秋色远，不知何处吊湘君③？

① 刑部侍郎晔：即李晔，时贬官岭南，途经岳州。
② 楚江分：长江东流至湖北石首境，分两道南入洞庭湖，故云。
③ 湘君：见张说《送梁六》注。

【集评】

杨慎《绝句衍义》："'洞庭西望楚江分'云云。此诗之妙不待赞，前句云'不见'，后句云'不知'，读之不觉其复。此二字决不可易。大抵盛唐大家正宗，作诗取其流畅，不似后人之拘拘耳。"

敖英《唐诗绝句类选》："妙在略寓怀古之意。此诗缀景宏阔，有吞吐湖山之气。落句感慨之情深矣。"

吴逸一《唐诗正声》评："《远别离》托兴皇、英，正可互证。"

唐汝询《唐诗解》："湘君不得从舜，有类逐臣，故思吊之。幼邻（贾至）亦云'白云明月吊湘娥'，白盖反其语意尔。"

李锳《诗法易简录》："次句写出洞庭之阔远。'吊湘君'妙在'不知何处'四字，写得湘君之神缥渺无方，而迁谪之感，令人于言外得之，含蓄最深。"

《唐宋诗醇》："即目伤怀，含情无限，二十八字，不减《九辩》之哀矣。解者求其形迹之间,何以会其神韵哉!"

宋顾乐《唐人万首绝句选》评:"此作以神胜。"

俞陛云《诗境浅说续编》:"此诗写景皆空灵之笔,吊湘君亦幽邈之思,可谓神行象外矣。"

南湖秋水夜无烟①,耐可②乘流直上天。

且就洞庭赊月色,将船买酒白云边③。

① 夜无烟:写秋空澄澈,水天相接之境。
② 耐可:那可,犹云安得。
③ 且就二句:谓既不能乘流上天,且自赏月饮酒于洞庭。

【集评】

钟惺《唐诗归》:"写洞庭寥廓幻杳,俱在言外。"

唐汝询《唐诗解》:"天不可乘流而上,聊沽酒以相乐耳。'赊'者,预借之意,时盖未有月也。"

洛阳才子①谪湘川,元礼同舟月下仙②。

记得长安还欲笑,不知何处是西天③!

① 洛阳才子:原谓贾谊,此借比贾至。
② 元礼句:东汉李膺字元礼,桓帝时官司隶校尉。膺风裁峻整,为士林所尊,太学中语曰:"天下楷模李元礼。"后与窦武谋诛宦官,事败被杀。见《后汉书·李膺传》。此借比李晔。《后汉书·郭泰传》谓郭泰与李膺相友善,后于洛阳归乡里,"衣冠诸儒送至河上,车数千辆,林宗(郭泰字林宗)唯与李膺同舟而济,众宾望之,以为神仙焉"。此借比同舟游湖。

③ 记得二句:谓思念长安。汉桓谭《新论》:"人闻长安乐,则出门西向相笑。"此用其语。

【集评】

唐汝询《唐诗解》:"贾生比至,惜其谪。元礼指晔,美其名。二子虽流落于此,能不复思长安而西笑乎?但波心迷惑,莫识为西天耳。四诗之中三用'不知'字,心之烦乱可想。"


洞庭湖西秋月辉,潇湘江①北早鸿飞。

醉客满船歌白纻②,不知霜露入秋衣。

① 潇湘江:见王昌龄《送魏二》注。
② 白纻:即《白苎歌》,南朝吴地民歌。

【集评】

唐汝询《唐诗解》:"秋月未沉,晨雁已起,舟中之客,霜露入衣而不知,岂真乐而忘返耶? 意必有不堪者在也。"

宋顾乐《唐人万首绝句选》评:"惊心迟暮,含思无限。"


帝子①潇湘去不还,空余秋草洞庭间。

淡扫明湖开玉镜②,丹青画出是君山③。

① 帝子:指尧女娥皇、女英。相传二女为舜之妃,舜南巡卒于苍梧之野,二女自沉湘江,死后为神,常游洞庭、潇湘之间。
② 淡扫句:谓湖面洁净,有如明镜。
③ 君山:在洞庭湖中。见张说《送梁六》注。

【评解】

诸诗于宾主清兴之中,抒写流离迁谪之感,而托兴湘君,意尤微婉。(刘)

## 高适

字达夫,渤海蓨(今河北景县)人,生于长安四年(七〇四),卒于永泰元年(七六五)。早岁家贫,流落梁、宋间。曾为封丘尉,旋弃去。游河右,哥舒翰表为左骁卫兵曹参军,掌书记。安史乱后,入朝为谏议大夫,历任淮南节度使,蜀、彭二州刺史,西川节度使,累官至散骑常侍,封渤海县侯,世称高常侍或高渤海。与岑参齐名,皆以边塞诗著称。七古磊落悲壮,《燕歌行》一篇尤为杰出。七绝朴质刚健,多直抒胸臆之作。有《高常侍集》,《全唐诗》编存其诗四卷。

## 咏史

尚有绨袍赠,应怜范叔寒①。

不知天下士,犹作布衣看。

① 尚有二句:战国时,魏人范雎初事魏中大夫须贾,从须贾使齐。齐襄王闻雎有辩才,赐金十斤及牛酒,雎谢不敢受。须贾归而潜雎于相国魏齐,魏齐大怒,令笞击雎。雎亡之秦,更名为张禄,仕秦为相。后须贾使秦,雎微行敝服往见,须贾哀之曰:"范叔一寒如此哉!"乃取一绨袍以赐之。及知其为秦相,大惊,因门下人谢罪。见《史记·范雎传》。

【集评】

唐汝询《唐诗解》:"达夫少尝落魄,晚年始贵,疑当时必有轻之者,故借古人以咏之。"

吴逸一《唐诗正声》评:"'尚有'、'应怜'、'不知'、'犹作'八字,俱下得有力。"

黄叔灿《唐诗笺注》:"'尚有绨袍赠'句,起得突兀,已包《史记》全文。忽起忽落,成此二十字,而大意总言天下士不可轻视,隐然自负。试思如此起法,斩却人间多少拖泥带水话。"

宋顾乐《唐人万首绝句选》评:"古人咏史,偶着一事,自写己意,不黏皮带骨,以此二十字浑成尤难。'天下士'、'布衣'俱括范叔说,见人不易识耳。"

【评解】

"尚"字、"犹"字,前后呼应,活画出贵人之愦愦,中含无限身世遭遇之感。(刘)

# 营州①歌

营州少年厌原野②,狐裘蒙茸③猎城下。

虏酒千钟不醉人④,胡儿十岁能骑马。

① 营州:唐置营州都护府,在今辽宁锦州市西北。
② 厌原野:谓安于原野生活。"厌"即"餍"字,满足之意。
③ 狐裘蒙茸:《诗·邶风·旄丘》:"狐裘蒙戎。""戎"即"茸"字。蒙茸,蓬松貌。
④ 虏酒句:虏酒,指胡人所制之酒。千钟不醉,谓酒味淡薄。黄滔《送友人游边》:"虏酒不能浓。"

【集评】

顾璘《批点唐诗正音》:"盛唐仄韵之可法者。"

俞陛云《诗境浅说续编》:"高达夫《营州歌》云云,写塞外情状。诗用仄韵,音节亦殊抗健。"

【评解】

　　此状营州地区胡汉人民之尚武精神及豪迈气概。高适尝至东北塞外,故对当地之民情风俗,写来色色逼真。(富)

## 别董大① 二首选一

千里黄云②白日曛,北风吹雁雪纷纷。

莫愁前路无知己,天下谁人不识君?

① 董大:当时琴工董庭兰,亦行大,名闻公卿,疑即其人。
② 黄云:塞外风沙蔽天,故云亦呈黄色。

【评解】

　　上二句写景,极雄阔苍茫之致。下二句声情慷慨,不作离别凄凉之语,在唐人送行诗中未可多得。(富)

## 塞上听吹笛①

雪净胡天牧马②还,月明羌笛戍楼间。

借问梅花何处落③,风吹一夜满关山。

① 一作《和王七听玉门关吹笛》。王七,即王之涣。
② 牧马:指入侵者。古代西北游牧民族,常于秋高草肥时,借口牧马至内地侵

扰。汉贾谊《过秦论》："蒙恬北筑长城而守藩篱,却匈奴七百余里,使胡人不敢南下而牧马。"唐无名氏《哥舒歌》："至今窥牧马,不敢过临洮。"
③ 梅花何处落：即《梅花落》,笛曲名,多述离情。

【集评】
吴逸一《唐诗正声》评："因'牧马还'而有此笛声,摹写得妙。"
黄生《唐诗摘钞》："因大雪胡马远去,故戍楼得闲,二语始唤应有情。同用落梅,太白'黄鹤楼中吹玉笛,江城五月落梅花',是直说硬说,此二句是巧说婉说,彼老此趣。"

【评解】
后半以问答出之,极言此夜此曲,洋溢关山,戍卒无人不闻,即李白《春夜洛城闻笛》"此夜曲中闻折柳,何人不起故园情"之意,此用侧写,故更饶余味。(刘)


# 除夜①作

旅馆寒灯独不眠,客心何事转凄然？

故乡今夜思千里,霜鬓明朝又一年②。

① 除夜：即除夕。
② 故乡二句：承上"何事"一问而来,说明凄然不眠之故。

【集评】
顾璘《批点唐诗正音》："此篇音律稍似中唐,但四句中意态圆足自别。"
锺惺《唐诗归》："故乡亲友思千里外霜鬓,其悲无穷,若两句开说,便索然矣。"
敖英《唐诗绝句类选》："'独'者,他人不然；'转'者,比常尤甚,二字为诗眼。"

沈德潜《唐诗别裁》:"作故乡亲友思千里外人,愈有意味。"

黄叔灿《唐诗笺注》:"'故乡今夜'承首句,'霜鬓明朝'承次句,意有两层,故用'独'字、'转'字,诗律甚细。"

宋宗元《网师园唐诗笺》:"不直说己之思乡,而推到故乡亲友之思我,此与摩诘九月九日诗同是勘进一层法。"

李锳《诗法易简录》:"后二句寓流走于整对之中,又恰好结得住,令人读之,几不觉其为整对也。末句醒出'除夜'。"

宋顾乐《唐人万首绝句选》评:"'转'字唤起后二句,唐绝谨严,一字不乱下类此。"

马时芳《挑灯诗话》:"高达夫《除夜作》云云,只眼前景,口边语,一倒转来说,便曲折有余味。"

俞陛云《诗境浅说续编》:"绝句以不说尽为佳,此诗三四句将第二句'凄然'之意说尽,而亦耐人寻味。以流水对句作收笔,尤为自然。"

【评解】

自问自答,写出"独不眠"时咄咄书空情景,乃白描传神之笔。(刘)

## 崔颢

汴州(今河南开封市)人,生于长安四年(七〇四),卒于天宝十三载(七五四)。开元十一年(七二三)进士。天宝中,官尚书司勋员外郎。早岁诗体浮艳,多闲情之作,后游边塞,风格一变为雄浑自然。有《崔颢诗集》,《全唐诗》编存其诗一卷。

### 长干曲① 四首选三

君家何处住?妾住在横塘②。

停舟暂③借问，或恐是同乡。

① 长干曲：乐府《杂曲歌辞》，多述江南水上生活及男女情爱。长干，即长干里，在今南京市南。《舆地纪胜》："金陵南五里有山冈，其间平地，民庶杂居，有大长干、小长干、东长干。"
② 横塘：在今南京市西南。《六朝事迹》："吴大帝时，自江口沿淮筑堤，谓之横塘。"
③ 暂：且也。按此首作女子问语。

【集评】

锺惺《唐诗归》："急口遥问，一字不添，只叙相问意，其情自见。"

王夫之《姜斋诗话》："论画者曰咫尺有万里之势，一'势'字宜着眼。若不论势，则缩万里于咫尺，直是《广舆记》前一天下图耳。五言绝句，以此为落想第一义。唯盛唐人能得其妙，如'君家住何处'云云，墨气所射，四表无穷，无字处皆其意也。"

吴乔《围炉诗话》："绝无深意，而神采郁然，后人学之，即为儿童语矣。"

李锳《诗法易简录》："此首作问词，却于第三句倒点出'问'字，第四句醒出所以问之故，用笔有法。"

家临九江①水，来去九江侧。

同是长干人，生小不相识②。

① 九江：古时相传长江流至浔阳（今江西九江市），分为九派（九支）。此指长江下游。
② 生小：自小。按此首作男子答语。

【集评】

李锳《诗法易简录》："此首作答词。二首问答，如《郑风》之士女秉简，而无赠芍相谑之事。沈归愚云'不必作桑、濮看',最得。"

> 下渚多风浪,莲舟渐觉稀。
> 那能不相待,独自逆潮归①?

① 那能二句:谓风浪既生,同伴皆去,那能不相待同归乎?按此首又女子言。

【集评】

宋顾乐《唐人万首绝句选》评:"长干之俗,以舟为家,以贩为事。此商妇独居,求亲他舟之估客,故述己之思,问彼之居,且以同乡为幸也。前二章互为问答,末章则相邀之词也。"

管世铭《读雪山房唐诗钞》:"读崔颢《长干曲》,宛如舣舟江上听儿女子问答,此之谓天籁。"

俞陛云《诗境浅说续编》:"第一首既问君家,更言妾家,情网遂凭虚而下矣。第二首承上首同乡之意,言生小同住长干,惜竹马青梅,相逢恨晚。第三首写临别余情,日暮风多,深恐其迎潮独返,相送殷勤。柔情绮思,视崔国辅《采莲曲》但言并着莲舟,更饶情致。"

**储光羲** 润州延陵(今江苏丹阳南)人,生于神龙三年(七〇七),约卒于乾元三年(七六〇)。开元十四年(七二六)进士,曾官监察御史。安禄山陷长安,受伪职。乱平,贬岭南而卒。五古善写田园山水,风格质朴清澹,与王、孟相近。有《储光羲集》,《全唐诗》编存其诗四卷。

## 洛阳道五首献吕四郎中① 选二

洛水②春冰开，洛城春树绿。

朝看大道上，落花乱马足。

① 洛阳道：乐府《横吹曲辞》。吕四郎中：即吕向，字子回，泾州人，开元中曾为主客郎中。见《新唐书》本传。
② 洛水：在洛阳西南。详见上官仪《入朝洛堤步月》注。

大道直如发①，春日佳气多。

五陵②贵公子，双双鸣玉珂③。

① 大道句：南朝宋鲍照《代陆平原君子有所思行》："驰道直如发。"
② 五陵：见孟浩然《送朱大入秦》注。
③ 珂：马勒上之装饰品。《西京杂记》："或一马之饰值百金，皆以南海白蜃为珂。"

【集评】

唐汝询《唐诗解》："此赋道中所见，盖有（左思《咏史》）'世胄蹑高位，英俊沉下僚'之意。"

## 江南曲① 四首选一

日暮长江里，相邀归渡头。

落花如有意，来去逐②船流。

① 江南曲：乐府《相和歌辞》，多述江南水乡风俗及男女爱情等。
② 逐：随也。

【集评】

唐汝询《唐诗解》："凡唐人《江南》、《长干》、《采莲》等曲，皆为男女相悦之词。夫日暮相邀，人既多情，花之逐船，亦觉有意。"

俞陛云《诗境浅说续编》："此诗与崔国辅之《采莲曲》、崔颢之《长干曲》，皆有盈盈一水、伊人宛在之思。但二崔之诗皆着迹象，此诗则托诸花逐船流，同赋闲情，语尤含蓄。古乐府言情之作，每借喻寓怀，不着色相，此诗颇似之。题曰《江南曲》，亦乐府之遗也。"

## 明妃词① 四首选一

日暮惊沙乱雪飞，旁人相劝易罗衣。

强来前帐②看歌舞，共待单于③夜猎归。

① 明妃词：乐府《相和歌辞》，详见东方虬《昭君怨》注。
② 前帐：一作"前殿"。
③ 单于：匈奴君长之称。

【集评】

顾璘《批点唐诗正音》："咏明妃者多矣，惟此篇与明妃传神。直将不对景语，形出凄凉。"

唐汝询《唐诗归》："惊沙非罗衣可御，相劝易之者，盖更以毡裘也。于是强看歌舞,以待单于之归,无聊甚矣。"

黄叔灿《唐诗笺注》:"曰'旁人相劝',曰'强来',嗟忧乐之异情,将郁郁其谁语!如储又有'朝来马上箜篌引,稍似宫中闲夜时',王偃'一双泪落黄河水,应得东流入汉宫',白居易'君王若问妾颜色,莫道不如宫里时',写意皆妙。"

宋顾乐《唐人万首绝句选》评:"语语画出憔悴神伤,传神极笔。"

刘永济《唐人绝句精华》:"此诗设为明妃在胡中情事,代之抒情,与他作但叙情语者不同。"

**常建** 开元十五年(七二七)进士。天宝中,为盱眙尉。后隐居鄂渚之西山。五古清峻秀逸,善写山水,可与王、孟抗行。其边塞之作,亦悲壮动人。有《常建诗集》,《全唐诗》编存其诗一卷。

## 送宇文六

花映垂杨汉水清,微风林里一枝轻。

即今江北还如此,愁杀江南离别情①。

① 即今二句:谓江北已有花开,则江南春色更浓,尤易触动离情。

【集评】

锺惺《唐诗归》:"'微'字、'一'字、'轻'字,尽洗累气。"

宋顾乐《唐人万首绝句选》评:"此诗只后二句质直浑成,不杀气格。钟、谭俱赞次句秀极,如此论诗,直堕鬼道。"

## 落第长安

家园好在尚留秦,耻作明时失路人①。

恐逢故里莺花笑,且向长安度一春②。

① 家园二句:谓家园无恙,因落第不归留秦。秦,指长安。明时,政治清明之时。
② 恐逢二句:谓恐归故里为人所笑,且留居长安,以待明年再试。李肇《唐国史补》谓落第进士,"退而肄业,谓之过夏;执业而出,谓之夏课"。

【评解】

写封建士子落第心情,刻画尽致。第三句托言莺花笑人,措语含蓄。(富)

## 三日①寻李九庄

雨歇杨林东渡头,永和三日②荡轻舟。

故人家在桃花岸,直到门前溪水流③。

① 三日:夏历三月三日为上巳节,古时于此日临水祓除不祥,谓之修禊。
② 永和三日:晋王羲之《兰亭诗序》:"永和九年,岁在癸丑,暮春之初(上巳节),会于会稽山阴之兰亭,修禊事也。"
③ 故人二句:暗用桃花源事。

【集评】

黄叔灿《唐诗笺注》:"从杨林东渡,荡舟寻李,桃花溪水,直到门前。读之如身入图画。此等真率语,非学步所能,兴趣笔墨,脱尽凡俗矣。"

宋顾乐《唐人万首绝句选》评:"平平直写,自有情致,亦有法,所以佳。"

俞陛云《诗境浅说续编》:"诗言修禊良辰,思寻访故人,由渡头自荡小舟,沿溪而往,遥见桃花深处人家,即故人住处,溪流一碧,直到门前。其《送宇文六》云云,虽用转笔,以江南江北相映生情,不及此诗得天然韵致。"

刘永济《唐人绝句精华》:"李九当是隐居高士,故以其所居比之桃花源。此用典使人不觉是典之例也。"

【评解】

上半用兰亭修禊事,下半暗用桃花源故实,而以荡舟贯串之,遂泯牵合之迹。(刘)


# 塞下曲[①] 四首选一

玉帛朝回望帝乡[②],乌孙归去不称王[③]。

天涯静处无征战,兵气销为日月光。

① 塞下曲:乐府旧题,唐时为《新乐府辞》。
② 玉帛句:玉帛,古时朝聘、会盟时所用。望帝乡,谓有依恋朝廷之情。
③ 乌孙句:乌孙,汉时西域国名。武帝以江都王女细君出嫁乌孙,两国通问不绝。不称王,即内附之意。

【集评】

吴逸一《唐诗正声》评:"四语并壮,落句更与'秦时明月'七字争雄。然王语沉,此语炼,正未易优劣。"

贺裳《载酒园诗话》:"唐三百年,《塞下曲》佳者多矣,昌明博大,无如此篇。"

沈德潜《唐诗别裁》:"句亦吐光。"

【评解】

结句言战云销散,日月分外光明,可谓"句奇语重"。(刘)

## 薛维翰

一作蒋维翰,开元进士。《全唐诗》录存其诗五首。

### 春女怨

白玉堂①前一树梅,今朝忽见数枝开。
儿家门户重重闭,春色因何得入来②?

① 白玉堂:古乐府《相逢行》:"黄金为君门,白玉为君堂。"
② 儿家二句:李白《春思》:"春风不相识,何事入罗帏?"一咏思妇,一咏少女,可谓异曲同工。重重闭,一作"寻常闭"。得入,一作"入得"。

【集评】

贺裳《载酒园诗话》:"以苦思激成快响奇想,全在'重重'二字,拙手改为'寻常闭',便宽泛不激烈矣。"

黄生《唐诗摘钞》:"与王昌龄'闺中少妇'语异意同,但彼言思妇,此言怨女,故情事有藏露之别。'得入'作'入得',便落诗余声口。"

【评解】

写少女怀春,以梅起兴,终于怨慕。后半一诘,思致殊深。(刘)

**沈如筠** 句容(今江苏句容)人。玄宗时,曾为横阳主簿。《全唐诗》录存其诗四首。

## 闺怨 二首选一

雁尽书难寄①,愁多梦不成。

愿随孤月影,流照伏波②营。

① 雁尽句:用雁足传书事,谓朔雁南飞已尽,书札难寄。
② 伏波:汉路博德、马援南征,皆拜伏波将军。

【集评】

唐汝询《唐诗解》:"此为征南诏而作,故诗有'伏波'之语。"

吴逸一《唐诗正声》评:"善于诉情,又善于运古。"

李锳《诗法易简录》:"借月写情,与曲江(张九龄)'思君如满月'之作,可称异曲同工。"

刘永济《唐人绝句精华》:"此亦代征人妇之词。天宝中讨南诏,故用伏波故事。"

【评解】

"愿随"二句,从沈佺期《杂诗》"可怜闺里月,长照汉家营"翻出,而作想望之词,怨意自足。(刘)

**丁仙芝** 润州曲阿(今江苏丹阳)人。开元进士,曾官余杭尉。工乐府,风格清婉。

《全唐诗》录存其诗十四首。

## 江南曲① 五首选三

长干②斜路北,近浦是儿家。

有意来相访,明朝出浣纱。

① 江南曲:见储光羲《江南曲》注。
② 长干:见崔颢《长干曲》注。

发向横塘①口,船开值急流。

知郎旧时意,且请拢船头。

① 横塘:见崔颢《长干曲》注。

昨暝逗南陵①,风声波浪阻。

入浦不逢人,归家谁信汝②。

① 昨暝句:逗,留止之意。南陵,今安徽南陵县。
② 入浦二句:谓无人作证,则阻风不归,谁能相信。

【集评】

黄生《唐诗摘钞》:"此郑卫遗音,直接《国风》,后为《山歌》、《挂枝》之祖。"

【评解】

三诗语质情真,犹是南朝小乐府本色,而不逮崔颢《长干曲》者,无其委婉动人耳。(富)

**金昌绪**　余杭(今浙江余杭)人。开元时诗人。刘长卿有《送金昌宗归钱塘》诗,或其兄弟行。《全唐诗》录存其诗一首。

## 春怨

打起黄莺儿,莫教枝上啼。

啼时惊妾梦,不得到辽西[①]。

① 辽西:辽河以西,为当时东北边防重地。此指其夫征戍之处。

【集评】

张端义《贵耳集》:"作诗有句法,意连句圆。'打起黄莺儿'云云,一句一接,未尝间断。作诗当参此意,便有神圣工巧。"

王世贞《艺苑卮言》:"'打起黄莺儿'云云,不惟语意之高妙而已,其句法圆紧,中间增一字不得,着一意不得,起结极斩绝,而中自纡缓,无余法而有余味。"

贺裳《载酒园诗话》:"金昌绪'打起黄莺儿'云云,令狐楚则曰:'绮席春眠觉,纱窗晓望迷。朦胧残梦里,犹自在辽西。'张仲素更曰:'袅袅城边柳,青青陌上桑。提笼忘采叶,昨夜梦渔阳。'或反语以见奇,或寻蹊而别悟。"

沈德潜《唐诗别裁》:"语音一何脆!一气蝉联而下者,以此为法。"

黄叔灿《唐诗笺注》:"忆辽西而怨思无那,闻莺语而迁怒相惊,天然白描文笔,无可移易一字。此诗前辈以为一气团结,增减不得一字,与'三日入厨下'(王建《新嫁娘词》)诗,俱为五绝之最。"

宋宗元《网师园唐诗笺》:"真情发为天籁,一句一意,仍一首如一句。"

马鲁《南苑一知集》:"望辽西,情也。欲到辽西,情紧矣。除是梦中可到辽西,又恐莺儿惊起,使梦不成,须于预先安排莫教他啼。夫梦中未必即到辽西,莺儿未必即来惊梦,无聊极思,故至若此,较思归望归者不深数层乎?"

李锳《诗法易简录》:"此诗有一气相生之妙,音节清脆可爱。唯梦中得到辽西,则相见无期可知,言外意须微参。不怨在辽西者之不得归,而但怨黄莺之惊梦,乃深于怨者。"

方南堂《辍锻录》:"唐人最善于脱胎,变化无迹,读者惟觉其妙,莫测其源。金昌绪'打起黄莺儿'云云,岑嘉州脱而为'枕上片时春梦中,行尽江南数千里'。至家三拜先生(指方干),则又从岑诗翻出云:'昨日草枯今日生,羁人又动故乡情。夜来有梦登归路,未到桐庐已及明。'或触景生情,或当机别悟,唐人如此等类,不可枚举。"

俞陛云《诗境浅说续编》:"此等诗虽分四句,实系一事,蝉联而下,脱口一气呵成。五七绝中,如'松下问童子'诗,'君自故乡来'诗,'少小离家老大回'诗,纯是天籁,唐诗中不易得也。"

## 刘方平

河南(今洛阳一带)人。少工词赋,擅绘事。隐居颍阳大谷,不仕。与李颀、皇甫冉友善,屡有唱酬。绝句描绘细腻,妙有含蓄。《全唐诗》编存其诗一卷。

## 采莲曲①

落日晴江里,荆歌艳楚腰②。

采莲从小惯,十五即乘潮③。

① 采莲曲:见崔国辅《采莲曲》注。
② 荆歌句:荆歌,楚地之歌。楚腰,谓楚地女子之瘦削腰身。《管子·七臣七主》:"楚王好小腰而美人省食。"
③ 乘潮:谓在江中行船。

【集评】

乔亿《大历诗略》:"愈俚愈妙,六朝小乐府之遗。"

俞陛云《诗境浅说续编》:"楚腰十五,便解乘潮,犹之胡儿十岁,都能骑马,各从其习尚也。诗既妍雅,调亦入古。"

# 京兆眉①

新作蛾眉样②,谁将月里同③?

有来凡几日,相效满城中④。

① 京兆眉:《汉书·张敞传》载:张敞为京兆尹,"为妇画眉,长安中传张京兆眉怃"。京兆,汉时三辅之一,三国魏时置京兆郡,唐时为京兆府,治长安。此指长安。
② 蛾眉样:谓画眉。
③ 谁将句:谓谁能与月中嫦娥之眉一般。将,与也。
④ 有来二句:《后汉书·马廖传》:"长安语曰:'城中好高髻,四方高一尺。城中好广眉,四方且满额。城中好大袖,四方全匹帛。'"

【集评】

贺裳《载酒园诗话》:"似嘲似惜,却全是一片矜能炫慧之意,笔舌至此,可谓入微。"

黄叔灿《唐诗笺注》:"极言世人之厌故喜新,举蛾眉一事言之,语质而味甘。"

宋顾乐《唐人万首绝句选》评:"似矜似妒,意趣佳。"

俞陛云《诗境浅说续编》:"堕马新妆,盘龙高髻,闺饰相效之风,汉、唐以来,历明、清而勿替。此诗咏新月眉痕,满城争学,特举其一端耳。"

## 春雪

飞雪带春风,徘徊乱绕空。

君看似花处,偏在洛城①东。

① 洛城:今河南洛阳市,唐时为东都。

【集评】

沈德潜《唐诗别裁》:"天寒风雪,独宜富贵之家,却说来蕴藉。"

刘永济《唐人绝句精华》:"此诗三四两句,意存讥讽。洛城东皆豪贵第宅所在,春雪至此等处,非但不寒,而且似花,故用一'偏'字,以见他处之雪与此不同。然则此中人之不知人之寒可知矣。"

## 送别

华亭①霁色满今朝,云里樯竿②去转遥。

莫怪山前深复浅,清淮③一日两回潮。

① 华亭：亭之美称。此指驿亭。
② 樯竿：桅竿。
③ 清淮：淮水清澈，故称清淮。

【评解】
送别意只于第二句微逗，下二句但写别后怅惘中所见，离情俱在言外。（富）

# 夜月

更深月色半人家，北斗阑干南斗斜①。

今夜偏知春气暖，虫声新透②绿窗纱。

① 更深二句：谓夜深月光西转，偏照半屋，而北斗南斗亦已横斜。北斗阑干，曹植《善哉行》："月没参横，北斗阑干。"阑干，横斜貌，象斗之将没也。
② 新透：初透。

【集评】
黄叔灿《唐诗笺注》："写意深微，味之觉含毫邈然。"
宋顾乐《唐人万首绝句选》评："写景幽深，含情言外。"

【评解】
前半以月色及斗柄倾斜烘托不寐，后半因不寐而闻虫声，节物感人，益难入眠。通首于幽美静穆之夜景中寓惆怅之情，写来细腻含蓄，唐人佳境也。（富）

## 春怨

纱窗日落渐黄昏,金屋①无人见泪痕。

寂寞空庭春欲晚,梨花满地不开门。

① 金屋:见李白《长门怨》注。

【集评】

唐汝询《唐诗解》:"一日之愁,黄昏为切。一岁之怨,春暮居多。此时此景,宫人之最感慨者也。不忍见梨花之落,所以掩门耳。"

俞陛云《诗境浅说续编》:"首二句言黄昏窗下,虽贵居金屋,时有泪痕。李白诗'但见泪痕湿,不知心恨谁',愁深泪湿,尚有人窥。此则于寂寞无人处泪尽罗巾,愈可悲矣。后二句言本甘寂寞,一任春晚花飞,朱门深掩,安有余绪怜花?结句不事藻饰,不诉幽怀,淡淡写来,而春怨自见。"

刘永济《唐人绝句精华》:"此诗于时于境皆极形其凄寂,处在此等环境中之人之情如何,不言而喻,况欲得一见泪痕之人而无之耶!设想至此,诗人用心之细,体情之切,俱非易到。"

【评解】

曰"黄昏",曰"春晚",伤华年之将逝;曰"无人见",曰"不开门",写告语之无从;而以"梨花满地"四字烘衬,刻画宫人身世之悲,最为深切。(刘)

## 代①春怨

朝日残莺②伴妾啼,开帘只见草萋萋③。

庭前时有东风入,杨柳千条尽向西④。

① 代:犹拟也。鲍照乐府拟旧题者皆曰代。
② 残莺:春暮则莺稀,故称残莺。
③ 草萋萋:暗用《楚辞·招隐士》春草、王孙意,意谓征人未归。
④ 杨柳句:唐时征戍多在西陲,故以柳条向西暗喻愁思。

【集评】

黄叔灿《唐诗笺注》:"上二句写春怨尚浅。'庭前'二句,想见离魂倩女,玉立亭亭,于此可悟诗家离脱入神之笔,画家白描烘染之法矣。"

【评解】

一春向尽,苦忆征人,不言己之离情万缕,朝夕西望,而曰东风着柳,千条向西,构思用笔,较前章尤觉空灵蕴藉。(刘)


**杜甫** 字子美,自号少陵野老或杜陵野客,祖籍襄阳,迁居河南巩县,生于先天元年(七一二),卒于大历五年(七七〇)。早岁漫游吴越齐鲁。天宝中,旅食长安十年,郁郁失意。安史乱起,流离兵燹中。肃宗朝,官左拾遗,以论救房琯,改华州司功参军。旋弃去,避乱入蜀,佐严武幕。武入朝,成都乱起,复流亡梓州、阆州间。武再镇蜀,表为节度使府参谋,检校工部员外郎,世称杜工部。武卒,无所依,乃徙居云安、夔州。大历中,携家出峡,飘泊湖南,卒于湘江途中。诗与李白齐名,多伤时忧国、描绘乱离之作,世称诗史。风格沉郁顿挫,苍凉雄浑。元稹尝称其诗"上薄风、骚,下该沈、宋,言夺苏、李,气吞曹、刘,掩颜、谢之孤高,杂徐、庾之流丽,尽得古今之体势,而兼人人之所独专矣"。绝句于盛唐为创格,大抵作于入蜀之后,多即景书事直抒胸臆之作。七绝工于白描,朴质自然,别具清真疏远之趣。五绝好以议论入诗,纵横开阖于二十字中,尤见笔力。有《杜工部集》,《全唐诗》编存其诗十九卷。

## 绝句[1] 二首

迟日[2]江山丽,春风花草香。

泥融飞燕子,沙暖睡鸳鸯[3]。

① 此广德二年(七六四)在成都时作。
② 迟日:春日,见杜审言《渡湘江》注。
③ 泥融二句:泥融则燕子来去衔泥筑巢,沙暖则鸳鸯贪睡,体物极为工细。

【集评】

仇兆鳌《杜诗详注》:"摹写春色,极其工秀,而出语浑成,妙入化工矣。"又云:"此诗皆对语,似律诗中幅,何以见起承转阖?曰江山丽而花草生香,从气化说向物情,此即一起一承也。下从花草说到飞禽,便是转折处,而鸳燕却与江山相应,此又是收阖法也。范元实《诗眼》曾细辨之。"

黄叔灿《唐诗笺注》:"有惜春之意,有感物之情,却含在二十字中,妙甚。"


江碧鸟逾白,山青花欲然[1]。

今春看又过,何日是归年?

① 花欲然:谓花红如火。然,即"燃"字。梁元帝《宫殿名诗》:"林间花欲然。"

【集评】

仇兆鳌《杜诗详注》:"谢朓诗'黄鸟度青枝'(按此是虞炎《玉阶怨》句),不如杜句'江碧鸟逾白',尤为醒豁。"又引周甸云:"江山花鸟,着眼易过,身在他乡,归去无期,所触皆成愁思矣。"

朱宝莹《诗式》：“因江碧而觉鸟之逾白，因山青而显花之色红，此十字中有多少层次，可悟炼句之法。而老杜因江山花鸟，感物思归，一种神理，已跃然于纸上。”

## 武侯庙①

遗庙丹青古②，空山草木长。

犹闻辞后主③，不复卧南阳④。

① 武侯庙：在夔州西郊，非成都之武侯祠。
② 遗庙句：丹青，庙壁间图画。古，一作"落"。
③ 犹闻句：蜀后主(刘禅)建兴五年(二二七)，诸葛亮出师汉中，谋伐魏，临行上《出师表》。此谓瞻拜遗像，犹恍若闻其北伐辞后主时之慷慨陈词。
④ 不复句：谓诸葛亮鞠躬尽瘁，卒于军中，不复功成归隐，哀其未成大业也。

【集评】

张戒《岁寒堂诗话》：“此诗若草草不甚留意，而读之使人凛然，想见孔明风采。比李义山((《筹笔驿》)'猿鸟犹疑畏简书，风云常为护储胥'之句，又加一等矣。”

仇兆鳌《杜诗详注》引朱鹤龄云：“此诗后二语，人无解者。武侯为昭烈(刘备)驱驰，未见其忠，惟当后主昏庸，而尽瘁出师，不复有归卧南阳之意，此则云霄万古者耳。曰'犹闻'者，空山精爽，如或闻之。”又云："王之涣《登鹳雀楼》诗'白日依山尽'云云，钱起《江行》诗'兵火有余烬'云云，令狐楚《从军》诗'胡风千里惊'云云，皆语对而意流，四句自成起讫，真佳作也。若少陵《武侯庙》诗云云，其气象雄伟，词旨剀切，则又高出诸公矣。”

浦起龙《读杜心解》：“后二语骤括两《出师表》而出之，诗中单指后主者，表上于后主时也。朱氏分别两主，疏解尽忠之说，多少痕迹！其疏'犹闻'二字云'空山精爽，如或闻之'，却有味。”

李锳《诗法易简录》:"通首一气流宕。'落'字、'长'字作势,转出'犹闻'二字,最有力。后二句谓其死犹未已,是加一倍写法,方写得武侯之神,奕奕如在。"

《唐宋诗醇》:"不涉议论,弥淡弥高。"

【评解】

"犹闻"二句,寥寥十字,而写出诸葛"鞠躬尽瘁,死而后已"精神,何等概括!全诗对起对结而不觉其板重,全在"犹闻"、"不复"等虚字斡旋有力。(刘)

# 八阵图①

功盖三分国②,名成八阵图。

江流石不转,遗恨失吞吴③。

① 八阵图:相传诸葛亮所设,在今四川奉节县西南长江边。刘禹锡《嘉话录》:"夔州西市,俯临江沙,下有诸葛亮八阵图,聚石分布,宛然犹存。峡水大时,三蜀雪消之际,澒涌混漾,大木十围,枯槎百丈,随波而下。及乎水落川平,万物皆失故态,诸葛小石之堆,标聚行列依然。如是者近六百年,迨今不动。"
② 功盖句:谓诸葛亮辅刘备创鼎立之局,三国诸臣,无有出其右者。
③ 江流二句:失吞吴,谓失策于伐吴。诸葛亮素主联吴拒魏,及刘备为报荆州之仇,大举伐吴,而亮不能谏止,以致三分功业,中道蹉跌,为生平遗恨。句谓聚石历久不移,因遗恨所寄之故。按"遗恨"句向来聚讼纷纭,旧说谓以不能吞吴为恨,苏轼谓以刘备吞吴失计为恨,王嗣奭、朱鹤龄谓以亮不能谏止刘备吞吴而自以为恨,刘逴谓以刘备不能用此阵法而吞吴失师为恨。然据当时史实及诗意言,要以苏轼及王嗣奭、朱鹤龄之说为长。

【集评】

钱谦益《杜工部集》笺云:"按先主征吴败绩,还至鱼腹,孔明叹曰:'法孝直(正)

若在，必能制主上东行，不至危倾矣。'公诗意亦如此。"

仇兆鳌《杜诗详注》："'江流石不转'，此阵图之垂名千载者。所恨吞吴失计，以致三分功业，中遭跌挫耳。"

浦起龙《读杜心解》："说是诗者，言人人殊，大率皆以吞吴失计之恨与武侯失于谏止之恨，坐杀武侯心上著解，抛却'石不转'三字，以致全诗走作（犹云走样）。岂知'遗恨'从'石不转'生出耶？盖阵图正当控扼东吴之口，故借石以寄其惋惜，云此石不为江水所转，天若欲为千载留遗此恨迹耳。如此才是咏阵图之诗，彼纷纷推测者，皆不免脱母（犹云脱离主题）。"

杨伦《杜诗镜铨》："诗意谓吴、蜀唇齿之国，本不应相图，乃孔明不能谏止征吴之举，致秭归挫辱，为生平遗恨，亦以先主崩于夔州，故感及之。"

沈德潜《唐诗别裁》："吴、蜀唇齿，不应相仇。'失吞吴'，失策于吞吴，非谓恨未曾吞吴也。隆中初见时，已云'东连孙权，北拒曹操'矣。"

李锳《诗法易简录》："'失吞吴'，东坡谓失在吞吴之举，此确解也。前题武侯庙，故写出武侯全部精神，此题八阵图，故只就阵图一节写其遗恨，作诗切题之法有如是。"

《唐宋诗醇》："遂使诸葛精神，炳然千古，读之殷殷有金石声。"

俞陛云《诗境浅说续编》："武侯之志，征吴非所急也。乃北伐未成，而先主猇亭挫败，强邻未灭，剩有阵图遗石，动悲壮之江声。故少陵低徊江浦，感遗恨于吞吴，千载下如闻叹息声也。"

刘永济《唐人绝句精华》："首句极赞武侯，次句入题，三句就八阵图说。'江流'句，从句面看似写聚石不为水所冲激，实已含末句'恨'字之意。末句说者聚讼，大概不出两意：一则恨未吞吴，一则恨失于吞吴。沈德潜《唐诗别裁》云云（见上沈评），沈乃主后一说者。盖鼎足之势，在刘备不忍一时之忿，伐吴兵败，致蜀失吴援而破裂，遂使晋能各个击破。由此言之，沈说是也。'石不转'有恨不消之意，知此五字亦非空设。杜甫运思之细，命意之高，于此可见。"

## 复愁 十二首选五

万国尚戎马①,故园②今若何?

昔归相识少,早已战场多③。

① 万国句:时吐蕃入侵邠州、灵州,长安戒严。
② 故园:指洛阳故居。
③ 昔归二句:乾元元年(七五八),杜甫曾由华州归洛阳。句谓昔日归乡,相识者已少,何况又屡经战乱。

【集评】

浦起龙《读杜心解》:"'昔归'两句,悠然不尽。昔归已如此,今复何如耶?一则乱久而不忍言,一则别久而不深识。"

沈德潜《唐诗别裁》:"先言今,追言昔,'早已'两字,无限情伤。"


胡虏何曾盛,干戈不肯休①。

闾阎听小子,谈笑觅封侯②。

① 胡虏二句:谓安史乱后,诸将拥兵跋扈,战乱不息,非胡虏特盛之故。
② 闾阎二句:谓乡里少年亦有徼幸战乱以取富贵之心,干戈真无止日矣。其深愁隐忧在此,斥少年正所以深恶诸将也。闾阎,乡里。小子,少年。


贞观铜牙弩①,开元锦兽张②。

花门小箭好,此物弃沙场③。

① 铜牙弩：贞观时所制之弩。牙，板机也。
② 锦兽张：开元时所制之弩。张，发射也。弩以手开者曰臂张，以足蹋者曰蹶张。
③ 花门二句：花门，回纥之别称。此物，指弩与张。句谓因恃花门小箭而弃中国之劲弩。此慨借兵平乱之可痛，而追思贞观、开元之强盛也。

【集评】

仇兆鳌《杜诗详注》："国家兵仗虽精，而收功反在花门，慨利器之不足恃也。"

浦起龙《读杜心解》："中国之弩张，不如回纥之小箭，此不特慨借兵之损威，盖深以回纥为不可狎而警之。"


今日翔麟马，先宜驾鼓车①。

无劳问河北，诸将角荣华②。

① 今日二句：翔麟马，唐太宗所乘十骥，其九曰翔麟紫。鼓车，天子出行时载鼓之车。汉光武帝以异国所进千里马驾鼓车，乃示俭约，此则讽词。时河北诸将跋扈擅命，而代宗暗弱，唯事姑息，故深慨虽有骏马，无所用之。
② 无劳二句：谓诸将竞相雄长，朝廷置而不问，无复征讨，曰"无劳问"，亦讽词也。

【集评】

仇兆鳌《杜诗详注》："郭子仪将略威名，足以慑服降将，今置之闲散，犹翔麟之马，不用于战阵，而先驾鼓车矣。彼河北诸将，竞相角胜荣华，谁复起而问之乎？《秦州》诗云'犹残老骕骦'，此云'今日翔麟马'，皆惜子仪之不用。《有感》诗云'大君先息战'，不当息而息也；此云'无劳问河北'，当问而不问也。俱属讽词。"


任转江淮粟，休添苑囿兵①。

由来貔虎士，不满凤凰城②。

① 任转二句：谓勿论军饷之难，纵使转运不绝，亦休添禁旅。江淮粟，当时漕运取给江淮，故史有"唐得江淮济中兴"之语。苑囿兵，指禁军。代宗使鱼朝恩领神策军，屯于禁中，遂开宦官典禁军之恶例。
② 由来二句：谓貔虎之士，不宜集于京师，予宦官以挟制朝廷之资。唐天宝以前犹行府兵制，无宦官典禁军之事，故曰"由来"。貔虎士，指精兵。凤凰城，即凤城，指长安。

【集评】

仇兆鳌《杜诗详注》引朱鹤龄云："代宗宠任朝恩，由是宦官典兵，卒以亡唐。公此诗所讽，岂徒为冗兵虑哉！"

刘永济《唐人绝句精华》："读此等诗，知诗人无时不忧国悯乱，不以穷而在野便置国事于度外也。"

【评解】

首章愁吐蕃侵陵，次章愁内乱不止，三章愁借兵贻患，四章愁藩镇割据，五章愁宦官擅权，所言皆国家之荦荦大端。揩危言谠论于二十字中，纵横激越，而意味弥醇，在唐人五言绝中，未可多得。（刘）


## 赠李白①

秋来相顾尚飘蓬②，未就丹砂愧葛洪③。

痛饮狂歌空度日，飞扬跋扈④为谁雄？

① 此天宝四载（七四五）与李白同游齐鲁时所作。
② 飘蓬：飘泊之意。蓬，野生植物，至秋枯断，随风飘旋。

③ 未就句：谓学道未成。二人曾相约学道，故云。葛洪，东晋人，精炼丹之术，闻交趾出丹砂，求为勾漏令。
④ 飞扬跋扈：豪迈不羁之意。魏颢《李翰林集序》称其"眸子炯然，哆如饿虎，少任侠，手刃数人"。刘全白《唐故翰林李君碣记》称其"性倜傥，好纵横术，喜击剑，为任侠"。故杜甫以"飞扬跋扈"目之。

【集评】

仇兆鳌《杜诗详注》："此诗自叹失意浪游，而惜白之兴豪不遇也。下二赠语含讽，见朋友相规之义焉。"

杨伦《杜诗镜铨》引蒋弱六曰："是白一生小像。公赠白诗最多，此首最简而足尽之。"

【评解】

避世不甘，用世无缘，彼此一例。"相顾飘蓬"四字，惺惺相惜，统摄全篇。（刘）


## 绝句漫兴① 九首选四

眼见客愁愁不醒，无赖春色到江亭②。
即遣花开深造次③，便教莺语太丁宁④。

① 此上元二年（七六一）在成都时作。漫兴，王嗣奭《杜臆》："兴之所到，率然而成，故曰漫兴，亦《竹枝》乐府之变体也。"
② 眼见二句：谓正当客愁难遣之际，春色突然而至江亭，无赖甚矣。
③ 深造次：过于急忙。
④ 太丁宁：形容莺啼不歇。

【集评】

仇兆鳌《杜诗详注》："此因旅况无聊而发为恼春之词。"

杨伦《杜诗镜铨》:"即所谓(杜甫《江畔独步寻花》)'江上被花恼不彻'也,因旅况无聊,故用反言见意。"

手种桃李非无主,野老①墙低还是家。

恰似春风相欺得②,夜来吹折数枝花。

① 野老:杜甫自谓。
② 恰似句:谓春风敢于欺人。相,读如率,入声。得,语助词。

【集评】

仇兆鳌《杜诗详注》:"此章借春风以寄其牢骚,承首章'花开'。桃李有主,且近家园,而春风忽然吹折,似乎造物亦欺人者。惜桃李正自惜羁孤也。"

孰知茅斋绝低小,江上燕子故来频①。

衔泥点污琴书内,更接飞虫打着人②。

① 孰知二句:谓燕子明知茅斋异常低小,而仍频频飞来。孰知,深知。故,仍也。
② 打着:犹碰着,唐时口语。

【集评】

仇兆鳌《杜诗详注》:"此章借燕子以寓其感慨,承首章'莺语'。莺去燕来,春已半矣。污琴书,扑衣袂,即禽鸟亦若欺人者。"

隔户杨柳弱袅袅，恰似十五女儿腰。

谁谓朝来不作意①，狂风挽断最长条。

① 谁谓句：谁谓，犹那知。不作意，犹不注意。

【集评】

仇兆鳌《杜诗详注》："此与二章相应，折花断柳，皆叹所遭之不幸。自春入夏，所咏花木禽鸟，俱随时托兴者，独柳色夏青而仍遭摧折，故感慨终焉。"

李东阳《麓堂诗话》："杜子美《漫兴》诸绝句，有古《竹枝》意，跌宕奇古，超出诗人蹊径。韩退之亦有之。"

浦起龙《读杜心解》："七言绝句，至龙标、太白入圣矣，少陵自是别调。然宋、元以还，每以连篇作意，别见新裁，王、孟遗音，已成《广陵散》，渊源故多出自少陵也。"

杨伦《杜诗镜铨》："绝句以太白、少伯为宗，子美独创别调，颓然自放中，有不可一世之概，卢德水所谓'巧于用拙，长于用短'者也。后空同（明李梦阳）多好学之。"

【评解】

老杜此类绝句，即景遣兴，虽多逸趣，实寓抑塞激宕之情，后来唯韩愈小诗有神似处，如《晚春》、《楸树》等作，格意俱肖；至宋人则专师其疏野刻露处，貌似而神非矣。（刘）


## 春水生二绝 选一

二月六夜春水生，门前小滩浑欲平①。

鸂鶒鸂鶒莫漫喜，吾与汝曹俱眼明②。

① 浑欲平：将被淹没。
② 鸂鶒二句：谓鸂鶒鸂鶒莫因水生而独夸得意，我亦与汝等同喜也。鸂鶒鸂鶒，皆水鸟名。鸂鶒似鸳鸯，毛羽紫色，极美丽。眼明，喜见之意。

【集评】

仇兆鳌《杜诗详注》："此章见春水而喜。"

【评解】

老杜七绝喜用口语点化入诗，而亲切情致，不碍其超脱者，此首是也。（富）


## 江畔①独步寻花七绝句 选二

黄师塔②前江水东，春光懒困倚微风③。

桃花一簇开无主，可爱深桃爱浅红④？

① 江畔：锦江之畔。
② 黄师塔：黄姓僧人墓塔。宋陆游《老学庵笔记》："予在成都，以事至犀浦，过松林甚茂，问驭卒此何处，答曰：'师塔也。'盖谓僧所葬之塔。于是乃悟'黄师塔前江水东'之句。"
③ 春光句：谓春暖困人，倚风而憩。
④ 可爱句：谓不知爱深红好，抑浅红好。有令人应接不暇意。


黄四娘①家花满蹊，千朵万朵压枝低。

留连戏蝶时时舞,自在娇莺恰恰啼②。

① 黄四娘:杜甫邻人。
② 留连二句:与集中《曲江》"穿花蛱蝶深深见,点水蜻蜓款款飞",异曲同工。恰恰,犹云频频。

【集评】

苏轼《东坡题跋·书子美黄四娘诗》:"此诗虽不甚佳,可以见子美清狂野逸之态,故仆喜书之。"

黄叔灿《唐诗笺注》:"'时时舞',故曰'留连';'恰恰啼',故曰'自在'。二语以莺蝶起兴,见黄四娘家花朵之宜人也。"

施补华《岘佣说诗》:"诗并不佳而音节夷宕可爱,东坡'陌上花开胡蝶飞',即此派也。"

俞陛云《诗境浅说续编》:"此二诗在江畔行吟,不问花之有主无主,逢花便看。黄师塔畔,评量深浅之红;黄四娘家,遍赏万千之朵。少陵诗雄视有唐,本不以绝句擅名,而绝句不事藻饰,有幅巾独步之概。"

【评解】

两诗极写江畔繁花盛开,春光骀荡,口语白描,全以天然风致取胜,而老杜狂逸之态,亦跃然如见。(刘)

# 少年行①

马上谁家薄媚②郎,临阶下马坐人床③。

不通姓氏粗豪④甚,指点银瓶⑤索酒尝。

① 少年行：见王维《少年行》注。按此借乐府旧题以刺贵介子弟，非咏其本意也。
② 薄媚：犹云放肆。
③ 床：坐具。
④ 粗豪：豪横。
⑤ 银瓶：盛酒之器。

【集评】

胡应麟《诗薮》："杜《少年行》殊有古意，然自是少陵绝句，与乐府无干。"

仇兆鳌《杜诗详注》："此摹少年意气，色色逼真，下马坐床，指瓶索酒，有旁若无人之状，其写生之妙，尤在'不通姓氏'一句。"


## 赠花卿①

锦城②丝管日纷纷，半入江③风半入云。
此曲只应天上有，人间能得几回闻④？

① 花卿：即花敬定，当时蜀中猛将，曾平定段子璋之乱。甫集有《戏赠花卿歌》。
② 锦城：成都之别称。
③ 江：指锦江。
④ 此曲二句：明杨慎《升庵诗话》谓花卿在蜀僭用天子礼乐，故讥之。然花卿乃偏裨之将，何能用天子礼乐？明胡应麟《少室山房笔丛》引李群玉"貌态只应天上有，歌声岂合世间闻"句，谓花卿系歌妓，此乃赞美之辞。亦属臆测。按安史乱起，玄宗逃奔蜀中，梨园子弟有相随入蜀者，故内府乐曲在蜀中有所流传。唐杜甫《秋日夔府咏怀奉寄郑监审李宾客之芳一百韵》："南内开元曲，常时弟子传。法歌声变转，满座涕潺湲。"自注云："柏中丞筵，闻梨园子弟李仙奴歌。"天上之曲，即指此类。按刘禹锡赠宫廷乐工田顺郎、何戡、穆氏等，有云"清歌不是世间音"，"重闻天乐不胜情"，"记得云间第一歌"，亦以天上之曲比之，可参证。

【集评】

仇兆鳌《杜诗详注》:"此诗风华流丽,顿挫抑扬,虽太白、少伯,无以过之。"

杨伦《杜诗镜铨》:"似谀似讽,所谓言之者无罪,闻之者足戒也。此等绝句,亦复何减龙标、供奉!"

陈衍《石遗室诗话》:"《花卿》、《龟年》诸作,在老杜正是变调,偶效当时体。"

高步瀛《唐宋诗举要》:"杜子美以涵天负地之才,区区四句之作,未能尽其所长,有时遁为瘦硬牙杈,别饶风韵,宋之江西派往往祖之。然观'锦城丝管'之篇,'岐王宅里'之咏,较之太白、龙标,殊无愧色。乃叹贤者固不可测。"

【评解】

前半写花卿家日日丝管不绝,乃喻其骄奢。后半寓讽谏于赞叹之中,意尤微婉。(富)

# 三绝句

楸树馨香倚钓矶,斩新①花蕊未应飞。

不如醉里风吹尽,可忍②醒时雨打稀?

① 斩新:犹言崭新、簇新,唐人口语。
② 可忍:那忍。

【集评】

胡震亨《唐音癸签》:"'斩新花蕊未应飞',非'斩'字不能形容其新。"

门外鸬鹚去不来,沙头忽见眼相猜①。

自今以后知人意②,一日须来一百回。

① 沙头句:沙头,岸头。猜,疑惧。
② 知人意:知人无相害之意。

【集评】

杨伦《杜诗镜铨》:"正极写寂寞也。"


无数春笋满林生,柴门密掩断人行。

会须上番看成竹①,客至从嗔②不出迎。

① 会须句:会须,犹应须,即定要之意。上番,轮番。看,看守。
② 从嗔:任其嗔怪。

【集评】

杨慎《升庵诗话》:"'楸树'三绝句,格调既高,风致又韵,真可一空唐人。"

仇兆鳌《杜诗详注》引胡夏客云:"因王子猷看竹不问主,翻为主不迎客,用意亦巧。"

浦起龙《读杜心解》:"《三绝》与《七绝》(指《江畔独步寻花七绝句》),直开宋、元家数。"

杨伦《杜诗镜铨》:"三首一片无赖意思,有托而言。"

《唐宋诗醇》:"老杜七言绝句,在盛唐中别创一格,其间无意求工而别有风致,不特《花卿》、《龟年》数首久推绝唱,即此诸作何尝不风调佳致乎?"

【评解】

三诗写闲居风物，即景寓兴，虽饶情致，而兀傲之气自不可掩。（富）

## 戏为六绝句①

庾信文章老更成②，凌云健笔意纵横。

今人嗤点流传赋③，不觉前贤畏后生④。

① 此杜甫论诗之作，亦为论诗绝句之始创。
② 庾信句：庾信（见司空曙《金陵怀古》注）早岁文体轻艳绮靡，暮年怀念乡国，所作转为雄阔苍凉，故云"老更成"。
③ 今人句：嗤点，嗤笑而指点其疵。流传赋，指流传之庾信诗赋。
④ 不觉句：前贤，指庾信。后生，指嗤点者。曰"不觉"，曰"畏"，皆反言致讥。

【评解】

此谓尚论古人当识其全体。庾信早年之作，诚不免轻艳之讥，然晚岁转为雄健，笔意纵横，岂可轻议？今人漫不区别，妄加嗤点，实非持平之论也。（刘）

王杨卢骆当时体①，轻薄为文哂未休②。

尔曹身与名俱灭③，不废江河万古流④。

① 当时体：四杰诗文，未尽脱六朝藻绘余习，犹是初唐风尚，故曰"当时体"。
② 轻薄句：谓时人以轻薄之言，妄相讥笑。《玉泉子》："王、杨、卢、骆有文名，时人议其疵曰：'杨好用古人姓名，谓之点鬼簿；骆好用数目作对，谓之算博士。'"

③　尔曹句：尔曹，犹云尔辈，指哂笑者。身名俱灭，文章不传之意。
④　不废句：谓四杰之作，如江河长流，历久不废。

【评解】

　　此谓四杰诗文，虽未尽脱六朝余习，然承先启后，始畅唐风，其功自不可没。且文贵适时，宜有新创，则"当时体"者，不远胜于剽窃摹拟之赝鼎乎？（刘）

# 纵使卢王操翰墨①，劣于汉魏近风骚②。
# 龙文虎脊皆君驭③，历块过都见尔曹④？

①　纵使句：卢王，举卢、王以概杨、骆。操翰墨，谓写作。
②　劣于句：谓不如汉魏之犹近风骚。
③　龙文句：龙文虎脊，指毛色斑斓之骏马。君，君王。
④　历块句：历块过都，谓奔驰而过城邑，易如越过土堆。语本汉王褒《圣主得贤臣颂》："过都越国，蹑（跳跃）如历块。"见，施鸿保《读杜诗说》："见，犹岂见。《渡江》云'借问垂纶客，悠悠见汝曹'，与此同意，盖即《日知录》言古人语急（语急即省字）类也。"句谓观其历块过都，迈往无前之概，岂见尔曹驽劣者之瞠乎在后也？

【评解】

　　此承上章而伸言之也。四杰之作，不特有时代先驱之意义，即其词华绚丽，神情骏发，亦何尝为他人所易及哉！（刘）

# 才力应难跨数公①，凡今谁是出群雄？
# 或看翡翠兰苕②上，未掣鲸鱼碧海③中。

①　才力句：承上三章。数公，指庾信与四杰。

② 翡翠兰苕：喻当时秾丽纤巧之作。翡翠，鸟名，羽毛鲜丽。兰苕，兰花与苕花。语本晋郭璞《游仙诗》："翡翠戏兰苕，容色更相鲜。"
③ 鲸鱼碧海：喻才力雄健，即所谓"出群雄"者，隐然有自负意。

【评解】

此章由论古而慨今也。今人动辄疵病庾信、四杰，追其自作，不过藻绘绮丽而已，未能雄浑豪纵也，讵可轻议庾信之"凌云健笔"，四杰之"历块过都"乎！（刘）

# 不薄今人爱古人，清词丽句必为邻①。

# 窃攀屈宋宜方驾，恐与齐梁作后尘②。

① 不薄二句：谓己无古今之见，凡清词丽句，均有所取。今人，指齐梁以至初唐。古人，指屈（原）宋（玉）以至汉魏。
② 窃攀二句：更申上文之意，乃自谦自警之辞。方驾，并驾齐驱。作后尘，谓落入齐梁后尘。后尘，车后飞尘。

【评解】

此章自述作诗之祈向也。清辞丽句，自不可废，古今各有佳作，均可观摩。然诗家要当以追攀屈、宋，上亲《风》、《雅》为极则，若徒事藻绘，恐不免为齐、梁之后尘耳。（刘）

# 未及前贤①更勿疑，递相祖述复先谁②。

# 别裁伪体亲风雅，转益多师是汝师③。

① 前贤：指前代有成就之作家。
② 递相句：意谓历代相继因袭，而不知追本溯源。祖述，师法前人而有所陈

述。复先谁,应以谁为先。
③ 别裁二句:别裁伪体,谓去伪存真。别裁,区别而裁汰。伪体,指摹拟因袭之作。风雅,《国风》与《大雅》、《小雅》,即指《诗经》。此二句乃告诫之辞,亦自述学诗之旨趣,谓须别裁伪体,归依风、雅,更应广泛师承,不拘一家,始可望有成。

【集评】

钱谦益《杜工部诗集》:"作诗以论文,而题曰'戏为六绝句',盖寓言以自况也。韩退之诗曰:'李杜文章在,光焰万丈长。不知群儿愚,那用故谤伤。蚍蜉撼大树,可笑不自量。'然则当公之世,群儿之谤伤者或不少矣。故借庾信、四子以发其意,谆谆然呼而寤之也。题之曰'戏',亦见其通怀商榷,不欲自以为是。"

黄生《杜工部诗说》:"诸章备见公论文之旨,盖因当时后生轻薄前贤,特发此论。大旨在篇末'转益多师'一句,言博取自益,乃为善学,嗤点前贤,徒伤轻薄耳。"

仇兆鳌《杜诗详注》:"此为后人讥诮前贤而作,语多跌宕讽刺,故云'戏'也。"又云:"少陵绝句,多纵横跌宕,能以议论摅其胸臆,气格才情,迥异常调,不徒以风韵姿致见长矣。"

浦起龙《读杜心解》:"后生轻薄,附远而谩近。盖远者定论已久,不敢置喙;至于近人,则哆口诋诃,以高自夸诩。剽窃古人影响,博其谈资,究于古人所谓师承派别之源流,茫乎未有闻焉。少陵痌焉,而作是诗,故前三章错举近代诗人以立案。"

黄叔灿《唐诗笺注》:"钱笺谓其寓言以自况,而引退之'群儿谤伤'之语,是矣。然玩诗意,实切戒当时之嗤点前贤,故并述自己之祖述好尚,以指示后人为文正派,大意总重末首结二句,恐非专以自况。"

《唐宋诗醇》:"以诗论文,于绝句中,又属创体。此元好问《论诗绝句》之滥觞也。六朝、四子之文,自是天地英华,不可磨灭。其所成就,虽逊古人,要非浅薄疏陋之徒所可轻议,宜甫之直言诃之也。'翡翠兰苕','鲸鱼碧海',所见何其高阔!上亲《风》、《雅》,转益多师,解人不当尔耶?此六诗固不当以字句工拙计之。"

翁方纲《石洲诗话》:"《六绝句》,皆戒后生之沿流而忘源也。其曰'今人嗤点',曰'尔曹轻薄',曰'今谁出群',曰'未及前贤',不惜痛诋今人者,盖欲俾之考求古人源流,知以古人为师耳。"又云:"皇甫持正尝叹'时人诗未有骆宾王一字,已骂宋玉为罪人矣。'此语可作《六绝句》注脚。"

杨伦《杜诗镜铨》："六章逐章承递，意思本属一串。庾信、四杰，特借作影子，非谓诗道以此为至也。下四章俱属推开。"又云："昌黎诗'李杜文章在'云云，当公之世，其排诋者亦不少矣。故偶借庾信、四子以发其意，皆属自寓意多，非如遗山《论诗绝句》通论古今人之诗也。然'别裁伪体'，'转益多师'，学诗之道，实不出此。"

郭绍虞《杜甫戏为六绝句集解》："杜甫作此《六绝》之动机，或诚不免因于蚍蜉撼树之辈好为谤伤，有所激发，遂托于庾信、四子以寓其意，则对于后生之轻侮老成，自不禁有深恶痛绝之辞。因愤激而深恶痛绝之，因深恶痛绝而指斥之，因指斥而又告诫之，教诲之，则于指点之中，而论诗宗旨亦自然流露矣。论诗宗旨既已全盘托出，则此即杜甫一生学诗祈向所在。谓为自况，亦未为非。"

【评解】

此章自述学诗之旨也。能"别裁伪体"，则古今无不可学；能"转益多师"，则自少门户之见。取法古人，两语尽之矣。夫评论前人，讲求得失，无非为创作之借鉴耳，故以自述两章殿之。（刘）


## 绝句 四首选一

两个黄鹂鸣翠柳，一行白鹭上青天。

窗含西岭千秋雪[①]，门泊东吴万里船[②]。

[①] 窗含句：西岭，即西山，亦名雪岭，为岷山主峰，在成都西。西山积雪，终古不化，故曰"千秋雪"。西岭景色从窗框中遥见，故曰"含"。
[②] 门泊句：宋范成大《吴船录》："蜀人入吴者，皆从合江亭登舟，其西则万里桥。"杜甫草堂在万里桥西，濒江，故门外可见泊船。

【集评】

曾季狸《艇斋诗话》:"韩子苍(驹)云:老杜'两个黄鹂鸣翠柳,一行白鹭上青天',古人用颜色字,亦须匹配得相当方用,'翠'上方见得'黄','青'上方见得'白'。此说有理。"

魏庆之《诗人玉屑》引范季随《陵阳先生室中语》:"杜少陵诗云:'两个黄鹂鸣翠柳,一行白鹭上青天。'王维诗云:'漠漠水田飞白鹭,阴阴夏木啭黄鹂。'极尽写物之工。"

《唐宋诗醇》:"虽非正格,自是绝唱。"

【评解】

一句一事,若不相连贯,要能构成一幅画面。宋人每效法此种,如苏轼《溪阴堂》:"白水满时双鹭下,绿槐高处一蝉吟。酒醒门外三竿日,卧看溪南十亩阴。"章法即祖此。(刘)

# 三绝句①

前年渝州杀刺史,今年开州杀刺史②。

群盗相随剧虎狼,食人更肯留妻子③!

① 此永泰元年(七六五)作于云安(今四川云阳县)。
② 前年二句:渝州,今四川重庆市;开州,今四川开县,唐时均属山南西道。按渝、开二州杀刺史事,史书失载。
③ 群盗二句:谓群盗凶残甚于虎狼,杀人不留妻子。相随,相继。更肯,那肯。

【集评】

浦起龙《读杜心解》:"此记近境之杂乱,二州皆在蜀之东境。"

二十一家同入蜀，惟残一人出骆谷①。

自说二女啮臂②时，回头却向秦云哭③。

① 二十一家二句：谓二十一家同向蜀中避难，只剩一人经骆谷入蜀。残，余也。骆谷，即骆谷道，在今陕西周至县西南，为由秦入蜀要道。永泰元年（七六五），党项羌、吐蕃、吐谷浑等外族不断入侵，陇右、关中人民纷纷入蜀避难。此诗即咏其事。
② 啮臂：古时与亲人诀别，咬臂以示痛切。此指二女被迫遗弃时之诀别。
③ 回头句：谓此人说至伤心处，回头望秦云而哭。秦云，指关中。

【集评】

浦起龙《读杜心解》："此记北人避乱而南者，乱在山南、陇右间，西羌为患也。'回头'句乃状此人说时情景，非述二女哭也。此句添毫。"


殿前兵马虽骁雄①，纵暴略与羌浑②同。

闻道杀人汉水上，妇女多在官军中③。

① 殿前句：殿前兵马，指禁军，时由宦官鱼朝恩统率。《新唐书·兵志》载：永泰元年，鱼朝恩以神策军屯苑中，遂为天子禁军。朝恩乃以观军容宣慰处置使知神策军兵马使。骁雄，勇猛雄健。
② 羌浑：指入侵之党项羌、吐蕃与吐谷浑等。
③ 闻道二句：谓禁军于汉水边杀人并掳掠妇女。汉水，此指汉水上游，在陕西南部。

【集评】

仇兆鳌《杜诗详注》引朱鹤龄云："代宗任用中人（宦官），依禁军以平乱，而不知其纵暴乃如此，诗故深刺之也。"

浦起龙《读杜心解》："刺中人典禁军也。禁军之害，等于山贼羌、浑，可以鉴矣。"

杨伦《杜诗镜铨》："笔力横绝,此等绝句亦非他人所有。"

【评解】

　　首章述渝、开二州之乱及杀戮之惨,次章记难民罹祸,末章斥禁军纵暴,愤慨之情,溢于言表。三诗反映人民苦难,曲尽情事,堪称"诗史"。(富)


## 漫成一绝①

江月去人只数尺②,风灯③照夜欲三更。

沙头宿鹭联拳④静,船尾跳鱼泼剌⑤鸣。

① 此从云安往夔州时舟中所作。
② 江月句：江月,指舟畔江中月影,故云距人数尺,犹孟浩然《宿建德江》"江清月近人"意。
③ 风灯：指樯上挂灯。
④ 联拳：形容鹭鸟聚宿之状。
⑤ 泼剌：鱼跃声。

【集评】

　　仇兆鳌《杜诗详注》："四句皆舟中夜景,各就一远一近说。"

【评解】

　　写深夜泊船之景,画不能到,而客中孤寂无寐,言外自见。(富)

## 夔州歌十绝句① 选五

中巴之东巴东山②,江水开辟流其间③。

白帝高为三峡镇④,瞿塘险过百牢关⑤。

① 约作于大历元年(七六六)。夔州,今四川奉节县。
② 中巴句:中巴,今四川东部之地。汉末刘璋据蜀,置巴郡(即中巴)、东巴、西巴三郡。巴东山,即指三峡。夔州唐时属巴东郡,在中巴之东,故云。
③ 江水句:谓江水自天地开辟以来,即流于巴东群山之间。按杜诗中如"开辟多天险"、"岸疏开辟水"、"鱼龙开辟有"等,均指天地开辟而言。
④ 白帝句:白帝城在夔州东五里白帝山上,地势高峻,扼瞿塘峡口,故云。三峡,指瞿塘峡、巫峡、西陵峡。
⑤ 瞿塘句:瞿塘,一作"夔州"。百牢关,在今陕西勉县西南,两壁高山相对,六十里不断,汉水流其间。因与瞿塘峡相似,故以为比。

【集评】

浦起龙《读杜心解》:"第一首领全势。'高为峡镇'顶首句,就本地形势作意。'险过百牢'顶次句,以他处地险相形。"

赤甲白盐俱刺天①,闾阎缭绕接山巅②。

枫林橘树丹青合③,复道重楼锦绣悬④。

① 赤甲句:赤甲,即赤甲山,在夔州城东北七里,土石皆赤,如人袒臂,故名。白盐,即白盐山,在夔州城东十七里,崖壁高峻,色若白盐,故名。俱刺天,状两山之高。
② 闾阎句:谓自山脚至山顶均有人家。闾阎,古时乡里中门也,此泛指民房。
③ 枫林句:承首句,谓两山互对,枫丹橘青,如画图之相合。

④ 复道句：承次句，谓山上间阎缭绕，楼阁相映，若锦绣之高悬。复道，楼阁通行之道，因上下有道，故名复道。

【集评】

仇兆鳌《杜诗详注》引卢德水云："见夔州之既庶且富也。"

浦起龙《读杜心解》："诗可作画。青红层叠，楼榭参差，不嫌山体之孤峻矣。"

杨伦《杜诗镜铨》："便是图画，想见两边掩映之妙。"

东屯稻畦一百顷①，北有涧水通青苗②。

晴浴狎鸥分处处③，雨随神女下朝朝④。

① 东屯句：宋王应麟《困学纪闻》："东屯乃公孙述留屯之所，距白帝城五里。东屯之田可百顷，稻米为蜀第一。"
② 北有句：《一统志》："青苗陂在瞿塘东，蓄水溉田，民得其利。"
③ 晴浴句：谓处处见鸥鸟晴浴。鸥鸟不甚畏人，故称狎鸥。
④ 雨随句：谓其地多雨。用巫山神女行雨事，见李白《清平调词》注。

【集评】

浦起龙《读杜心解》："特举东屯以志资生之利，他日所以置庄于此也。晴雨之景，处处可入，独于东屯言之，正与农事渲染。"

蜀麻吴盐①自古通，万斛之舟行若风。

长年三老长歌里，白昼摊钱高浪中②。

① 蜀麻吴盐：蜀地以出纻麻著称，吴地滨海产盐。
② 长年二句：宋陆游《入蜀记》："（九月）四日，平旦，始解舟。见舟人焚香祈

神,云告红头须小使头长年三老,莫令错呼错唤。问何谓长年三老? 云梢工是也。长读如长幼之长。乃知老杜'长年三老长歌里,白昼摊钱高浪中'之语,盖如此。因问何为摊钱,云博也。按梁冀能意钱之戏,注云即摊钱也(见《后汉书·梁冀传》)。则摊钱之为博,亦信矣。"此谓商人在梢工喊号子声里赌钱。

【集评】

仇兆鳌《杜诗详注》:"记水次之便。商贾贩货而竞趋,舟人忘险而争利,市舶辐辏,真西南一大都会也。"

浦起龙《读杜心解》:"蜀在夔西,吴在夔东,夔峡乃其咽喉。此记商货之走集也。"

刘永济《唐人绝句精华》:"'中巴'一首,记夔州形势也。'赤甲'写夔州之富庶,'东屯'述农田稻米之丰,'蜀麻'说蜀中商业之盛,皆有关国计民生之事,又与但写地方风俗之琐细者不同。"


武侯祠堂①不可忘,中有松柏参天长②。

干戈满地客愁破,云日如火炎天凉。

① 武侯祠堂:指夔州孔明庙。
② 中有句:唐杜甫《古柏行》:"孔明庙前有老柏,柯如青铜根如石。霜皮溜雨四十围,黛色参天二千尺。"可参看。

【集评】

仇兆鳌《杜诗详注》:"武侯忠义,千古难忘,松柏阴森,堪散愁而纳凉,亦对树怀人之意。"

杨伦《杜诗镜铨》引李子德云:"此等直自作开山手,于三唐绝句,另为一种。"

【评解】

老杜《夔州歌》乃以《竹枝》体为之者,写夔州山川、物产、风俗、古迹,色色有致,老健奇瑰,别开七绝境界。(富)


# 存殁口号① 二首选一

郑公粉绘随长夜②,曹霸③丹青已白头。

天下何曾有山水④,人间不解重骅骝⑤。

① 存殁口号:诗中人物,一存一殁,故云。口号,随口吟成,犹口占。
② 郑公句:郑公,指郑虔,唐代名画家,尤工山水。随长夜,谓随人亡而成绝笔。
③ 曹霸:当时名画家,最擅画马。
④ 天下句:承首句,谓郑虔既亡,天下更无山水能手。
⑤ 人间句:承次句,谓曹霸虽在,而其画真赏乏人。

【评解】

此诗前二句咏一殁一存,后二句以一伤一惜分承之,此体杜甫所创。黄庭坚《病起荆江亭即事》:"闭门觅句陈无己,对客挥毫秦少游。正字不知温饱未,西风吹泪古藤州。"祖此。(刘)


# 解闷① 十二首选六

草阁柴扉星散居②,浪翻江黑雨飞初。

山禽引子③哺红果,溪女得钱留④白鱼。

① 此亦大历元年(七六六)在夔州作。解闷,《杜臆》:"谓当闷时,随意所至,吟为短章以自消遣耳。"
② 草阁句:夔州多山,居人傍山筑室,所居高下不一,故云。
③ 子:指雏鸟。
④ 留:犹给也。杜诗中"留"字此种用法甚多,殆是当时口语。

【集评】

仇兆鳌《杜诗详注》:"即事兴感,从夔州风景说起。上二句山水对言:山禽引子,山间之景;溪女留鱼,江边之事。"


商胡留别下扬州①,忆上西陵故驿楼②。

为问淮南米贵贱,老夫乘兴欲东游③。

① 商胡句:商胡,即胡商。夔州、扬州乃唐时商业中心,故有胡商往来。
② 忆上句:西陵在今浙江萧山县西,旧有驿楼,名古驿台,杜甫早年浪游吴、越时曾至其处。
③ 为问二句:谓欲乘兴东游,嘱胡商代询淮南米价,以定行止。此既见其豪兴至老不衰,又见其生计窘迫。淮南,指扬州。唐淮南道治所在扬州。


复忆襄阳孟浩然,清诗句句尽堪传①。

即今耆旧无新语,漫钓槎头缩项鳊②。

① 复忆二句:唐杜甫《遣兴》:"我怜孟浩然,裋褐即长夜。赋诗何必多,往往凌鲍谢。"亦盛称之,可参看。
② 即今二句:谓浩然亡后,襄阳耆旧中无复有工诗者,徒钓槎头缩项鳊而已。

耆旧,晋习凿齿撰有《襄阳耆旧传》。槎头缩项鳊,《襄阳耆旧传》:"岘山下汉水中出鳊鱼,味极肥美。襄阳人采捕,遂以槎断水,因谓之槎头缩项鳊。"唐孟浩然《岘潭作》:"试垂竹竿钓,果得槎头鳊。"

## 【集评】

仇兆鳌《杜诗详注》:"此怀孟浩然也。上二忆其诗句,下二叹其人亡。新句无闻,而徒然把钓,则耆旧为之一空矣。'槎头缩项鳊',即用浩然句。"

陶冶性灵存底物①？新诗改罢自长吟。

孰知二谢将能事②，颇学阴何③苦用心。

① 存底物:犹云凭何物。
② 孰知句:孰知,即熟知。二谢,谢灵运、谢朓,南朝著名诗人。将能事,谓掌握高度作诗技巧。
③ 阴何:阴铿、何逊,南朝诗人。

## 【集评】

胡仔《苕溪渔隐丛话》:"韩子苍(驹)云:东坡尝语参寥曰:如老杜云'新诗改罢自长吟'者,乃知此老用心甚苦。后人不复见其剖劂,但称其浑厚耳。"

王嗣奭《杜臆》:"公谓李白佳句似阴铿,论者谓公有不满白之意,试读此诗,岂其然乎?"

仇兆鳌《杜诗详注》:"此自叙诗学。诗篇可养性灵,故既改复吟,且取法诸家,则句求尽善,而日费推敲矣。"

翁方纲《石洲诗话》:"'孰知二谢将能事,颇学阴何苦用心',言欲以大小谢之性灵而兼学阴、何之苦诣也。'二谢'只作性灵一边人看,'阴何'只作苦心锻炼一边人看,似乎公之自命,乃欲兼而有之,亦初非真欲学阴、何,亦初非真自许为二谢也。正须善会。"

不见高人王右丞，蓝田丘壑蔓寒藤①。

最传秀句寰区满，未绝风流相国能②。

> ① 蓝田句：蓝田丘壑，即王维蓝田辋川别墅。蔓寒藤，形容别墅荒凉。
> ② 最传二句：谓王维虽亡，其秀句犹天下传诵，况又有文采风流，如其弟相国王缙然者。原注："右丞弟，今相国缙。"王缙代宗朝为宰相，能诗，与维名冠一时。宝应元年（七六二），代宗求维诗文，缙编集进呈。能，唐人口语，犹那样。

【集评】

仇兆鳌《杜诗详注》："此怀王维也。右丞虽殁，而佳句犹传，况有相国诗名，则风流真不坠矣。"

杨伦《杜诗镜铨》："赞襄阳只一'清'字，赞摩诘只一'秀'字，品评不苟。"


先帝贵妃今寂寞，荔枝还复入长安①。

炎方每续朱樱献②，玉座应悲白露团③。

> ① 先帝二句：谓玄宗、杨妃今俱亡故，而荔枝犹自进贡不绝，慨人事虽异，弊政未除。李肇《唐国史补》："杨妃生于蜀，好食荔枝。南海所生，尤胜蜀者，故每岁飞驰以进。杜甫《病橘》："忆昔南海使，奔腾献荔枝。百马死山谷，到今耆旧悲。"按天宝中涪州（今四川涪陵）亦贡荔枝，据下句"炎方"二字，此乃指南海。
> ② 炎方句：谓南海所贡荔枝继樱桃而荐献于宗庙。朱樱，即樱桃。宫中荐献樱桃，取于内园，在夏季，而荔枝成熟于秋日，故曰"续"。
> ③ 玉座句：形容寂寞凄凉景色，应首句帝妃俱亡。玉座应悲，即"应悲玉座"，为叶平仄而倒转。玉座，御座。白露团，团与"漙"通，露多貌。隋薛道衡《出塞》："高秋白露团。"

【集评】

仇兆鳌《杜诗详注》："此叹旧贡之未除也。帝妃皆亡，而荔枝犹献，得无先帝神灵尚凄怆于白露中乎？盖微讽之也。"

浦起龙《读杜心解》："此章志旧贡未除也。诗情悠远，含有两意：荔枝为先朝所嗜，当兹续献，得无对'露团'而凄然乎？荔枝又祸乱所因，至此还来，得无抚'玉座'而惕然乎？盖两讽云。"

【评解】

诸诗皆排闷之作，或写闲居即景，或因胡商来别而动东游之兴，或怀诗友，或述诗学，或借荔枝致慨，盖出于诗人一时感兴，随意吟成，本无专题也。此体创自老杜，山谷《病起荆江亭即事十首》，即仿其体，并得其神味。（富）


# 书堂饮既夜复邀李尚书[①]下马月下赋绝句

湖月林风相与清，残樽[②]下马复同倾。

久拚野鹤如双鬓，遮莫邻鸡下五更[③]。

① 李尚书：李之芳，曾为礼部尚书。集中此诗在《宴胡御史书堂》后，乃饮罢复与李步月唱和之作。
② 残樽：犹余酒。
③ 久拚二句：野鹤如双鬓，即"双鬓如野鹤"，以言发白。双，一作"霜"。遮莫，犹云尽管，尽教。下，报也。句意谓向来不以衰老为意，对此风月良宵，何妨痛饮达旦，一任邻鸡之报晓也。

【集评】

仇兆鳌《杜诗详注》引周珽曰："风月既清，酒兴未阑，饮当垂白，达旦何妨。钟情自道，气味宛然。少陵七绝老健奇瑰，别成盛唐一家。"

《唐宋诗醇》："'野鹤如霜鬓'，正云'霜鬓如野鹤'。如前（《白凫行》）云'黄鹄高于五尺童,化为白凫似老翁',正云'五尺童高于黄鹄,化为老翁似白凫'耳。此诗家用笔之妙。"

【评解】

"久拚"二句,与《江畔独步寻花》诗"酒尚堪驱使在,未须料理白头人",同一倔强。(富)


## 江南逢李龟年①

岐王②宅里寻常见,崔九③堂前几度闻。

正是江南好风景④,落花时节又逢君。

① 李龟年:玄宗时著名乐师,善歌。安史乱后,流落江南。大历五年(七七〇),杜甫飘泊湖南时,在潭州(今湖南长沙市)相遇。
② 岐王:即李范,玄宗之弟,爱文学,喜结纳文士。
③ 崔九:原注:"崔九,即殿中监崔涤,中书令湜之弟也。"崔涤为玄宗宠臣,常出入宫禁。
④ 正是句:《世说新语·言语》:"过江诸人,每至美日,辄相邀新亭,藉卉饮宴。周侯中坐而叹曰:'风景不殊,正自有山河之异!'"此用其意。

【集评】

黄生《杜工部诗说》:"此与《剑器行》同意,今昔盛衰之感,言外黯然欲绝。见风韵于行间,寓感慨于字里,即使龙标、供奉(李白)操笔,亦无以过。乃知公于此体,非不能为正声,直不屑耳!有目公七言绝句为别调者,亦可持此解嘲矣。"

黄叔灿《唐诗笺注》:"'落花时节又逢君',多少盛衰今昔之思!上二句是追旧,下二句是感今,却不说尽,偏着'好风景'三字,而意含在'正是'字、'又'字内。"

李锳《诗法易简录》:"少陵七绝多类《竹枝》体,殊失正宗。此诗纯用正锋藏锋,深得绝句之味。"

宋顾乐《唐人万首绝句选》评:"案而不断,神味无穷,老杜绝句,此首最佳。"

孙洙《唐诗三百首》:"世运之治乱,年华之盛衰,彼此之凄凉流落,俱在其中。少陵七绝,此为压卷。"

《唐宋诗醇》:"言情在笔墨之外,悄然数语,可抵白氏一篇《琵琶行》矣。'休唱贞元供奉曲,当时朝士已无多',刘禹锡之婉情;'钿蝉金雁皆零落,一曲伊州泪万行',温庭筠之哀调。以彼方此,何其超妙!此千秋绝调也。"

王文濡《唐诗评注读本》:"上二句极言其宠遇之隆,下二句陡然一转,以见盛衰不同,伤龟年亦所以自伤也。"

俞陛云《诗境浅说续编》:"少陵为诗家泰斗,人无间言,而皆谓其不长于七绝。今观此诗,余味深长,神韵独绝,虽王之涣之'黄河远上',刘禹锡之'潮打空城',群推绝唱者,不能过是。此诗以多少盛衰之感,千万语无从说起,皆于'又逢君'三字之中,蕴无穷酸泪。"

刘永济《唐人绝句精华》:"此诗二十八字中,于今昔盛衰之感,与彼此飘流转徙之苦,会合之难,都无一字明说,但于末句用一'又'字,而往事今情,一齐纳入矣。此等诗非作者感慨甚深,而又语言精妙,不能有此。谁说杜甫绝句不如昌龄、太白!"

【评解】

前半写龟年盛时,即以写开元盛世。后半喻世运衰乱及彼此之飘泊,"又"字既标出重逢,亦回顾昔日。沉郁顿挫,而风神自远。(刘)

**景云** 天宝时诗僧,岑参尝诣之(见岑参《偃师东与韩樽诣景云晖上人即事》诗)。《全唐诗》录存其诗三首。

## 画松

画松一似真松树,且待寻思记得无?

曾在天台山①上见,石桥②南畔第三株。

① 天台山:在今浙江天台县北。
② 石桥:天台山有石梁桥。按唐白居易《画竹歌》:"西丛七茎清且健,省向天竺寺前石上见。东丛八茎疏且寒,忆曾湘妃庙里雨中看。"与此诗造意相似,可参看。

【集评】

施闰章《蠖斋诗话》:"唐人绝句,太白、龙标外,人各擅能。有一口直述,绝无含蓄转折,自然入妙,如'画松一似真松树'云云、'去年今日此门中'云云、'清江一曲柳千条'云云。此等诗着不得气力学问,所谓诗家三昧,直让唐人独步;宋贤要人议论,着见解,力可拔山,去之弥远。"

张谦宜《茧斋诗谈》:"一气承接如话,不惟工于赞画,连追想神情,声口俱活,极明快,却有蕴藉风味。"

黄叔灿《唐诗笺注》:"前辈以此诗一气浑成,不加斧凿,为唐人绝句所难,是矣。只是绝句之妙,不尽在此。此诗枯淡得妙,正如画家以枯木竹石见长,亦是各家数耳。"

【评解】

起手点明其"似",入后愈说愈"真",却又愈觉其"似",此画家传真之境也。构思下笔,别具手眼。(刘)

**岑参**　荆州江陵(今湖北江陵县)人,生于开元三年(七一五),卒于大历五年(七七〇)。天宝三载(七四四)进士。八载(七四九),为高仙芝安西节度使府掌书记。十三载(七五四),充封常清安西、北庭节度判官。乾元间,为虢州长史。大历二年(七六七),官嘉州刺史,后罢官客死成都。世称岑嘉州。参久佐戎幕,往来烽火鞍马、穷边绝域之间,故独擅边塞之作。与高适齐名。其诗风格雄浑,色彩瑰丽,尤工七言歌行与五律,绝句亦饶有佳作。有《岑嘉州集》,《全唐诗》编存其诗四卷。

## 题三会寺苍颉造字台①

野寺荒台晚,寒天古木悲。

空阶有鸟迹,犹似造书时。

① 三会寺苍颉造字台:《长安志》:"三会寺在(长安)县西南二十里宫张邨,其地本仓颉造书堂。"苍颉,一作仓颉,相传是黄帝史官,为我国文字始创者。许慎《说文解字》自序:"黄帝之史苍颉,见鸟兽远蹄之迹,知分理之可以相别异也,初造书契。"

【集评】

　　刘永济《唐人绝句精华》:"首二句写三会寺、造字台景物,因其荒古而生怀古之幽情。三四句见鸟迹而缅想造书时。"

## 西过渭州见渭水思秦川①

渭水东流去,何时到雍州②?

凭③添两行泪，寄向故园④流。

① 天宝八载(七四九)，岑参为安西节度使高仙芝掌书记，此赴安西途中所作。渭州,治所在今甘肃陇西县西南。渭水,源出甘肃渭源县鸟鼠山,东流经长安至潼关县入黄河。秦川,指长安周围地区。
② 雍州：唐初置,治所在长安,开元元年改为京兆府。此借指长安。
③ 凭：请也。
④ 故园：岑参有别业在长安杜陵。按柳宗元《零陵早春》："问春从此去,几日到秦原？凭寄还乡梦,殷勤向故园。"结构意境相似,可参看。

【评解】

此诗一气流转,语浅情遥,"凭添"二句,意境独辟,尤为警切动人。(富)

# 行军九日思长安故园①

强欲登高②去，无人送酒③来。

遥怜故园菊，应傍战场开。

① 原注云："时未收长安。"此作于至德二载(七五七)秋,时为右补阙,从肃宗于灵武、凤翔。行军,行营。九日,即重阳日。
② 登高：古时于重阳日登高,饮菊花酒。
③ 送酒：《南史·隐逸传》："(陶潜)尝九月九日无酒,出宅边丛菊中坐久之。逢(王)弘送酒至,即便就酌,醉而后归。"此用其事。

【集评】

宋顾乐《唐人万首绝句选》评："但见'战场'二字,便无限悲怆,非泛泛故国之思。"

俞陛云《诗境浅说续编》："花发战场,况未休兵,谁能堪此？嘉州《见渭水思秦川》诗云云,亦思家之作。心随水去,已极写乡思,而此作加倍写法,感叹尤深。"

刘永济《唐人绝句精华》:"此诗因欲登高而感于无人送酒,又因送酒无人而联想及故园之菊,复因菊而远思故园在乱中。所谓弹丸脱手,于此诗见之矣。"

【评解】

此诗每句皆转,愈转愈深,而寄慨总在长安未复。(刘)

## 逢入京使①

故园②东望路漫漫,双袖龙钟③泪不干。

马上相逢无纸笔,凭君传语报平安。

① 此天宝八载赴安西途中作。
② 故园:指长安别业。
③ 龙钟:指泪涕沾渍。

【集评】

钟惺《唐诗归》:"人人有此事,从来不曾说出,后人蹈袭不得,所以可久。"
唐汝询《唐诗解》:"叙事真切,自是客中绝唱。"

【评解】

此诗妙在"马上"二句,思家情切,军事倥偬,都跃然纸上。(刘)

## 碛中①作

走马西来欲到天②,辞家见月两回圆③。

今夜不知何处宿,平沙万里绝人烟。

① 碛中:沙漠中。
② 欲到天:形容沙漠中一望无际天地相连之奇观。
③ 辞家句:谓离家已经两月。

【集评】

俞陛云《诗境浅说续编》:"此诗但言沙碛苍茫,而回首中原,自有孤客投荒之感。"

【评解】

"欲到天"三字,语奇而神怆,再以"平沙万里"相应,大漠之荒凉,行边之辛苦,俱在眼前矣。(刘)


## 过碛

黄沙碛里客行迷,四望云天直下低①。

为言地尽天还尽,行到安西②更向西!

① 四望句:谓沙漠辽阔,四望天地相接,与集中《碛西头送李判官入京》"过碛觉天低"同意。

② 安西：见王维《送元二使安西》注。

【评解】

从"客行迷"生出下二句，造语曲折，妙有波澜。（刘）

## 武威送刘判官赴碛西行军①

火山五月行人少，看君马去疾如鸟②。

都护行营太白西，角声一动胡天晓③。

① 武威：今甘肃武威。刘判官：刘单，时为高仙芝属下判官。碛西行军：即高仙芝安西四镇节度行营。按《唐会要》谓开元十二年（七二四）后，安西四镇节度亦称碛西节度。
② 火山二句：写刘单过火山时情景。火山，在今新疆吐鲁番境内，山石皆赤，形似火焰，又名火焰山。因其地酷热，故曰"五月行人少"。
③ 都护二句：写刘单抵达安西行营后情景。都护行营，指高仙芝安西行营。太白，即金星，古时以太白为西方之星，亦为西方之神。太白西，谓西方极远之地。

【集评】

俞陛云《诗境浅说续编》："首二句言火山当五月之时，黄沙烈日，绝少行人，判官独一骑西驰，迅于飞鸟，见其豪健气概。后二句言所赴行营远在太白之西，想其在军幕内闻角声悲奏，正胡天破晓之时。诗意止此，而绝域之军声，思家之远念，自在言外。绝句中意义、神韵、音节各有所长，此诗用仄韵，故音节弥觉高亮。"

【评解】

通首写刘单别后赴碛西情景：马疾如鸟，写出旷野独行神理；角声动天，尤有气

摄强胡之概。措词警辟,音节高亢,故豪健绝伦。(刘)

## 春梦

洞房①昨夜春风起,遥忆美人湘江水②。

枕上片时春梦中,行尽江南数千里③。

① 洞房:深屋。一作"洞庭",当是涉下句"湘江"而误。
② 遥忆句:一作"故人遥隔湘江水"。美人,指友人。
③ 枕上二句:宋范成大《忆秦娥》词"片时春梦,江南天阔",即化用其意。

【集评】

刘永济《唐人绝句精华》:"三四句写梦境入神。"

【评解】

梦亟东风,片时千里,积思所致,何其情深!(刘)

## 赴北庭度陇思家①

西向轮台②万里余,也知乡信③日应疏。

陇山鹦鹉④能言语,为报家人数寄书⑤。

① 天宝十三载(七五四),安西四镇节度封常清入朝,权北庭都护、伊西节度、

瀚海军使,表岑参为安西北庭节度判官。此赴北庭时所作。北庭,即北庭节度使驻地庭州,在今新疆吉木萨尔北破城子。陇,陇山,在今陕西陇县西北。
② 轮台:唐时庭州有轮台县,在今新疆米泉境内。时封常清驻兵于此。
③ 信:使者也。《演繁露》:"晋人书问凡言'信至'或'遣信'者,皆指'信'为使臣也。"
④ 陇山鹦鹉:《禽经》:"鹦鹉出陇西,能言。"《元和郡县志》亦称陇山"上多鹦鹉"。
⑤ 数寄书:因万里传书,到达不易,故嘱数寄。数,屡也,频也。

【集评】

沈德潜《唐诗别裁》:"欲鹦鹉报家人寄书,思曲而苦。"

俞陛云《诗境浅说续编》:"西去轮台,距家万里,明知音书不达,欲催促而无从,设想能言之鸟传语家人,极写无聊之思也。"

【评解】

"马上相逢无纸笔,凭君传语报平安",是真实语;"陇山鹦鹉能言语,为报家人数寄书",是想像语,而动人则一。(刘)


## 献封大夫破播仙凯歌① 六首选二

官军西出过楼兰②,营幕傍临月窟③寒。

蒲海④晓霜凝马尾,葱山⑤夜雪扑旌竿。

① 封常清破播仙事,史传失载。播仙,唐时西域国名。《新唐书·地理志》:"播仙镇,故且末城也,高宗上元中更名。"其地在今新疆且末县东北车尔臣河北岸。
② 楼兰:见王昌龄《从军行》注。
③ 月窟:喻极西之地。简文帝《大法颂》:"西逾月窟,东渐扶桑。"

④ 蒲海：蒲昌海之简称，即今新疆东部之罗布泊。
⑤ 葱山：即葱岭，在今新疆喀什市西，因山上多野葱，故名。按此首及下首中地名，皆约略言之，不必拘泥。

【评解】

边塞诗中以地名作对，每取瑰奇壮丽者，如此章之"蒲海"、"葱山"，下章之"鱼海"、"龙堆"，皆能增意境之雄浑莽苍，令人耳目生新。（刘）


日落辕门鼓角①鸣，千群面缚②出蕃城。

洗兵鱼海云迎阵，秣马龙堆月照营③。

① 鼓角：古时军中于晨暮吹角击鼓以报昏晓。
② 面缚：反缚双手于背，乃请罪之状。
③ 洗兵二句：洗兵，净洗甲兵，即休兵之意。秣马，饲马。皆写班师时景象。鱼海，即休屠泽，在今甘肃民勤县东北。龙堆，即白龙堆，见东方虬《昭君怨》注。按此二句从晋左思《魏都赋》"洗兵海岛，刷马江洲"化出。

【集评】

胡应麟《诗薮》："自少陵绝句对结，诗家率以半律讥之。然绝句自有此体，特杜非当行耳。如岑参《凯歌》'丈夫鹊印摇边月，大将龙旗掣海云'，'洗兵鱼海云迎阵，秣马龙堆月照营'等句，皆雄浑高华，后世咸所取法，即半律亦何伤。"

许学夷《诗源辨体》："整栗雄丽，实为唐人正宗。"

李锳《诗法易简录》："雄劲之气，雅与题称。"

俞陛云《诗境浅说续编》："与少陵《军城早秋》诗格调相似，皆极沉雄之致。"

【评解】

只用"云迎"、"月照"四字，便已写出奏凯而归欢乐气氛，不必更作颂语。（刘）

## 送崔子①还京

匹马西从天外归②,扬鞭只共鸟争飞③。

送君九月交河④北,雪里题诗泪满衣⑤。

① 崔子:岑参有《热海行送崔侍御还京》诗,崔子当即崔侍御。
② 匹马句:谓绝域东还,有如天外归来。
③ 扬鞭句:状归人马行之疾,正写还京喜悦之情。
④ 交河:交河郡,治所在高昌,即今新疆吐鲁番东南达克阿奴斯城。其地有交河,经城北流。
⑤ 雪里句:自伤留滞。

【评解】

还京之乐,留滞之苦,对照写来,故是诗家惯技。要因"共鸟争飞"与"雪里题诗"两语渲染得力,乃为高唱。(刘)


## 玉关寄长安李主簿①

东去长安万里余,故人何惜一行书。

玉关西望堪肠断,况复明朝是岁除②。

① 此自北庭行役至玉门关时所作。长安,指京兆府长安县。
② 岁除:除夕。

【集评】

黄叔灿《唐诗笺注》:"身在玉关,心在长安,故欲书信常通。乃故人信断,又逼岁除,此时此际,能无肠断! 却写得曲折。"

宋顾乐《唐人万首绝句选》评:"去国万里,日月不留,其断肠盖有故,非止望故人一札也。极似平淡,然正含意言外。"


## 赵将军[①]歌

九月天山风似刀,城南猎马缩寒毛[②]。

将军纵博场场胜,赌得单于[③]貂鼠袍。

① 赵将军:闻一多《岑嘉州系年考证》谓是赵玼,"本安西将领,或天宝十四载封常清被召入京后,代为北庭节度者"。
② 城南句:南朝宋鲍照《代出自蓟北门行》:"马毛缩如蝟。"猎马,出猎之马。
③ 单于:指边地蕃王。按唐岑参《与独孤渐道别兼呈严八侍御》:"军中置酒夜挝鼓,锦筵红烛月未午。花门将军善胡歌,叶河蕃王能汉语。"写蕃将蕃王与唐军将领交往宴会情景,可参证。

【评解】

写塞外军中生活片段,诗意恢奇豪迈,饶有浪漫色彩。(富)


## 虢州后亭送李判官使赴晋绛得秋字[①]

西原驿路挂城头[②],客散红亭雨未收。

君去试看汾水上,白云犹是汉时秋[③]。

① 此为虢州长史时作。虢州,今河南灵宝。晋,晋州,治所在今山西临汾。绛,绛州,治所在今山西新绛县。皆在汾河流域。
② 西原句:西原,在灵宝西南。挂城头,谓驿路高出城头。
③ 白云句:汉武帝巡河东,祠后土,泛舟汾河,与群臣宴饮,作《秋风辞》,有"秋风起兮白云飞"句。

【评解】

此诗作于乾元二年(七五九),时唐军已收复长安、洛阳,国势稍振。诗中以汉武巡游河东比开、天盛日,盖深望唐室复兴,而措语特为微婉。(富)

# 山房春事 二首选一

梁园①日暮乱飞鸦,极目萧条三两家。

庭树不知人去尽,春来还发旧时花。

① 梁园:汉梁孝王宫苑,一名兔园,又称梁苑,故址在今河南商丘东。安史乱中,河南境内战争频繁,破坏尤甚,故借梁园抒今昔盛衰之感。

【集评】

钟惺《唐诗归》:"'不知'、'还发',多少宛转。"

沈德潜《唐诗别裁》:"(后二句)后人袭用者多,然嘉州实为绝调。"

【评解】

居人去尽而庭树犹当春发花,写安史乱后景象,极感慨含蓄之致。(刘)

## 刘晏

**刘晏** 字士安,曹州南华(今山东东明县)人,生于开元三年(七一五),卒于建中元年(七八〇),唐理财家。上元元年(七六〇),为户部侍郎、充度支等使。广德元年(七六三),任吏部尚书同平章事。后为杨炎构陷而死。《全唐诗》录存其诗二首。

### 咏王大娘戴竿①

楼前②百戏竞争新,惟有长竿妙入神。
谁谓罗绮翻有力,犹自嫌轻更着人③。

① 王大娘戴竿:唐郑处诲《明皇杂录》载:明皇御勤政楼,大张乐,罗列百技。时教坊有王大娘,善戴百尺竿,竿上施木山,状瀛洲、方丈。令小儿持绛节,出入于其间,歌舞不辍。按戴竿即古之寻橦,王建有七古《寻橦歌》云:"大竿百尺擎不起,袅袅半在青云里。纤腰女儿不动容,戴行直舞一曲终。"可参看。又,天宝间王邕有《勤政楼花竿赋》及顾况《险竿歌》、柳曾《险竿行》等,皆咏其事。
② 楼前:指勤政楼前。
③ 谁谓二句:谓那料妇女反而有力,头顶百尺长竿,犹自嫌轻,更叫人在上歌舞。

【评解】
　　此诗描绘王大娘戴竿艺技神妙绝伦,可见玄宗时期杂技之一斑。上二句以"百戏"烘托入题,下二句以"谁谓"唤起,写出旁观者之惊叹,便不直率。(富)

## 李华

**李华** 字遐叔,赵州赞皇(今河北元氏县)人,生于开元三年(七一五),卒于永泰二年(七六六)。开元二十三年(七三五)进士。天宝中,官监察御史,转右补阙。安禄山陷长安,被执,受伪职。乱平,贬杭州司马参军。有《李遐叔文集》,《全唐诗》编存其诗一卷。

## 春行寄兴

宜阳①城下草萋萋,涧水东流复向西。

芳树无人花自落,春山一路鸟空啼。

① 宜阳:今河南宜阳县。

【集评】

陈继儒《唐诗三集合编》:"四句说尽荒凉,却不露乱离事,妙。"

唐汝询《唐诗解》:"韩偓诗云:'千村万落如寒食,不见人烟空见花。'同咏乱离,深浅自别。"

俞陛云《诗境浅说续编》:"五绝中如王右丞之《鸟鸣涧》诗、《辛夷坞》诗,言月下鸟鸣,涧边花落,皆不涉人事,传神弦外。七绝中此作亦然。首二句言城下之萋萋草满,城外之流水东西,皆天然之致。后二句言路转春山,屐齿不到,一任鸟啼花落,送尽春光。若元微之见桃花自落,感连昌之故宫;韦端己因啼鸟空闻,叹六朝之如梦。同是花落鸟啼,寓多少兴亡之感,而此作不落形气之中。"

【评解】

写安史乱后郡邑凋残景象,只用一"自"字、一"空"字,便觉感喟不尽。(刘)

**裴迪** 关中(今属陕西)人,生于开元四年(七一六)。曾官蜀州刺史,后为尚书省郎。早岁与王维居终南山,唱酬甚密。五绝清幽闲远,善于写景。《全唐诗》录存其诗二十九首。

## 华子冈[1]

落日松风起,还家草露晞[2]。

云光侵履迹,山翠[3]拂人衣。

[1] 此及以下诸诗,乃在辋川与王维唱和之作。
[2] 晞:干也。
[3] 山翠:山气。山色青缥,亦曰翠微。

## 鹿柴

日夕见寒山,便为独往客。

不知深林事,但有麏麚迹[1]。

[1] 不知二句:形容鹿柴之幽僻。麏,獐也。麚,牡鹿。

【集评】

吴昌祺《删订唐诗解》:"与麋鹿为群,甚言林间之无事。"

## 木兰柴

苍苍落日时,鸟声乱溪水[1]。

缘溪路转深，幽兴何时已？

① 鸟声句：谓鸟声与流水声相杂。

【集评】

宋顾乐《唐人万首绝句选》评："十字(上二句)画亦不到,如有清音到耳。"

## 茱萸沜

飘香乱椒桂①，布叶间檀栾②。

云日虽回照，森沉犹自寒。

① 飘香句：谓茱萸香味浓烈,有如椒桂。
② 布叶句：谓茱萸叶与竹叶相杂,翠碧深幽。檀栾,西汉枚乘《兔园赋》："修竹檀栾,夹水碧鲜。"乃形容竹叶之词。

【集评】

宋顾乐《唐人万首绝句选》评："置身深林中,人人看得出,人人说不出。"

## 宫槐陌

门前宫槐陌，是向欹湖①道。

秋来山雨多，落叶无人扫。

① 欹湖：在辋川。

【集评】

宋顾乐《唐人万首绝句选》评："徘徊欲绝。"

俞陛云《诗境浅说续编》："裴迪与右丞倡和诸诗，皆质朴而少余味，其才力未能跨越右丞也。此作虽仅言秋来落叶，而写萧寥景色，有遁世无闷之意，与右丞《〈辛夷坞〉'涧户寂无人，纷纷开且落'，诗意相似。其咏《白石滩》云'日下川上寒，浮云淡无色'，皆五言高格也。"

# 白石滩

跂石复临水<sup>①</sup>，弄波情未极。

日下川上寒，浮云淡无色<sup>②</sup>。

① 跂石句：南朝宋谢灵运《从斤竹涧越岭溪行》："跂石挹飞泉。"跂石：谓举踵立于石上。
② 淡无色：一作"淡凝碧"。

【集评】

吴逸一《唐诗正声》评："迪诗佳者，独辋川诸作。然王诗多于题外属词，裴就题命意，伎俩自别。"

王士禛《唐人万首绝句选凡例》："盛唐王、裴辋川唱和，工力悉敌，刘须溪（刘辰翁）有意抑裴，谬论也。"

沈德潜《唐诗别裁》："较之王作，味差薄矣。然笔意古淡，自是辋川一派，宜其把臂入林也。"

管世铭《读雪山房唐诗钞凡例》："裴迪辋川唱和，不失为摩诘劲敌。"

潘德舆《养一斋诗话》:"辋川唱和,须溪论王优于裴,渔洋论王、裴劲敌,吾以须溪之言为允。"

【评解】

裴迪辋川诸诗,意境极似王维,但不及其清幽萧散,妙造自然,惟此六章,庶几近之。(刘)

# 崔九欲往南山马上口号与别①

归山深浅去,须尽丘壑美②。

莫学武陵人,暂游桃源里③。

① 崔九:崔兴宗,王维表弟。南山,即终南山。口号:口占之义。
② 归山二句:谓入山无论深浅,总须历尽丘壑之美。
③ 莫学二句:用《桃花源记》事,谓莫学武陵渔人,暂游桃源,随即出山。

【评解】

只是劝其尽游耳,而以武陵渔人为比,便觉隽永蕴藉,别有情趣。(富)

贾至 字幼邻,洛阳人,生于开元六年(七一八),卒于大历七年(七七二)。天宝十载(七五一)明经擢第,累官起居舍人,知制诰。肃宗时,为中书舍人,坐事贬岳州司马,复召为尚书左丞,终于京兆尹、散骑常侍。七绝俊逸绵邈,与李白相近。《全唐诗》编存其诗一卷。

## 初至巴陵与李十二白裴九同泛洞庭湖[①] 三首选一

枫岸纷纷落叶多,洞庭秋水晚来波[②]。

乘兴轻舟无近远,白云明月吊湘娥[③]。

① 此贬岳州司马时与李白同作。巴陵,今湖南岳阳市。裴九,贾至有《赠裴九侍御昌江草堂弹琴》诗,李白有《酬裴侍御对雨感时见赠》诗,皆同一人。
② 枫岸二句:用《楚辞·九歌》"洞庭波兮木叶下"意。
③ 湘娥:即湘君,见李白诗注。

【集评】

唐汝询《唐诗解》:"上用《楚辞》语布景,下遂有湘娥之吊,逐臣托兴之微意也。"

沈德潜《唐诗别裁》:"前人谓末句翻太白案,试思'白云明月',仍是'不知何处'矣,何尝翻案耶!"

黄叔灿《唐诗笺注》:"李白诗'不知何处吊湘君',此云'白云明月吊湘娥',各极其趣。上半设色,亦各有兴会。"

李锳《诗法易简录》:"太白云'不知何处吊湘君',此翻其语而以'白云明月'想象之。然云'无近远',则虽处处可吊,仍无定处可指也,与太白诗若相反而实不相悖。"

宋顾乐《唐人万首绝句选》评:"神采气魄,不似太白,而景与情含,悠然不尽,亦是佳作。"

【评解】

与太白诗同为托兴湘君以抒迁谪之思,唯"乘兴"句较为潇脱,不似太白之一味怅惘耳。(富)

## 春思 二首选一

草色青青柳色黄,桃花历乱李花香。

东风不为吹愁去,春日偏能惹恨长。

【集评】

唐汝询《唐诗解》:"幼邻诸绝皆谪居楚中而作,此盖感春而伤放逐也。"

黄叔灿《唐诗笺注》:"'惹'字妙绝。'不为吹愁',反而'惹恨',埋怨东风,思柔语脆。"

【评解】

此谪居伤春之作,故满眼韶景,转成愁思。此诗风致流美,黄山谷极喜之,尝书于扇,后人遂误编入集中。(富)


## 送李侍御赴常州①

雪晴云散北风寒,楚水吴山道路难②。

今日送君须尽醉,明朝相忆路漫漫。

① 据贾至《送李侍御》"羁离洞庭上,安得不引满"句,则此诗当作于岳州。常州,今江苏常州市。
② 楚水句:李侍御离岳州沿长江东下,故云。

【集评】

顾璘《批点唐诗正音》:"此篇音律纯熟,语亦清婉,不须深语,自露深情。"

陈继儒《唐诗三集合编》:"'雪晴云散北风寒',所以'送君须尽醉';'楚水吴山道路难',所以'相忆路漫漫'。横竖错综,秩然不乱,盖规矩法度之作。"

黄生《唐诗摘钞》:"此自送别佳作,然不免见压于《渭城》,要是风神韵度有逊耳。"

黄叔灿《唐诗笺注》:"此与摩诘《渭城》诗同意,'明朝相忆路漫漫',语婉而深;'西出阳关无故人',思沉而痛,各极其妙。"

俞陛云《诗境浅说续编》:"此诗直抒胸臆,初无深曲之思,而恋别情多,溢于纸墨。"

【评解】

此与王维《送元二使安西》结构用意略似,惟结句稍逊,不及"西出阳关无故人"之警动。(富)


## 西亭春望

日长风暖柳青青,北雁归飞入窅冥①。

岳阳城上闻吹笛,能使春心满洞庭。

① 窅冥:高远貌。

【集评】

黄叔灿《唐诗笺注》:"上二句即是'春心',而笛中又有《折杨柳》曲,故于望中不觉春心遂满洞庭也。"

【评解】

雁北飞而人南滞,故闻笛而兴感也。"春心"二字,看似生意,实乃羁愁。(刘)

**李嘉祐** 字从一,赵州(今河北宁晋县一带)人,生于开元七年(七一九),约卒于建中二年(七八一)。天宝七载(七四八)进士。肃宗时,历任台州、袁州刺史。与刘长卿、严维、冷朝阳等相善。五七律精炼清婉,与长卿相仿佛。有《台阁集》,《全唐诗》编存其诗二卷。

## 夜宴南陵①留别

雪满前庭月色闲,主人留客未能还。

预愁明日相思处,匹马千山与万山。

① 南陵:今安徽南陵县。按皇甫冉《鲁山送别》:"凄凄游子若飘蓬,明月清樽只暂同。南望千山如黛色,愁君客路在其中。"命意相似,可参看。

【评解】

"预愁"句透过一笔,意贯双方。主人之"留客",客之"未能还",总为惜此别前一瞬耳。寻常用意,而写来顿挫有味。(刘)

**张谓** 字正言,河内(今河南沁阳)人。早岁从军塞北,因主将得罪,流落燕、蓟。天宝二年(七四三),登进士第。大历间,官至礼部侍郎,出为潭州刺史。《全唐诗》编存其诗一卷。

## 送卢举使河源①

故人行役向边州,匹马今朝不少留。

长路关山何日尽?满堂丝竹为君愁②。

① 河源:《旧唐书·地理志》:"鄯州鄯城县(今青海西宁市)有河源军,属陇右道。"唐杜甫《秦州杂诗》"使节向河源",亦指此。
② 长路二句:谓丝竹本以娱情,因念行将远役,故闻乐反生愁耳。按宋欧阳修《别滁》"我亦且如常日醉,莫教弦管奏离声",黄庭坚《夜发分宁寄杜涧叟》"我自只如常日醉,满川风月替人愁",皆从此脱出。

## 早梅①

一树寒梅白玉条②,迥临③村路傍溪桥。

不知近水花先发,疑是经冬雪未销。

① 一作戎昱诗。
② 白玉条:形容梅花盛开之枝条。
③ 迥临:远临。

【评解】

此咏早梅,笔致灵妙,语意隽永,下二句尤见取譬之工。(富)

## 元结

字次山,号漫叟,河南鲁山(今河南鲁山县)人,生于开元七年(七一九),卒于大历七年(七七二)。天宝十二载(七五三)进士。大历初为道州刺史,后官至容管经略使,颇著政绩。五古朴质真挚,多同情人民疾苦之作。有《次山集》,《全唐诗》编存其诗二卷。

### 欸乃曲① 五首选二

大历丁未(七六七)中,漫叟结为道州②刺史,以军事诣都使。还州,逢春水,舟行不进,作《欸乃》五首,令舟子唱之,盖以取适于道路云。

湘江二月春水平,满月和风宜夜行。

唱桡欲过平阳戍③,守吏相呼问姓名。

① 欸乃曲:亦《竹枝词》之类,因供船夫歌唱,故以欸乃为名。欸乃,荡橹声。
② 道州:今湖南省道县。
③ 唱桡句:唱桡,指舟人打桨唱歌。平阳戍,《一统志》:"平阳戍在耒阳县(今湖南耒阳)西南五十里。"

【集评】

宋顾乐《唐人万首绝句选》评:"轻轻浅浅,悠然在目,味正在逼真。"

俞陛云《诗境浅说续编》:"后二句言榜人摇橹作歌,将过平阳之戍,津吏以宵行宜诘,呼问姓名,乃启关放客。此水程恒有之事,作者独能写出之。"

【评解】

于一片和平宁谧之中,仍露出战乱未息景象,恰与"以军事诣都使"序意相合。(刘)

千里枫林烟雨深,无朝无暮有猿吟。

停桡静听曲中意,好是云山韶濩音①。

① 停桡二句:谓停桡听舟人歌声,有似太古音乐。韶,舜乐名。濩,汤乐名。

【评解】

烟雨晦冥,猿啼不已,旅途之愁思可知,而谓歌声如"云山韶濩",弥见胸次之高旷。(富)

**刘长卿** 字文房,河间(今河北河间。一作宣城,今安徽宣城)人。天宝中进士。至德中,以祠部员外郎出为转运使判官,性刚直,多忤权贵,被诬系狱,贬南巴尉,移睦州司马,终随州刺史,世称刘随州。诗与钱起齐名,驰声于上元、宝应之间。五律词旨精炼,组织细密,尝自以为"五言长城"。七律深婉清切,亦多名篇。绝句苍秀雅澹,神韵高远。明胡应麟《诗薮》论绝句曰:"盛唐摩诘,中唐文房,五六七言俱工,可言才矣。"有《刘随州集》,《全唐诗》编存其诗五卷。

## 逢雪宿芙蓉山①主人

日暮苍山远,天寒白屋贫②。

柴门闻犬吠,风雪夜归人。

① 芙蓉山:今山东临沂、湖南桂阳、宁乡等地俱有芙蓉山,未知所指。
② 天寒句:白屋,贫民所居。贫,萧条之意。

【集评】

吴逸一《唐诗正声》评:"极肖山庄清景,却不寂寞。"

乔亿《大历诗略》:"宜入宋人团扇小景。"

黄叔灿《唐诗笺注》:"上二句孤寂况味,犬吠人归,若惊若喜,景色入妙。"

施补华《岘佣说诗》:"较王、韦稍浅,其诗清妙自不可废。"

刘永济《唐人绝句精华》:"此诗二十字将雪夜宿山人家一段情事,描绘如见。"

【评解】

写山村借宿一时见闻,情景极为清隽,而山村之孤寂,居人之劳苦,皆见于言外。(刘)

## 瓜州道中送李端公南渡后归扬州道中寄①

片帆何处去,匹马独归迟。

惆怅江南北,青山欲暮时。

① 瓜州:在今江苏扬州市南长江边,地当运河之口,为古代交通要道。端公:唐时侍御史之尊称。

【评解】

结句总括送者、行者两面之情,说来有惆惘不甘之状。(刘)

## 送张十八归桐庐①

归人乘野艇,带月过江村。

正落寒潮水,相随夜到门②。

① 此为睦州(今浙江建德县)司马时作。桐庐,今浙江桐庐县,与睦州相距不远。
② 正落二句:谓心托落潮,随舟直到门前。

【评解】

前半写江村月夜归舟,状景幽隽。后半托意落潮,尤见深情。(富)


## 听弹琴

泠泠七弦上①,静听松风②寒。

古调虽自爱,今人多不弹。

① 泠泠句:泠泠,水声。此形容琴声。七弦,《小学绀珠》:"琴七弦:宫、商、角、徵、羽、少宫、少商。"
② 松风:即《松入风》,琴调名。

【评解】

借听琴抒抑塞不遇之感,并讽世情之凉薄,措语含蓄,耐人讽味。(富)


## 送上人①

孤云将野鹤②,岂向人间住?

莫买沃州山,时人已知处③。

① 上人:僧人之尊称。
② 孤云句:喻上人。将,与也,携也。
③ 莫买二句:有讽上人入山不深之意。沃州山,在今浙江新昌县东,相传晋高僧支遁放鹤养马处,白居易有《沃州山禅院记》。

【集评】

沈德潜《唐诗别裁》:"有三宿桑下已嫌其迟意,盖讽之也。"

【评解】

僧人好住名山巨刹,乃求终南捷径耳,却被诗人一语道破。(刘)


# 送灵澈上人①

苍苍竹林寺②,杳杳③钟声晚。

荷④笠带斜阳,青山独归远。

① 灵澈上人:唐诗僧,曾从严维学诗。此自竹林寺送灵澈还山。
② 竹林寺:旧为晋戴颙宅,后舍与昙度为寺,故址在今江苏丹徒城南。
③ 杳杳:深冥貌。
④ 荷:背负。

【集评】

俞陛云《诗境浅说续编》:"四句纯是写景,饶有潇洒出尘之致。"

【评解】

着意为诗僧写照,一笠斜阳,青山独往,可谓诗中有画。(刘)

# 茱萸湾①

荒凉野店绝,迢递人烟远。

苍苍古木中,多是隋家苑②。

① 茱萸湾:在今江苏江都。
② 隋家苑:《寿春图经》:"(隋)十宫在江都县北长阜苑内,依林傍涧,因高跨阜,随地形置焉,并隋炀帝立也。曰归雁宫、回流宫、九里宫、松林宫、枫林宫、大雷宫、小雷宫、春草宫、九华宫、光汾宫,是曰十宫。"

【集评】

刘永济《唐人绝句精华》:"此吊古之作也。首二句已极见荒远,三句更具萧森,末句淡淡指出隋苑,而今昔盛衰之感,不言自见。王世贞《艺苑卮言》所谓'愈小而大,愈促而缓',五绝之妙,此诗有之。"

【评解】

"苍苍"二句,状前朝废苑如见,着墨不多,苍茫无尽。(富)


# 春草宫①怀古

君王②不可见,芳草旧宫春。

犹带罗裙色③,青青向楚人④。

① 春草宫:隋炀帝所建离宫,故址在今江苏江都境内。

② 君王：指隋炀帝。
③ 犹带句：谓芳草犹似昔日宫人罗裙之色。唐杜甫《琴台》："野花留宝靥，蔓草见罗裙。"
④ 楚人：江都古为东楚地，故云。

【集评】
　　俞陛云《诗境浅说续编》："隋宫台榭，久付消沉，废殿遗墟，剩有年年芳草，犹学当日宫妃罗裙颜色，似依恋楚人。时异代移，谁复踏青荒圃，凭吊故宫耶？此作可称郁伊善感。"
　　刘永济《唐人绝句精华》："此亦吊古之词。第三句从第二句'芳草'引出，因草色与罗裙同而想见昔日之宫人，故曰'犹带'，又因今日之草色青青，但向楚人，补足首句之意，词意回环入妙。"

【评解】
　　因宫名春草，故只就芳草点染，感慨自深。笔致清婉，妙有余味。（富）


# 江中对月

空洲夕烟敛①，望月秋江里。

历历沙上人②，月中孤渡水。

① 敛：收也。
② 历历句：历历，分明貌。沙，沙滩。

【评解】
　　写景幽迥，极似摩诘，但微不及其深浑之致耳。（刘）

## 寻张逸人①山居

危石才通鸟道②，空山更有人家。

桃源定在深处，涧水浮来落花③。

① 逸人：犹隐士。
② 危石句：谓山路险峻，惟飞鸟可度。
③ 桃源二句：以桃花源比张逸人所居之幽深。

【集评】

黄叔灿《唐诗笺注》："桃源图想象如是，山居景色，悠然入胜。"


## 发越州赴润州留别鲍侍郎①

对水看山别离，孤舟日暮行迟。

江南江北春草，独向金陵②去时。

① 越州：今浙江绍兴市。润州：今江苏镇江市。
② 金陵：清冯集梧《樊川诗集注》引《至大金陵志》："唐润州亦曰金陵。"

【集评】

黄叔灿《唐诗笺注》："'行迟'二字，低徊不忍去也。'江南江北'二句，于'行迟'中写状离情入妙。"

## 送陆沣还吴中①

瓜步②寒潮送客，杨花暮雨沾衣。

故山南望何处？春水连天独归③。

① 一作李嘉祐诗。吴中，今江苏苏州市一带。
② 瓜步：镇名，在今安徽六合东南，东临长江。
③ 春水句：上四下二句法。上四承"何处"，谓故乡在春水连天之外；下二点送别，谓行人入春水连天之中。

【集评】

黄叔灿《唐诗笺注》："送客之情兼思乡之念，倍觉缠绵。"

【评解】

细味寒潮暮雨，一片凄清景色，方知"春水连天"一句，写别情归思之妙。（刘）

## 昭阳①曲

昨夜承恩宿未央②，罗衣犹带御炉香。

芙蓉帐小云屏③暗，杨柳风多水殿凉。

① 昭阳：汉宫殿名，赵飞燕女弟昭仪所居。
② 未央：即未央宫，汉宫名。
③ 云屏：云母屏风。

【集评】

吴逸一《唐诗正声》评:"下'昨夜'、'犹带',见暂违宠侍,遽生冷落想。援古喻今,探索隐情入骨,复含蓄不露。"

黄叔灿《唐诗笺注》:"此因昨夜而感今夕,见欢会不长,景色顿异,而君恩难恃,怙宠莫骄,言外有婉讽意。"

【评解】

以昨夜与今夕对照,见君心难测,荣宠无常。用笔曲折含蓄,极匣剑帷灯之妙。(富)


# 重送裴郎中贬吉州①

猿啼客散暮江头,人自伤心水自流。

同作逐臣君更远,青山万里一孤舟。

① 吉州:今江西吉安市。

【集评】

敖英《唐诗绝句类选》:"两'自'字无情有情之别。唐人屡用'一孤舟',盖加'一'字,益觉凄楚,宋人病其为复,非知诗者。"

黄叔灿《唐诗笺注》:"客中送客,无限情怀。"

宋顾乐《唐人万首绝句选》评:"文房七绝,如《送裴郎中贬吉州》、《新息道中》等作,尚有清音响调。"

【评解】

前半从离筵景色写出逐臣之感,后半跌进一层,同中说异,怜人怜己,意挚情厚,

不比寻常惜别。(刘)

## 酬李穆①见寄

孤舟相访至天涯,万转云山路更赊②。

欲扫柴门迎远客,青苔黄叶满贫家。

① 李穆:刘长卿婿。时长卿任睦州(今浙江建德)司马。李穆有《寄妻父刘长卿》:"处处云山无尽时,桐庐南望转参差。舟人莫道新安近,欲上潺湲行自迟。"新安属睦州。
② 赊:长也、远也。

【集评】

刘克庄《后村诗话》:"刘长卿七言云'欲扫柴门迎远客,青苔黄叶满贫家',魏野、林逋不能及也。"

【评解】

极写贫士生涯,看是自歉之词,实则深喜佳客远来之意。(刘)

## 新息①道中作

萧条独作汝南②行,客路多逢汉骑营。

古木苍苍离乱后,几家同住一孤城。

① 新息：今河南息县。
② 汝南：今河南汝南县。

【集评】

刘永济《唐人绝句精华》："此诗所指或系德宗建中四年李希烈陷汝州,贞元二年希烈为其将毒杀,淮西始平之事。"

【评解】

井邑残破至此,而道中复多营垒,言外见尚未罢兵,至深感慨。(刘)


# 送李判官之润州行营

万里辞家事鼓鼙①,金陵②驿路楚云西。

江春不肯留行客,草色青青送马蹄。

① 鼓鼙：军中乐器。此借指军旅。
② 金陵：指润州。注见前。

【集评】

唐汝询《唐诗解》："不言行客不留,而言江春不留,正绝句中翻弄法。"

俞陛云《诗境浅说续编》："起二句叙别意,题之本意也。后言草色青青,无情送客,就诗句论之,有春草碧色,送君南浦之思。但观其首句云'万里辞家',则客游殊有苦衷,故三句言江春不留行客,盖有所指也。"

**包佶** 字幼正,润州延陵(今江苏丹阳南)人,生于开元七年(七二三),约卒于贞元八年(七九二)。天宝六载(七四七)进士,曾为汴东两税使,迁刑部侍郎,累官至秘书监,封丹阳郡公。与刘长卿、窦叔向等友善。有《包秘监诗集》,《全唐诗》编存其诗一卷。

## 再过金陵①

玉树歌终王气收②,雁行高送石城③秋。

江山不管兴亡事④,一任斜阳伴客愁。

① 一作沈彬诗。金陵,今南京市,战国时为楚金陵邑,后为六朝都城。
② 玉树句:玉树,乐曲名,即《玉树后庭花》之简称。陈后主在金陵,常与狎客、妃嫔饮酒作乐,令宫女歌《玉树后庭花》之曲。因溺于声色,不理国政,终至覆亡。王气,天子之气。《金陵图经》:"秦并天下,望气者言江东有天子气,乃凿地脉,断连冈,改金陵为秣陵。"王气收,指陈亡,由隋统一天下。南北朝庾信《哀江南赋》:"将非江表王气,终于三百年乎?"
③ 石城:即石头城。《丹阳记》:"石头城吴时悉土坞,义熙始加砖累石头,因山以为城,因江以为池,形险固有奇势。"
④ 江山句:即世事变迁,江山依旧之意。

【集评】

刘永济《唐人绝句精华》:"此吊古之作,三四感慨甚深。兴亡不关江山事,谁实主之,不言而喻矣。"

**钱起** 字仲文,吴兴(今浙江湖州市)人,生于开元十年(七二二),卒于建中元年(七八〇)。天宝十载(七五一)进士,授校书郎,迁考功郎中。大历中,为大清宫使,翰林学士。

起为大历十才子之一,与郎士元齐名,时人谓"前有沈、宋,后有钱、郎"。七绝蕴藉含蓄,词采清丽。有《钱考功集》,《全唐诗》编存其诗四卷。

## 逢侠者

燕赵悲歌士①,相逢剧孟②家。

寸心言不尽,前路日将斜③。

① 燕赵句:南朝江淹《诣建平王上书》:"燕赵悲歌之士。"
② 剧孟:西汉著名游侠。
③ 寸心二句:谓不平心事,欲诉难尽,而前路日斜,又将别去。

【集评】

吴逸一《唐诗正声》评:"多少感慨,不是莽莽作别者。"

徐增《而庵说唐诗》:"描写游侠匆遽相逢,行径如画。"

【评解】

各抱不平,才逢即别,惆怅之情,溢于言表。(刘)

## 宿洞口驿

野竹通溪冷,秋蝉入户鸣。

乱来人不到,寒草上阶生。

【评解】

描绘安史乱后驿站荒凉景象,淡淡写来,宛然如见。(富)

## 蓝田溪①杂咏 二十二首选三

### 戏鸥

乍依菱蔓聚,尽向芦花灭②。

更喜好风来,数片翻晴雪③。

① 蓝田溪:在今陕西蓝田县。
② 尽向句:谓鸥入芦花不见。因鸥与芦花皆白色,故云。
③ 数片句:形容鸥飞晴空。

### 远山钟

风送出山钟,云霞度水浅①。

欲寻声尽处,鸟灭寥天远。

① 云霞句:谓云霞映水,乃写黄昏景色。

【集评】

刘永济《唐人绝句精华》:"钱起小诗,颇具画意,《戏鸥》写白色,《远山钟》写钟声,有画笔所不到处。"

## 衔鱼翠鸟

有意莲叶间①,瞥然②下高树。

擘波得潜鱼,一点翠光去③。

① 有意句:写翠鸟窥鱼之状。
② 瞥然:忽然。
③ 一点句:形容翠鸟疾飞而去。

【评解】

诸诗写景体物俱工,笔意幽隽,乃王、裴辋川唱和之亚。(富)


## 归雁

潇湘何事等闲回,水碧沙明两岸苔①?

二十五弦弹夜月,不胜清怨却飞来②。

① 潇湘二句:问雁之辞,谓潇湘江水碧沙明,两岸多苔(鸟类食料),何事等闲归来?相传雁至衡阳而回,衡阳在潇湘之间,故云。
② 二十五弦二句:雁之答辞,谓湘灵以二十五弦弹于明月之夜,因不胜其哀怨,故尔飞回。二十五弦,指瑟。《史记·封禅书》:"或曰太帝使素女鼓五十弦瑟,悲,帝禁不止,故破其瑟为二十五弦。"此暗用屈原《远游》"使湘灵鼓瑟兮"句意。

【集评】

董其昌《画禅室随笔》:"古人诗语之妙,有不可与册子参者,惟当境方知之。长沙两岸皆山,余以牙樯游行其中,望之,地皆作金色,因忆'水碧沙明'之语。"

锺惺《唐诗归》:"悠缓意似瑟中弹出。"

唐汝询《唐诗解》:"瑟中有《归雁操》,仲文所赋《湘灵鼓瑟》为当时所称,盖托意归雁而自矜其作,谓可泣鬼神、感飞鸟也。"

黄生《唐诗摘钞》:"三句接法浑而健。"

何焯《三体唐诗》评:"托意于迁客也。禽鸟犹畏卑湿而却归,况于人乎?"

黄叔灿《唐诗笺注》:"意似有寄托,作问答法妙。"

李锳《诗法易简录》:"此上呼下应体,用'何事'二字呼起,而以三四申明之。琴瑟中有《归雁操》,第三句即从此落想,生出'不胜清怨'四字,与'何事'紧相呼应,寄慨自在言外。"

宋顾乐《唐人万首绝句选》评:"为雁想出归思,奇绝妙绝。此作清新俊逸,珠圆玉润。"

俞陛云《诗境浅说续编》:"作闻雁诗者,每言旅思乡愁。此诗独擅空灵之笔,殊耐循讽。"

【评解】

似是托意遇合之作。然即作咏归雁诗看,亦觉章法、设想奇绝,脱尽咏物窠臼。(刘)

## 暮春归故山草堂

谷口①春残黄鸟稀,辛夷花尽杏花飞。

始怜幽竹山窗下,不改清阴待我归。

① 谷口:唐钱起有《谷口新居寄同省故朋》诗,据其《游辋川至南山寄谷口王十六》诗,则谷口当在终南山附近。

【集评】

谢枋得《唐诗绝句注解》:"与'岁寒然后知松柏之后凋'同意。"

敖英《唐诗绝句类选》:"风韵含蓄,不落色相,较之(李适之《罢相作》)'试问门前客,今朝几个来',深浅自是不同。"

吴逸一《唐诗正声》评:"意深讽刺,却又不说出。"

唐汝询《唐诗解》:"此仲文罢官之后感交道而作也,而隐然不露,有风人遗音。"

李锳《诗法易简录》:"以鸟稀花尽陪出幽竹之不改清阴,借花竹以寓意耳。若以朱子注《诗》之例,当曰赋而比也。"

【评解】

罗邺《芳草》"年年检点人间事,唯有春风不世情",亦是此意,然失之浅露,不及此深婉。(刘)


# 春郊

水透冰渠渐有声,气融烟坞晚来明。

东风好作阳和①使,逢草逢花报发生②。

① 阳和:谓春气融和。
② 发生:犹发育。《尔雅·释天》:"春为发生。"

【评解】

写春郊春意萌动,生机盎然。(富)

**张继** 字懿孙,襄州(今湖北襄樊市)人。天宝十二载(七五三)进士。曾佐戎幕,又为盐铁判官。大历末,为检校祠部员外郎,分掌财赋于洪州,卒于任。继诗清迥深秀,不尚雕琢;七绝《枫桥夜泊》,尤为世所传诵。有《张祠部诗集》,《全唐诗》编存其诗一卷。

## 枫桥①夜泊

月落乌啼霜满天,江枫②渔火对愁眠。

姑苏城外寒山寺③,夜半钟声④到客船。

① 枫桥:亦名封桥,在今江苏苏州市枫桥镇。
② 江枫:宋李昉《文苑英华》、龚明之《中吴纪闻》及明赵宧光《万首唐人绝句》作"江村"。清俞樾书《枫桥夜泊》诗碑云:"唐张继《枫桥夜泊》诗,脍炙人口,惟'江枫渔火'四字颇有可疑。宋龚明之《中吴纪闻》作'江村渔火',宋人旧籍可宝也。此诗宋王郇公(即王珪)曾写以刻石,今不可见;明文待诏(即文徵明)所书亦漫漶,'江'下一字不可辨;筱石中丞(即陈夔龙)嘱余补书,姑从旧本,然'江村'古本不可没也。因作一诗附刻,以告观者:'郇公旧墨久无闻,待诏残碑不可扪。幸有中吴纪闻在,千金一字是江村。'"按宋王安石《唐百家诗选》、计有功《唐诗纪事》、洪迈《万首唐人绝句》,明高棅《唐诗品汇》及《全唐诗》均作"江枫"。
③ 姑苏句:姑苏,即苏州,因西南有姑苏山,故名。寒山寺,在枫桥镇,始建于南朝梁时,相传寒山、拾得二僧曾居于此。
④ 夜半钟声:宋欧阳修《六一诗话》谓:"句则佳矣,其如三更不是打钟时!"致后人议论纷纭。实则唐人诗中言夜半钟者甚多,不特此诗也。

【集评】

胡应麟《诗薮》:"张继'夜半钟声到客船',谈者纷纷,皆为昔人愚弄。诗流借景立言,惟在声律之调,兴象之合,区区事实,彼岂暇计?无论夜半是非,即钟声闻否,未可知也。"

陈继儒《唐诗三集合编》:"全篇诗意自'愁眠'上起,妙在不说出。"

何焯《三体唐诗》评:"愁人自不成寐,却咎晓钟,诗人语妙,往往乃尔。"

沈德潜《唐诗别裁》:"尘市喧阗之处,只闻钟声,荒凉寥寂可知。"

黄叔灿《唐诗笺注》:"'客船'即张继自谓。本云夜半钟声,客船初到,而江枫渔火,相对愁眠,则已月落乌啼。客情水宿,含悲俱在言外。文法是倒拈,并非另有客船到也。不然,'夜半'与上'月落乌啼',岂不刺谬乎?"

俞陛云《诗境浅说续编》:"作者不过夜行纪事之诗,随手写来,得自然趣味。诗非不佳,然唐人七绝,佳作林立,独此诗流传日本,几妇稚皆习诵之。诗之传与不传,亦有幸有不幸耶?"

刘永济《唐人绝句精华》:"此诗所写枫桥泊舟一夜之景,诗中除所见所闻外,只一'愁'字透露心情。夜半钟声,非有旅愁者未必便能听到。后人纷纷辨夜半有无钟声,殊觉可笑。"

【评解】

写旅程孤寂,以闻钟反衬不寐,情景皆极真切,迥不同于虚构。胡氏谓"区区事实,彼岂暇计",亦故为调和之说,非诗人即景言情之意也。(刘)

## 阊门即事[①]

耕夫召募逐楼船,春草青青万顷田[②]。

试上吴门[③]窥郡郭,清明几处有新烟[④]?

① 上元元年(七六〇),淮西监军宦官邢延恩谋去节度副使刘展,刘展起兵,攻陷昇州(今南京市)、润州、常州、苏州等地,次年为田神功讨平。详见《资治通鉴》卷二百二十一。此诗写苏州农民被征出征,盖纪实也。阊门,苏州西门。按李嘉祐《自常州还江阴途中作》:"处处空篱落,江春不忍看。乘春务征伐,谁肯问凋残?"又《自苏台至望亭驿人家尽空春物增思怅然有作》:"南浦菰蒋覆白蘋,东吴黎庶逐黄巾。野棠自发空临水,江燕初归不见人。"亦咏此战乱事,皆可与此诗相发明。

② 耕夫二句：谓耕夫被募从军,致田事荒芜。按《通鉴·唐纪》上元元年载：李峘去润州,副使李藏用收散卒,"东至苏州募壮士"。可参证。楼船,战舰。
③ 吴门：苏州之别称,此指阊门。
④ 新烟：寒食禁火三日,至清明始重新举火,故曰新烟。

【评解】

田畴满青草,郡郭无炊烟,即此可见征发之广,被祸之烈。(刘)

皇甫冉　字茂政,其先安定(今甘肃泾川县北)人,后避地寓居丹阳(今江苏镇江市),生于开元十一年(七二三),卒于大历二年(七六七)。天宝十五载(七五六)进士,授无锡尉。王缙为河南节度使,辟为掌书记。大历初,官至右补阙。与刘长卿、严维相善,有唱酬。五七律风格清迥。有《皇甫补阙诗集》,《全唐诗》编存其诗二卷。

# 送王司直①

西塞②云山远,东风道路长。

人心胜潮水,相送过浔阳③。

① 一作戴叔伦诗。
② 西塞：山名,在今湖北大冶县东。当系王司直将往之地。
③ 人心二句：古时相传人江海潮不过浔阳,故云。

【集评】

宋顾乐《唐人万首绝句选》评："此等翻有理有致,情味蔼然独绝,然却从实境得来。"

俞陛云《诗境浅说续编》:"江潮西上,至浔阳而止,而离心一片,飞逐征帆,比江潮更远。顾况(《题叶道士山房》)诗云:'近得麻姑书信否,浔阳江上不通潮。'皆以潮喻情怀,各有思致。"

【评解】

下二句可与李白《赠汪伦》一绝向参,一由行者道出送者之情,一由送者自道,均用拟喻,一例情深。此就地势着语,尤见巧思。(刘)


## 同诸公有怀绝句

旧国迷江树①,他乡近海门②。

移家南渡久③,童稚解方言④。

① 旧国句:谓故乡在长江之北。
② 海门:《镇江府志》:"焦山东北有两山对峙,谓之海门。"一说:指镇江以东江面,长江东流入海,至此江面愈广,故称海门。
③ 移家句:高仲武《中兴间气集》称其"往以世道艰虞,避地江外(江南)"。
④ 方言:指当地语言。

【集评】

吴逸一《唐诗正声》评:"几多凄楚,隐而不露。"

【评解】

此当是因安史之乱而未能北归者,以"童稚解方言"喻移居之久,乡思旅愁,俱在言外。(富)

## 秋怨① 二首选一

长信多秋草②,昭阳借月华③。

那堪闭永巷④,闻道选良家⑤。

① 一作《婕妤怨》。
② 长信句,长信宫为失宠者所居,故云。秋草,一作"秋气"。
③ 昭阳句:昭阳殿为得宠者所居,故云。借,一作"惜"。
④ 永巷:汉代幽禁妃嫔或宫女之处。
⑤ 选良家:谓朝廷选民间良家美女入宫。

【集评】

宋顾乐《唐人万首绝句选》评:"长信凄凉,只有昭阳恩宠,而使更选良家,亦永闭永巷而已。寓意深远,绝作也。"

俞陛云《诗境浅说续编》:"长信则秋草丛生,昭阳惟月华遥望。永巷沉沦,方嗟命薄,忽听又选良家。沉沉宫禁,误尽婵娟,他时类我者,不知几辈。推己及人,相怜相恤,能无长太息耶!"


## 送郑二之茅山①

水流绝涧终日,草长深山暮春。

犬吠鸡鸣几处②?条桑种杏何人③?

① 茅山:在今江苏句容东南。
② 犬吠句:暗用晋陶潜《桃花源记》"阡陌交通,鸡犬相闻"句意。

③ 条桑句：条桑，修剪桑枝。《诗·豳风·七月》："蚕月条桑。"种杏，《神仙传》："董奉居山不种田，为人治病亦不取钱，重病者使种杏五株，轻者一株。"此借指陶弘景，弘景隐居茅山而明医术。

【评解】

送人归山，即以山中幽兴动之。（刘）

# 问李二司直所居云山

门外水流何处？天边树绕谁家？

山色东西多少？朝朝几度云遮？

【评解】

四句四问，亦是创格，而云树苍茫，山居幽绝，已自画出，不烦置答矣。（刘）

**严维** 字正文，越州（今浙江绍兴市）人。至德二载（七五七）进士，授诸暨尉，历秘书郎，终右补阙。与刘长卿友善，唱酬甚密。有《严正文诗集》，《全唐诗》编存其诗一卷。

# 送人往金华①

明月双溪②水，清风八咏楼③。

少年为客处，今日送君游。

① 金华：今浙江金华市。
② 双溪：《一统志》："浙江金华府：双溪在兰溪县东，一出鹗窠岩，曰八石溪，一出玲珑岩，二水合流，入婺港。"
③ 八咏楼：《一统志》："浙江金华府：八咏楼在府学西，旧名玄畅楼，齐隆昌初，太守沈约建，约有《八咏诗》。"

【集评】

黄生《唐诗摘钞》："气局完整，绝无一字虚致，几欲与'白日依山尽'作争衡，所逊者兴象微不逮耳。"

宋顾乐《唐人万首绝句选》评："绝句妙境多在转句生意，此诗转句入妙，觉上二句都有情。"

俞陛云《诗境浅说续编》："凡人昔年屐齿所经，积久渐忘，忽逢故友，重履前尘，遂使钩游陈迹，一一潮上心头。人情恋旧，大抵相同。作者回首当年，双溪打桨，八咏登楼，宜有桑下浮屠之感也。"

【评解】

此因送人而回忆旧游，前半盛称金华胜境，后半慨叹不能重游，以曲折含蓄生姿。四句皆对，而语对意流，故能浑成一气，悠然不尽。（富）

## 丹阳①送韦参军

丹阳郭里送行舟，一别心知两地秋。

日晚江南望江北，寒鸦飞尽水悠悠。

① 丹阳：今江苏镇江市。

【集评】

吴逸一《唐诗正声》评："离情缥缈。"

宋顾乐《唐人万首绝句选》评："只一'望'字见意，末句转入空际，却自佳。"

俞陛云《诗境浅说续编》："临水寄怀，不落边际，自有渺渺予怀之感。"

【评解】

下半从"两地秋"生出，情景相涵，妙有余味。（刘）


**严武**　字季鹰，华州华阴（今陕西渭南）人，生于开元十四年（七二六），卒于永泰元年（七六五）。曾为殿中侍御史，安史乱起，从玄宗入蜀，擢谏议大夫。上元、广德间，两度镇蜀，为成都尹、剑南节度使，封郑国公。杜甫避乱入蜀，尝依之。《全唐诗》录存其诗六首。


## 军城早秋①

昨夜西风入汉关，朔云边月满西山②。

更催飞将追骄虏，莫遣沙场匹马还。

① 《唐书·严武传》谓广德二年（七六四）秋，武与吐番作战，收复当狗城、盐川城。唐杜甫《和严郑公军城早秋》："秋风袅袅动高旌，玉帐分弓射虏营。已收滴博云间戍，更夺蓬婆雪外城。"可互参。

② 西山：又名雪岭，在今四川华阳县西，为当时西蜀边防重地。

【集评】

蒋一葵《唐诗选汇解》:"气概雄壮,唐人塞下诗中不可多得。"

沈德潜《唐诗别裁》:"英爽与少陵作鲁、卫。"

李锳《诗法易简录》:"前二句写早秋,即切定军城;三四句就军城生意,又能不脱早秋。盖秋高马肥,正骄虏入寇时也。"

宋顾乐《唐人万首绝句选》评:"此等诗不必有深思佳论,只须字字饱绽,气格并胜。阮亭于此种多取之,而凡有意而气不完者,不入选。"

施补华《岘佣说诗》:"意尽句中矣,而雄健可喜。"

俞陛云《诗境浅说续编》:"上二句气势雄阔,后二句有誓扫匈奴之概。如王昌龄之'不破楼兰终不还',少陵《和郑公》之'更夺蓬婆雪外城',虽皆作豪语,而非手握军符。此作出自郑公,弥见儒将英风。"

刘永济《唐人绝句精华》:"首二句军城秋景,三四句杀敌雄心。"

【评解】

"西风"、"朔云"、"边月",写早秋景象;"入汉关"、"满西山",又隐寓秋高马肥,敌将窥边之意。全诗情景相涵,意气雄健,故不伤直致。(刘)

张潮　润州曲阿(今江苏丹阳)人。处士。殷璠曾辑其诗入《丹阳集》,则当是开元、天宝时人。工乐府,笔致婉丽。《全唐诗》录存其诗五首。

# 采莲词①

朝出沙头②日正红,晚来云起半江中。

赖逢邻女曾相识,并着莲舟不畏风。

① 采莲词:见崔国辅《采莲词》注。
② 沙头:指江边。

【集评】
宋宗元《网师园唐诗笺》:"是古乐府神理。"

【评解】
此诗以江南夏季气候倏变为背景,画出小儿女互相扶持之状,谓其寄兴遥深,亦无不可。(刘)


# 江南行

茨菰叶烂别西湾①,莲子花开②犹未还。

妾梦不离江上水,人传郎在凤凰山③。

① 茨菰句:茨菰叶烂,指冬日。西湾,在今江苏扬州市瓜洲镇附近。苏舜钦《扬子江观风浪》"日暮至瓜洲,系舟泊西湾",可证。
② 莲子花开:指夏日。
③ 凤凰山:《江宁府志》:"凤凰山在江宁(今南京市)南门内。"

【集评】
贺裳《载酒园诗话》:"妙得风闻恍惚,惊疑不定之意。"
黄生《唐诗摘钞》:"'茨菰'、'莲子',并切水乡之物。'莲子花'三字,酷似妇女口角。因在江上分手,故梦不离此处,不知行人却在凤凰山也。"

沈德潜《唐诗别裁》:"总以行踪无定,言在水在山,俱难实指。"

黄叔灿《唐诗笺注》:"首句纪初别之时,次句感怀人之候,第三句通乎别后言之,第四句则总结归期之未定。缠绵曲至,却只如话。'凤凰山'又与'西湾'相映。"

李锳《诗法易简录》:"三四句即'有梦也难寻觅'(《西厢记》语)之意,而语特微婉。'茨菰'、'莲子'纪时令,即就眼前景物写来,得风人之体。"

【评解】

江干一别,魂梦犹萦,意其远行,却在近处,所谓"常叹负情人,郎今果作诈"(《懊侬歌》)也。诗中标举两处地名,正要人从其相近悟入,布局巧妙如此。前人未加深究,未免辜负匠心。(刘)

**孟云卿**　河南(今洛阳市一带)人。天宝中应举不第,后官校书郎。其诗语言质朴,多反映社会现实之作,颇为杜甫、元结、韦应物等所推重。《全唐诗》编存其诗一卷。

## 寒食

二月江南花满枝,他乡寒食远堪悲[①]。

贫居往往无烟火,不独明朝为子推[②]。

① 他乡句:寒食,节令名,在清明前一日。春秋时介子推曾随晋公子重耳出亡十九年,重耳还国为君(即晋文公),推不言功,封赏不及,与母隐居绵山。后文公求之,不出,乃焚山以逼之,推竟抱木而死。晋人念之,每年冬至后一百五日禁火寒食,称寒食节。远,更也。

② 贫居二句:谓家贫常常断炊,并非因纪念介子推而不举烟火。

【评解】

因家贫断炊而联想寒食禁火,绾合无迹,凄恻动人。(富)

## 顾况

字逋翁,苏州海盐(今浙江海盐县)人,约生于开元十三年(七二五),约卒于元和元年(八〇六)。至德二载(七五七)进士。曾官著作佐郎,以作诗嘲诮当朝权贵,贬饶州司户参军。后归隐茅山,自号华阳山人。乐府多讽谕之作,绝句清隽自然。有《华阳集》,《全唐诗》编存其诗四卷。

## 田家

带水摘禾穗,夜捣具晨炊。

县帖取社长①,嗔怪见官②迟。

① 县帖句:县帖,县中催课公文。取,传唤。社长,里社之长。古时二十五户为一社,有社长,负责征集赋税。
② 见官:指诣官府上缴。

【评解】

即聂夷中《田家》"五月禾未熟,官家已修仓"之意,而刻画过之。(刘)

## 忆旧游①

悠悠南国思,夜向江南泊。

楚客②断肠时，月明枫子③落。

① 一作《忆鄱阳旧游》。
② 楚客：鄱阳古为楚地，故称楚客。
③ 枫子：枫树种子。

【集评】

宋顾乐《唐人万首绝句选》评："末五字不寐时闻见俱清。"

【评解】

结句即景寓情，以"月明枫子落"喻孤寂飘泊，托出客中旅思，怀旧感今，惘然不尽。（富）

## 过山农家

板桥人渡泉声，茅檐日午鸡鸣。

莫嗔焙茶①烟暗，却喜晒谷天晴。

① 焙茶：烘茶。

【评解】

此诗清新自然，描绘山村风景农事逼真，使人仿佛身临其境，殊见写生之妙。（富）

## 归山作①

心事数茎白发②,生涯一片青山③。

空林有雪相待,古道无人独还。

① 顾况晚年隐居茅山(在今江苏句容东南),此归茅山之作。
② 心事句:谓暮年功业无成。
③ 生涯句:指隐居茅山。

【评解】

踽踽凉凉,看似冷隽,其中却有许多愤慨,结句寄兴尤深。(刘)


## 叶上题诗从苑中流出①

花落深宫莺亦悲,上阳宫女②断肠时。

君恩不闭东流水,叶上题诗欲寄谁?

① 唐孟棨《本事诗》:"顾况在洛,乘闲与三诗友游于苑中,坐流水上,得大梧叶题诗上曰:'一入深宫里,年年不见春。聊题一片叶,寄与有情人。'况明日于上游,亦题叶上,放于波中,诗曰'花落深宫莺亦悲'云云。后十余日,有人于苑中寻春,又于叶上得诗,以示况,诗曰:'一叶题诗出禁城,谁人酬和独含情。自怜不及波中叶,荡漾乘春取次行。'"
② 上阳宫女:唐白居易《上阳白发人》自注:"天宝五载(七四六)已后,杨贵妃专宠,后宫人无复进幸矣。六宫有美色者,辄置别所,上阳是其一也。贞元中尚存焉。"上阳宫,故址在洛阳西洛水北岸。

【评解】

"君恩"句婉而多讽,谓除御沟流水外无所不闭也。(刘)


## 宫词① 五首选一

玉楼天半起笙歌,风送宫嫔笑语和②。

月殿影开闻夜漏,水精帘卷近秋河③。

① 一作马逢诗。
② 和:喧闹之意。
③ 秋河:即银河。

【集评】

乔亿《大历诗略》:"此亦追忆华清旧事。"

宋顾乐《唐人万首绝句选》评:"在宫词中,此首恰当行。"

俞陛云《诗境浅说续编》:"首二句言笑语笙歌,传从空际,当是咏骊山宫殿,故远处皆闻之。后二句但言风传玉漏,帘卷银河,而《霓裳》歌舞,自在清虚想象之中。此诗采入《长生殿传奇》,哀丝豪竹之场,至今传唱。作者兴到成吟,当不料千载下长留余韵也。"又云:"尝于《画史》中,见唐人所述《华清宫避暑图》,宫在骊山,迤逦而上,殿宇直达山巅。则此诗所言帘近秋河,影开月殿,皆纪实而非虚拟。风飘弦管,远近皆闻,故有'天半笙歌'之语。"

【评解】

月殿宵开,珠帘高卷,笙歌迭起,笑语生春,宫中行乐,不知夜之将阑矣。如实写来,讽意自见。(刘)

## 宿昭应①

武帝祈灵太乙坛②，新丰树色绕千官③。

那知今夜长生殿④，独闭空山月影寒。

① 昭应：昭应山，即骊山，在今陕西临潼。《唐会要》："天宝九载九月，幸温泉宫，改骊山为会昌山。及十载，又改为昭应山。"
② 武帝句：借指玄宗祈仙事。太乙坛，《史记·孝武本纪》："亳人薄诱忌奏祠泰一（即太乙）方，曰：'天神贵者泰一，泰一佐曰五帝。古者天子以春秋祭泰一东南郊，用太牢具，七日，为坛开八通之鬼道。'于是天子令太祝立其祠长安东南郊，常奉祠如忌方。"
③ 新丰句：新丰，见王维《少年行》注。绕千官，谓百官侍立坛下。
④ 长生殿：在骊山华清宫中。《唐会要》："华清宫，天宝元年十月造长生殿，名为集灵台，以祀神。"《雍录》："长生殿，斋殿也，有事于朝元阁，则斋沐于此。"

【集评】

唐汝询《唐诗解》："上联状昔之繁华，下联见今之寂寞，所以讥玄宗祈祷无益也。"

黄生《唐诗摘钞》："次句想见当日扈从之盛，较王维（《和太常韦主簿五郎温汤寓目之作》）'青山尽是朱旗绕'，语特隐秀。三四二语今昔对照，自是不堪回首。李约（《过华清宫》）诗'玉辇升天人已尽，故宫犹有树长生'，讽求仙不效，此地空有树名长生耳。此诗亦与同意，只用'长生殿'隐隐寓讽，含意更深。"

乔亿《大历诗略》："气调忽似龙标。"

宋顾乐《唐人万首绝句选》评："此刺求仙也。长生殿闭，求长生者安在哉！"

【评解】

此诗以今昔对照见意，思致婉曲，故较李约诗尤耐寻味。若姚合《晓望华清宫》"武帝自知身不死，教修玉殿号长生"，则浅露矣。（富）

## 小孤山[1]

古庙枫林江水边,寒鸦接饭[2]雁横天。

大孤山[3]远小孤出,月照洞庭归客船。

① 小孤山:在今江西彭泽县北长江中。
② 寒鸦接饭:宋长白《柳亭诗话》:"江湖行旅,崇祀水神,风樯雨楫之间,常有群乌飞绕,舟人抛食空中,竞接以去,谓之神鸦。"
③ 大孤山:在江西鄱阳湖出口处,横扼湖口,遥对小孤山。

【集评】

宋顾乐《唐人万首绝句选》评:"景象既深,情味亦远。"

## 听角思归

故园黄叶满青苔,梦后城头晓角哀[1]。

此夜断肠人不见,起行残月影徘徊。

① 故园二句:谓梦见故园荒芜,醒后又闻晓角凄哀。

【集评】

宋顾乐《唐人万首绝句选》评:"有伤心不语之致。"

【评解】

故园之念,萦诸梦寐,故醒后闻角,益觉归思难遣。写来曲折沉至,情景逼真。(富)

## 临海①所居 二首

此是昔年征战处,曾经永日绝人行。

千家寂寂对流水,惟有汀洲春草生。

① 临海:今浙江临海,唐时为台州治所。宝应元年(七六二),唐政府借征收赊欠租调为名,以豪吏为县令,搜括江淮民间粟帛,十室九空。台州人袁晁于翁山(今浙江舟山岛)率众起义,攻克台州,建元宝胜,并连下信州、温州、明州等地,有众至二十万人。次年为唐将李光弼部所败,晁被俘,旋遭杀害。此诗写袁晁起义被镇压后临海一带荒凉景象。


此去临溪①不是遥,楼中望见赤城标②。

不知叠嶂重霞里,更有何人度石桥③?

① 溪:指楢溪。东晋孙绰《游天台山赋》:"济楢溪而直进。"李善注:"顾恺之《启蒙记注》:'之天台,次经楢溪。'"
② 赤城标:《游天台山赋》:"赤城霞起而建标。"李善注:"支遁《天台山铭序》:'往天台当由赤城山,为道径。'孔灵符《会稽记》:'赤城山石皆赤,状似云霞。'"《一统志》:"台州赤城山在天台县北六里。"
③ 不知二句:谓山中亦无人迹。石桥,《舆地纪胜》:"石桥在天台县北五十里。"按顾况《赠朱放》"渔樵旧路不堪入,何处空山犹有人",亦作于同时,可参看。

【评解】
两诗反映袁晁起义被镇压后郡邑萧条景象,不特城郭"曾经永日绝人行",天台山深处亦"更有何人度石桥",可见当时杀戮之广。袁晁起义事史书所载寥寥,此两诗可补其阙漏。(富)

**韩翃**　字君平,南阳(今河南沁阳附近)人。天宝十三载(七五四)进士,曾佐淄青、宣武节度使幕。建中初,以《寒食》诗受知德宗,授驾部郎中知制诰,终中书舍人。翃为大历十才子之一。五律词藻清丽,饶有秀句。清管世铭谓"(绝句)大历以还,韩君平之婉丽,李君虞之悲歌,犹有两王(王昌龄、王维)遗意,宜当时乐府传诵为多。"有《韩君平诗集》,《全唐诗》编存其诗三卷。

## 汉宫曲　二首选一

绣幕珊瑚钩,香闺翡翠楼。

深情不肯道,娇倚钿筝篌①。

　　　　① 钿筝篌:以金花为饰之筝篌。筝篌,古乐器。

【集评】

　　黄生《唐诗摘钞》:"此为未承恩者之言,故含情不露。"

　　宋顾乐《唐人万首绝句选》评:"声俊语艳,大似六朝。"

　　俞陛云《诗境浅说续编》:"此诗纯写宫中景物,惟三句'深情'二字略见本意,而承以'不肯道'三字,则此句亦是虚写。此作言汉宫之富丽,宫怨之低回,以含浑出之,欢愁两不着,在宫词中别是一格。"

## 寒食即事

春城无处不飞花,寒食东风御柳斜。

日暮汉宫传蜡烛①，轻烟散入五侯②家。

① 传蜡烛：《西京杂记》："寒食日禁火，赐侯家蜡烛。"《唐辇下岁时记》："清明日以榆柳之火赐近臣。"传，颁赐。
② 五侯：西汉成帝封诸舅王谭为平阿侯，王商为成都侯，王立为红阳侯，王根为曲阳侯，王逢时为高平侯，五人同日封，故世谓之五侯。见《汉书·元后传》。东汉桓帝封宦官单超为新丰侯，徐璜武原侯，具瑗东武阳侯，左悺上蔡侯，唐衡汝阳侯，五人同日封，亦称五侯。见《后汉书·宦者传》。

【集评】

贺裳《载酒园诗话》："此诗作于天宝中，其时杨氏擅宠，国忠、铦与秦、虢、韩三姨号为五家，豪贵盛荣，莫之能比，故借汉王氏五侯喻之。寓意远，托兴微，真得风人之遗。"

吴乔《围炉诗话》："唐之亡国，由于宦官握兵，实代宗授之以柄。此诗在德宗建中初，只'五侯'二字见意，唐诗之通于《春秋》者也。"

黄生《唐诗摘钞》："贺黄公（贺裳）诗话言翃已有声于天宝中，诗盖为杨氏而作。考翃乃天宝进士，则五侯比杨氏审矣。"

沈德潜《唐诗别裁》："'五侯'或指王氏五侯，或指宦官灭梁冀之五侯，总之先及贵近家也。"

黄叔灿《唐诗笺注》："首句逗出寒食，次句以'御柳斜'三字引线，下'汉宫传蜡烛'便不突。'散入五侯家'，谓近幸者先得之，有托讽意。"

李锳《诗法易简录》："唐自肃、代以来，宦者擅权，德宗时益甚。君平此诗，托讽婉至。德宗以制诰缺人，并书此诗以示中书曰：'与此韩翃（时有两韩翃）。'想亦有感悟之意而特用之欤？"

宋顾乐《唐人万首绝句选》评："气骨高妙不待言，用'五侯'寓讽更微。"

孙洙《唐诗三百首》："唐代宦官之盛，不减于桓、灵，此诗托讽深远。"

乔亿《大历诗略》："气象词调，居然江宁、嘉州。"

管世铭《读雪山房杂著》："韩君平'春城何处不飞花'，只说侯家富贵，而对面之寥落可知，与少伯'昨夜风开露井桃'一例，所谓怨而不怒也。"

俞陛云《诗境浅说续编》：“二十八字中，想见五剧春浓，八荒无事，宫廷之闲暇，贵族之沾恩，皆在诗境之内。以轻丽之笔，写出承平景象，宜其一时传诵也。”

高步瀛《唐宋诗举要》：“唐肃、代以来，宦官擅权，后汉事讽谕尤切。”

刘永济《唐人绝句精华》：“此举后汉寒食赐火事，以讥讽唐代宦官专权也。”

【评解】

通首写帝城寒食景象，讽意只用"五侯"二字微逗，着墨不在多也。（刘）

# 羽林少年行① 二首选一

千点斑斓玉勒骢，青丝结尾绣缠鬃。

鸣鞭晓出章台路②，叶叶③春衣杨柳风。

① 羽林少年行：乐府《杂曲歌辞》。
② 章台路：即章台街，汉时长安街名。
③ 叶叶：衣裾轻飚之状。

【集评】

宋顾乐《唐人万首绝句选》评："风致甚豪，生动尤在末句。"

【评解】

只刻画鞍马衣饰，而少年豪贵浮浪之态，已活现无余。（刘）

## 宿石邑①山中

浮云不共此山齐②,山霭苍苍望转迷。

晓月暂飞高树里,秋河隔在数峰西③。

① 石邑:《一统志》:"真定府获鹿县(今河北获鹿县),本战国赵国之石邑,有西屏山,高数百丈,为一邑之奇景。"
② 浮云句:谓此山高出浮云之上。
③ 晓月二句:月飞树里,河隔峰西,均谓低于此山,极状所居之高。暂飞,犹云初升。秋河,即银河。

【集评】

　　胡应麟《诗薮》:"韩翃七言绝'晓月暂飞高树里,秋河隔在数峰西',全首高华明秀。"

　　唐汝询《唐诗解》:"首言山之高,次言山之广,下联即首句意。'暂飞'、'隔在',四字奇绝。"

　　何焯《三体唐诗》评:"月为高树所蔽,河为远峰所隔,两句借明处衬出暗处,非身在万山之中不见其妙。"

　　黄叔灿《唐诗笺注》:"写景如上二句,画不能到。人只赏下二句,不知上二句有虚情在内。"

　　宋顾乐《唐人万首绝句选》评:"极力写出,无雕琢痕,此君平高处。"


**郎士元**　字君胄,定州中山(今河北定县)人,生于开元十五年(七二七),约卒于建中元年(七八〇)。天宝十五载(七五六)进士。宝应初,为渭南尉,历右拾遗,出为郢州刺史。

士元为大历十才子之一,与钱起齐名。五律边塞之作,苍莽雄浑,风格遒上。有《郎士元集》,《全唐诗》编存其诗一卷。

## 柏林寺南望

溪上遥闻精舍①钟,泊舟微径度深松。

青山霁后云犹在,画出东南四五峰。

① 精舍:僧人清修之所,此指柏林寺。

【集评】

俞陛云《诗境浅说续编》:"诗仅平写寺中所见,而吐属蕴藉,写景能得其全神。首二句言闻钟声而寻精舍,泊舟山下,循小径前行,松林度尽,方到寺中。在寺中登眺,霁色初开,湿云未敛,西南数峰,已从云隙参差而出,苍润欲滴。读此诗如展秋山晚霁图,所谓'欲霁山如新染画'也。"

【评解】

"青山"二句,写遥峰初霁,有画笔所不能到。王安石《初晴》"前山未放晓寒散,犹锁白云三两峰",状景亦工,但不及其空灵隽妙。(富)

## 听邻家吹笙

凤吹①声如隔彩霞,不知墙外是谁家。

重门深锁无寻处，疑有碧桃千树花。

① 凤吹：谓笙箫等细乐，此指笙。

【集评】

　　谢枋得《唐诗绝句注解》："只是听邻家吹笙，闻其声不见其人，求其人不得其所，一段风景，极难形容。此诗情思句律，极其工巧。唐钱起《湘灵鼓瑟诗》结句'曲终人不见，江上数峰青'，人以为神助。此诗'重门深锁无寻处，疑有碧桃千树花'，高怀逸兴，不减钱起。"

　　黄生《唐诗摘钞》："诗人每以碧桃为仙家事，此盖以王子(乔)吹笙拟之。许浑(《缑山庙》)'王子求仙月满台，玉笙清转鹤徘徊。曲终飞去不知处，山下碧桃无数开。'又有(《登洛阳故城》)'可怜缑岭登仙子，犹自吹笙醉碧桃。'"

## 耿湋

字洪源，河东(今山西永济县)人。宝应二年(七六三)进士，曾为大理司法，终于左拾遗。湋为大历十才子之一，其诗不尚琢削而风格自胜，多描绘乱离之作。有《耿湋诗集》，《全唐诗》编存其诗二卷。

## 秋日

返照入闾巷，忧来谁与语？

古道少人行，秋风动禾黍。

【集评】

　　唐汝询《唐诗解》:"模写索居之况,情景凄然。"

　　刘永济《唐人绝句精华》:"二十字中有一片秋天寥沉之气。"

【评解】

　　禾黍秋风之句,凄然有故国之思,岂作于朱泚称帝时耶?(刘)

## 代园中老人

佣赁难堪一老身①,皤皤②力役在青春。

林园手种唯吾事,桃李成阴③归别人。

① 佣赁句:佣赁,即雇佣之意。难堪,难以忍受。
② 皤皤:白发貌。
③ 桃李成阴:指桃李长大结果。

【集评】

　　刘永济《唐人绝句精华》:"此代劳者之歌也。"

## 古意

虽言千骑上头居①,一世生离恨有余。

叶下绮窗银烛②冷,含啼自草锦中书③。

① 千骑上头居：谓其夫乃是高官。古乐府《陌上桑》："东方千余骑，夫婿居上头。"此用其语。
② 银烛：白色蜡烛。唐陈子昂《春夜别友人》："银烛吐青烟。"
③ 锦中书：见崔国辅《怨诗》注。

【集评】

贺裳《载酒园诗话》："此诗直而温，怨而不怒，当共《秋日》诗为集中之冠。"

黄叔灿《唐诗笺注》："'一世生离'，恨极之语。'叶下'二句，再就独夜言之。"

刘永济《唐人绝句精华》："诗言'千骑上头居'之荣，不能偿'一世生离'之苦。与王昌龄'闺中少妇'一首略同，彼写春朝，此言秋夜也。"

# 戴叔伦

字幼公，润州金坛（今江苏金坛县）人，生于开元二十年（七三二），卒于贞元五年（七八九）。早岁师事萧颖士，以文学著名。历参湖南、江西幕府，为抚州刺史，终容管经略使。乐府诸作多述民间疾苦，七绝清隽深婉。有《戴叔伦诗集》，《全唐诗》编存其诗三卷。

# 过三闾庙①

沅湘流不尽，屈子怨何深②！

日暮秋风起，萧萧枫树林③。

① 三闾庙：即屈原祠。屈原仕楚怀王，曾为三闾大夫。
② 沅湘二句：谓屈原之怨千古永存，如沅湘之长流不尽。沅湘，沅水与湘水（在今湖南境内）合称沅湘。
③ 萧萧句：《楚辞·招魂》："湛湛江水兮上有枫，目极千里兮伤春心，魂兮归来哀江南。"此暗用其意。

## 【集评】

顾璘《批点唐诗正音》:"短诗岂尽三闾,如此一结,便不可测。"

黄生《唐诗摘钞》:"言屈子之怨与沅湘俱深,倒转便有味。更妙缀二景语在后,真觉山鬼欲来。"

沈德潜《唐诗别裁》:"忧愁幽思,笔端缭绕。屈子之怨,岂沅湘所能流去耶?发端妙。"

李锳《诗法易简录》:"咏古人必能写出古人之神,方不负题。此诗首二句悬空落笔,直将屈子一生忠愤写得至今犹在,发端之妙,已称绝调。三四句但写眼前之景,不复加以品评,格力尤高。凡咏古以写景结,须与其人相肖,方有神致,否则流于宽泛矣。"

施补华《岘佣说诗》:"并不用意而言外自有一种悲凉感慨之气,五绝中此格最高。"

俞陛云《诗境浅说续编》:"前二句之意,与少陵咏《八阵图》'江流石不转'句,皆咏昔贤遗恨,与江水俱长。后二句以秋风枫树为灵均传哀怨之声,其传神在空际。王阮亭《题露筋祠》诗'门外野风开白莲',不着迹象,为含有怀古苍凉之思,与此诗同意。"

刘永济《唐人绝句精华》:"末二句恍惚中如见屈原。暗用《招魂》语,使人不之觉。短短二十字而吊古之意深矣,故佳。"

## 【评解】

上二句破空而来,高唱入云,正以倒装见妙。下二句即景寓情,状灵均幽怨,极苍茫惝恍之致,乃神来之笔。(富)

# 关山月[①]  二首选一

一雁过连营,繁霜覆古城。

胡笳在何处，半夜起边声。

① 一作储光羲诗。关山月，见王昌龄《从军行》注。

【集评】

黄叔灿《唐诗笺注》："雁度霜零，因月而见，胡笳声发，感月而兴。关山夜月之情，尽此二十字中。"

俞陛云《诗境浅说续编》："题为《关山月》，则营边鸣雁，城上严霜，皆月中所闻所见。当塞外早寒，月皎霜清之际，况闻呜咽笳声！诗虽虚写，不言闻笳之人，而自有李益《登受降城》'不知何处吹芦管，一夜征人尽望乡'诗意。李陵《答苏武书》云：'胡笳夜动，边声四起，只增忉怛。'此诗三四句即此意也。"

## 夜发袁江寄李颍川刘侍御①

半夜回舟入楚乡，月明山水共苍苍。

孤猿更叫秋风里，不是愁人亦断肠。

① 原注："时二公留贬在此。"袁江，源出江西萍乡罗霄山，东北流经宜春，复东流经分宜、新喻、清江入赣江。

【评解】

此诗写夜发袁江见闻，言行人犹"不是愁人亦断肠"，则谪居者更不堪矣。诗中正面对友人不着一字，而言外深情无限。（富）

## 湘南即事

卢橘①花开枫叶衰，出门何处望京师？

沅湘尽日东流去，不为愁人住少时②。

① 卢橘：即今金橘，夏日开花，白色。明李时珍《本草纲目》："此橘生时青卢色，黄熟时则如金，故有金橘、卢橘之名。卢，黑色也。或云上卢酒器之名，其形肖之故也。注《文选》者以枇杷为卢橘，误矣。汉司马相如《上林赋》云：'卢橘夏熟，枇杷橪柿。'以二物并列，则非一物明矣。"
② 沅湘二句：宋秦观《踏莎行》词"郴江幸是(犹云本是)绕郴山，为谁流下潇湘去"，即从此脱化。沅湘，见前《过三闾庙》注。少时，犹云片刻。

【集评】

敖英《唐诗绝句类选》："沅湘住便如何？如此看，方见诗妙处。"

刘永济《唐人绝句精华》："此怀归不得而怨沅湘，语虽无理，情实有之。"

【评解】

己心向西，而沅湘东流，故憾其不知人意。"尽日"、"少时"，意极沉挚，下字锻炼有致。（刘）

## 李端

赵州(今河北赵县)人，生于开元二十年(七三三)，卒于贞元八年(七九二)。大历五年(七七〇)进士，曾为杭州司马。后隐居衡山，自号衡岳幽人。端为大历十才子之一，以诗才敏捷著称。绝句婉丽细腻，工于言情。有《李端诗集》，《全唐诗》编存其诗三卷。

## 拜新月①

开帘见新月,即便下阶拜。

细语人不闻②,北风吹裙带。

① 拜新月:乐府《近代曲辞》,唐教坊曲名。一作耿沣诗。古代妇女有拜新月习俗。《全唐诗》张夫人《拜新月》诗,述拜月事甚详。
② 细语句:谓对月细诉衷曲。

【集评】

唐汝询《唐诗解》:"心有所怀,故见月即拜,以情诉月,而人不闻,独风吹裙带耳。此《子夜歌》之遗声也。"

吴逸一《唐诗正声》评:"乐府贵浑厚,此闺情中之幽细者。"

黄生《唐诗摘钞》:"'北风'字老甚!风吹裙带,有悄悄冥冥之意。此句要从旁人看出才有景,若直说出所语何事,便是钝汉矣。画家射虎,但作弯弓引满之状;洗砚图,但画清水满池,而弃一砚于中,与此同一关楗。"

黄叔灿《唐诗笺注》:"上三句写照,心事已是传神,但试思'细语人不闻'下如何下转语?工诗者于此用离脱法,'北风吹裙带',此诗之魂,通首活现矣。"

刘永济《唐人绝句精华》:"三四颇具风致,用意少而含意多也。"

【评解】

写闺人拜月诉情,宛然如见,韵致特胜。末句以景结情,方不意尽于言中,最得用笔之妙。(富)

## 听筝

鸣筝金粟柱①,素手玉房②前。

欲得周郎顾,时时误拂弦③。

① 金粟柱:琴瑟筝琶等系弦之木曰柱。金粟,指柱上装饰。
② 玉房:筝上安枕处。
③ 欲得二句:《吴志·周瑜传》:"瑜年二十四,吴中皆呼为周郎。少精意于音乐,三爵之后,其有阙误,瑜必知之,知之必顾,故时人谣曰:'曲有误,周郎顾。'"此处之周郎则喻知音。

【集评】

沈德潜《唐诗别裁》:"吴绥眉谓因病致妍,故佳。"

俞陛云《诗境浅说续编》:"此诗能曲写女儿心事:银筝玉手,相映生辉,尚恐未当周郎之意,乃误拂冰弦,以期一顾。希宠取怜,大率类此,不独因病致妍以贡媚也。"

【评解】

邀宠之情,曲曲传出,可谓隽而不佻。(刘)


## 闻情

月落星稀天欲明,孤灯未灭梦难成。

披衣更向门外望,不忿朝来鹊喜声①。

① 披衣二句：谓披衣门前伫望，不见夫归，而埋怨鹊声之空报喜也。不忿，唐人口语，有恼恨、厌恶之意。鹊喜声，古时谓鹊声报喜。《西京杂记》："干鹊噪而行人至。"冯延巳《谒金门》词："终日望君君不至，举头闻鹊喜。"

【集评】

贺裳《载酒园诗话》："初读李端集，苦于平熟，遇其时一作态，即新警可喜。如'月落星稀天欲明'云云，何其多姿耶！"

【评解】

"披衣"二句，不怨良人不归，却咎鹊语无验，与施肩吾《望夫词》"自家夫婿无消息，却恨桥头卖卜人"，皆用意温厚，婉曲相似。（富）

## 听夜雨寄卢纶

暮雨萧萧过凤城①，霏霏飒飒②重还轻。
闻君此夜东林③宿，听得池荷几番声？

① 凤城：汉武帝于长安建凤阙，高二十余丈，上有金凤，故后世称长安曰凤城。
② 霏霏飒飒：雨声。
③ 东林：晋桓伊曾为僧慧远建东林寺于庐山，后世遂以东林借指寺院。

【评解】

不言己之听雨不寐，反问卢之几番听雨，与王昌龄《送魏二》"忆君遥在潇湘月，愁听清猿梦里长"，皆善言别情。（刘）

**李冶** 字季兰,乌程(今浙江湖州市)人,天宝时女道士。善弹琴。玄宗闻其诗才,尝召至长安。后以上书叛将朱泚,为德宗所杀。《全唐诗》录存其诗十六首。

## 结素鱼①贻友人

尺素如残雪,结为双鲤鱼②。

欲知心里事,看取腹中书。

① 结素鱼:以绢帛结成鱼形为缄札。
② 尺素二句:东汉蔡邕《饮马长城窟行》:"客从远方来,遗我双鲤鱼。呼儿烹鲤鱼,中有尺素书。"闻一多《乐府诗笺》:"双鲤鱼,藏书之函也。其物以两木板为之,一底一盖,刻线三道,凿方孔一,线所以通绳,孔所以受封泥。此或刻为鱼形,一孔以当鱼目。一底一盖,分之则为二鱼,故曰双鲤鱼也。"此云以尺素结为双鲤鱼,当是仿汉时遗制。尺素,古代以绢帛作书,长约一尺,故称尺素。如残雪,喻其洁白。

【评解】

以"心里事"、"腹中书"双关谐合,殊见巧思。(刘)

## 明月夜留别

离人无语月无声,明月有光人有情。

别后相思人似月,云间水上到层城①。

① 别后二句:谓月光无所不照,亦犹人之相思无远不至也。

【评解】

以"人"、"月"二字穿插成篇,备见缠绵往复,乃民歌手法。(刘)


**皎然** 字清昼,本姓谢,长城(今浙江长兴县)人,自称谢灵运十世孙。初出家,肄业湖州杼山,与灵澈、陆羽同居妙喜寺。韦应物为苏州刺史,尝与唱酬,颇推重之。有《杼山集》,《全唐诗》编存其诗七卷。

## 待山月

夜夜忆故人,长教山月待。

今宵故人至,山月知何在[①]。

① 知何在:犹云不知何在。

【评解】

平时寂寞怀人,乐有山月为伴;今夜故人已至,几忘山月之有无。欣喜之情,跃然纸上。(刘)


**柳淡** 字中庸,以字行,河东(今山西永济县)人。大历间进士,曾为洪州户曹参军。《全唐诗》录存其诗十三首。

## 江行

繁阴乍隐洲①,落叶初飞浦。

萧萧楚客帆,暮入寒江雨。

① 繁阴句:谓远处洲渚隐没于浓阴之中。阴,阴云。

【集评】

宋顾乐《唐人万首绝句选》评:"只举目前,悠然无极,此阮亭所极模笔也。"

俞陛云《诗境浅说续编》:"凡纯是写景之诗,贵有远韵余味,方耐吟讽。此诗寓情于景,不仅写楚江烟雨也。"

刘永济《唐人绝句精华》:"诗写江行景物,读之自生旅途凄寂之感。"

## 河阳桥①送别

黄河流出有浮桥,晋国②归人此路遥。

若傍阑干千里望,北风驱马雨萧萧③。

① 河阳桥:故址在今河南孟津县,乃黄河上浮桥,晋杜预所建,为通河北要津。
② 晋国:今山西地区。
③ 若傍二句:想象友人归途中情景。

【集评】

宋顾乐《万首唐人绝句选》评:"深情沉调。"

【评解】

"千里望"跟上句"此路遥"来,极写目送神驰,特见惜别情深。结句状归途景色,尤极苍茫雄浑之致。(富)

## 征人怨

岁岁金河复玉关[①],朝朝马策与刀环[②]。

三春白雪归青冢,万里黄河绕黑山[③]。

① 岁岁句:谓年年征戍不定。金河,在今内蒙古呼和浩特市南,唐置金河县,属单于大都护府地。玉关,即玉门关。
② 朝朝句:谓日日从事征战。马策,马鞭。刀环,刀柄铜环,此即指刀。
③ 三春二句:喻征人行役不离塞外。三春白雪,谓塞外酷寒,三月犹雪。青冢,汉王昭君墓,在今呼和浩特市南,相传塞外草白,而此冢独青,故名。黑山,即杀虎山,在今呼和浩特市境内。按此诗四句皆对,而首句之"金河"、"玉关",次句之"马策"、"刀环",三句之"白雪"、"青冢",结句之"黄河"、"黑山",又各自成对,句法奇绝。

【集评】

宋顾乐《万首唐人绝句选》评:"直写得出,气格亦好。"

俞陛云《诗境浅说续编》:"四句皆作对语,格调雄厚。前二句言情;后二句写景,嵌'白'、'青'、'黄'、'黑'四字,句法浑成。"

【评解】

四句皆写征人之怨,诗中虽不着一字,而言外怨意弥深。通首精工典丽,于对起对收之中,别具飞动流走之妙。(富)

**司空曙** 字文明,广平(今河北永年县)人。曾佐韦皋剑南幕。德宗时,官水部郎中,终虞部郎中。曙为大历十才子之一。五律精炼蕴藉,绝句清畅婉转,长于抒情。有《司空文明诗集》,《全唐诗》编存其诗二卷。

## 金陵怀古

辇路江枫暗,宫庭野草春①。

伤心庾开府,老作北朝臣②。

① 辇路二句:写宫苑荒凉,喻南朝覆亡。辇路,帝王车驾所经之路。
② 伤心二句:庾信初仕梁为太子中庶子,出使西魏,被留长安。后历仕西魏、北周,官至骠骑大将军,开府仪同三司,世称庾开府。

【评解】
　　庾信使北被留,虽位望通显而常怀故国之思,乃作《哀江南赋》以寄慨,故此咏《金陵怀古》而特举之也。(富)

## 留卢秦卿

知有前期①在,难分此夜中。

无将故人酒,不及石尤风②。

① 前期:后会之期,犹云预期或预约也。
② 无将二句:谓故人留客之酒,岂不如阻船之石尤风耶! 石尤风,《江湖纪

闻》："石尤风者,传闻石氏女嫁为尤郎妇,情好甚笃。为商远行,妻阻之不从。尤出不归,妻忆之病亡。临亡叹曰:'吾恨不能阻其行以至于此,今凡有商旅远行,吾当作大风,为天下妇人阻之。'自后商旅发船值打头逆风,则曰此石尤风也。遂止不行。妇人以夫为姓,故曰石尤。"宋武帝《丁都护歌》:"都护北征时,侬亦恶闻许。愿作石尤风,四面断行旅。"则六朝时已有此说。按戴叔伦《送裴明州效南朝体》:"沅水连湘水,千波万浪中。知郎未得去,惭愧(犹云多谢)石尤风。"亦用石尤风事,可参看。

【集评】

吴乔《围炉诗话》:"诗有以谑为妙者,如'无将故人酒,不及石尤风'是也。诗固不必尽庄。"

黄生《唐诗摘钞》:"五言绝不着景物,单写情事,贵在绵密真至,一气呵成,廿字中增减移动一字不得,始为绝唱。如此诗,虽不及'白日依山尽'之雄浑,而精切灵动,乃为过之,自是中唐第一。"

黄叔灿《唐诗笺注》:"起句突兀,将后会有期翻作衬托,末二句情味更深矣。"

李锳《诗法易简录》:"此相送置酒而欲其少留也。直说便少情致,借石尤作比,而词意曲折有味矣。"

方南堂《辍锻录》:"仅二十字,情致绵渺,意韵悠长,令人咀含不尽。似此等诗,熟读数十百篇,又何患不能换骨。"

胡本渊《唐诗近体》:"此亦四语皆对,而婉折情深,味之不尽,与《登鹳雀楼》体裁又别。"

俞陛云《诗境浅说续编》:"凡别友者,每祝其帆风相送,此独愿石尤阻客,正见其恋别情深也。"

【评解】

知不可留而反激之以望其留,写足"难分"之意。(刘)

## 发渝州却寄韦判官①

红烛津亭②夜见君,繁弦急管两纷纷。

平明分手空江上,唯有猿声满水云。

① 渝州,今四川重庆市。却寄,回寄。
② 津亭:渡头客馆,亦称水驿。

【评解】

以昨夜繁弦急管与今朝空江猿声相比照,而相聚之暂,惜别之深,言外自见。(刘)

## 峡口①送友人

峡口花飞欲尽春,天涯去住②泪沾巾。

来时万里同为客,今日翻成送故人。

① 峡口:即瞿塘峡口,在今四川奉节县东。
② 去住:去者,留者。按清沈钦圻(沈德潜之父)《送杨曰补南还》:"去年春尽同为客,此日君归又暮春。最是客中偏送远,况堪更送故乡人。"即从此诗脱化而出。

【集评】

沈德潜《唐诗别裁》:"客中送客,自难为情,况又'万里'之远耶,况又'同为客'耶?"

俞陛云《诗境浅说续编》:"唐人送友诗最善言情,司空此作于后二句作折笔,其诗境转深一层,情味弥永。"

【评解】
　　下二句写客中送客,较雍陶《送蜀客》"莫怪送君行较远,自缘身是忆归人",尤为沉挚。(富)

## 江村即事

钓罢归来不系船,江村月落正堪眠。

纵然一夜风吹去,只在芦花浅水边。

【集评】
　　唐汝询《唐诗解》:"全篇皆从'不系船'翻出,语极浅,兴味自佳。"
　　刘永济《唐人绝句精华》:"诗语得自在之趣。"

【评解】
　　通首从"不系船"写出江村之宁静幽美及主人公之闲适放浪,情景交融,风韵天然。杜荀鹤《溪兴》:"山雨溪风卷钓丝,瓦瓯篷底独斟时。醉来睡着无人唤,流下前滩也不知。"意境略似,神味远逊矣。(富)

## 送郑佶还洛阳

苍苍楚色[①]水云间,一醉春风送尔还。

何处乡心最堪羡？汝南②初见洛阳山。

① 楚色：树色。楚，丛木也。
② 汝南：今河南汝南县。

【评解】

不说得归可羡，也不说到家可羡，偏说将到未到远见家山时最堪羡，写归人心理入微。（刘）

戎昱　荆南(今湖北江陵县)人。早岁应举不第。卫伯玉镇荆南，辟为从事。建中间，历任虔州、辰州刺史，后客居剑南、陇西。乐府多述民间疾苦，语多警切。七绝清丽明快。有《戎昱诗集》，《全唐诗》编存其诗一卷。

## 移家别湖上亭

好是春风湖上亭，柳条藤蔓系离情。

黄鹂久住浑相识，欲别频啼四五声。

【集评】

宋宗元《网师园唐诗笺》："辞意俱不尽。"

【评解】

前半写湖上风物，已含留恋之意。后半以黄鹂伤离频啼，进一层托出惜别之情。

通首语意含蓄蕴藉,耐人讽味。(富)

## 云安阻雨①

日长巴峡雨蒙蒙,又说归舟路未通。

游人不及西江②水,先得东流到渚宫③。

① 此自蜀中归故乡荆南,至云安因久雨江涨不能行船而作。云安,今四川云阳县。
② 西江:长江。
③ 渚宫:春秋时楚之别宫,故址在今湖北江陵县。

【评解】

下二句写阻雨情怀,而以不及江水先到为喻,益见留滞之恨,望归之切。(富)

## 韩舍人书窗残雪①

风卷寒云暮雪晴,江烟洗尽柳条轻。

檐前数片无人扫,又得书窗一夜明②。

① 一作《霁雪》。
② 檐前二句:《尚友录》:"晋孙康,京兆人。性敏好学,家贫无油,于冬月尝映雪读书。"此暗用其事。

## 【评解】

"柳条轻"、"檐前数片"皆写"残雪",故只得"一夜明"也,是用字不苟处。(刘)

## 采莲曲①

浔阳②女儿花满头,毵毵同泛木兰舟③。

秋风日暮南湖里,争唱菱歌不肯休。

① 采莲曲:见崔国辅《采莲曲》注。
② 浔阳:今湖南醴陵县。
③ 毵毵句:毵毵,花压发垂之状。木兰舟,见崔国辅《采莲曲》注。

## 塞上曲①

胡风略地烧连山②,碎叶孤城未下关③。

山头烽子齐声叫,知是将军夜猎还④。

① 塞上曲:乐府《新乐府辞》。
② 胡风句:胡风,指塞外大风。略地,即掠地,扫地而过。烧,打猎时所燃之火。
③ 碎叶句:碎叶,在今中亚细亚伊塞克湖西北,唐时属安西大都护府。未下关,未下锁,即城门未闭。
④ 山头二句:写成卒欢呼声中,将军猎罢归来。烽子,指守卫烽火台之成卒。《通鉴·唐纪》胡三省注:"唐凡烽候之所,有烽帅、烽副;烽子,盖守烽之卒,候望紧急而举烽者也。"齐声,一作"声声"。

【评解】

写边将夜猎,有声有色,而言外有讽其沉湎狩猎、疏于戒备意。(富)

# 塞下曲①

汉将归来虏塞空,旌旗初下玉关②东。

高蹄战马三千匹,落日平原秋草中。

① 塞下曲:见常建《塞下曲》注。
② 玉关:即玉门关。

【集评】

黄叔灿《唐诗笺注》:"凯歌得意之曲,却以悲凉语出之,塞下景色如见。"

【评解】

战胜归来,旌旗东指,马群啮草,悠然自得,真一幅秋塞凯旋图也。(刘)

**韦应物**　京兆长安人。生于开元二十五年(七三七),约卒于贞元九年(七九二)。少任侠,曾以三卫郎事玄宗。后折节读书,成进士。永泰中,授京兆功曹,迁洛阳丞。历任滁州、江州、苏州刺史,世称韦苏州。五古多写田园山水,后世与柳宗元并称。五绝清幽萧散,七绝淡远秀朗。有《韦苏州集》,《全唐诗》编存其诗十卷。

## 宿永阳寄璨律师①

遥知郡斋②夜,冻雪封霜竹。

时有山僧③来,悬灯独自宿。

① 此为滁州刺史时作。永阳,今安徽来安县,在滁州东北。璨律师,即恒璨,僧人。律师,僧徒善解戒律者之称。《涅槃经》:"如是能知佛法所作,善能解说,是名律师。"按应物有《寄恒璨》诗:"心绝去来缘,迹断人间事。独寻秋草径,夜宿寒山寺。今日郡斋闲,思问楞枷字。"可参证。
② 郡斋:指滁州官署中书斋。
③ 山僧:指恒璨。按应物有《寄璨师》》:"林院生夜色,西廊上纱灯。时忆长松下,独坐一山僧。"命意相似,可参看。

【集评】

俞陛云《诗境浅说续编》:"怀友之作,遣词命意,须因人而施。韦苏州尚有《秋夜寄丘员外》诗云云,与此作皆意境清绝。一则在客中却寄方外璨师,一则寄山居友人,故皆写寒夜萧寥之景。"


## 怀琅琊山①深标二释

白云埋大壑,阴崖滴夜泉。

应居西石室,月照山苍然。

① 琅琊山:在滁州西南。晋元帝为琅琊王,避地居此山,因名。宋欧阳修《醉翁亭记》:"环滁皆山也。其西南诸峰,林壑尤美。望之蔚然而深秀者,琅邪也。"

【集评】

俞陛云《诗境浅说续编》:"空山夜月,景已清幽,云埋泉滴二句,尤为隽永。"

【评解】

两章皆从对面落笔,透过一层,愈见相怀之切。诗境清幽恬远,不减摩诘。(富)

# 闻雁

故园渺何处?归思方悠哉!
淮南①秋雨夜,高斋闻雁来。

① 淮南:滁州唐时属淮南道。

【集评】

吴逸一《唐诗正声》评:"转折清峭。"

沈德潜《唐诗别裁》:"'归思'后说'闻雁',其情自深,一倒转说,则近人能之矣。"

黄叔灿《唐诗笺注》:"高斋雨夜,归思方长,忽闻鸿雁之来,益念故园之切。闲闲说来,绝无斧凿痕也。末句为归思添毫。"

李锳《诗法易简录》:"前二句先说归思,后二句点到闻雁便住,不说如何思归,而思归之情弥深。'渺何处',离家之远也。'方悠哉',归思之久也。此时而闻雁,其感触归思为何如?况当秋夜方长、秋雨凄清之际乎!第三句又是加一倍写法。"

钱振锽《摘星诗说》:"'淮南秋夜雨,高斋闻雁来','山空松子落,幽人应未眠',两诗俱清绝,奇在音调悉同。"

俞陛云《诗境浅说续编》:"此诗秋宵闻雁,有归去之思。凡客馆秋声,最易感人怀抱。明人诗'一声征雁谁先听,今夜江南我共君',与韦诗有同慨也。"

【评解】

　　结句正见安置之妙,盖先述归思,后写闻雁,意更深至,若一倒转说,即是触景生情常语,其间深浅迥殊矣。(刘)

## 登楼

　　兹楼日登眺,流岁暗蹉跎①。

　　坐厌②淮南守,秋山红树多。

①　流岁句:谓时光暗中消逝,有光阴虚度意。
②　坐厌:坐,犹正也。厌,同"餍",有习惯、满足之意。

【评解】

　　此诗言日日登楼,以淮南守自足者,因有秋山红树娱我也。然玩"流岁暗蹉跎"句,则乃抒宦况寥落之感。(富)

## 秋夜寄丘二十二员外①

　　怀君属秋夜,散步咏凉天。

　　山空松子落,幽人应未眠。

①　丘二十二员外:丘丹,曾官仓部、祠部员外,后隐临平山中,应物为苏州刺史时,常与之唱酬。

【集评】

宋顾乐《唐人万首绝句选》评:"淡而远,是苏州本色。第三句将写景一衬,落句便有情味。"

施补华《岘佣说诗》:"韦公'怀君属秋夜'一首,清幽不改摩诘。"

【评解】

"山空"二句,遥想丘丹山居秋夕情景,写足相怀之意,弥见真挚。(刘)


# 三台词① 二首选一

冰泮②寒塘始绿,雨余百草皆生。

朝来门阁无事③,晚下高斋有情。

① 三台词:乐府《杂曲歌辞》。
② 泮:溶解。
③ 朝来句:谓吏事清闲。

【评解】

寒塘冰泮,雨后草生,春日之景也;吏事清闲,门阁无事,刺史之乐也。高斋独下,悠然会心,则物我同欣矣。(刘)


# 休暇日访王侍御不遇①

九日驰驱一日闲②,寻君不遇又空还。

怪来诗思清人骨[3],门对寒流雪满山。

① 休暇日,即休假日。王侍御,应物《赠王侍御》诗有"府县同趋昨日事"句,似是同僚。
② 九日句:唐时官吏每旬休假一日。白居易《郡斋旬假始命宴呈座客示郡寮》:"公门日两衙,公假月三旬。"《通鉴·唐纪》胡三省注:"一月三旬,遇旬则下直而休沐,谓之旬休。"
③ 怪来句:应物《赠王侍御》诗有"诗似冰壶见底清"句,可参证。怪来,犹云难怪。

【集评】

敖英《唐诗绝句类选》:"落句入画。"

李锳《诗法易简录》:"三四句但写其人所居门前之景,而其人之幽雅,并自己之性情,俱流露于笔墨之间。"

俞陛云《诗境浅说续编》:"此诗首句自述,次句言不遇空还,意已说尽。后二句写景而不言情,但言其友所居之地,曰'寒流',曰'雪满',皆加倍写法,宜清味之沁入诗骨矣。则长住此间之友,非俗子可知。"

【评解】

下二句称其门前幽景及诗思之清,空际传神,隽永有致,脱尽唐人访友不遇诗窠臼。(富)


## 滁州西涧[①]

独怜幽草涧边生,上有黄鹂深树鸣[②]。

春潮带雨晚来急,野渡无人舟自横[③]。

① 此为滁州刺史时作。滁州,今安徽滁县。西涧,《一统志》:"西涧在(滁)州城西,俗名上马河。"
② 独怜二句:明何良俊《四友斋丛说》:"韦苏州《滁州西涧》诗,有手书,刻在太清楼帖中。本作'独怜幽草涧边行,尚有黄鹂深树鸣。'盖怜幽草而行于涧边,始于情性有关,今集本'行'作'生','尚'作'上',则于我了无与矣。其为传刻之讹无疑。"
③ 野渡句:宋寇准《春日登楼怀归》:"野水无人渡,孤舟尽日横。"以此句衍为一联,传诵一时。按宋苏舜钦《淮中晚泊犊头》:"春阴垂野草青青,时有幽花一树明。晚泊孤舟古祠下,满川风雨看潮生。"与韦诗有异曲同工之妙,可参看。

【集评】

敖英《唐诗绝句类选》:"沉密中寓意闲雅,如独坐看山,澹然忘归。谢公(谢枋得)曲意取譬,何必乃尔。"

吴逸一《唐诗正声》评:"野兴错综,故自胜绝。"

王士禛《唐人万首绝句选凡例》:"宋赵章泉、韩涧泉选唐诗绝句,其评注多迂腐穿凿。如韦苏州《滁州西涧》一首'独怜幽草涧边生,上有黄鹂深树鸣',以为君子在下小人在上之象(按此谢枋得之说,见《唐诗绝句注解》),以此论诗,岂复有风雅耶!"

黄叔灿《唐诗笺注》:"此种笔墨,分明是一幅图画。"

宋顾乐《唐人万首绝句选》评:"写景清切,悠然意远,绝唱也。"

【评解】

前半写西涧暮春景物,别有会心。后半状野渡雨景,宛然在目。"春潮带雨"着一"急"字,如闻其声。"无人舟自横",尤传野渡暮雨之神。诗中有画,极运思用笔之妙。(富)

# 登楼寄王卿①

踏阁攀林恨不同②,楚云沧海思无穷③。

数家砧杵④秋山下，一郡荆榛寒雨中。

① 王卿：即王侍御。
② 踏阁句：谓恨不能与王侍御同游。踏阁攀林，指登楼。
③ 楚云句：谓天各一方，离思无极，犹李商隐《寄令狐郎中》"嵩云秦树久离居"意。
④ 砧杵：古时捣衣之具。此指捣衣声。

【集评】

杨慎《升庵诗话》："绝句四句皆对，杜工部'两个黄鹂'一首是也。然不相连属，即是律中四句也。唐绝万首，唯韦苏州'踏阁攀林恨不同'及刘长卿'寥寥孤莺啼杏园'两首绝妙，盖字句虽对而意则一贯也。"

宋顾乐《唐人万首绝句选》评："先叙情，后布景，而情正在景中，愈难为怀。"

【评解】

下二句但写登楼闻见，而郡邑荒凉，怀人惆怅，俱在言外。（富）

## 寄诸弟①

岁暮兵戈乱京国，帛书间道访存亡②。

还信③忽从天上落，惟知彼此泪千行。

① 自注云："建中四年十月三日，京师兵乱，自滁州间道遣使，明年兴元甲子岁五月九日使还作。"建中四年(七八三)十月，泾原兵被命东征，过长安，以犒师食劣无赏哗变，乱兵拥朱泚为主，德宗奔奉天。后朱泚据长安称帝，至兴元元年(七八四)六月始讨平。注中"兴元甲子岁"即兴元元年。
② 帛书间道：谓携书函抄小路而行。帛书，以绢帛所写之书简。间道，绕道。

③ 还信：指归还之使者。程大昌《演繁露》："晋人书问凡言'信至'或'遣信'者，皆指信为使臣也。"

【评解】

"天上落"，极写使还惊喜之情。结句从双方落笔，千言万语，皆由此句托出，极沉痛而又含蓄不尽。（富）


# 寒食寄京师诸弟①

雨中禁火②空斋冷，江上流莺独坐听。

把酒看花想诸弟，杜陵寒食草青青③。

① 作于为江州刺史时。
② 禁火：寒食节禁火三日。
③ 把酒二句：想像诸弟在故乡春游情景。杜陵，在长安城南，应物故园所在。草青青，用《楚辞·招隐士》春草王孙句意，暗寓行客未归。

【集评】

黄叔灿《唐诗笺注》："此诗情味不减'遍插茱萸少一人'诗也。王诗粘，韦诗脱，各极其致。"

宋顾乐《唐人万首绝句选》评："平写自有味，大家举止。"

【评解】

以遥想诸弟春游之乐与己空斋独坐对照，弥见相思怅惘之情。此与王维《九月九日忆山东兄弟》一诗，构思略同，均是名作，而风神绵邈，殆似过之。（刘）

## 故人重九日求橘①

怜君卧病思新橘,试摘犹酸亦未黄。

书后欲题三百颗,洞庭须待满林霜②。

① 一作《答郑骑曹青橘绝句》。此作于为苏州刺史时。
② 书后二句:晋王羲之帖:"奉橘三百枚,霜未降,未可多得。"此用其语。洞庭,山名,在江苏太湖中,有东西两山,产橘。按洞庭橘唐时为贡物,经霜而味益美。唐白居易《拣贡橘书情》"洞庭贡橘拣宜精",又云"琼浆气味得霜成",可参证。

【集评】

管世铭《读雪山房唐诗钞凡例》:"韦苏州和人求橘一章,潇洒独绝,非特世所称'门对寒流'、'春潮带雨'而已。"

【评解】

深怜其病,则明知"未黄"而犹"试摘";欲慰其心,则许以霜后不忘相寄,情意深婉极矣。加以色彩、音响、情韵三者俱胜,运用故实又极空灵隽妙,故为高唱。(刘)

畅当　河东(今山西永济县)人。早岁从军,后登大历七年(七七二)进士。贞元初,为太常博士,终果州刺史。司空曙、李端、韦应物等尝与唱酬。《全唐诗》编存其诗一卷。

## 蒲中①道中　二首选一

苍苍中条山②,厥形极奇魂③。

我欲涉其崖④,濯足黄河水。

① 蒲中:今山西永济县。
② 中条山:在今山西永济县东南。
③ 厥形句:谓其形极为雄奇峻拔。
④ 涉其崖:谓涉登山麓。

【评解】

高踞中条之崖,濯足黄河之水,奇思壮语,唐人五绝中得未曾有。(富)


# 登鹳雀楼①

迥临飞鸟上,高出世尘间。

天势围平野②,河流入断山③。

① 此是畅诸诗。唐李翰《河中鹳雀楼集序》:"前辈畅诸题诗上层,名播前后,山川景象,备于一言。"宋司马光《诗话》、沈括《梦溪笔谈》、彭乘《墨客挥犀》皆言是畅诸诗。敦煌唐诗残卷亦作畅诸诗,原是五律,此系中间两联。按《文苑英华》称畅诸开元九年拔萃科。《元和姓纂》称畅诸汝州人,许昌尉。鹳雀楼,见王之涣《登鹳雀楼》注。
② 天势句:天地四望相连,其势若围。
③ 断山:黄河奔泻于群山缺处,故曰断山。

【集评】

沈德潜《唐诗别裁》:"不减王之涣作。"

黄叔灿《唐诗笺注》:"王之涣诗上二句实,下二句虚;此诗上二句虚,下二句实,工力悉敌。然王诗妙在虚,此妙在实。"

潘德舆《养一斋诗话》:"王之涣'白日依山尽'一绝,市井儿童皆知诵之,而至今崭然如新。畅当诗'迥临飞鸟上'云云,兴之深远,不逮之涣作,而体亦峻拔,可以相亚。"

刘永济《唐人绝句精华》:"前二句写楼之高,后二句写楼上所见之广。"

【评解】

之涣诗寓整对于流走之中,一气呵成,妙有余味。此诗下二句景象雄阔,固可与"白日依山"、"黄河入海"媲美,然通体殊伤板直,殆难与王作抗行也。(刘)

## 卫象

大历间江南诗人,曾官侍御。《全唐诗》录存其诗二首。

## 古词

鹊血调弓湿未干①,鹅鹕新淬剑花寒②。
辽东③老将鬓成雪,犹向旄头夜夜看④。

① 鹊血句:简文帝《艳歌篇》:"控弦因鹊血。"鹊血故实不详,寻诗意当是以鹊血染弓之意。调,一作"雕"。
② 鹅鹕句:梁戴暠《度关山》:"剑莹鹅鹕膏。"鹅鹕,鸟名,其膏涂刀剑,能防锈。新淬,谓新涂此膏。
③ 辽东:秦置郡名,今辽河以东之地。
④ 犹向句:谓老将犹夜看星象,关心边警。旄头,星名。《史记·天官书正义》:"昴七星为旄头,胡星,摇动若跳跃者,胡兵大起。"

【评解】

烈士暮年,壮心不已,结句夜看星象尽之。而髀肉复生之感,实托兴于弓剑常新;蓄势蓄力,全在上半。(刘)

## 朱放

字长通,襄州(今湖北襄阳市)人。曾隐居镜湖、剡溪之间。大历中,嗣曹王皋镇江西,辟为节度参谋。与刘长卿、严维、顾况相善,有唱酬。《全唐诗》编存其诗一卷。

## 乱后经淮阴岸①

荒村古岸谁家在,野水浮云处处愁。

唯有河边衰柳树,蝉声相送到扬州。

① 上元元年(七六〇),刘展起兵于江淮间,田神功击刘展,大掠广陵、楚州(今江苏淮安县)。见《资治通鉴·唐纪》。诗当作于此时。淮阴,在今江苏淮安。

【集评】

曾季狸《艇斋诗话》:"唐人诗云:'惟有河边衰柳树,蝉声相送到扬州。'东坡诗云:'夜半潮来风又熟,卧吹箫管到扬州。'参寥诗云:'波底鲤鱼来去否,尺书寄汝到扬州。'皆用'到扬州'三字,各有思致。"

【评解】

荒村野水,寂无人烟,惟有衰柳寒蝉,一路相送,极写淮扬道上乱后景色。(刘)

## 于鹄

生于天宝四载(七四五),约卒于贞元三年(七八七)。早岁隐居汉阳。大历中,曾应荐历诸府从事。有《于鹄诗集》,《全唐诗》编存其诗一卷。

## 江南曲①

偶向江边采白蘋②,还随女伴赛③江神。

众中不敢分明语,暗掷金钱卜远人④。

① 江南曲:见储光羲《江南曲》注。
② 白蘋:草本植物,生浅水中,夏秋开小白花。
③ 赛:祭神。
④ 暗掷句:金钱,即铜钱,用为卜具。卜远人,卜问丈夫消息。

【集评】

贺裳《载酒园诗话》:"摹写一段柔肠慧致,自是化工之笔。"

黄叔灿《唐诗笺注》:"一片心情只自知。曰'偶向',曰'还随',分明是勉强从事,却就赛神,微露于金钱一卜,妙极形容。"

【评解】

"偶向"二句,看似事出无心,实乃深情有在,与后半写娇羞心理,同为刻画入微之笔。(刘)


## 巴①女谣

巴女骑牛唱竹枝②,藕丝菱叶傍江时。

不愁日暮还家错,记得芭蕉出槿③篱。

① 巴：在今四川东部，春秋时有巴国，秦置巴郡。
② 竹枝：巴渝一带民歌，详见刘禹锡《竹枝词》注。
③ 槿：木槿，落叶灌木，花有红白紫等色，古时多种之为藩篱。

【集评】

　　袁枚《随园诗话》："宋人《渔父词》（按此是唐陆龟蒙《和袭美钓侣》诗）云'归来月下渔舟暗（当作"归时月堕汀洲暗"），认得山妻（当作"妻儿"）结网灯'，又云'不愁日暮还家错，认（当作"记"）得芭蕉出槿篱'，二语相似。余寓西湖放生庵，夜深断桥独步，常恐迷路，望僧庵灯影而归，方觉二诗之妙。"

## 灵澈

字源澄，本姓汤，越州会稽（今浙江绍兴市）人，生于天宝五载（七四六），卒于元和十一年（八一六），唐代诗僧。少从严维学诗，后至吴兴与皎然游。贞元中，皎然荐之包佶，又荐之李纾，名振长安。僧流疾之，造蜚语中伤，贬徙汀州，后赦归，卒于宣州。《全唐诗》录存其诗十六首。

## 天姥岑望天台山①

天台众峰外，华顶②当寒空。

有时半不见，崔嵬③在云中。

① 天姥：山名，在浙江天台县西。天台山：在浙江天台县北。
② 华顶：即华顶峰，为天台山之最高处，其上常云雾缭绕。
③ 崔嵬：高峻貌。

【集评】

　　钟惺《唐诗归》:"二十字中抵一篇大游记。"
　　黄生《唐诗摘钞》:"浑沦空旷,极似太白笔兴。"


**冷朝阳**　　金陵(今南京市)人。大历四年(七六九)进士,曾为薛嵩从事。李嘉祐、钱起等尝与酬唱。《全唐诗》录存其诗十一首。


## 送红线①

采菱歌怨木兰舟,送客魂销百尺楼②。

还似洛妃乘雾去,碧天无际水东流③。

① 红线:相传是唐时侠女。初为潞州节度使薛嵩家侍女,时魏博节度使田承嗣阴蓄勇士,将并潞州,嵩闻之,日夜忧虑,计无所出。红线夜至魏郡,入承嗣寝室,取床头金合而归。嵩因遗书承嗣,以金合示之,承嗣惊惧,遣使谢过。一日,红线辞去,嵩不能留,乃广集宾友钱别。嵩以歌送红线,请座客冷朝阳为词。见袁郊《甘泽谣》。《唐诗纪事》:"潞州节度薛嵩,有青衣善弹阮咸琴,手纹隐起如红线,因以名之。一日辞去,朝阳为词云云。"
② 采菱二句:谓红线唱歌乘舟而去,高楼送行者深感怅惘。木兰舟,见崔国辅《采莲曲》注。
③ 还似二句:谓红线远去,惟见碧天无际,河水东流。与李白《黄鹤楼送孟浩然之广陵》"孤帆远影碧空尽,惟见长江天际流",造意略似。洛妃,相传是伏羲氏之女,溺死于洛水而为洛水之神。

【集评】

　　乔亿《大历诗略》:"词调极佳,渔洋诸绝句所本。"

俞陛云《诗境浅说续编》:"有美一人,菱歌唱罢,驾轻舟乘风竟去,剩有销魂者倚百尺高楼,望流水悠悠,碧天无际耳。诗为送红线而作,不专写离别之情,而拟以洛妃之灵迹,情韵殊长。"

【评解】

后半神情缥缈,妙极形容,与钱起《湘灵鼓瑟诗》"曲终人不见,江上数峰青",同一神味。(刘)

**卢纶** 字允言,河中蒲(今山西永济县)人,生于天宝七载(七四八),约卒于贞元十六年(八○○)。大历初,数举进士不第。宰相元载取其文以进,补阌乡尉。累迁监察御史,终检校户部郎中。纶为大历十才子之一,五七律精整浑厚,犹有盛唐余音。五绝《塞下曲》,奇拔沉雄,为世称诵。有《卢户部诗集》,《全唐诗》编存其诗五卷。

# 塞下曲[①] 六首选四

鹫翎金仆姑[②],燕尾绣蝥弧[③]。

独立扬新令,千营共一呼。

① 一作《和张仆射塞下曲》。塞下曲,见常建《塞下曲》注。
② 鹫翎句:鹫翎,鹫鸟之翎,可制箭羽。金仆姑,箭名。《左传》庄公十一年:"乘丘之役,公以金仆姑射南宫长万。"
③ 燕尾句:燕尾,旗上飘带。《尔雅》注:"帛续旌末为燕尾。"蝥弧,古时诸侯之旗。《左传》隐公十一年:"颍考叔取郑伯之旗蝥弧以先登。"此指军旗。

【集评】

黄叔灿《唐诗笺注》:"此首写其装束气概。下二句与(杨炯《从军行》)'宁为百夫长,胜作一书生',意趣略同。"

俞陛云《诗境浅说续编》:"前二句言弓矢精良,见戎容之暨暨,三句状阃帅之尊严,四句状号令之整肃。寥寥二十字中,有军容荼火之观。"

【评解】

此首写主将威严,军容整肃。"独立"两句,如见其人,如闻其声。(刘)


林暗草惊风①,将军夜引弓。

平明寻白羽,没在石棱中②。

① 林暗句:写猛虎出现时景象。
② 平明二句:《史记·李将军列传》:"广出猎,见草中石,以为虎而射之,中石没镞(一作"没羽"),视之石也。"白羽,即白羽箭。

【集评】

李锳《诗法易简录》:"暗用李广事,言外有边防严肃、军威远振之意。"

俞陛云《诗境浅说续编》:"此借用李广事,见边帅之勇健。李广射虎事,仅言射石没羽,纪载未详。夫弓力虽劲,没镞已属难能,而况没羽。作者特以'石棱'二字表出之,盖发矢适射两石棱缝之中,遂能没羽,于情事始合。卢允言乃读书得间也。"

【评解】

此首写将军雄武,櫽括李广故事,而"林暗"句宛似猛虎欲出,设景尤妙。(刘)


月黑雁飞高,单于夜遁逃①。

欲将轻骑逐，大雪满弓刀。

① 单于句：单于，匈奴君长之称。夜，一作"远"。

【集评】

锺惺《唐诗归》："中唐音律柔弱，独此可参盛唐。"

许学夷《诗源辨体》："纶五言绝'月黑雁飞高'一首，气魄音调，中唐所无。"

黄生《唐诗摘钞》："言虽雪满弓刀，犹欲轻骑相逐。一顺看，即似畏寒不出矣，相去何啻天渊。'夜'字一本作远，不惟句法不健，且惟乘月黑而夜遁，方见单于久在围中，若远而后逐，则无及矣。止争一字，语意悬远若此，甚矣书贵善本也！"

李锳《诗法易简录》："上二句言匈奴畏威远遁。下二句不肯邀开边之功，而托言大雪，便觉委婉，而边地之苦亦自见。"

俞陛云《诗境浅说续编》："前二首仅闲叙军中之事，此首始及战事。言兵威所震，强虏远逃，月黑雁飞，写足昏夜潜遁之状。追奔逐北者，宜发轻骑蹑之，而弓刀雪满，未得穷追，见漠北之严寒，防边之不易也。"

【评解】

黑夜逐北，大雪纷飞，似状行军之难，实见将士之勇，写来情景壮绝。（刘）

野幕敞琼筵，羌戎贺劳旋①。

醉和金甲舞，雷鼓②动山川。

① 羌戎句：羌戎，指当时西北边境内附之部族。劳，慰劳。旋，凯旋。
② 雷鼓：军中大鼓。

【集评】

俞陛云《诗境浅说续编》："边氛既扫，乃宏开野幕，飨士策勋。醉余起舞，金甲犹撾。击鼓其镗,雷鸣山应。唐人善边塞诗者推岑嘉州,卢之四诗,音词壮健,可与抗手,宜其在大历十子中与韩翃、钱起齐名也。"

宋顾乐《唐人万首绝句选》评:"允言《塞下曲》,意警气足,格高语健,读之情景历历在目,中唐五言之高调,此题之名作也。"

刘永济《唐人绝句精华》:"此题共六首,乃和张仆射之作,故诗语皆有颂美之意,与他作描写边塞苦寒者不同。"

【评解】

此首写凯旋之乐,中外之欢,明其为义战也。(刘)

## 赠李果毅①

白日磨金镞,当风着锦衣。

上城邀贼语②,走马截雕飞。

① 果毅:武官名,隋时禁卫军有折冲、果毅诸郎将官;唐有果毅都尉,为统府兵之官。
② 邀贼语:喊话之意。贼,古时亦指敌人。

【评解】

一句一事,合之浑然,如见其人之英风豪气,章法甚奇。(刘)

## 过玉真公主影殿①

夕照临窗起暗尘,青松绕殿不知春。

君看白发诵经者，半是宫中歌舞人。

① 玉真公主，唐睿宗之女。影殿，供遗像之殿。

【评解】

上二句状影殿之寂寞凄凉，下二句写宫人身世之悲，可与白居易《上阳白发人》同读。（富）

# 山店①

登登②山路何时尽，决决③溪泉到处闻。

风动叶声山犬吠，几家松火④隔秋云。

① 一作王建诗。
② 登登：行路声。
③ 决决：水流声。
④ 松火：即松明火。《燕闲录》：“深山老松之心，有油如蜡，以代烛，谓之松明。”

【集评】

何焯《三体唐诗》评："发端是暮程倦客，亟望有店，'何时尽'，又直贯注'隔秋云'三字。第二句疑若路穷，妙能顿挫。第四句仍用'隔秋云'三字，欲透复缩。"又曰："犬吠尚是因风远传，与下句'隔'字一线。"

刘永济《唐人绝句精华》："寻常景色，一入诗人之笔便不同。此诗无一奇特之事物，而有非画所能画出者，读之如身临其境，故是佳作。"

【评解】

历尽山路之艰，始知出山之乐；数声犬吠，几点松明，都成诗境矣。（刘）

## 曲江①春望 三首选二

菖蒲翻叶柳交枝,暗上莲舟鸟不知。

更到无花最深处,玉楼金殿影参差②。

① 曲江:即曲江池,在长安城南,为唐时游览胜地。其地秦时为宜春苑,汉时为乐游原,因水流曲折,故名。开元中更加疏凿,遍置离宫别馆,并有紫云楼、芙蓉园、杏园、慈恩寺诸名胜,花木环绕,烟水明媚,每岁中和、上巳,游客如云。见康骈《剧谈录》。
② 玉楼句:谓楼殿倒影水中。


翠黛红妆画鹢中①,共惊云色带微风。

箫管曲长吹未尽,花南水北雨蒙蒙。

① 翠黛句:翠黛红妆,指春游妇女。画鹢,画船。鹢,水鸟,善翔而不畏风,古时多画其形于船头。

【评解】

两诗写景妍丽,绰有画意,当日曲江风光,读此可以想见。(富)


## 李益

字君虞,陇西姑臧(今甘肃武威县)人,生于天宝七载(七四八),卒于大和元年(八二七)。大历四年(七六九)进士。尝为幽州节度使刘济从事,又佐邠宁戎幕。宪宗时,历任秘书少监、集贤殿学士,官至礼部尚书。益久历征戍,往往鞍马间横槊赋诗,故多悲歌慷慨之作。七绝语意雄健,情思悱恻,可与盛唐诸名篇媲美。《旧唐书》本传谓"每作一篇(七绝),为教坊乐人以赂求取,唱为供奉歌辞。其《征人歌》、《早行篇》,好事者画为屏障;'回乐烽前沙似雪,受降城外月如霜'之句,天下以为歌辞。"明胡应麟《诗薮》曰:"七言绝,开元以下,便当以李益为第一,如《夜上西城》、《从军北征》、《受降》、《春夜闻笛》诸篇,皆可与太白、龙标竞爽。"有《李君虞诗集》,《全唐诗》编存其诗二卷。

# 江南曲①

嫁得瞿塘贾②,朝朝误妾期③。

早知潮有信④,嫁与弄潮儿⑤。

① 江南曲:见储光羲《江南曲》注。
② 瞿塘贾:唐李白《江上寄巴东故人》:"瞿塘饶贾客。"瞿塘,瞿塘峡,即夔州,为当时商业中心。
③ 期:约期。
④ 潮有信:潮水涨落有时,故称潮信。
⑤ 弄潮儿:弄潮者。弄潮亦称迎潮,古时一种水上游戏。《元和郡县志》载:浙江潮每日昼夜再至,小则水渐长不过数尺,大则涛涌高至数丈。每年八月十八日,数百里士女,共观渔子泝涛触浪,谓之弄潮。按唐五代韦庄《思帝乡》词:"陌上谁家年少足风流,妾拟将身嫁与一生休。纵被无情弃,不能羞。"命意略似,别具机杼,可参看。

【集评】

锺惺《唐诗归》:"荒唐之想,写怨情却真切。"

贺裳《载酒园诗话》:"诗又有无理而妙者,如李益'早知潮有信,嫁与弄潮儿',此可以理求乎?然自是妙语。"

黄叔灿《唐诗笺注》:"不知如何落想,得此急切情至语。乃知《郑风》'子不我思,岂无他人',是怨怅之极词也。"

李锳《诗法易简录》:"极言夫婿之无情,借潮信作翻波,便有无限曲折。"

俞陛云《诗境浅说续编》:"潮来有信而郎去不归,喻巧而怨深。古乐府之借物见意者甚多,皆喻曲而有致,此诗其嗣响也。"

刘永济《唐人绝句精华》:"此写商人妇之怨情也。商人好利,久客不归,其妇怨之也。人情当怨深时,有此想法,诗人为之道出。"

【评解】

"早知"二句,与古乐府"道逢游冶郎,恨不早相识",皆真率痛快,不嫌其直。(刘)


## 幽州赋诗见意时佐刘幕①

征戍在桑干②,年年蓟水③塞。

殷勤驿西路,此去向长安。

① 一作《题太原落漠驿西堠》。幽州,治所在蓟县(今北京城西南)。刘幕,指幽州节度使刘济幕中。《旧唐书·李益传》:"北游河朔,幽州刘济辟为从事。"
② 桑干:即桑干河,源出山西北部管涔山,至河北西北部入官厅水库。此指征戍之地。
③ 蓟水:即指桑干河。

【集评】

黄生《唐诗摘钞》:"'殷勤'二字,唐人用之每妙。不言人不能归长安,但言驿路悠悠,如殷勤待人从此而去。立言之妙如此。"

【评解】

后半写旅情归思,托出前半久戍之苦。"殷勤"二字,极感慨歆羡之致。(富)

## 山鹧鸪词①

湘江斑竹枝②,锦翅鹧鸪③飞。

处处湘云合,郎从何处归?

① 山鹧鸪词:唐时南方民间歌曲。
② 斑竹枝:《博物志》:"尧之二女,舜之二妃,曰湘夫人。舜崩,二妃啼,以涕挥竹,竹尽斑。"
③ 鹧鸪:《本草纲目》:"鹧鸪,性畏霜露,夜栖以木叶蔽身,多对啼,今俗谓其鸣曰行不得也哥哥。"

【集评】

宋顾乐《唐人万首绝句选》评:"斑竹血泪以自比,鹧鸪行不得以喻郎,比兴深远,语意缥缈,神品也。"

俞陛云《诗境浅说续编》:"前二句兴体也,后二句赋体也,皆美人香草之寓言。'处处湘云合',言郎归之莫辨。相思无际,寄怀于水重云复之乡,乐府遗音也。"

【评解】

不怨行人忘返,却愁湘云迷路,语最蕴藉。(刘)


## 上洛桥①

金谷园②中柳,春来似舞腰。

何堪好风景,独上洛阳桥!

① 洛桥：即天津桥，故址在洛阳西南洛水上。
② 金谷园：晋石崇别墅，故址在洛阳附近。

【集评】
　　俞陛云《诗境浅说续编》："洛桥为唐时胜地，风物之美，裙屐之盛，每见于诗歌。此殆留滞洛中，感怀而作，宜其低回不尽也。"

## 水宿①闻雁

早雁忽为双，惊秋风水窗②。

夜长人自起，星月满空江。

① 水宿：谓夜宿于舟中。按李益于贞元十八年（八〇二）自扬州溯长江西上至巴陵，诗当作于此时。
② 惊秋句：谓于船窗闻雁而惊秋。

【集评】
　　刘永济《唐人绝句精华》："将一瞬间耳闻目见者以二十字写出，光景犹新。"

【评解】
　　结句"星月满空江"，写舟中闻雁夜起所见，有四顾茫茫之感，一片旅愁，尽为托出。（富）

## 写情①

水纹珍簟②思悠悠，千里佳期一夕休。

从此无心爱良夜,任他明月下西楼。

① 唐蒋防《霍小玉传》谓李益早岁应试长安,与霍小玉相爱,誓共偕老。后归省母,母已为订婚表妹卢氏。母性严毅,益不敢违。小玉饮恨而死。益"伤情感物,郁郁不乐"。此诗殆为霍而作。
② 水纹珍簟:即竹席。《类苑》:"明皇赐太真水纹竹根簟。"

【集评】

宋顾乐《唐人万首绝句选》评:"极直极尽,正复情味无穷。"

郭麐《灵芬馆诗话》:"李益'水纹珍簟思悠悠'云云,含思凄惋,命意忠厚,殊不类薄幸人。"

## 宫怨

露湿晴花春殿香,月明歌吹在昭阳①。

似将海水添宫漏②,共滴长门③一夜长。

① 昭阳:喻得宠者所居,见王昌龄《长信秋词》注。
② 宫漏:见崔液《上元夜》"玉漏"注。
③ 长门:喻失宠者所居,见李白《长门怨》注。

【集评】

唐汝询《唐诗解》:"以昭阳之歌吹,比长门之漏声,是以弥觉其长耳。"

乔亿《大历诗略》:"兴调已是龙标,又加沉着。"

刘永济《唐人绝句精华》:"不过'愁人知夜长'之意,却将昭阳歌吹与长门宫漏比说,便觉难堪。"

【评解】

"似将"二句,与李白《长门怨》"夜悬明镜青天上,独照长门宫里人",白居易《燕子楼》"燕子楼中霜月夜,秋来只为一人长",皆刻意烘染愁思,而海水添漏,设想尤奇。(富)


## 塞下曲① 四首选一

蕃州部落能结束②,朝暮驰猎黄河曲。

燕歌③未断塞鸿飞,牧马群嘶边草绿。

① 塞下曲:见常建《塞下曲》注。
② 蕃州句:蕃州,指西北边境少数民族所居之地。结束,戎装打扮之意。
③ 燕歌:指边地民歌。


## 度破讷沙① 二首选一

破讷沙头雁正飞,鸊鹈泉②上战初归。

平明日出东南地,满碛寒光生铁衣③。

① 破讷沙:沙碛名,在今内蒙古境内。
② 鸊鹈泉:《读史方舆纪要》:"鸊鹈泉在西受降城北三百里。丰州有九十九泉,鸊鹈盖其最著者。"
③ 平明二句:谓平明日出,照映战士铁甲,发出满碛寒光。

【集评】

宋顾乐《唐人万首绝句选》评:"诚非身亲其景,不能为此言。"

【评解】

"平明"二句,极写夜战之酣,而于景色苍凉中,自饶蓬勃之致,较明作豪语者尤有不尽之味。(刘)


## 夜上受降城①闻笛

回乐烽②前沙似雪,受降城外月如霜。

不知何处吹芦管③,一夜征人尽望乡。

① 受降城:唐神龙三年(七〇七)张仁愿筑,以防突厥,共有中、东、西三城。中城在今内蒙古包头市西;东城在今内蒙古托克托南,西去中城三百里;西城在今内蒙古杭锦后旗乌加河北岸,东去中城三百八十里。此指西受降城。
② 回乐烽:指西受降城附近之烽火台。烽,一作"峰",误。李益《暮过回乐烽》"烽火高飞百尺台",可证。
③ 芦管:胡人乐器。宋陈旸《乐书》:"芦管之制,胡人截芦为之,大概与觱篥相类,出于北国者也。"

【集评】

王世贞《艺苑卮言》:"绝句李益为胜,'回乐烽前'一章,何必王龙标、李供奉?"

黄叔灿《唐诗笺注》:"李君虞绝句,专以此擅场,所谓真率语、天然画也。"

李锳《诗法易简录》:"征人望乡,只加一'尽'字,而征戍之苦,离乡之久,胥包孕在内矣。"

宋宗元《网师园唐诗笺》:"蕴藉宛转,乐府绝唱。"

俞陛云《诗境浅说续编》:"对苍茫之夜月,登绝塞之孤城,沙明讶雪,月冷疑霜,是何等悲凉之境！起句以对句写之，弥见雄厚。后二句申足上意，言芦管之声，随朔风而起，防秋多少征人，乡愁齐赴，则己之郁伊善感，不待言矣。李又有《从军北征》诗，意境略同。此诗有夷宕之音，《北征》诗用伉爽之笔，均佳构也。"

【评解】

淡墨素描，似不用力，而天然超妙，最近太白。（刘）


## 夜上西城听凉州曲① 二首

行人夜上西城宿，听唱凉州双管逐②。

此时秋月满关山，何处关山无此曲！

① 西城：即西受降城。凉州曲，即《凉州》，多述征戍别离之情。凉州：一作"梁州"，义同。
② 双管逐：以双笛和之也。逐，以乐声配合歌辞。唐元稹《连昌宫词》："二十五郎吹管逐。"

【集评】

胡应麟《诗薮》："七言绝，开元以下，便当以李益为第一。如《夜上西城》、《从军北征》、《受降（城）》、《春夜闻笛》诸篇，皆可与太白、龙标竞爽，非中唐所得有也。"

黄叔灿《唐诗笺注》："'此时'二句，不言关山明月，听《凉州曲》之哀惨，乃偏说何处无此，则此时此际，同一悲凉，不言自喻矣。笔墨入微。"

【评解】

"此时"二句，亦犹王昌龄《从军行》"缭乱边愁听不尽，高高秋月照长城"之意，然一经推广其境，便臻唱叹之妙。（刘）

鸿雁新从北地来，闻声一半却飞回。

金河①戍客肠应断，更在秋风百尺台②。

① 金河：见柳淡《征人怨》注。
② 百尺台：指烽火台。唐李益《暮过回乐烽》："烽火高飞百尺台。"

【集评】
　　黄叔灿《唐诗笺注》："'鸿雁'二句，起得陡兀。'闻声一半却飞回'，'一半'二字，妙不可说，物犹如此，人何以堪？'更在秋风百尺台'，妙在托起一笔，分明是'一夜征人尽望乡'，'一时回向月中看'意，而故以托笔为缩笔，令人味之弥旨。此二首之用笔，真不可思议。"

【评解】
　　"闻声一半却飞回"，写曲调之哀怨，较《听晓角》"无限塞鸿飞不度"，刻画更甚，设想愈奇。（富）


# 征人歌①

胡风冻合鹨鹈泉，牧马千群逐暖川。

塞外征行无尽日，年年移帐②雪中天。

① 一作《暖川》。
② 移帐：移营。

【评解】
　　牧马冬日逐暖川而行，而战士年年移帐于冰雪之中，两相对照，征戍之苦自见。（富）

## 从军北征

天山雪后海风寒①,横笛偏吹行路难②。

碛里征人三十万,一时回首月中看③。

① 天山句:天山,在今新疆中部。海风,见王昌龄《从军行》注。
② 行路难:乐府《杂曲歌辞》,多述世路艰难及离别悲伤之意。
③ 一时句:一作"一时回向月明看"。

【集评】

毛先舒《诗辩坻》:"七绝,李益、韩翃足称劲敌。李华逸稍逊君平,气骨过之,至《从军北征》,便不减盛唐高手。"

黄生《唐诗摘钞》:"闻笛思乡,诗中常事,硬说三十万人一时回首,便使常意变新。"

黄叔灿《唐诗笺注》:"'碛里征人',妙在不说着自己,而己在其中。"

李锳《诗法易简录》:"即'一夜征人尽望乡'之意,而措语又别。"

宋顾乐《唐人万首绝句选》评:"情景两绝。"

【评解】

天山风雪,不比寻常,行军之难,众有同感,却被笛声吹出,故不觉一时回首同望也。意境苍凉雄阔,未可多得。(刘)

## 听晓角

边霜昨夜堕关榆①,吹角当城汉月孤②。

无限塞鸿飞不度，秋风卷入小单于③。

① 堕关榆：谓霜凋榆叶。关榆，关边榆树。古时边徼多植榆树,故称榆塞。
② 汉月孤：一作"片月孤"。
③ 无限二句：极写角声之凄厉。小单于,曲调名,唐大角曲有《大单于》、《小单于》等曲。

【集评】

沈德潜《唐诗别裁》："塞鸿闻角声尚不能飞度,况《小单于》吹入征人耳乎？与《受降城》一首相印。"

黄叔灿《唐诗笺注》："一片悲凉,却纯用白描法写照,画意无痕,几不着纸。风吹塞雁却与霜堕关榆相映。"

宋顾乐《唐人万首绝句选》评："鸿闻不度,人更何如？较《闻笛》、《从军》之作,意更微妙。"

俞陛云《诗境浅说续编》："首句言严霜一夕,榆林万叶,飞堕关前,时在破晓之前。次句言霜天拂晓有独立城头寒吹画角者,用'当'字固妙,接以'片月孤'三字,尤善写苍莽之神,宜其佳句流传,播为图画也。后二句谓无限塞鸿,闻角声悲奏,回翅不度,则征人闻角生悲,不言而喻矣。"


# 塞下曲①

伏波惟愿裹尸还，定远何须生入关②。
莫遣只轮归海窟，仍留一箭射天山③。

① 塞下曲：见常建《塞下曲》注。
② 伏波二句：谓为将者当效马援之愿马革裹尸,不必如班超之欲生入玉门关。

汉马援曾拜伏波将军,尝曰:"男儿要当死于边野,以马革裹尸还葬耳,何能卧床上在儿女子手中邪!"见《后汉书·马援传》。汉班超立功西域,封定远侯,后年老思归,上疏曰:"臣不敢望到酒泉郡,但愿生入玉门关。"见《后汉书·班超传》。

③ 莫遣二句:谓全歼来犯之敌后,仍须继续加强边防。只轮,《春秋公羊传》载:僖公三十三年,晋人与姜戎大败秦军于殽(山名,在今河南洛宁县北),秦军"片马只轮无反者"。海窟,指西域瀚海(沙漠)之地。射天山,唐薛仁贵为铁勒道总管,九姓十余万来挑战,仁贵发三矢杀三人,九姓慑服,遂降。军中歌曰:"将军三箭定天山,壮士长歌入汉关。"见《唐书·薛仁贵传》。

【评解】

此代边将立言,抒写报国壮志,杀敌决心。通首意气飞扬,极沉雄豪迈之致。四句皆对,句句用典,而一气浑成,无凑泊板重之迹,尤为可贵。(富)

# 边思

腰悬锦带佩吴钩①,走马曾防玉塞②秋。

莫笑关西将家子③,只将诗思入凉州④。

① 腰悬句:南朝宋鲍照《代结客少年场行》:"骢马金络头,锦带佩吴钩。"吴钩,宝刀,春秋时吴王阖庐所造。见《吴越春秋》。
② 玉塞:即玉门关。
③ 关西将家子:《后汉书·虞翻传》:"谚曰:'关西出将,关东出相。'"李益陇西人,为凉武昭王李暠之后,又久历征戍,故云。
④ 只将句:李益边塞从军之作,常为教坊乐人求取,唱为供奉歌词。凉州,乐曲名,见王翰《凉州词》注。

【集评】

宋顾乐《唐人万首绝句选》评:"写出豪概。"

【评解】

李益"莫笑关西将家子,只将诗思入凉州",是自负语;陆游"此身合是诗人未,细雨骑驴入剑门",是感慨语。同是从军诗人之作,正可合看。(刘)

# 汴河①曲

汴水东流无限春,隋家宫阙已成尘②。

行人莫上长堤③望,风起杨花愁杀人。

① 汴河:亦名汴水或汴渠,即隋炀帝时开凿之通济渠,唐时名广济渠。
② 隋家句:谓隋时行宫倾毁已尽。《隋书·炀帝纪》:"大业元年,自长安至江都,置离宫四十余所。"
③ 长堤:即隋堤。炀帝时开通济渠,沿渠筑堤,植杨柳,世称隋堤。

【集评】

宋顾乐《唐人万首绝句选》评:"情格绝胜,那得不推高调!"

【评解】

汴水依旧东流,隋家宫阙已成尘土,惟余轻薄杨花漫天飞舞,堤上行人,自生今昔盛衰之感。下二句以喟叹出之,怆惘无尽。(富)

# 隋宫燕

燕语如伤旧国①春,宫花旋落已成尘②。

自从一闭风光后，几度飞来不见人。

① 旧国：指前代隋朝。
② 旋落已成尘：一作"一落旋成尘"。

【集评】

宋顾乐《唐人万首绝句选》评："末句中正含情无限，通首不嫌直致。"

刘永济《唐人绝句精华》："吊古之情由偶见春燕引起，即代燕说，构思颇巧。"

【评解】

刘禹锡《杨柳枝词》："炀帝行宫汴水滨，数株残柳不胜春。晚来风起花如雪，飞入宫墙不见人。"与此意境相似，皆吊古伤今，托物寄慨。（富）

# 行舟①

柳花飞入正行舟，卧引菱花信碧流②。

闻道风光满扬子③，天晴共上望乡楼④。

① 此贞元十六年（八〇〇）赴扬州时所作。
② 信碧流：听任船只在江流中行驶。
③ 扬子：扬子江，即今扬州至镇江间之江流，因其地古有扬子津及扬子县，故名。
④ 望乡楼：泛指可以望远之高楼。

【集评】

宋顾乐《唐人万首绝句选》评："情味悠然，妙在不杀风景。"

【评解】

"闻道"二句,写客中乡思,妙在微逗即止,悠然不尽,故耐寻讽。(富)

## 临滹沱①见蕃使列名

漠南②春色到滹沱,边柳青青塞马多③。

万里关山今不闭④,汉家频许郅支⑤和。

① 滹沱:河名,源出山西五台山,东流入河北境,在献县与滏阳河会合为子牙河。
② 漠南:沙漠之南。
③ 塞马多:指回纥以马易帛事。《旧唐书·回纥传》:"回纥恃功,自乾元之后,屡遣使以马和市缯帛,仍岁来市,以马一匹易绢四十匹,动至数万马。其使候遣,继留于鸿胪寺者非一。蕃得帛无厌,我得马无用,朝廷甚苦之。"按唐白居易《新乐府·阴山道》亦咏其事,可参看。
④ 万里句:谓边防空虚。
⑤ 郅支:即郅支骨都侯单于,汉时匈奴首领之一,曾杀汉使,旋复向汉修好,汉恃强大,坚不与和。后为陈汤等攻灭。见《汉书·陈汤传》。此以许和郅支喻国势衰弱。

【评解】

关山不闭,频许和戎,塞马纵横,竟占滹沱春色,感愤之情深矣。(刘)

## 上汝州①城楼

黄昏鼓角似边州②,三十年前上此楼。

今日山川对垂泪③,伤心不独为悲秋④。

① 汝州:今河南临汝县。
② 黄昏句:汝州为当时藩镇割据混战之地,故云。
③ 山川对垂泪:谓对山川而垂泪。
④ 悲秋:宋玉《九辩》:"悲哉秋之为气也!"

【集评】

敖英《唐诗绝句类选》:"感慨含蓄,新亭堕泪,恐亦尔尔。"

黄叔灿《唐诗笺注》:"'似'字见风尘满地,三十年中,乱离飘荡,山川如故,风景已非。'伤心不独为悲秋',俱含在内。"

【评解】

藩镇割据,隐若敌国,三十年前,何曾有此,宜其感愤若是。(刘)

## 春夜闻笛

寒山吹笛唤春归,迁客相看泪满衣。

洞庭一夜无穷雁,不待天明尽北飞①。

① 洞庭二句:谓雁群因春至而北归,反衬迁客之思归不得。

【评解】

此写迁客闻笛,与前写征人闻笛听角,意境结构又别,对照读之,可见变化之妙。(富)

**窦常** 字中行,京兆金城(今陕西兴平县)人,生于天宝八载(七四九),卒于宝历元年(八二五)。大历十四年(七七九)进士。元和间,历任朗州、固陵、浔阳、临川刺史,终国子祭酒。窦氏兄弟五人皆工诗,有《窦氏联珠集》,《全唐诗》录存其诗二十六首。

## 七夕①

露盘花水望三星②,仿佛虚无为降灵③。

斜汉④没时人不寐,几条蛛网下空庭。

① 七夕:《荆楚岁时记》:"七月七日为牵牛织女聚会之夜。是夕,人家妇女结彩楼,穿七孔针,或以金银鍮石为针,陈几筵酒脯瓜果于庭中以乞巧,有喜子(蜘蛛之一种)网于瓜上,则以为符应(佳兆)。"
② 三星:《星经》:"织女三星,在河西北,又名东桥。"
③ 降灵:仙灵下降。
④ 斜汉:指银汉。斜,将落也。

【评解】

写得惝恍迷离,活见小儿女痴情幻想。(刘)

**王表** 大历十四年(七七九)进士,官至秘书少监。《全唐诗》录存其诗三首。

## 成德乐①

赵女乘春上画楼,一声歌发满城秋②。

无端更唱关山曲③,不是征人亦泪流。

① 成德乐:古乐府名。
② 赵女二句:谓赵女春日登楼,一声歌发,竟使满城皆有秋意。相传古代赵地女子善歌。《晋白纻舞歌诗》:"齐倡献舞赵女歌。"唐李白《豳歌行上新平长史兄粲》:"赵女长歌入彩云。"
③ 关山曲:以征戍为主题之歌曲,如《关山月》、《从军行》等。

【评解】

通首以夸张手法,渲染赵女歌声之悲切动人。"不是征人亦泪流",亦犹戴叔伦之"不是愁人亦断肠",乃加一倍写法。(富)

**窦牟**　字贻周,京兆金城(今陕西兴平县)人,生于天宝九载(七五〇),卒于长庆三年(八二三),窦常之弟。贞元二年(七八六)进士,历佐从事,迁尚书虞部郎中,出为泽州刺史,终国子祭酒。有《窦氏联珠集》,《全唐诗》录存其诗二十一首。

## 奉诚园①闻笛

曾绝朱缨吐锦茵②,欲披荒草访遗尘③。

秋风忽洒西园④泪,满目山阳笛里人⑤。

① 奉诚园:原注:"园,马侍中故宅。"马侍中即马燧,大历、建中间,屡平李灵耀、田悦、李怀光等叛乱,曾拜侍中,加检校司徒,封北平郡王,图形凌烟阁。见《旧唐书·马燧传》。唐冯翊《桂苑丛谈》:"马司徒之子畅,以第中大杏馈中人窦文场,文场以进德宗,德宗以为未尝见,颇怪畅,因令中使就封其树。

畅惧进宅,改为奉诚园。"《雍录》谓奉诚园在长安安邑坊内。
② 曾绝句:谓当年曾受马燧恩遇。绝朱缨,楚庄王赐群臣酒,日暮酒酣,左右皆醉,殿上烛灭,有牵王后衣者,后绝其冠缨,告王,请燃火视之。王出令曰:"与寡人饮,不绝缨者不为乐也。"于是冠缨无完者,王与群臣欢饮而罢。见《韩诗外传》。吐锦茵,汉丞相丙吉有驭吏嗜酒,尝醉呕车上,西曹主吏请斥之,吉曰:"此不过污丞相车茵耳。"遂不去之。见《汉书·丙吉传》。
③ 欲披句:披,拨开。访遗尘,访其遗迹。
④ 西园:故址在魏都邺城(今河南临漳县),曹操所建,曹植尝与诸文人夜游赋诗。三国魏曹植《公䜩》:"清夜游西园,飞盖相追随。"此借指奉诚园。
⑤ 满目句:写伤今感逝之情。晋向秀与嵇康、吕安友善,嵇、吕亡后,秀经其山阳(今河南修武县)旧居,作《思旧赋》。其序云:"余逝将西迈,经其旧庐,于时日薄虞渊,寒冰凄然。邻人有吹笛者,发声寥亮,追思曩昔游宴之好,感音而叹,故作赋云。"

【集评】

唐汝询《唐诗解》:"此因笛声兴感,伤马氏之微,见德宗待功臣之薄也。"

吴逸一《唐诗正声》评:"感深知己,一字一泪。叠用故事,略无痕迹,更见炉锤之妙。论其声调,又逼盛唐。"

宋顾乐《唐人万首绝句选》评:"精警圆亮,绝调也。"

刘商 字子夏,徐州彭城(今江苏徐州市)人。大历进士。贞元中,累官比部员外郎,迁检校兵部郎中,后出为汴州观察判官。有《刘虞部诗集》,《全唐诗》编存其诗二卷。

# 行营即事①

万姓厌干戈,三边②尚未和。

将军夸宝剑,功在杀人多。

① 行营:军队出征时所驻之地。即事:就所见之事物有感而作也。
② 三边:《小学绀珠》:"三边,幽、并、凉三州也。"

【评解】

此斥开边衅以邀功者。"杀人多"三字,锋利无匹,咄咄逼人。(刘)

## 送王永① 二首选一

君去春山谁共游,鸟啼花落水空流。
如今送别临溪水,他日相思来水头。

① 一作《合溪送王永归东郭》。

【集评】

何焯《三体唐诗》评:"上二句先透出相思,末句以相望足上相送意。(李商隐《夜雨寄北》)'君问归期未有期'一篇,与此正意度相似。"

【评解】

"君去"二句,预想别后相思,反起下文,倒装见妙。"如今"二句,此意前人送别诗中未尝道及,遂觉新颖。通首宛转缠绵,情韵俱胜。(富)

## 送别

灞岸青门有弊庐①,昨来闻道半丘墟②。

陌头空送长安使,旧里无人可寄书。

① 灞岸句:灞岸,灞水之滨,在长安城东。青门,长安东门。
② 昨来句:昨来,近来。丘墟,废墟。

【评解】

前半谓故居已成废墟,乃反映长安自安史之乱后屡经战火之实况。后半借归使寄慨,感喟殊深。(富)

**杨凝** 字懋功,虢州弘农(今河南灵宝县南)人。卒于贞元十九年(八〇三)。大历进士。曾为司封员外郎、右司郎中,终兵部郎中。与兄凭弟凌皆工词赋,时称三杨。有《杨凝诗集》,《全唐诗》编存其诗一卷。

## 送客入蜀

剑阁①迢迢梦想间,行人归路绕梁山②。

明朝骑马摇鞭去,秋雨槐花子午关③。

① 剑阁:一名剑门关,在今四川剑阁县北。

② 梁山：在今陕西南郑县东南。
③ 子午关：《元和郡县志》："子午关在京兆府长安县南。"

【集评】

黄叔灿《唐诗笺注》："'秋雨槐花'句，点染行路景色入妙。"

李锳《诗法易简录》："末句不言离情，而自在言外得之。"

【评解】

剑阁，梦想入蜀之处；梁山，中途所经之地；子午关，明朝初历之程。叙次由远及近，即写归程由近及远，梦想终于实现，骑马摇鞭，欢情可掬。于送行诗中，别开生面。（刘）

**武元衡**　字伯苍，河南缑氏（今河南缑氏县）人，生于乾元元年（七五八），卒于元和十年（八一五）。建中四年（七八三）进士，为监察御史，累迁至御史中丞。元和二年（八〇七）为相，寻出为剑南节度使。八年（八一三），还朝秉政，因力主讨伐藩镇，为李师道所遣刺客杀害。有《武元衡集》，《全唐诗》编存其诗二卷。

## 春兴

杨柳阴阴细雨晴，残花落尽见流莺。

东风一夜吹乡梦，又逐东风到洛城①。

① 洛城：指洛阳。

【集评】

黄叔灿《唐诗笺注》:"旅情黯黯,春梦栩栩,笔致入妙。"

俞陛云《诗境浅说续编》:"诗言春尽花飞,风吹乡梦,虽寻常意境,情韵自佳。三四句'乡梦'、'东风',循环互用,句法颇新。"

【评解】

通首摹写因春暮而动归思,笔致空灵蕴藉。末句标出"又"字,则思乡之切,入梦之频,俱在言外。(富)


## 渡淮①

暮涛凝雪②长淮水,细雨飞梅五月天③。

行子不须愁夜泊,绿杨多处有人烟④。

① 淮:淮河,源出河南桐柏山,东流经安徽至江苏北部入洪泽湖。
② 凝雪:谓浪花如雪。
③ 细雨句:指梅雨。梅子于四五月间黄落,其时多雨,谓之梅雨。
④ 人烟:犹人家。

【评解】

前半极写途中愁人景色,后半豁然开朗,转作慰藉之词,乃行旅诗中别具新意者。(富)

## 汴河①闻笛

何处金笳月里悲，悠悠边客梦先知。

单于城②上关山曲，今日中原总解吹。

① 汴河：见李益《汴河曲》注。
② 单于城：即单于都护府治所，故址在今内蒙古呼和浩特市南。

【集评】

黄叔灿《唐诗笺注》："唐时边患之久，戍边之多，俱在言外。"
宋顾乐《唐人万首绝句选》评："只将闻笛之愁轻轻点过，下截命意更深更远。"

【评解】

此有感于天宝以后重用胡将，屡借外兵，使胡风亦盛行于中国也。从闻笛着眼，亦以小见大之意。（刘）


## 题嘉陵驿①

悠悠②风旆绕山川，山驿空蒙③雨似烟。

路半嘉陵头已白，蜀门④西更上青天。

① 嘉陵驿：在今四川广元县西。元和二年（八〇七），武元衡以平章事充剑南、西川节度使（见《旧唐书·武元衡传》），此入蜀时作。
② 悠悠：风拂旌旗貌。《诗·小雅·车攻》："悠悠旆旌。"

③ 空蒙：雨气迷茫貌。
④ 蜀门：即剑阁，在今四川剑阁县北。张载《剑阁铭》："惟蜀之门，作固作镇。"

【集评】

宋顾乐《唐人万首绝句选》评："上二句景象俨然，下二句悲苦无极，意工调高格峻，不厌百回读矣。"

【评解】

《北梦琐言》谓元衡与李吉甫不协，被挤出镇。观此诗情怀抑塞，殆非虚言。下二句从李白"蜀道之难难于上青天，使人听此凋朱颜"化出，而以路半头白为言，是转进一层写法。（刘）

**权德舆** 字载之，天水略阳（今甘肃秦安县东北）人，生于乾元二年（七五九），卒于元和十三年（八一八）。贞元中，为太常博士，累迁至礼部侍郎。元和中，历兵部侍郎，迁太常卿，拜礼部尚书同平章事。有《权文公集》，《全唐诗》编存其诗十卷。

## 玉台体① 十二首选四

泪尽珊瑚枕，魂销玳瑁床。

罗衣不忍着，羞②见绣鸳鸯。

① 玉台体：南朝陈徐陵编选《玉台新咏》，中多艳情之作，后世称之为玉台体。此为拟作。
② 羞：怕也，唐人口语。

君去期花时①,花时君不至。

檐前双燕飞,落妾相思泪。

① 期花时:预定花时归来。

昨夜裙带解①,今朝蟢子飞②。

铅华不可弃,莫是藁砧归③。

① 裙带解:裙带自落,乃夫归之兆。
② 蟢子飞:南朝梁刘勰《新论》:"野人昼见蟢子者,以为有喜乐之瑞。"蟢子为蜘蛛之一种,一名喜子,又名喜蛛,因蟢、喜同音,故以为吉兆。
③ 铅华二句:谓当是丈夫将归,应妆饰以待之。铅华,粉也。藁砧,古时以铁为砧,垫而切藁。铁,夫谐声,故以为妇女称夫之隐语。

【集评】

黄生《唐诗摘钞》:"二十字宜一气急道,方像惊喜自疑之意。插'铅华'句在中,自是口角。"

俞陛云《诗境浅说续编》:"此写闺中望远之思,作者曲体闺情,《金荃》之隽咏也。"

万里行人①至,深闺夜未眠。

双眉灯下扫②,不待镜台前。

① 行人:指丈夫。
② 扫:画也,唐人口语。

## 【评解】

诸诗真挚缠绵,情事宛然,真《子夜》、《读曲》之遗。(刘)

## 羊士谔

泰山(今山东泰安市)人。贞元元年(七八五)进士。顺宗时,为宣歙巡官。元和初,擢监察御史,出为资州刺史。有《羊士谔诗集》,《全唐诗》编存其诗一卷。

## 郡中即事①

红衣落尽暗香残②,叶上秋光白露寒。

越女含情已无限,莫教长袖倚阑干。

① 一作《玩荷花》。
② 红衣句:红衣,指荷花。暗香,指荷香。

## 【集评】

唐汝询《唐诗解》:"士谔以监察御史出刺资州,感时物之衰,故以托兴。"

贺裳《载酒园诗话》:"题是《郡中即事》,固是感秋而作。但'越女含情',与太守何涉,而莫教倚栏也?此正喻孤臣于思妇之意,借以写留滞周南之感耳。唐时重内而轻外,羊以与吕温善而谪外,故发于语者如此。然虽感慨,而含蓄不露,颇得风人之遗。"

黄生《唐诗摘钞》:"言越女已含红颜易老之情,莫教倚栏更睹红衣零落,益增其感也。诗中多以花比人,此则以人比花,与李商隐咏《槿花》作同法。此诗寓意深至,有无限新故之感在其中。"

黄叔灿《唐诗笺注》:"摇落之悲,殊难寓目,况以含情越女,岂能相对堪此!'莫教'二字,凄惋入神。"

宋顾乐《唐人万首绝句选》:"忽惊迟暮,后二语含情无限。"

俞陛云《诗境浅说续编》:"渚莲香尽,露气初泞,此时越女伤秋,已觉乱愁无次,若更曳长袖而倚回栏,对此凄清池馆,将添得愁思几许。此诗善用曲笔,如竟言惆怅凭阑,便觉少味矣。"

## 登楼

槐柳萧疏绕郡城,夜添山雨作江声①。

秋风南陌无车马,独上高楼故国情②。

① 夜添句:谓因山雨而江声转壮。
② 独上句:谓独上高楼凭眺而动乡思。

【集评】

唐汝询《唐诗解》:"此亦在郡感秋而起故园之思。"

李锳《诗法易简录》:"此亦思归之作,三句写景,末句点到登楼,笔力自高。"

宋顾乐《唐人万首绝句选》评:"见闻如此,摇落萧飒甚矣。此际登楼,那能无故国之思!"

## 泛舟入后溪① 二首选一

雨余芳草净沙尘,水绿滩平一带春。

惟有啼鹃似留客,桃花深处更无人。

① 一作于鹄诗。

【集评】

俞陛云《诗境浅说续编》:"凡山水佳处,每在幽深之境。此诗先言过雨之景,后言行至桃花深处,寂无人迹,啼鸟忘机,似解声声留客。同时刘商有《题黄陂夫人祠》云'东风三月黄陂水,只见桃花不见人',与此诗第四句相似。但一纪清游,一怀灵迹,句同而意殊也。"

刘永济《唐人绝句精华》:"一种极幽静之境为诗人所得,写来如见。"


## 夜听琵琶 三首

掩抑危弦咽又通①,朔云边月想朦胧②。

当时谁佩将军印,长使蛾眉怨不穷③!

① 掩抑句:因弹奏多用掩按抑遏手法,故出声幽咽悲切。
② 朔云句:谓听者恍如置身塞外。
③ 当时二句:用王昭君事。晋石崇《王明君词序》:"昔公主嫁乌孙,令琵琶马上作乐,以慰道路之思,其送明君,亦必尔也。其造新曲,多哀怨之声。"唐杜甫《咏怀古迹》昭君一章"千古琵琶作胡语,分明怨恨曲中论。"

【评解】

"朔云"句写"夜听"入神。下二句用昭君事托出曲调哀怨,点缀甚工。(富)

一曲徘徊星汉稀①，夜阑幽怨重②依依。
忽似挝金③来上马，南枝栖鸟尽惊飞。

① 星汉稀：谓夜深。汉，银汉，即银河。
② 重：更也。
③ 挝金：古代行军出征时挝金击鼓。高适《燕歌行》："挝金伐鼓下榆关。"挝，撞击。金，钲也。

【评解】

下二句状琵琶忽然弹出激昂之声，与韩愈《听颖师弹琴》"划然（忽然）变轩昂，勇士赴敌场"，造意相似，而以栖鸟惊飞映衬，更为生动传神。（富）

破拨①声繁恨已长，低鬟敛黛更摧藏②。
潺湲陇水听难尽，并觉风沙绕画梁③。

① 破拨：谓拨弦弹奏。拨，弹琵琶之拨片，有木制、玉制或金制者。
② 低鬟句：状弹者之姿态。低鬟，低头。敛黛，绉眉。摧藏，晋孙该《琵琶赋》："抑扬按捻，拊搦摧藏。"唐董思恭《咏琵琶》："摧藏千里态。"
③ 潺湲二句：极写曲调之悲凉，谓恍闻陇水潺湲，并觉风沙飞扬。陇水，《陇头歌辞》："陇头流水，鸣声幽咽。"绕画梁，《列子·汤问》："昔韩娥东之齐，匮粮，过雍门，鬻歌假食。既去，而余音绕梁㰏，三日不绝。"此用其字面。

【集评】

刘永济《唐人绝句精华》："首句写弹，次句写弹琵琶之人，三四句写听，'陇水'、'风沙'，皆所听之声也。"

【评解】

"潺湲"二句，与高骈《赠歌者》"便从席上风沙起，直到萧关水尽头"，皆刻意形容

曲调之悲凉。（富）

# 寻山家①

独访山家歇还涉，茅屋斜连隔松叶。

主人闻语未开门，绕篱野菜飞黄蝶。

① 一作长孙佐辅诗。

【集评】

胡仔《苕溪渔隐丛话》："羊士谔《寻山家》诗云：'主人闻语未开门，绕篱野菜飞黄蝶。'余尝居村落间，食饱楛筇纵步，款邻家之扉，小立待之，眼前景物，悉如诗中之语，然后知其工也。"

李诩《戒庵老人漫笔》："长孙佐辅'独访山家歇还涉'云云，柳子厚(《夏昼偶作》)'南州溽暑醉如酒'云云，皆昔人所称七言仄韵之胜者，今载《三体》(指《三体唐诗》)中。间诵一过，如披图画，尝欲得善丹青者写之，姑记以俟。"

【评解】

首句写途中，次句写望见，三句写到门，四句写山家幽趣。笔有层序，意有虚实，正见组练工夫。（刘）

**孟　郊**　字东野，湖州武康(今浙江德清县)人，生于天宝十载(七五一)，卒于元和九年

(八一四)。贞元十二年(七九六)进士,授溧阳尉。元和初,郑余庆为河南尹,奏为水陆转运判官。九年,郑出镇兴元,辟为参谋,病卒道中。与韩愈相善,唱酬甚多,世称韩、孟。亦与贾岛齐名,皆以苦吟著称。五古镵刻斩削,硬语盘空,多愤时嫉俗之作。绝句质朴简练,饶有古乐府神味。有《孟东野集》,《全唐诗》编存其诗十卷。

## 古别离[①]

欲别牵郎衣:郎今到何处?

不恨归来迟,莫向临邛去[②]?

① 古别离:乐府《杂曲歌辞》。
② 莫向句:临邛,今四川邛郲县。汉司马相如客游临邛,卓王孙招饮,其女文君新寡,相如以琴心挑之,文君夜奔相如。见《史记·司马相如传》。此云莫向临邛者,恐其遇新欢而弃旧爱。按唐朱庆馀《送陈标》:"满酌劝僮仆,好随郎马蹄,春风慎行李,莫上白铜鞮。"与此命意相似,可参看。

【集评】

锺惺《唐诗归》:"宁独思巧,直是片言有余。"

黄生《唐诗摘钞》:"唐时蜀中为繁华佳丽之地,故云云。与朱庆馀《送陈标》作同意,但彼语婉,是绝句体;此语直,是乐府体也。"

管世铭《读雪山房唐诗钞凡例》:"孟郊之《古别离》,即其古诗。"

俞陛云《诗境浅说续编》:"良人远役,不在归计之稽迟,而在同心之固结。含情无际,皆在牵衣数语中也。"

【评解】

劈空而来,截然而止,中间转折纡徐不迫,极费经营裁剪。(刘)

## 归信①吟

泪墨洒为书,将②寄万里亲。

书去魂亦去,兀然③空一身。

① 归信:即归使。
② 将:持也。
③ 兀然:漠然无知貌。

【评解】
东坡《读孟郊诗》,谓其"诗从肺腑出,出辄愁肺腑",读此诗可见。(刘)

## 古怨

试妾与君泪,两处滴池水。

看取芙蓉花,今年为谁死①?

① 看取二句:谓以花死验泪之深浅与情之真伪。芙蓉花,荷花。

【集评】
吴逸一《唐诗正声》评:"花死由泪深浅,首下一'试'字,便有分别。"

黄叔灿《唐诗笺注》:"不知其如何落想,得此四句,前无可装头,后不得添足,而怨恨之情已极。此天地间奇文至文。"

刘永济《唐人绝句精华》:"此诗设想甚奇,池中有泪,花亦为之死,怨深如此,真可以泣鬼神矣。"

【评解】

怨诗多尚缠绵,此独出以崭绝,盖语激而情愈挚也。(刘)

## 洛桥①晚望

天津桥下冰初结,洛阳陌上行人绝。

榆柳萧疏楼阁闲②,月明直见嵩山③雪。

① 洛桥:即天津桥,在今洛阳西南洛水上。
② 楼阁闲:谓天寒无人登临。
③ 嵩山:在今河南登封县北,古时称为中岳。

【集评】

潘德舆《养一斋诗话》:"东野《洛桥晚望》,笔力高简至此,同时除退之之奥,子厚之淡,文昌之雅,可与匹者谁乎?"

【评解】

淡墨白描,层层渲染,结句意境尤为高远,非画笔所能到。(富)

**李约** 字存博,自号萧斋,陇西成纪(今甘肃天水县)人,生于天宝十载(七五一),约卒于元和五年(八一〇),宗室汧公勉之子。曾为兵部员外郎。《全唐诗》录存其诗十首。

## 观祈雨

桑条无叶土生烟①,箫管迎龙水庙②前。

朱门几处看歌舞,犹恐春阴咽管弦③。

① 桑条句:谓因久旱而桑叶枯死,尘土飞扬。
② 水庙:即龙王庙。
③ 犹恐句:谓唯恐天阴乐器受潮,乐音喑哑。

【集评】

杨慎《升庵诗话》:"与聂夷中二丝五谷诗(即《咏田家》)并观,有《三百篇》遗意。"

【评解】

农夫祈雨,朱门望晴,其利害相反如此。特举管弦为言,弥见讥刺之切。(刘)


**晁采** 小字试莺,大历时人。少与邻生文茂约为夫妇,及长,时寄诗传情,母知之,遂以嫁茂。《全唐诗》录存其诗二十二首。


## 子夜歌① 十八首选三

侬既剪云鬟②,郎亦分③丝发。

觅向无人处,绾作同心结④。

① 子夜歌：乐府《吴声歌曲》，相传晋时女子名子夜者所作，多述男女爱情。
② 云鬟：女子鬟髻之美称。
③ 分：剪也。
④ 同心结：古以锦带绾为连环回文式，寓相爱之意，名同心结。

明窗弄玉指，指甲如水晶。
剪之特寄郎，聊当携手行。

醉梦幸逢郎，无奈乌哑哑①。
中山如有酒，敢惜千金价②。

① 无奈句：谓无奈为啼鸦惊醒。哑哑，鸦啼声。
② 中山二句：谓但愿长醉不醒。《博物志》载：刘玄石于中山酒家酤酒，酒家与千日酒，归饮而醉，家人以为死也，权葬之。酒家计千日满，往问之，云："玄石亡来三年，已葬。"于是开棺，醉始醒。

【集评】

刘永济《唐人绝句精华》："此乐府诗也，颇得民歌真朴之致。"

【评解】

诸诗婉转缠绵，语浅意挚，写出小儿女痴情，声口宛然，为南朝乐府之嗣响。（富）

陈羽　　江东人。贞元八年（七九二）进士，曾官东宫卫佐。有《陈羽诗集》，《全唐诗》编存其诗一卷。

## 梁城老人怨①

朝为耕种人，暮作刀枪鬼。

相看父子血，共染城壕水。

① 一作司空曙诗。梁城，即梁县，今河南临汝县。

【集评】

刘永济《唐人绝句精华》："读此二十字，真不知是何世界！"

【评解】

中唐以来，藩镇割据，彼此吞并，皆就地征兵，驱民作战。此诗反映实况，弥觉惊心怵目。（富）


## 送灵一上人①

十年劳②远别，一笑喜相逢。

又上青山去，青山千万重。

① 灵一上人：即诗僧灵一，曾居云门寺，与朱放、张继、皇甫冉等为诗友。上人，乃僧人之尊称。
② 劳：悲伤之意。《诗·邶风·燕燕》："瞻望弗及，实劳我心。"

【集评】

黄生《唐诗摘钞》："二十字中叙久别今逢，才逢又别，情事已曲尽矣。尤妙在'青山千万重'五字,于景中寓意,有多少后会难期之感。若再说后会难期,便不成话。此唐人境界别于后人处也。"

【评解】

权德舆《岭上逢久别者又别》:"十年曾一别,征路此相逢。马首向何处,夕阳千万峰。"与此诗情事相类,作法亦同,妙在一结皆悠然不尽,极空灵含蓄之致。(富)

## 吴城①览古

吴王旧国水烟空②,香径③无人兰叶红。

春色似怜④歌舞地,年年先发馆娃宫⑤。

① 吴城:即今江苏苏州市,春秋时吴国都此。
② 吴王句:吴王,指夫差。水烟空,谓烟水空蒙,暗喻霸业消沉。
③ 香径:即采香径,故址在苏州西南香山旁,相传夫差曾遣美人采香于此,故名。
④ 怜:爱也。
⑤ 馆娃宫:故址在灵岩山上,夫差筑以馆西施,吴人称美女曰娃,故名。

【集评】

吴逸一《唐诗正声》评:"'似怜'、'先发',说得春色有情,又与'兰叶红'相映带。"
黄生《唐诗摘钞》:"此首犹是盛唐余韵,觉比太白'旧苑荒台'作(《苏台怀古》)较浑。"
宋顾乐《唐人万首绝句选》评:"将黍离芳草之思而反言之,用意更深远独妙。"

【评解】

后半言春色犹爱歌舞之地,则当年之繁华可想,盖正伤今日之凄凉也。(富)

## 从军行①

海②畔风吹冻泥裂,枯桐叶落枝梢折。

横笛③闻声不见人,红旗直上天山雪。

① 从军行:见王昌龄《从军行》注。
② 海:古时称塞外大水泽亦曰海,如青海、蒲类海、居延海等。
③ 横笛:指军中吹笛。唐岑参《轮台歌奉送封大夫出师西征》:"上将拥旄西出征,平明吹笛大军行。"

【评解】

军笛横吹,红旗直上,冲寒陟险,愈显雄姿。精神振踔,全在末句。(刘)


## 湘君祠①

二妃哭处②湘江深,二妃愁处云沉沉。

商人酒滴庙前草,萧飒风生斑竹林。

① 湘君祠:即黄陵庙,在今湖南湘阴县北洞庭湖边。湘君,即舜之二妃娥皇、女英,详见张说《送梁六》注。
② 二妃哭处:《述异记》:"昔舜南巡而葬于苍梧之野,尧之二女娥皇、女英追之不及,相与恸哭,泪下沾竹,竹上文为之斑斑然。"

【集评】

宋顾乐《唐人万首绝句选》评:"语境深杳可思,不减义山(《重过圣女庙》)'尽日灵风不满旗'之句。"

俞陛云《诗境浅说续编》："此诗通首不用谐律,颇合《竹枝词》风调。诗言云暗江深,是当日英、皇对泣处,至今野庙临江,行客有怀,向荒祠酹酒,数丛斑竹摇风,秋声飒飒,犹疑洒泪时也。"

【评解】

前半以江深云沉状二妃之遗恨,笔意幽渺。结句以风生斑竹传二妃幽怨之神,与戴叔伦《过三闾庙》"日暮秋风起,萧萧枫树林",烘托相同。(富)

## 宿淮阴[①]作

秋灯点点淮阴市,楚客联樯宿淮水[②]。

夜深风起鱼鳖腥,韩信祠堂明月里。

① 淮阴:在今江苏淮安。
② 楚客句:楚客,淮阴古为楚地,故云。联樯,船舶相联而泊。淮水,即淮河。

【评解】

写淮阴夜泊,层层布景,宛然如见。结句切本地风光,英雄往矣,祠庙犹存,尤耐讽味。(富)

**张碧** 字太碧。贞元间,屡试进士不第。平生最慕李白,故名字皆逼似。孟郊尝称其诗云:"下笔证兴亡,陈辞备风骨。"《全唐诗》录存其诗十六首。

## 农父

运锄耕劚侵星起①,垅亩丰盈满家喜。

到头禾黍属他人,不知何处抛妻子!

① 运锄句:劚,斫地。侵星起,未明即起。

【评解】

以"满家喜"与"抛妻子"对照写来,何等惨痛!唐自均田坏而佃农日多,国库虚而剥削愈甚。此虽写一家遭遇,实是中唐农村缩影。(刘)

**王播** 字明敭,其先为太原人,后家扬州,生于乾元元年(七五九),卒于太和四年(八三〇)。贞元进士,历官诸道盐铁转运使。长庆初拜相,后出为淮南节度使。《全唐诗》录存其诗三首。

## 题木兰院① 二首

三十年前此院游,木兰花发院新修。

如今再到经行处,树老无花僧白头。

① 五代王定保《唐摭言》:"王播少孤贫,尝客扬州惠昭寺木兰院,随僧斋餐。诸僧厌怠,播至,已饭矣(《唐诗纪事》所引作"乃斋罢而后击钟")。后二纪,播自重位出镇是邦,因访旧游,向之题已皆碧纱幕其上。播继以二绝句。"

【集评】

黄叔灿《唐诗笺注》:"旧游之感,恻恻动人。"

上堂已了各西东①,惭愧阇黎饭后钟②。

三十年来尘扑面③,如今始得碧纱笼④。

① 上堂句:谓上斋堂时诸僧已食罢各自散去。
② 惭愧句:谓当时对诸僧斋罢而击钟深感惭愧。阇黎,梵语阿阇黎之简称,指僧人。
③ 尘扑面:谓其旧题为灰尘所污。
④ 碧纱笼:以碧纱笼罩保护。

【集评】

俞陛云《诗境浅说续编》:"昔则饭后闻钟,今则碧纱笼句,此诗写尽炎凉世态。"

**窦庠** 字胄卿,京兆金城(今陕西兴平县)人,窦常之弟。初为国子主簿。韩皋出镇武昌,辟为推官,皋移镇浙西,奏为节度副使。历任东都留守判官,泽、登、信、婺四州刺史。有《窦氏联珠集》,《全唐诗》录存其诗二十一首。

## 陪留守韩仆射巡内至上阳宫感兴① 二首选一

愁云漠漠草离离②,太液钩陈处处疑③。

薄暮毁垣春雨里,残花犹发万年枝④。

① 留守韩仆射:即韩皋,曾为东都留守,并拜左右仆射。见《旧唐书》本传。巡内:巡视宫禁。上阳宫:在洛阳。
② 离离:草长貌。
③ 太液句:谓往时池台宫殿皆荒废不可辨。太液,即太液池。汉唐宫禁中均有太液池。钩陈,指后宫。《晋书·天文志》载:北极五星,钩陈六星,皆在紫宫中。钩陈,后宫也。
④ 万年枝:即冬青树。清高士奇《三体唐诗注》:"宋徽宗兴画学,尝试诸生,以'万年枝上太平雀'为题,时无中程者。或密问中贵,答曰:'冬青木也。'"南朝齐谢朓《直中书省》:"风动万年枝。"

【集评】

宋顾乐《唐人万首绝句选》评:"写出荒寒,真有《黍离》之感。"

俞陛云《诗境浅说续编》:"咏前朝遗构者,访铜雀而寻残瓦,过隋苑而问迷楼,皆易代之后,沧桑凭吊。若洛中之上阳宫,则兴废仅数十年事,正朔未更,离宫垂圮,宜过客兴周道之嗟。同时窦巩亦有诗云:'寂寂天桥车马绝,寒鸦飞入上阳宫。'一言春雨垣空,仅余残萼;一言天桥人散,飞入寒鸦,皆有百年世事之悲也。"

【评解】

自安史乱后,唐诸帝不复东巡,故洛阳宫殿荒芜至此。此诗前三句极写凄凉景色,结句以"残花犹发万年枝"反衬,于凄凉中见绚烂,乃益觉凄凉矣。(富)

**王涯** 字广津,太原人,约生于永泰元年(七六五),卒于大和九年(八三五)。贞元八年(七九二)进士。元和时,累迁至中书侍郎、同中书门下平章事。大和中,进尚书右仆射,与李训、郑注等谋诛宦官,事败被杀。绝句情致婉丽,尤擅闺怨、宫词之作。《全唐诗》编存其诗一卷。

## 闺人赠远 五首选一

莺啼绿树深,燕语雕梁晚。

不省出门行,沙场知近远。

【集评】

沈德潜《唐诗别裁》:"闺人不省出门,而梦中时到沙场,若知其远近者然。如云不省出门,焉知沙场之远近,意味便薄。"

【评解】

上二句极力渲染暮春景色,以见节物感人。下二句与戴叔伦《闺怨》"不识玉门关外路,梦中昨夜到边城",用意相似,善写闺人念远之情。(富)

## 秋夜曲①

桂魄②初生秋露微,轻罗已薄未更衣。

银筝夜久殷勤③弄,心怯空房不忍归。

① 秋夜曲：乐府《杂曲歌辞》。
② 桂魄：指月，相传月中有桂树，故云。
③ 殷勤：委婉曲至之意。

【集评】

俞陛云《诗境浅说续编》："秋夜深闺，银筝闲抚，以婉约之笔写之。首言弓月初悬，露珠欲结，如此嫩凉庭院，而罗衫单薄，懒未更衣，已逗出愁思。后二句言夜深人静，尚拂筝弦，以空房心怯，不忍独归，作无聊之排闷。所谓'小胆空房怯，长眉满镜愁'（常理《古别离》），即此曲之意也。"

【评解】

懒换秋衣，久弄银筝，总是写思妇百无聊赖之状，而以"心怯空房"缴足之。（刘）

# 杨巨源

字景山，河中（今山西永济县）人。贞元五年（七八九）进士，官太常博士，累迁至礼部员外郎、国子司业，后以河中少尹归仕。有《杨少尹诗集》，《全唐诗》编存其诗一卷。

## 城东①早春

诗家清景在新春，绿柳才黄半未匀。

若待上林②花似锦，出门俱是看花人。

① 城东：指长安城东。
② 上林：即上林苑，本秦旧苑，汉武帝增而广之，故址在长安西北。唐时禁苑在宫城北。

【评解】

洞微知几,方是真鉴,不独诗人为然。韩愈《早春呈水部张十八员外》"最是一年春好处,绝胜烟柳满皇都",亦是此意。(刘)

## 折杨柳①

水边杨柳曲尘②丝,立马烦君折一枝。
惟有春风最相惜,殷勤更向手中吹。

① 折杨柳:乐府《横吹曲辞》。一作《和练秀才杨柳》。
② 曲尘:酒曲所生之细菌,色淡黄如尘,故名。此借指嫩柳之色。

【集评】

罗大经《鹤林玉露》:"唐人柳诗'水边杨柳'云云,朱文公(熹)每喜诵之,取其兴也。"

谢枋得《唐诗绝句注解》:"杨柳已折,生意何在,春风披拂,如有殷勤爱惜之心焉,此无情似有情也。"

吴昌祺《删订唐诗解》:"言春风之不忍于柳,以见离别之苦。"

王闿运《湘绮楼说诗》:"因景造情,婉而多致。"

【评解】

殷勤吹拂,不忍与折柳枝别也。借风喻情,构思深巧。(刘)

**令狐楚** 字殻士,宜州华原(今陕西铜川市)人,生于大历元年(七六六),卒于开成二年(八三七)。贞元七年(七九一)进士。元和中,累官至中书侍郎同平章事。长庆时,出为天平节度使。绝句含蓄精炼,善写闺情及边塞从军之作。《全唐诗》编存其诗一卷。

## 宫中乐[①] 五首选一

九重青琐闼[②],百尺碧云楼[③]。

明月秋风起,珠帘上玉钩。

① 宫中乐:乐府《近代曲辞》。
② 九重句:九重,指宫禁。青琐闼,即青琐门,指宫门。青琐,《汉书·元后传》颜师古注:"青琐者,刻为连环文,而青涂之也。"
③ 碧云楼:状楼之高。

【集评】

黄生《唐诗摘钞》:"只写宫中夜景之佳,情事俱在言外。"

## 远别离[①] 二首选一

杨柳黄金穗,梧桐碧玉枝[②]。

春来消息断,早晚[③]是归期?

① 远别离:乐府《杂曲歌辞》。
② 杨柳二句:黄金穗,形容杨柳春日嫩叶。碧玉枝,形容梧桐春日新枝。

③ 早晚：犹云何时，唐人口语。

【集评】

　　黄生《唐诗摘钞》："对景怀人，本是常意，妙在首二句将春色装点得极浓至，便觉盼归者情事难堪。此唐人神境所在，非肤冒唐人者所知。'春来'字紧接上二句，针线极密。"


## 长相思① 二首选一

绮席春眠觉②，纱窗晓望迷。

朦胧残梦里，犹是在辽西③。

　　① 长相思：乐府《杂曲歌辞》。一作《闺人赠远》。
　　② 绮席句：绮席，卧席之美称。觉，醒也。
　　③ 辽西：指其夫征戍之地，见金昌绪《春怨》注。


## 从军行① 五首选一

胡风千里惊，汉月五更明。

纵有还家梦，犹闻出塞声。

　　① 从军行：见王昌龄《从军行》注。

【集评】

刘永济《唐人绝句精华》:"前首(指《长相思》)写征人妇念征人,后首写征人思家。两首皆从梦说,征人妇梦醒犹似梦中,征人则梦中犹闻出塞声,均善体人情之作。"


# 少年行① 四首选二

家本清河住五城②,须凭弓剑得功名。

等闲飞鞚③秋原上,独向寒云试射声④。

① 少年行:见王维《少年行》注。
② 家本句:清河,汉郡名,治所在今河北清河县。五城,唐时朔方节度所辖定远、丰安及三受降城,称朔方五城,在今内蒙古及宁夏境内。此以"五城"泛指边塞,即"三边"之意。
③ 飞鞚:驰马。鞚,马勒。
④ 射声:谓闻声而射,应弦而落,形容射术之精妙。《汉书·百官公卿表》:"射声校尉掌待诏射声士。"服虔注:"工射者也,冥冥中闻声则中之,因以为名。"

【集评】

宋顾乐《唐人万首绝句选》评:"气格好,落句更有气象。"

【评解】

秋原驰马,寒云试射,写少年矜负情景如绘。(刘)


弓背霞明剑照霜①,秋风走马出咸阳②。

未收天子河湟③地,不拟回头望故乡。

① 弓背句：谓弓背漆色鲜明如霞，剑锋照眼如霜。
② 咸阳：借指长安。
③ 河湟：黄河、湟水，指河西、陇右地区，时陷于吐蕃。

【评解】

收河湟以解吐蕃威胁，是当时大事。（刘）

**薛涛** 字弘度，长安人，约生于贞元元年（七八五），卒于大和六年（八三二）。父郧，因仕宦流寓蜀中。父卒家贫，沦为歌妓。韦皋镇蜀，召令侍酒赋诗，出入幕中，时号女校书。晚年居浣花溪上，好着女冠服。有《薛涛诗》，《全唐诗》编存其诗一卷。

## 罚赴边有怀上韦令公① 二首选一

闻说边城苦，而今到始知。

羞将筵上曲②，唱与陇头儿③。

① 此乃薛涛在韦皋幕中遭谴责至边地而作。韦令公，即韦皋，曾兼中书令，故称令公。
② 筵上曲：侑酒时所唱之曲。
③ 陇头儿：泛指边地战士。陇头，即陇山，见岑参《赴北庭度陇思家》注。

【集评】

杨慎《升庵诗话》："有讽谕而不露，得诗人之妙。"

## 送友人

水国蒹葭夜有霜①,月寒山色共苍苍。

谁言千里自今夕,离梦杳如关塞长②。

① 水国句:《诗·秦风·蒹葭》:"蒹葭苍苍,白露为霜。"此用其语。水国,多水之地,犹云泽国。蒹,荻。葭,芦。
② 谁言二句:谓莫道今夕分手,便隔千里,而离梦相随,与关塞同远。

【评解】

"谁言"二句,与王维《送沈子福归江东》"惟有相思似春色,江南江北送君归",命意略似,备见惜别情深。(富)


## 题竹郎庙①

竹郎庙前多古木,夕阳沉沉山更绿。

何处江村有笛声,声声尽是迎郎曲②。

① 竹郎庙:古时西南少数民族所祀之竹郎神庙,详见《后汉书·南蛮西南夷传》。
② 迎郎曲:迎竹郎神之曲。

【评解】

此诗笔致幽隽,意境缥缈,通首悠扬宛转,极饶音节之美。(富)

# 筹边楼①

平临云鸟八窗秋②,壮压西川四十州③。

诸将莫贪羌族马④,最高层处见边头。

① 筹边楼:《一统志》:"筹边楼在成都府治西,李德裕建。"
② 平临句:状楼之高,与云鸟相齐。八窗,《周礼·考工记》:"夏后氏之世,每室四户八窗。"南朝宋鲍照《代陈思王京洛篇》:"凤楼十二重,四户八绮窗。"
③ 壮压句:谓筹边楼壮丽为西川之冠。四十州,《新唐书·地理志》:剑南道,"为府一,都护府一,州三十八。"
④ 诸将句:唐时边将有掠夺羌人牲畜致启衅端者,《旧唐书·党项羌传》:"大和、开成之际,其藩镇统领无绪,恣其贪婪,不顾危亡,或强市其羊马,不酬其值,以是部落苦之,遂相率为盗。"《资治通鉴·唐纪》:"上颇知党项之反,由边帅利其羊马,或妄诛戮,党项不胜愤怒,故反。"羌族,唐时党项羌散居陇右及西川一带,此指居西川者。

【集评】

《四库全书总目提要》:"(薛)涛《送友人》及《题竹郎庙》诗,为向来传诵。然如《筹边楼》诗云云,其寄托深远,有鲁嫠不恤纬,漆室女坐啸之思,非寻常裙屐所及,宜其名重一时。"

【评解】

直抉边衅之源,洞中边情之要,是大议论、大见识。末句忧心国事,语尤警切。(刘)

**韩愈** 字退之,南阳(今河南孟县)人,生于大历三年(七六八),卒于长庆四年(八二四)。贞元二年(七八六)进士,为监察御史,因上书言事,贬阳山令。元和中,随裴度平淮西,迁刑部侍郎。因谏迎佛骨,贬潮州刺史,复移袁州。穆宗时,召为国子监祭酒,终吏部侍郎。世称韩昌黎或韩吏部。散文与柳宗元齐名,为唐代古文运动之倡导者。五七古气势磅礴,波澜壮阔,笔力奇纵,足与李、杜相颉颃。七绝萧散疏宕,写景体物,生趣盎然。有《昌黎先生集》,《全唐诗》编存其诗十卷。

# 湘中①

猿愁鱼踊②水翻波,自古流传是汨罗③。

蘋藻④满盘无处奠,空闻渔父叩舷歌⑤。

① 贞元十九年(八〇三),韩愈因直言上书,被贬为阳山(今广东阳山县)令。此是次年贬途经汨罗江而作。
② 猿愁鱼踊:谓两岸猿啼,江中鱼跃。踊,一作"跃"。
③ 汨罗:即汨罗江,在今湖南东北部,战国时屈原遭谗被放,忧愤国事,投江而死。
④ 蘋藻:两种植物名,古时常采作奠祭之用。
⑤ 空闻句:屈原《渔父》载:屈原被放,行吟泽畔,有渔父劝其不宜众醉独醒,原不受其劝,"渔父莞尔而笑,鼓枻而去,乃歌曰云云"。鼓枻,王逸注:"叩船舷也。"

【集评】

朱彝尊《批韩诗》:"气劲有势。"

蒋抱玄《评注韩昌黎诗集》:"一往情深。"

【评解】

此贬途经汨罗而怀屈原,身世之感,迁谪之悲,言外可味。(富)

## 湘中酬张十一功曹①

休垂绝徼②千行泪，共泛清湘③一叶舟。

今日岭猿兼越鸟，可怜同听不知愁④。

① 张十一功曹：即张署。署于贞元十九年（八〇三）与韩愈同时直言上书，被贬为临武（今湖南临武县）令。元和元年（八〇六），宪宗即位，颁赦令，愈改官江陵法曹参军，署为江陵功曹参军。此诗作于北归途中。
② 绝徼：犹云绝塞。
③ 清湘：湘水清澈，故称清湘。
④ 今日二句：谓遇赦北归，故虽听猿鸟而无复昔时之愁矣。岭、越，皆泛指南方。

【集评】

朱彝尊《批韩诗》："退之胸襟广阔，自别有一种兴趣，此反用猿鸟意，亦唐人所未有。"

汪琬《批韩诗》："今日同听不愁，他日之愁可知矣。'可怜'两字，无限低徊。"

【评解】

"今日"二句，北归欣喜之情，跃然言外。严羽所谓"沉着痛快"者，此诗可以当之。（刘）


## 题木居士① 二首选一

火透波穿不计春②，根如头面干如身。

偶然题③作木居士,便有无穷求福人。

① 木居士:原是树根,因像人形,被供于耒阳(今属湖南)鳌口寺中,称木居士。宋张芸叟《木居士诗序》:"耒阳县北沿流二三十里鳌口寺,即退之所题木居士在焉。"
② 火透句:火透波穿,谓火烧水蚀。不计春,即不计年,形容年深月久。
③ 题:命名。

【集评】

黄彻《䂬溪诗话》:"退之云:'偶然题作木居士,便有无穷求福人。'可谓切中时病。凡世之趋附权势以图身利者,岂问其人贤否果能为国为民哉!及其败也,相推入祸门而已。聋俗无知,谄祭非鬼,无异也。"

【评解】

此诗道破世情,切中古今时弊,为盲目崇拜偶像者痛下针砭。(富)


## 盆池① 五首选三

莫道盆池作不成,藕梢初种已齐生。

从今有雨君须记,来听萧萧打叶声②。

① 盆池:以瓦盆贮水,植荷养鱼,谓之盆池。
② 打叶声:谓雨打荷叶之声。

【集评】

朱彝尊《批韩诗》:"卤卤莽莽,亦有风致,然浓腴尚不及杜。"

汪佑南《山泾草堂诗话》:"此首咏种藕,不曰看荷而曰听雨,可见昌黎别有天趣。"

【评解】

才种藕,已想到听雨,透过一层说,便饶情趣。(刘)

瓦沼①晨朝水自清,小虫无数不知名。

忽然分散②无踪影,惟有鱼儿作队③行。

① 瓦沼:指盆池。
② 分散:一作"飞散"。
③ 作队:排队。

【集评】

朱彝尊《批韩诗》:"此诗体物入微。"

【评解】

鱼虫追避一霎景象,写来栩栩传神。(富)

池光天影共青青,拍岸才添水数瓶。

且待夜深明月去①,试看涵泳几多星?

① 且待句:因月明难见星光,故云。

【集评】

黄钺《昌黎诗增注证讹》:"'且待夜深明月去,只看涵泳几多星?'小中见大,有于人何所不容景象。"

【评解】

以"涵泳"两字写星光在水,随波闪烁,极见体物之工。(刘)

# 春雪

新年都未有芳华,二月初惊见草芽①。

白雪却嫌春色晚,故穿庭树作飞花。

① 草芽:草木发芽。

【集评】

朱宝莹《诗式》:"刻画春雪,自然无痕。'故穿庭树作飞花'句,不拘拘于装点,有超以象外、得其环中之妙。"

【评解】

以飞雪喻花,本是诗中常语,妙在"白雪却嫌春色晚"句,先拓开一层,意境顿异,别有情趣。(富)

# 晚春

草树知春不久归,百般红紫斗芳菲。

杨花榆荚①无才思，惟解漫天作雪飞。

① 榆荚：榆树果实扁圆，有膜质之翅，故曰榆荚。其形连属若串钱，亦称榆钱。

【集评】

朱宝莹《诗式》："四句分两层写，而'晚春'二字，跃然纸上。"

【评解】

即景遣兴，趣致天然，意似有所讥刺。（刘）

## 楸树① 二首选一

几岁生成为大树，一朝缠绕困长藤。

谁人与脱青罗帔②，看吐高花万万层。

① 楸树：落叶乔木，高三四丈，夏日开花。
② 青罗帔：指藤蔓。

【评解】

寄意在高才羁困，不能一展所长。造语奇崛，是昌黎本色。（刘）

## 和李司勋过连昌宫①

夹道疏槐出老根，高甍巨桷压山原②。

# 宫前遗老③来相问：今是开元几叶孙④？

① 此平淮蔡后归途所作。下二首同。李司勋,李正封,时任司勋员外郎。连昌宫,唐别宫名,在今河南宜阳县。
② 高甍句：甍,屋脊。桷,屋椽之方者。
③ 遗老：谓更历世事之野老。
④ 今是句：今,指宪宗。开元,指玄宗。几叶,几代。

【集评】

朱彝尊《批韩诗》："'白头宫女在,闲坐说玄宗',昔人已谓妙矣。此乃因今帝致问,尤有婉致。"

陈景云《韩集点勘》："诗意盖谓昔年父老,幸值元和中兴,皆欣欣复见太平之盛,惟安乐而思终始,克绍开元之治,免蹈天宝之覆辙耳。"

宋顾乐《唐人万首绝句选》评："俯仰慨然,妙在言外。"

俞陛云《诗境浅说续编》："诗至中唐,才力渐薄,昌黎为之起衰,虽绝句而有劲朴之气。首二句咏前朝遗构：低处见者,夹道古槐,老根四出；高处见者,分岩绝壑,甍桷巍然。不事饰句,而能确写离宫残状。后二句言白头野老闻长安棋局更新,问今之当阳者为开元几叶之孙？野老身经理乱,追念故君,兼怀盛世,皆于一问中见之,其寄慨深矣。"

【评解】

中唐以后,唯宪宗锐意图强,先后平定刘辟、李锜。讨平淮蔡之役,更削除国家数十年心腹巨患,一时声威大振,史称中兴。此诗借野老之口,以媲美开元寄望于宪宗,寓意深婉至极。朱评未喻其旨,陈评免蹈天宝覆辙一层,未免强生枝蔓,惟俞评颇得其意。（刘）

## 桃林夜贺晋公①

西来骑火照山红,夜宿桃林腊月中②。

手把命珪兼相印,一时重叠赏元功③。

① 此班师途中贺裴度受勋之作。桃林,即桃林塞,在今河南临宝县东。晋公,即裴度,平淮西后封晋国公。
② 西来二句:谓朝廷特使西来授勋,夜会大军于桃林。骑火照山红,喻特使昼夜兼行。腊月,阴历十二月。
③ 手把二句:写授勋情景。命珪,天子颁赐诸侯之玉制礼器,朝觐时执之。《考工记》玉人:"命圭九寸谓之桓圭,公守之;命圭七寸谓之信圭,侯守之。"相印,裴度出征时辞去相位,今复任宰相,故授相印。重叠,时"诏加度金紫光禄大夫、弘文馆大学士、赐勋上柱国,封晋国公"(见《旧唐书》本传),所授官职勋阶甚多,故云重叠。元功,元勋伟绩。

【集评】

俞陛云《诗境浅说续编》:"昌黎此诗,与和晋公之'将军旧压三司贵,相国新兼五等崇',用意同而用笔不同,皆纪殊荣,初无溢美。"

【评解】

平定淮西是当时大事,故授勋事写来有声有色,以见朝廷之重视与裴度之功业。此诗一气奔放,笔力简劲,不仅以叙事见长也。(富)


## 次潼关先寄张十二阁老使君①

荆山已去华山来②,日照潼关四扇开。

刺史莫辞迎候远③，相公亲破蔡州回④。

① 张十二阁老使君：张贾，时为华州刺史。阁老，《国史补》："两省相呼为阁老。"
② 荆山句：荆山，在今河南阌乡县南，一名覆釜山。华山，在今陕西渭南县，亦称太华山。
③ 刺史句：旧传华州至潼关一百二十里，故云。
④ 相公句：相公，汉、魏以来拜相者必封公，故称相公。此指裴度。破蔡州，指平淮西吴元济。蔡州，今河南汝南县。

【集评】

查慎行《十二种诗评》："气象开阔，所谓卷波澜入小诗者。"

沈德潜《唐诗别裁》："没石饮羽之技，不必以寻常绝句法求之。"

李锳《诗法易简录》："语语踊跃，可当一首凯歌读。"

宋顾乐《唐人万首绝句选》评："此二作颂而不谀，铺而有骨，格高调高，中唐不可多得，真大手笔也。"

施补华《岘佣说诗》："七绝忌用刚笔，刚则不韵。退之'荆山已去华山来'一绝，是刚笔之最佳者。"

程学恂《韩诗臆说》："写歌舞入关，不着一字，尽于言外传之，所以为妙。"

俞陛云《诗境浅说续编》："露布甫驰，新诗已到，五十载逋寇荡平，宜其兴会之高也。"

【评解】

陡起直行，苍苍莽莽，必如此方称凯旋声势，必如此方见平蔡功烈。此等绝句，为昌黎独造之境。（刘）

## 题楚昭王庙①

丘坟满目衣冠②尽，城阙连云③草树荒。

犹有国人怀旧德,一间茅屋祭昭王④。

① 元和十四年(八一九),愈因谏迎佛骨,贬潮州刺史,此途中所作。楚昭王,春秋时楚平王子,曾击退吴国入侵,收复失土。庙在今湖北宜城县境。韩愈《记宜城驿》:"此驿置在古宜城内,驿东北有井,传是昭王井,井东北数十步,有楚昭王庙。"
② 衣冠:谓士大夫。
③ 城阙连云:宜城为昭王故都,故云。
④ 一间句:韩愈《记宜城驿》:"旧庙屋极宏盛,今惟草屋一区。然问左侧人,尚云每岁十月,民相率聚祭其前。"

【集评】
　　蒋之翘《韩昌黎集辑注》引刘辰翁云:"人评公曲江寄乐天绝句胜白全集,此独谓唱酬可尔,若公绝句,正在《昭王庙》一首,尽压晚唐。"
　　朱彝尊《批韩诗》:"若草草然,却有风致,全在'一间茅屋'四字上。"
　　何焯《义门读书记》:"意味深长,昌黎绝句中第一。"
　　陈衍《石遗室诗话》:"韩退之'日照潼关四扇开',不如其'一间茅屋祭昭王'。"
　　蒋抱玄《评注韩昌黎诗集》:"未是快调,却能以气势为风致,愈读则意愈绵,愈嚼则字愈香,此是绝句中杰作。"

【评解】
　　前半写楚国故都之荒凉,后半以即目所见作结,情景宛然。此诗不着议论,而言外别有一种苍凉感慨之气,故推高唱。(富)

## 题临泷寺①

不觉离家已五千②,仍将衰病入泷船③。

潮阳④未到吾能说：海气昏昏水拍天。

① 此贬途所作。临泷，县名，唐初属韶州，寻废，故址在今广东曲江县。
② 不觉句：《旧唐书·地理志》：岭南道韶州，"至京师四千九百三十二里"。
③ 仍将句：将，带也。泷，泷水，又名武水，源出湖南临武县西，东南流入广东，经曲江县南流会浈水为北江。
④ 潮阳：即潮州，治所在今广东潮安县。

【集评】

朱彝尊《批韩诗》："妙处全在'吾能说'三字上。"
蒋抱玄《评注韩昌黎诗集》："调高字响，亦悲亦豪。"

【评解】

"未到"二字，对上缴足衰病远贬之苦，对下引出瞻念前途不堪身世之忧，极宜玩味。（刘）


## 晚次宣溪辱韶州张端公使君惠书叙别酬以绝句① 二首选一

韶州南去接宣溪，云水苍茫日向西。
客泪数行先自落，鹧鸪②休傍耳边啼。

① 宣溪：在今广东曲江县南。韶州：治所在今曲江县西。张端公使君，《韶州府志》："张蒙，元和中知韶州，历任四年。"疑即其人。端公：《国史补》："侍御史相呼为端公。"张盖以侍御史为韶州刺史。
② 鹧鸪：南方鸟名，俗谓其鸣曰行不得也哥哥。

【集评】

朱彝尊《批韩诗》："(陈子昂《晚次乐乡县》)'如何此时恨，噭噭夜猿鸣'，(刘长卿

《余干旅舍》)'乡心正欲绝,何处捣寒衣',皆是此意。此但添'先自'、'休傍'四字,意境遂别,然终稍觉着意。"

宋顾乐《唐人万首绝句选》评:"铁石人说真情景,自然深妙。"

【评解】

"客泪"二句,透过一层说,更觉凄楚。与柳宗元《入黄溪闻猿》"孤臣泪已尽,虚作断肠声",语殊意同,皆善状逐客情怀。(富)


# 过始兴江口感怀①

忆作儿童随伯氏②,南来今只一身存③。

目前百口还相逐④,旧事无人可共论。

① 大历十四年(七七九),愈兄起居舍人会以罪贬韶州刺史,愈随兄南迁,时年十二岁。此南贬途中重经旧地感怀往事而作。始兴江,《元和郡县志》:"浈阳县溱水,一名始兴大江,北自韶州曲江县流入。"即今广东北江,以上游经广东始兴县,故名始兴大江。
② 伯氏:长兄。
③ 南来句:谓当时随其兄南迁旧人均已亡故,惟己尚存。
④ 目前句:百口,犹云全家。《晋书·周𫖮传》载:王敦举兵,刘隗劝帝尽除王氏,王导诣阙请罪,值𫖮将入,导呼𫖮谓曰:"伯仁(𫖮字),以百口累卿!"逐,随也。

【集评】

朱彝尊《批韩诗》:"道得真切,炼得简妙。"

冒广生《批韩诗》(未刻本):"昌黎七绝以此首为最佳,半山(王安石)诗'尔来百口皆年少,归与何人共此悲',即从此首脱胎。"

【评解】

　　幼时随兄迁谪之地,南贬重经,故抚今思昔,感慨不尽,一结尤为悲怆。(富)


## 同水部张员外曲江春游寄白二十二舍人①

漠漠轻阴晚自开,青天白日映楼台②。

曲江水满花千树③,有底忙时不肯来④?

① 水部张员外:张籍,时为水部员外郎。曲江:见卢纶《曲江春望》注。白二十二舍人:白居易,时为中书舍人。
② 漠漠二句:谓傍晚阴云消散,曲江池畔离宫别馆,楼台亭阁,皆显映于蓝天斜阳之中。
③ 曲江句:谓曲江碧波荡漾,环岸花木盛开。
④ 有底:张相《诗词曲语辞汇释》:"有底,犹云有如许或有甚也。"又云:"时,为语气间歇之用,犹呵或啊也。"按白居易《酬韩侍郎张博士雨后游曲江见寄》:"小园新种红樱树,闲绕花行便当游。何必更随鞍马队,冲泥踏雨曲江头。"两人有互相调侃意。

【集评】

　　杨慎《升庵诗话》:"(张籍《与贾岛闲游》)'城中车马应无数,能解闲行有几人',亦是此意。"

　　黄叔灿《唐诗笺注》:"'有底忙时不肯来'语,入诗便趣。"

　　宋顾乐《唐人万首绝句选》评:"以末一句作转合,格高亦韵甚。"

【评解】

　　此寄白居易,即效白语。其点染曲江春日晚晴景色,鲜丽明媚,如展画图。(富)

## 早春呈水部张十八员外① 二首选一

天街小雨润如酥②,草色遥看近却无③。

最是一年春好处,绝胜烟柳满皇都④。

① 张十八员外:张籍。
② 天街句:天街,即长安街。酥,乳酪之属,喻春雨之滋润。
③ 草色句:谓春草初萌,遥看已有绿意,近看反而不显。
④ 最是二句:谓一年好景,正在此际,绝胜于烟柳全盛时也。

【集评】

胡仔《苕溪渔隐丛话》:"'天街细雨润如酥'云云,此退之早春诗也。'荷尽已无擎雨盖,菊残犹有傲霜枝。一年好景君须记,最是橙黄橘绿时。'此子瞻初冬诗也。二诗意思颇同而词殊,皆曲尽其妙。"

黄叔灿《唐诗笺注》:"'草色遥看近却无',写照工甚,如画家设色,在有意无意之间。"

【评解】

此与杨巨源《城东早春》寓意相同,皆具哲理。诗中写景清丽,绰有风致。(富)

**窦巩** 字友封,京兆金城(今陕西兴平县)人,窦常之弟,生于大历四年(七六九),卒于大和五年(八三一)。元和二年(八〇七)进士,为御史中丞。元稹为浙东观察使,奏为副使,并从镇武昌。工绝句,为白居易所称。有《窦氏联珠集》,《全唐诗》录存其诗三十九首。

## 宫人斜①

离宫路远北原斜,生死恩深不到家②。

云雨今归何处去?黄鹂飞上野棠花③。

① 宫人斜:埋葬宫人处,在长安未央宫西。唐王建《宫人斜》:"未央墙西青草路,宫人斜里红妆墓。"
② 生死句:谓一入宫禁,生不得省家,死不得归葬,曰"恩深"乃反言。
③ 云雨二句:写宫人归宿之凄凉,以反缴"恩深",讽意自明。云雨,用巫山神女事,见李白《清平调词》注。

【集评】

俞陛云《诗境浅说续编》:"此诗吊宫人埋玉之地,深为致慨。窦有《南游感兴》诗云:'日暮东风春草绿,鹧鸪飞上越王台。'一咏黄鹂,一咏鹧鸪,皆言鸟啼花落,惆怅遗墟,所谓'飞鸟不知陵谷变'也。后人习用之,遂成套语,而在中唐时作者,自有一种苍茫之感。"

【评解】

"一入深宫里,年年不见春"(天宝宫人诗),已极生前之惨,而今日寂历长眠,更无人一顾,生死之恨,谁实为之!(刘)

## 雍裕之

蜀人。贞元中,数举进士不第,漂泊四方。《全唐诗》编存其诗一卷,皆绝句。

## 农家望晴

尝闻秦地西风雨①，为问西风早晚回②？

白发老翁如鹤立，麦场高处望云开。

① 尝闻句：秦地，今陕西一带。西风雨，遇西风即雨。
② 早晚回：何时转向。

【评解】

下二句写老翁延颈伫望入神，极能道出农家苦心。（刘）

**张仲素** 字绘之，河间（今河北河间县）人。贞元十四年（七九八）进士，为司勋员外郎。宪宗时，官翰林学士，迁中书舍人。诗文并有声于时，尤工绝句。明胡应麟《诗薮》谓："江宁（王昌龄）之后，张仲素得其遗响，《秋闺》、《塞下》诸曲俱工。"《全唐诗》编存其诗一卷。

## 春闺思

袅袅城边柳，青青陌上桑①。

提笼忘采叶②，昨夜梦渔阳③。

① 陌上桑：原是乐府《相和曲》名，述罗敷采桑事，此指路旁桑树。

② 提笼句：笼，竹篮。宋子侯《董娇饶》："提笼行采叶。"
③ 渔阳：郡名，在今河北蓟县一带，为当时东北边防要地。

【集评】

唐汝询《唐诗解》："见柳而感别，因桑而怀人，宜其不能采也。此从《卷耳》翻出。"

黄叔灿《唐诗笺注》："'袅袅'句是宾，'陌上桑'是主，然'边城柳'亦是伤别之景，相引入妙。"

李锳《诗法易简录》："前二句皆说眼前景物，而末句忽掉转说到昨夜之梦，便令当日无限深情，不着一字而已跃跃言下。笔法之妙，最耐寻味。"

俞陛云《诗境浅说续编》："五言绝句中忆远之诗，此作最为传神。从《诗经》'采采卷耳，不盈倾筐。嗟我怀人，寘彼周行'点化而来，遂成妙语，令人揽挹不尽。"

【评解】

采桑见柳，惹起离愁，所谓兴也。第三句若不着意，却极力渲染，将本意轻轻逗出。（刘）


# 秋闺思 二首

碧窗斜日霭①深晖，愁听寒螀②泪湿衣。
梦里分明见关塞，不知何路向金微③？

① 霭：掩映之意。
② 寒螀：即寒蝉。
③ 梦里二句：谓梦魂虽时至关塞，奈不识向金微之路何？金微，山名，在今蒙古国境内，此借指边防要塞。

【集评】

黄叔灿《唐诗笺注》:"言有梦尚不得到,用意更深一层。"

【评解】

边塞尚可想象,金微绝无所知,正深闺少妇真情实境,所以倍觉沉挚。(刘)

秋天一夜净无云,断续鸿声到晓闻。
欲寄征衣问消息,居延城①外又移军。

① 居延城:一名居延塞,在今甘肃额济纳旗东南。

【集评】

黄叔灿《唐诗笺注》:"戍无定所,消息难凭,感北雁之南征,悲寒衣之莫寄,秋天夜永,闺思情长。有风人之旨,亦太白、少伯之遗。"

胡应麟《诗薮》:"张仲素《秋闺思》'梦里分明见关塞,不知何路向金微','欲寄征衣问消息,居延城外又移军',皆去龙标不甚远。"

宋顾乐《唐人万首绝句选》评:"二诗缱绻有情,含思婉至。"

俞陛云《诗境浅说续编》:"二诗咏秋闺忆远,皆以曲折之笔写之。第一首静夜怀人,形诸梦寐,常语也。诗乃言关塞历历,已见梦中,追欲身赴郎边,出门茫茫,何处是金微之路,则入梦徒然耳。第二言欲寄相思,但凭尺素,亦常语也。诗乃言秋夜闻雁声,感雁足寄书之事,方欲裁笺,而消息传来,本住居延,又移军他去,寄书不达,情益难堪矣。唐人集中多咏征夫思妇,宋以后颇稀,殆意境为前人说尽也。"

【评解】

"欲寄"二句,思妇心情,跃然纸上。(刘)

# 塞下曲① 五首选二

三戍渔阳再度辽②，骍弓③在臂剑横腰。

匈奴似若知名姓，休傍阴山更射雕④。

① 塞下曲：见常建《塞下曲》注。
② 辽：辽河，在今辽宁境内。
③ 骍弓：《诗·小雅·角弓》："骍骍角弓。"骍，赤色也。
④ 匈奴二句：暗用汉李广射杀匈奴射雕者事，见《史记·李将军列传》。阴山，见王昌龄《出塞》注。


猎马千行雁几双，燕然山下碧油幢①。

传声②漠北单于破，火照旌旗夜受降。

① 燕然句：燕然山，在今蒙古国境内。碧油幢，用桐油涂饰之青绿色帐幕，为将领所居。
② 传声：传语，递相告知之意。按此首暗用汉窦宪大破匈奴，勒铭燕然事，见《后汉书·窦宪传》。

【集评】

宋顾乐《唐人万首绝句选》评："绘之《塞下曲》，气格风力，雅与题称，中唐高调也。"

管世铭《读雪山房唐诗钞凡例》："张仲素《塞下曲》、《秋闺》诸曲，升王江宁之堂。"

【评解】

二诗皆以史事为骨，虽语意慷慨，究与岑参、李益边塞诸作，有时代气息与生活实感者尚去一间。（刘）

**张籍** 字文昌,原籍吴郡(今江苏苏州)人,迁居和州(今安徽和县),约生于大历三年(七六八),约卒于大和四年(八三〇)。贞元十四年(七九八)进士。元和初,为太常寺太祝,累迁至水部郎中,终国子司业,世称张水部或张司业。乐府多述民生疾苦,明白条畅,而简练警策。绝句清新自然,风神秀朗。有《张司业集》,《全唐诗》编存其诗五卷。

## 泾州①塞

行到泾州塞,唯闻羌戍鼙②。

道旁古双堠③,犹记向安西④。

① 泾州:故治在今甘肃泾川县。《旧唐书·地理志》:"泾州在京师西北四百九十三里。"
② 羌戍鼙:指吐蕃军中鼓鼙之声。
③ 双堠:堠,古时记里堡,五里只堠,十里双堠。
④ 犹记句:记,标志。安西,见王维《送元二使安西》注。

【评解】

《通鉴·唐纪》:"是时(天宝十二载)中国强盛,自安远门(长安西门)西尽唐境万二千里。"泾州距长安不足五百里,作此诗时亦为吐蕃所据,则国势可知。后二句借道旁古堠抒慨,语殊婉曲,今昔盛衰之感,惘然不尽。(富)

## 送蜀客

蜀客南行祭碧鸡①,木棉花发锦江西②。

山桥日晚行人少,时见猩猩树上啼[3]。

> ① 祭碧鸡:《汉书·王褒传》:"方士言益州有金马、碧鸡之宝,可祭祀而致也。宣帝使褒往祀焉。"
> ② 木棉句:木棉,常绿乔木,岭南及蜀中皆有之,高干红花,又名英雄树。锦江,发源于四川郫县,流至华阳县合于郫江。
> ③ 山桥二句:晋左思《蜀都赋》:"猩猩夜啼。"

## 蛮州

瘴水蛮中入洞[1]流,人家多住竹棚头[2]。

青山海上无城郭,唯有松牌记象州[3]。

> ① 洞:西南少数民族所居之处,犹云村落。
> ② 人家句:西南卑湿地区多蛇虫,居民多架竹棚而居。
> ③ 象州:故治在今广西象州县。

【评解】

善摹殊方景色,"青山"二句,尤为真切传神。(富)

## 蛮中

铜柱[1]南边毒草春,行人几日到金潾[2]?

玉镮穿耳谁家女,自抱琵琶迎海神。

① 铜柱：《林邑记》："建武十九年，马援树两铜柱于象林南界。"
② 金溇：古地名，在今越南境内。

【集评】

宋顾乐《唐人万首绝句选》评："三作说出南方风土，使人如履其地。就事直书，布置得法，自有情景，真高手也。凡登临风土之作，当如此写得明净。"

刘永济《唐人绝句精华》："此二诗所指之蛮，虽不知其何种，但观其曰'铜柱南边'，曰'象州'，则应是今两广土著民族。诗纪其民俗土风，则亦《竹枝词》类也。"

【评解】

写居人迎神之状，正以见北客投荒之情，第二句已微逗之。（刘）

## 与贾岛闲游

水北原南①草色新，雪消风暖不生尘。

城中车马应无数，能解闲行有几人？

① 水北原南：指长安郊外。

【集评】

刘永济《唐人绝句精华》："闲行，寻常事也。而诗人如此郑重提出，且曰'能解'者'几人'，又以之讽'城中车马'，则不寻常矣。王安石题籍诗集诗有'看似寻常最奇崛，成如容易却艰辛'之句，虽非指其绝句，而如此诗即寓奇崛于寻常之中者，不可不知。"

【评解】

此诗讽城中达官贵人忙于追逐名利,极写郊游自得之趣,妙在即事会心,轻轻拈出,不涉理路,不落言诠,而能发人深省。此境惟唐人诗中有之,宋以后殊不多见。(富)

## 哭孟寂

曲江院里题名处①,十九人②中最少年。

今日春光君不见,杏花零落寺门前③。

① 曲江句:唐故事,进士及第,列名于曲江慈恩寺塔,谓之"雁塔题名"。《唐摭言》:"进士题名,自神龙之后,过关宴后,率皆期集于慈恩塔下题名。"曲江院,即指慈恩寺。
② 十九人:据《唐进士登科记》,孟寂乃中书舍人高郢所取第十六名,是年进士十七人,博学宏词二人,故曰十九人。
③ 杏花句:《一统志》:"杏园在曲江池西,唐进士锡宴于此。"《秦中岁时记》载:唐进士杏园初宴,谓之探花宴,差少俊二人为探花使,遍游名园。《唐摭言》:"贞元中,刘太真侍郎试《慈恩寺望杏园花发》诗。"

【集评】

宋顾乐《唐人万首绝句选》评:"此真似白傅,直中有含思。"

【评解】

此游曲江忆孟寂而作,以昔年相偕雁塔题名,今日不能共游慈恩为言,悲悼自见。次句"十九人中最少年",痛惜尤深。(富)

## 法雄寺东楼

汾阳旧宅①今为寺,犹有当时歌舞楼。

四十年来车马绝,古槐深巷暮蝉愁。

① 汾阳旧宅:《长安志》:"郭汾阳宅在亲仁里。"郭子仪平定安史之乱,恢复唐室,勋劳卓著,封汾阳郡王。按赵嘏《经汾阳旧宅》:"门前不改旧山河,破虏曾轻马伏波。今日独经歌舞地,古槐疏冷夕阳多。"可参看。

【集评】

俞陛云《诗境浅说续编》:"汾阳以一代元勋,乃四十年中,榮戢高门,盛衰何速!赵嘏《经汾阳旧宅》有'古槐疏冷夕阳多'句,与此诗词意相似,但张诗明言其改为法雄寺。有唐君相,不知追念荩臣,保其世业,剩有词客重过,对槐阴而咏叹耳。"

刘永济《唐人绝句精华》:"郭子仪封汾阳郡王,当时权势烜赫,车马盈门,与今日'深巷暮蝉'一相比较,自生富贵不长保之感;但此意用唱叹之笔出之,便觉深远。"

## 秋思

洛阳城里见秋风,欲作家书意万重。

复恐匆匆说不尽,行人临发又开封①。

① 复恐二句:唐白居易《禁中夜作书与元九》:"心绪万端书两纸,欲封重读意迟迟。"造意相似,可参看。行人,使者。

【集评】

唐汝询《唐诗解》:"文昌叙情最切,此诗堪与'马上相逢'颉颃。"

沈德潜《唐诗别裁》:"亦复人人胸臆语,与'马上相逢无纸笔'一首同妙。"

黄叔灿《唐诗笺注》:"首句羁人摇落之意已概见,正家书中所说不尽者;'行人临发又开封',妙更形容得出。试思如此下半首如何领起,便知首句之难落笔矣。"

李锳《诗法易简录》:"眼前情事,说来在人人意中,如'马上相逢无纸笔,凭君传语报平安','儿童相见不相识,笑问客从何处来',皆是此一种笔墨。"

林昌彝《射鹰楼诗话》:"文昌'洛阳城里见秋风'一绝,七绝之绝境,盛唐人到此者亦罕,不独乐府古淡足与盛唐争衡也。王新城(士禛)、沈长洲(德潜)数唐人七绝擅长者各四首,独遗此作;沈于郑谷之'扬子江头'亦盛称之而不及此,此犹以声调论诗也。"

俞陛云《诗境浅说续编》:"已作家书,而长言不尽,临发重开,极言其怀乡之切。凡咏寄书者多本于性情:唐人诗如'马上相逢无纸笔,凭君传语报平安',仅传口语,亦慰情胜无也。'陇山鹦鹉能言语,为报家人数寄书',盼书之切,托诸幻想也。明人诗'万里山河经百战,十年重到故人书',乱后得书,悲喜交集也。近人诗'药债未完官税逼,封题空自报平安',得家书而只益乡愁也。'忽漫一笺临眼底,丙寅三月十三封',检遗札而追念故交也。'闻得乡音惊坐起,渔灯分火写平安',远客孤身,喜寄书得便也。此类之诗,皆至性语也。"

【评解】

"临发又开封",终似有未尽之语也。思家之情,栩栩纸上。此种人情恒有之事,一经拈出,自能沁人心脾。(刘)

# 凉州词① 三首选二

边城暮雨雁飞低,芦笋②初生渐欲齐。

无数铃声③遥过碛，应驮白练到安西④。

① 凉州词：见王翰《凉州词》注。
② 芦笋：芦芽，其形似笋，能食用。
③ 铃声：指驼铃。
④ 应驮句：白练，熟帛。安西，即安西都护府，时为吐蕃所据。

【评解】

铃声无数，输帛安西，较《泾州塞》"犹记向安西"之句，感愤更深一层。（刘）


凤林关①里水东流，白草黄榆六十秋②。

边将皆承主恩泽，无人解道取凉州。

① 凤林关：在今甘肃临夏县西，唐时为凤林县地。
② 白草句：凉州于代宗广德元年为吐蕃所据，迄作诗时已六十年。白草黄榆，形容荒凉景象。

【集评】

沈德潜《唐诗别裁》："高常侍（适）亦云：'岂无安边书，诸将已承恩。'高说得愤，此说得婉。"

俞陛云《诗境浅说续编》："诗言凉州失陷已六十年矣，而诸将坐拥高牙，都忘敌忾。少陵《诸将》诗'独使至尊忧社稷，诸君何以答升平'，与文昌有同慨也。"

【评解】

白居易《新乐府·西凉伎》："平时安西万里疆，今日边防在凤翔。缘边空屯十万卒，饱食温衣闲过日。遗民肠断在凉州，将卒相看无意收。"此诗讽诸将拥兵自重，不

知收复失地,与白诗同慨,而以"白草黄榆"点染,尤为痛切。(富)

## 赠王建

白君①去后交游少,东野亡来箧笥贫②。

赖有白头王建在,眼前犹见咏诗人。

① 白君:指白居易。
② 东野句:东野,孟郊字东野。箧笥贫,谓作诗少也。箧笥,藏物小箱。

【评解】
　　此首述与同时诸诗人交游酬唱情事,乃唐人七绝中别具一格之作。读张籍集,可知韩、白两诗派间自有折冲者在,于此诗亦可征其趣尚。(富)

## 酬朱庆馀①

越女新妆出镜心,自知明艳更沉吟②。

齐纨未是人间贵,一曲菱歌敌万金③。

① 《全唐诗话》:"庆馀遇水部郎中张籍,知音,索庆馀新旧篇二十六章,置之怀袖而推赞之。时人以籍重名,皆缮录讽咏,遂登科。庆馀作《闺意》一篇以献。籍酬之云云。由是朱之诗名流于海内矣。"
② 越女二句:对朱诗"妆罢低声问夫婿,画眉深浅入时无"而言。越女,朱越州人,故以越女为比。镜心,指镜湖中心。沉吟,忖度。

③ 齐纨二句：意谓菱歌价重，齐纨不足以相酬。唐时歌女演奏毕，宾客以绫绢之类相酬赠，谓之缠头彩，如白居易《琵琶行》"五陵年少争缠头，一曲红绡不知数"是也。齐纨，齐地所产之细绢。菱歌，喻朱诗之清新。敌，抵也，值也。

【评解】

此酬朱庆馀《闺意》之作，纯用比体，以绮丽婉约之词，寓怜才奖掖之意，特饶韵致。（富）

# 王建

字仲初，颍川（今河南许昌市）人，约生于大历三年（七六八），约卒于大和四年（八三〇）。贞元进士。初为渭南尉，历秘书丞、侍御史。大和中，出为陕州司马，从军塞上，后归居咸阳原。乐府与张籍齐名，风格内容相似。绝句婉转流畅，清新有致，《宫词》百首，尤为当时传诵。有《王司马集》，《全唐诗》编存其诗六卷。

## 田家

啾啾雀满树①，霭霭②东坡雨。

田家夜无食，水中摘禾黍③。

① 啾啾句：谓满树饥雀鸣叫。
② 霭霭：阴云密布貌。
③ 水中句：谓在积水中摘取未熟禾黍归煮充饥。

【评解】

反映田家生活之悲惨，设景凄其，措语特为沉痛。首句"啾啾雀满树"，状久雨入

神,盖兴而兼比也。(富)

## 新嫁娘词 三首选一

三日入厨下,洗手作羹汤①。

未谙姑食性②,先遣小姑尝。

① 三日二句:古时风俗,新妇婚后三日,下厨作羹汤以奉翁姑。
② 食性:犹言口味。

【集评】

刘克庄《后村诗话》:"王建《新嫁娘》云云,张文潜《寄衣曲》'别来不见身长短,试比小郎衣更长',二诗当以建为胜。"

敖英《唐诗绝句类选》:"前辈教人作绝句,令诵'三日入厨下','打起黄莺儿','画松一似真松树',皆自肺腑中流出,无牵强斧凿痕。"

沈德潜《唐诗别裁》:"诗至真处,一字不可移易。"

黄叔灿《唐诗笺注》:"新妇与姑未习,小姑易亲,转圜机绪慧甚。入情入理,语亦天然。"

管世铭《读雪山房唐诗钞凡例》:"王建之《新嫁娘》,即其乐府。"

刘永济《唐人绝句精华》:"佳处在朴素而又生动,有民间歌谣之趣。"

## 早发汾南①

桥上车马发,桥南烟树开②。

青山斜不断,迢递③故乡来。

① 汾南:今山西西南地区。
② 烟树开:谓车马前行,远处烟树渐渐分开。
③ 迢递:远貌。

【评解】

　　此自汾南还家之作,故描绘启程及归途景色,皆生动有致,欣喜之情,跃然可见。(富)


## 江南三台词① 四首选二

扬州桥边小妇②,长安市里商人。

三年不得消息,各自拜鬼求神。

① 江南三台词:乐府《杂曲歌辞》。
② 小妇:少妇。

【评解】

　　此诗善摹民间人情风俗,清浅而又自然,颇似歌谣。(富)


青草湖①边草色,飞猿岭②上猿声。

万里三湘③客到,有风有雨人行。

① 青草湖：在湖南岳阳西南，与洞庭湖相连。
② 飞猿岭：湖北建始、江西黎川、福建邵武俱有飞猿岭，不知所指。
③ 三湘：湘水与漓水同源合流，而后分离，谓之漓湘，合潇水后谓之潇湘，合蒸水后谓之蒸湘，是为三湘。又湖南之湘潭、湘阴、湘乡三县，通称三湘。

【评解】

结处推开一笔，概写天下劳人，有含蓄不尽之致。（刘）


# 华清宫①

酒幔②高楼一百家，宫前杨柳寺③前花。

内园分得温汤水④，二月中旬已进瓜⑤。

① 一作《宫前早春》。华清宫，故址在今陕西临潼县骊山麓。《唐书·地理志》："骊山有温泉宫，天宝六载更温泉宫为华清宫，治汤井为池，环山列宫室，置百司及十宅。"
② 酒幔：亦称酒帘，即酒旗。
③ 寺：官署，如太仆寺、鸿胪寺等。骊山置有百司及十宅，故有寺。
④ 内园句：内园，指皇家园圃。温汤，即温泉。
⑤ 进瓜：唐置温汤监，监丞种瓜蔬，随时贡奉。

【集评】

俞陛云《诗境浅说续编》："诗咏华清宫之盛，皆从宫外侧面写出，升平熙皞之象，自可想见。"

【评解】

此诗专写华清宫外景色，而追念开元盛时之意，言外可见，与唐人同题诗寄感慨者不同。（刘）

## 宫人斜①

未央墙西青草路,宫人斜里红妆墓。

一边载出一边来,更衣②不减寻常数。

① 宫人斜:埋葬宫人之处。
② 更衣:《汉书·东方朔传》:"后乃私置更衣,从宣曲以南十二所,中休更衣,投宿诸宫。"颜师古注:"为休息易衣之处,亦置宫人。"此指侍候君王之宫人。

【评解】

此与窦巩《宫人斜》同是讽刺之作,窦诗寓意委婉,以含蓄为工,此则措词尖锐,以透彻为快,而各极其致。(富)


## 雨过山村

雨里鸣鸡一两家,竹溪村路板桥斜。

妇姑相唤浴蚕去①,闲着庭中栀子花②。

① 妇姑句:妇姑,姑嫂。浴蚕,以盐水选蚕种,古时谓之浴蚕。
② 闲着句:栀子,茜草科常绿灌木,初夏开花,色白,稍带黄晕,有烈香。蚕忙之时,无暇采花插鬓,故曰"闲着"。

【评解】

只说花闲而蚕忙之意自见,此暗衬之法,若明比,便成拙笔。(刘)

## 夜看扬州市

夜市千灯照碧云，高楼红袖①客纷纷。

如今不似时平日②，犹自笙歌彻晓③闻。

① 高楼红袖：指酒楼歌妓。
② 时平日：承平之时。
③ 彻晓：通宵达旦。

【集评】

刘永济《唐人绝句精华》："扬州为南北交通枢纽，商货云集，因之歌楼舞榭亦极多，唐代诗人每艳称之。王建此诗说扬州市不似时平日，犹笙歌彻晓，可见其繁盛景象。"

【评解】

安史乱后，外则吐蕃、回纥侵扰，内则藩镇割据，战乱不绝，国事日非，而扬州一地，犹自金迷纸醉，笙歌彻晓，故诗人对之深有感慨也。"如今"二句，讽意宛然。（富）

## 楼前①

天宝年前勤政楼，每年三日作千秋②。

飞龙老马曾教舞，闻着音声总举头③。

① 楼前：谓勤政楼前。楼建于玄宗开元中，在长安兴庆宫南，原名勤政务本之楼。
② 天宝二句：《旧唐书·玄宗纪》载：开元十八年(七三〇)八月，"百僚表请每年八月五日(玄宗生日)为千秋节"，"天下诸州咸令讌乐，休暇三日"。《新唐书·礼乐志》载：玄宗每年御勤政楼作千秋节，舞马勤政楼下。
③ 飞龙二句：谓飞龙老马昔年曾教习舞蹈，故闻乐声辄欲举头起舞。飞龙，马厩名。《明皇杂录》："(玄宗)令教舞马四百蹄(一百匹)，各为左右，分为部目，为某家宠、某家骄。时塞外以善马来贡者，上俾之教习，无不曲尽其妙。因令衣以文绣，络以金铃，饰其鬣间，杂以珠玉。其曲《倾杯乐》者数十回，奋首鼓尾，纵横应节。又施三层板床，舞马于上，抃转如飞。或命壮士举榻，马舞于榻上。"又云："安禄山乱，马散落人间，田承嗣得之。一日，军中大飨，马闻乐而舞，承嗣以为妖而杀之。"

【评解】

此诗追忆天宝旧事，举舞马一节，而玄宗之骄侈佚乐，言外自见。（富）


# 寄蜀中薛涛校书①

万里桥②边女校书，枇杷花里闭门居。

扫眉才子知多少③，管领春风④总不如。

① 薛涛校书：见后薛涛小传。
② 万里桥：在今四川成都市南门外。薛涛居于浣花溪，在万里桥附近。
③ 扫眉句：扫眉，画眉。扫眉才子，谓擅长文学之女子。知多少，即不知多少。
④ 管领春风：犹云独擅风流。

【评解】

以"管领春风"相赞，极韵极切，亦惟薛涛足以当之。（刘）

## 赠李愬仆射① 二首选一

和雪翻营②一夜行,神旗冻定马无声③。

遥看火号④连营赤,知是先锋已上城。

① 李愬仆射:李愬,字元直,唐成纪人。善骑射,有谋略。元和中,吴元济据淮西叛乱,愬以唐邓节度使率军讨伐,得降将李祐为导,乘大雪夜袭蔡州,生擒元济。此诗即咏其事。平淮蔡后,李愬曾为检校尚书兼仆射。
② 翻营:拔营出发。
③ 神旗句:神旗,军中大旗。冻定,冻住。马无声,因雪地行军,故马蹄无声。
④ 火号:举火为信号。

【评解】

以二十八字尽蔡州之役,写来有声有色,总因从雪夜奇袭四字下笔,故特见警切。(刘)


## 江陵使至汝州①

回看巴路②在云间,寒食离家麦熟还。

日暮数峰青似染,商人说是汝州山。

① 此当是出使江陵回至汝州所作。江陵,郡名,故治在今湖北江陵。汝州,今河南临汝。
② 巴路:江陵郡有巴县,县有巴山,故曰巴路。

【集评】

宋顾乐《唐人万首绝句选》评:"布置匀净,情味悠然,此是七绝妙境。人多以平易置之,独阮亭解赏此种,真高见也。"

俞陛云《诗境浅说续编》:"诗言行役江陵,迨东返已阅三月之久。遥见暮山横黛,商人指点,知已到汝州。游子远归,未见家园,先见天际乡山一抹,若迎客有情,宜欣然入咏也。"

【评解】

写将到未到光景,极为精切。商人老于行旅,其言可信,故闻之不觉色喜也。(刘)


## 十五夜望月寄杜郎中[①]

中庭地白树栖鸦,冷露无声湿桂花。
今夜月明人尽望,不知秋思落谁家?

[①] 宋本《王建诗集》及《万首唐人绝句》题下自注:"时会琴客。"

【集评】

黄生《唐诗摘钞》:"《秋思》,琴曲名。蔡氏《青溪五弄》之一(按蔡邕《青溪五弄》为《游春》、《渌水》、《幽居》、《坐愁》、《秋思》),非自注则末句不知其所谓矣。选诗最当存其自注也。"

沈德潜《唐诗别裁》:"不说明己之感秋,故妙。"

俞陛云《诗境浅说续编》:"自来对月咏怀者不知凡几,佳句亦多。作者知之,故着想高踞题颠,言今夜清光,千门共见,《月子歌》所谓'月子弯弯照九州,几家欢乐几家愁'，秋思之多，究在谁家庭院，诗意涵盖一切，且以'不知'二字作问语，笔致尤见空灵。前二句不言月，而地白疑霜，桂枝湿露，宛然月夜之景，亦经意之笔。"

刘永济《唐人绝句精华》："三四见同一中秋月夜，人之苦乐各别。末句以唱叹口气出之，感慨无限。"

【评解】

据题下原注"时会琴客"，则当以黄生之说为优。然"秋思"语可双关，备见作者匠心及用笔之空灵隽永。（富）


# 宫词① 一百首选十

罗衫叶叶②绣重重，金凤银鹅③各一丛。

每遍舞时分两向④，太平万岁字当中⑤。

① 宫词：咏宫闱行乐及宫女生活。王建宗人王守澄为宦官，故能深悉宫禁中事（王建《赠王枢密》："不是姓同亲向说，九重争得外人知？"），诗多纪实之作。
② 叶叶：指衣衫襞褶。
③ 金凤银鹅：衣上刺绣。
④ 两向：两边。
⑤ 太平句：《乐府杂录》曰："舞有健舞、软舞、字舞、花舞、马舞。字舞者，以舞人亚身于地，布成字也。"

【集评】

王士禛《池北偶谈》："王建《宫词》'每遍舞时分两向，太平万岁字当中'，今外国犹传其制。郑麟趾《高丽史》：教坊女子奏《王母队歌舞》，一队五十五人，舞成四字，或'君王万岁'，或'天下太平'。此其遗意也。"

黄叔灿《唐诗笺注》：“上二句舞者之妆束，下二句舞时之结象。'太平万岁字当中'，大约令舞者变现结采，团成四字。曰'每遍'，凡以此为节也。”

【评解】
　　二十八字中，写出舞者之妆束、姿态及舞蹈场面，栩栩传神，而又自然明快，笔致特为灵巧。（富）


射生宫女宿红妆①，请得新弓各自张②。

临上马时齐赐酒，男儿跪拜③谢君王。

① 射生句：射生，射取生物，即射猎。宿红妆，谓宫女因知出猎而隔夜先自妆饰。宿，指昨夜。
② 请得句：《礼记·曲礼》：“张弓尚筋，弛弓尚角。”此谓请得之弓乃弛而未张者，故宫女各自张之。
③ 男儿跪拜：行男子跪拜礼。按唐张籍《宫词》：“新鹰初放兔初肥，白日君王在内稀。薄暮千门临欲锁，红妆飞骑向前归。”可参阅。

【集评】
　　宋顾乐《唐人万首绝句选》评：“景事情词俱入妙。”

【评解】
　　宫女久禁宫中，故闻出猎而喜。诗中写宫女出猎前活跃景象，正刻画此一心情也。（富）


红蛮捍拨①贴胸前，移坐当头近御筵。

用力独弹金殿响，凤凰②飞出四条弦。

① 红蛮捍拨：指西域所制捍拨。捍拨，护拨之饰物。拨，拨动琵琶筝瑟弦索之器具。宋叶廷珪《海录碎事·音乐部·琵琶》："金捍拨在琵琶面上当弦，或以金涂为饰，所以捍护其拨也。"
② 凤凰：捍拨上之装饰。唐牛峤《西溪子》词："捍拨双盘金凤。"

【集评】

宋顾乐《唐人万首绝句选》评："此写幸宠意入妙，语调亦高。"

【评解】

以"凤凰飞出四条弦"，状用力弹奏，可谓善于形容。薛逢《听曹刚弹琵琶》"不知天上弹多少，金凤衔花尾半无"，欧阳修《玉楼春》词"当头一曲情无限，入破铮鏦金凤战"，皆不及其生动传神。（富）

欲迎天子看花去，下得金阶却悔行①。
恐见失恩人旧院，回来忆着五弦声②。

① 欲迎二句：谓本欲取悦君王，上殿奏请赏花，而下阶时忽生悔心。
② 恐见二句：谓赏花须经失宠者往日所居之地，此人以擅弹五弦琴而得宠，生怕君王回来，想起其弹奏五弦琴之声情而复旧爱。

【评解】

李商隐《宫词》："君恩如水向东流，得宠忧移失宠愁。"此写宫嫔为固宠而费尽心机，刻画入微，言外亦见君心难测，荣辱无常。（富）

往来旧院不堪修，近敕宣徽别起楼①。
闻有美人新进入，六宫未见一时愁。

① 往来二句：谓旧院不堪重修，命宣徽院另建新楼。敕，诏令。宣徽院，官署名，分为南北二院，由宦官主之，总管宫廷事务。

【评解】
　　此写闻建新楼而引起猜测，君王之喜新厌故，嫔妃之忧疑心理，皆曲曲传出。（富）


私缝黄帔舍钗梳①，欲得金仙观②里居。

近被君王知识字，收来案上检文书③。

① 私缝句：黄帔，黄色披肩，女道士服装。舍钗梳，舍弃钗梳，不复妆饰。
② 金仙观：在长安辅兴坊，唐睿宗女西宁公主出家修道处。
③ 检文书：收检文件。

【集评】
　　贺贻孙《诗筏》："伯敬（锺惺字）云：王建《宫词》非宫怨也，惟'树头树底觅残红'云云，颇有怨意。余谓怨之深者必浑，无论宫词、宫怨，俱以深浑为妙。且宫词亦何妨带怨，如王建'私缝黄帔舍钗梳'云云，此非宫词中宫怨乎？然急读不知其悲，非咏讽数过，方从言外得之。此真深于怨者，不独'树头树底'一首也。"

【评解】
　　宫人欲为女道士而不可得，言外正见凄凉寂寞之道观生活，犹胜禁闭宫中。（富）


宫人拍手笑相呼，不识阶前扫地夫。

乞与①金钱争借问，外头还似此间无？

① 乞与：给予。

【集评】

黄叔灿《唐诗笺注》："一入宫中，内外隔绝，惊呼借问，情事宛然。"

【评解】

从憨态写出苦闷，字面愈宽和，含意愈深刻，非仅写实而已。（刘）


教遍宫娥唱尽词，暗中头白没人知。

楼中日日歌声好，不问从初学阿谁①？

① 楼中二句：谓唱歌者已忘当年教曲之人。阿谁，何人。

【评解】

此为教唱者之怨词，着墨不多，凄惋动人。（富）


树头树底觅残红①，一片西飞一片东。

自是桃花贪结子，错教人恨五更风②。

① 残红：落花，喻失宠者。
② 自是二句：谓桃树结子则花落，比宫人色衰而宠移，曰错恨，乃婉曲之词。

【集评】

陈辅《陈辅之诗话》:"王建《宫词》,荆公独爱其'树头树底觅残红'云云,谓其意味深婉而悠长也。"

宋顾乐《唐人万首绝句选》评:"仲初此百首,为宫词之祖。然宫词非比宫怨,皆就事直书,无庸比兴,故寄托不深,终嫌味短。就中只'树头树底觅残红'一首,饶有深致。"

管世铭《读雪山房唐诗钞凡例》:"《宫词》始于王仲初,后人仿为之者,总无能掩出其上也。'树头树底觅残红',于百篇中宕开一首,尤非浅人所解。"

【评解】

此首为被遗弃者写照,语兼比兴,含蓄无尽,所谓不言怨而怨意弥深者。(富)

春来懒困不梳头,慵逐①君王苑北游。

暂向玉花阶上坐,簸钱赢得两三筹②。

① 慵逐:懒随。
② 簸钱句:簸钱,掷钱为博戏。筹,即筹码。

【集评】

欧阳修《六一诗话》:"王建《宫词》一百首,多言唐宫禁事,皆史传小说所不载者,往往见于其诗。"

魏庆之《诗人玉屑》引《唐王建宫词旧跋》:"《宫词》凡百首,天下传播,仿此体者虽有数家,而建为之祖。"

翁方纲《石洲诗话》:"欧阳《诗话》云:王建《宫词》言唐禁中事,皆史传小说所不载。《唐诗纪事》乃谓王建为渭南尉,《赠内官王枢密》云云以解之。然其诗实多秘记,非当家(指王枢密)告语所能悉也。其词之妙,则自在委曲深挚处,别有顿挫,如仅以就事直写观之,浅矣。"

【评解】

结句写出宫人无聊情景,最为细贴,意不在簸钱,更无动于胜负也。(刘)

吕温　字和叔,一字化光,河中(今山西永济县。一作东平,今山东泰安县)人,生于大历七年(七七二),卒于元和六年(八一一)。贞元十四年(七八九)进士。早年参加王叔文等革新集团,为叔文重视,迁左拾遗。曾以侍御史出使吐蕃,被留,至元和元年还。王叔文党败,因使吐蕃而免于贬谪。后为御史,以宰相李吉甫忌才,贬道州刺史,又徙衡州,卒于任所。刘禹锡、柳宗元均与之善,盛称其才。有《吕衡州诗集》,《全唐诗》编存其诗二卷。

## 贞元十四年旱甚见权门移芍药花[①]

绿原青垄渐成尘[②],汲井开园[③]日日新。

四月带花移芍药,不知忧国是何人？

① 贞元十四年(七九八)关中大旱,史书不载,唯韩愈《归彭城》诗(作于贞元十六年自长安还徐州时)有"前年关中旱,闾井多死饥"之句,记其事。芍药花,唐时称牡丹为芍药花。
② 绿原句:谓田禾即将槁死。
③ 开园:开辟园圃。按宋陆游《春旱得雨》:"稻陂方渴雨,蚕箔却忧寒。更有难知处,朱门惜牡丹。"与此诗讽刺相似,可参看。

【评解】

带蕾移花,最难成活,必须精意培养;举此一端,反衬田禾枯死无人过问,谴责之意深矣。(刘)

## 题阳人城①

忠驱义感即风雷②,谁道南方乏武才③。

天下起兵诛董卓,长沙子弟最先来④。

① 阳人城:古地名,故址在今河南临汝县西。汉末董卓擅权,专断朝政,残害百姓。孙坚起兵讨卓,大破卓军于阳人城,斩其大将华容。
② 忠驱句:谓激于忠义之心,其起如风雷勃发。
③ 谁道句:古时谓南方民性柔弱,故云。
④ 天下二句:宋洪迈《容斋续笔》:"董卓盗国柄,天下共兴义兵讨之,惟孙坚以长沙太守先至,为卓所惮,独为有功,故裴松之谓其最有忠烈之称。"

【集评】

刘克庄《后村诗话》:"吕温云:'天下起兵诛董卓,长沙子弟最先来。'荆公云:'江东子弟多才俊,卷土重来未可知(按此是杜牧《题乌江亭》诗)。'皆可以倡东南勇敢之气。"

【评解】

此诗一起有势,三四语意忼爽,读此可破地域之说。(刘)

## 刘郎浦口号①

吴蜀成婚此水浔②,明珠步障幄黄金③。

谁将一女轻天下,欲换刘郎鼎峙心④。

① 此经刘郎浦凭吊古迹而作。刘郎浦,在今湖北石首县西北长江边。《资治通鉴·后唐纪》胡三省注:"江陵府石首县沙步有刘郎浦,蜀先主纳吴女处也。"口号,随口吟成,犹口占之义。
② 吴蜀句:谓孙权妹与刘备成亲于此。水浔,指长江边。
③ 明珠句:谓步幛缀以明珠,帷幄饰以黄金,形容嫁妆之盛。步障,古时豪门贵族出行时为遮蔽风尘而设置之行幕。
④ 谁将二句:谓谁会因一女子而看轻天下,东吴竟欲用此来换取刘备鼎足三分之雄心。天下,古代泛指全中国,如称为帝者谓奄有天下。

【集评】

俞陛云《诗境浅说续编》:"诗言吴、蜀连姻,穷极奢丽,帷障之美,金珠交错,殆欲以声色荡其心,孰知英雄事业,决不以一女而舍其远略。后人(王士禛)吊孙夫人云:'魂归若过刘郎浦,还记明珠步障无?'即用此诗也。"

【评解】

此诗跌宕顿挫,摇曳生姿,风调颇近李商隐七绝咏史诸作。(富)


# 临洮送袁七书记归朝①

忆年十五在江湄②,闻说平凉③且半疑。

岂料殷勤洮水④上,却将家信托袁师⑤。

① 此出使吐蕃被留时所作。临洮,今甘肃岷县。归朝,谓还长安。
② 江湄:谓长江边。
③ 平凉:平凉郡,治所在今甘肃平凉县。
④ 洮水:源出甘肃临潭县西北西倾山,曲折东北流,经岷县入黄河。
⑤ 袁师:自注:"时袁生作僧,蕃人呼为袁师。"

【评解】

此诗以今昔对照,托出出使吐蕃被留之慨。下二句"岂料"、"却将",反缴上文,折转有神。(富)

## 自江华之衡阳途中作①

孤棹迟迟怅有违②,沿湘数日逗晴晖③。

人生随分为忧喜,回雁峰南是北归④。

① 此自道州刺史徙衡州刺史北上时作。江华,在今湖南江华县东南,唐时为道州属县。
② 孤棹句:孤棹,孤舟。怅有违,谓怅惘而离去。
③ 沿湘句:湘,指湘江,见杜审言《渡湘江》注。逗晴晖,谓迎着晴朗天气。
④ 人生二句:谓人生忧喜随处境而转变,衡阳虽在南方,但自道州至衡阳,亦喜如北归。回雁峰,在今湖南衡阳市南,衡山七十二峰之首,因峰势如雁之回旋,故名。相传北来飞雁至此而止,遇春而回。

【评解】

"人生"二句,虽强作自慰,而以安时遂命之语,抒迁谪之感,寄慨尤深。(富)

**胡令能**　贞元、元和间人。少为洗镜镂钉之业,因能吟咏,远近号为胡钉铰。《全唐诗》录存其诗四首。

**咏绣幛**①

日暮堂前花蕊娇,争拈小笔上床②描。

绣成安③向春园里,引得黄莺下柳条。

① 一作《观郑州崔郎中诸妓绣样》。绣幛,刺绣屏风。
② 床:指绣架。
③ 安:放置。

【评解】

"绣成"二句,极状所绣花枝之逼肖,殊见构思之妙。通首笔致活泼自然,明白如话。(富)